MANUELA INUSA

Orangenträume

Autorin

Manuela Inusa wurde 1981 in Hamburg geboren und wollte schon als Kind Autorin werden. Kurz vor ihrem dreißigsten Geburtstag sagte die gelernte Fremdsprachenkorrespondentin sich: »Jetzt oder nie!« Nach einigen Erfolgen im Selfpublishing erscheinen ihre aktuellen Romane bei Blanvalet und verzaubern ihre Leser. Die Autorin lebt mit ihrem Ehemann und ihren beiden Kindern in einem idyllischen Haus auf dem Land. In ihrer Freizeit liest sie am liebsten Thriller und reist gerne, vorzugsweise nach England und in die USA. Sie hat eine Vorliebe für englische Popmusik, Crime-Serien, Duftkerzen und Tee.

Von Manuela Inusa bereits erschienen

Jane Austen bleibt zum Frühstück

Auch donnerstags geschehen Wunder

Die Valerie Lane

1 Der kleine Teeladen zum Glück

2 Die Chocolaterie der Träume

3 Der zauberhafte Trödelladen

4 Das wunderbare Wollparadies

5 Der fabelhafte Geschenkeladen

6 Die kleine Straße der großen Herzen

Die kalifornischen Träume

1 Wintervanille

MANUELA INUSA

Orangen-träume

ROMAN

blanvalet

Sollte diese Publikation Links auf Webseiten Dritter enthalten, so übernehmen wir für deren Inhalte keine Haftung, da wir uns diese nicht zu eigen machen, sondern lediglich auf deren Stand zum Zeitpunkt der Erstveröffentlichung verweisen.

MIX
Papier aus verantwortungsvollen Quellen
FSC® C014496

Verlagsgruppe Random House FSC® N001967

1. Auflage

Redaktion: Daniela Bühl
Umschlaggestaltung: © Johannes Wiebel | punchdesign,
unter Verwendung von Motiven von Shutterstock.com
(donatas1205; DiamondGT; Charcompix; J.D.S; prapann;
Africa Studio; mamamia; grafnata; umat34; frantic00;
Callahan; hedgehog94; Food Travel Stockforlife)
JF · Herstellung: sam
Satz: KompetenzCenter, Mönchengladbach
Druck und Bindung: GGP Media GmbH, Pößneck
Printed in Germany
ISBN 978-3-7341-0563-0

www.blanvalet.de

Für Leila Amanda – Kalifornien-Mitreisende,
OC-Gefährtin und wunderbare Tochter
California, here we come,
right back where we started from …

Prolog

August 2000

»Wirf ihn rein!«, forderte Lucinda ihre Freundin auf.

Jennifer war gut ein Jahr älter als sie, da ihr alleinerziehender Vater es damals versäumt hatte, sie rechtzeitig einzuschulen. Sie war an diesem Morgen wieder einmal tränenüberströmt bei ihr auf der Farm aufgetaucht, weil ihr Dad sie angeschrien und mit einem Gürtel durchs Haus gejagt hatte. Auch jetzt noch hatte sie gerötete Augen, und doch verzog sich ihr Mund zu einem Lächeln. Sie nahm den Kamm ihres Vaters, den sie stibitzt hatte, und warf ihn in die metallene Tonne, in der ein glühendes Feuer loderte.

»Was wünschst du dir für die Zukunft?«, fragte Michelle, mit der Lucinda bereits seit der ersten Klasse befreundet war. Zusammengefunden hatten sie alle aber erst mit elf beziehungsweise zwölf Jahren, als sie auf die Middle School gekommen waren.

Lucinda hatte die Idee gehabt, sich ganz früh am Sonntagmorgen auf der Orangenfarm zu verabreden, die ihre Eltern bewirtschafteten und die ihnen schon seit Jahren der liebste Spielplatz und Treffpunkt war. Sie hatte vorgeschlagen, ein Feuer zu machen, in das sie und ihre Freundinnen einen Gegenstand werfen konnten, der für etwas Bedeutsames stand, und sich damit von der Vergangenheit zu verabschieden. Sich etwas für die Zukunft zu wünschen, für eine bessere Zukunft, in der es keine gewalttätigen Väter und keine Jungen geben sollte, die einen verletzten, in der alles rosig war und voller Hoffnung. In der Träume wahr werden konnten.

Jennifer nahm sich für ihre Antwort viel Zeit.

»Ich wünsche mir einfach nur, dass er mich in Ruhe lässt. Mich für immer in Ruhe lässt«, sagte sie dann schlicht. Lucinda hätte ihm an ihrer Stelle gewünscht, dass er in der Hölle schmorte, aber jeder sollte seine Gefühle so ausdrücken können, wie er mochte.

Sie stellte sich näher an ihre Freundin und legte ihr einen Arm um die Schulter.

»Darf ich als Nächste?«, fragte Rosemary und trat an die brennende Tonne.

»Klar«, antwortete sie.

Rosemary holte eine Handvoll Kartoffeln hervor und hielt sie der Tonne entgegen.

»Mein Wunsch ist, all das hier hinter mir zu lassen. Die Farm, die Menschen … euch natürlich nicht mitgezählt. Aber ich will endlich raus aus diesem Kaff, nach Hollywood gehen und ein großer, berühmter Filmstar werden.« Sie strahlte bei der Vorstellung, und dann warf sie die Kartoffeln, die für Lamont und die Farm ihrer Eltern standen, eine nach der anderen ins Feuer.

Lucinda hatte keinen Zweifel, dass Rosemary alles schaffen konnte, was sie nur wollte. So klein und zierlich sie auch war, hatte sie doch das größte Selbstbewusstsein, das sie je bei einem Menschen erlebt hatte.

»Ich wünsche mir eine eigene kleine Familie«, sagte nun Michelle, die Ruhige unter ihnen. Obwohl sie erst fünfzehn war, sprach sie von nichts anderem als von ihrer Traumhochzeit, von süßen kleinen Babys und von dem wunderschönen weiß gestrichenen Einfamilienhaus mit Vorgarten, in dem sie einmal wohnen wollte. Sie warf einen zusammengefalteten Zettel ins Feuer, auf dem sicher ein Gedicht oder der Text von einem der vielen Schnulzenlieder geschrieben stand, die Michelle sich den ganzen Tag lang anhörte.

»Das kam jetzt nicht wirklich unerwartet«, flüsterte Lucinda Jennifer zu, und diese grinste.

»Was erhoffst *du* dir von der Zukunft?«, fragte Rosemary sie nun.

Da brauchte Lucinda überhaupt nicht zu überlegen. Sie holte eine verfaulte Orange hervor und schmiss sie im hohen Bogen in die Tonne. »Ich wünsche mir nichts als gute Ernten und dass ich den Rest meines Lebens auf der Farm verbringen darf.« Denn seit sie denken konnte, verband sie etwas Besonderes mit diesem Ort, mit diesen Früchten, die solch wunderbare Duftnoten versprühten und einen Geschmack hatten, der mit nichts zu vergleichen war. Sie wollte niemals woanders wohnen, konnte sich gar nicht vorstellen, es ihren Eltern nicht gleichzutun, wollte nie etwas anderes machen als Orangen ernten, essen und verarbeiten.

Auch jetzt holte sie ein paar der reifen, wohlduftenden Zitrusfrüchte hervor und verteilte sie an ihre Freundinnen.

»Was machen wir nun mit dem Feuer?«, fragte Michelle ein wenig ängstlich. »Was, wenn deine Eltern aufwachen und es noch immer brennt?«

»Ach, das geht bestimmt gleich aus«, beschwichtigte sie ihre Freundin. »Iss deine Orange!« Sie nahm ihr die runde Frucht ab und stach mit dem Daumennagel in die Schale, um sie ein wenig zu lösen, weil Michelle immer so schwer einen Anfang hinbekam.

Und so standen sie da an diesem frühen Sommermorgen um nicht einmal sechs Uhr und aßen köstliche Valencia-Orangen. Jennifer lief der Saft das Kinn herunter, und sie wischte ihn mit dem Ärmel weg, was Rosemary die Nase runzeln ließ.

Lucinda schloss die Augen und atmete die Augustluft ein. Sie war unvergleichlich. Genauso wie dieser Sommer, ihr sechzehnter Sommer, den sie sicher niemals vergessen würde. Sie hatte nicht nur kürzlich ihren ersten Kuss bekommen, sondern auch das Gefühl, dass die vergangenen Wochen sie und ihre Freundinnen noch ein wenig mehr zusammengeschweißt hatten.

Der Moment war perfekt... bis sie alle einen lauten Schrei hörten und sich ängstlich umdrehten. Denn dieser Schrei war anders als alles, was sie je gehört hatten, und er ließ ihnen das Blut in den Adern gefrieren.

Kapitel 1

Lucinda füllte die letzten getrockneten Zitrusfruchtstückchen in kleine Zellophantüten, verschloss sie mit weißen Bändchen und klebte Sticker mit den Aufschriften »Orangentee«, »Zitrustee« und »Kumquattee« darauf. Dann legte sie alles in eine große Kiste und stellte diese zu den anderen, die bereits gefüllt waren mit Marmeladen- und Chutneygläsern, Sirupflaschen, Tütchen mit getrockneten Zitrusscheiben, kandierten Früchten und Orangenbonbons, die sie erst seit Kurzem im Sortiment hatte. Sie war extra früh aufgestanden, um all die Marktvorbereitungen am Morgen zu erledigen. Später würde sie dafür keine Zeit haben, denn heute war es endlich wieder so weit: Die Orangentage begannen.

Es war inzwischen zu einer wundervollen Tradition geworden: Jedes Jahr im Juli fanden sich ihre drei alten Jugendfreundinnen auf Lucindas Orangenfarm ein, um ein Wochenende mit ihr zu verbringen. In diesen Tagen – stets von Freitag bis Sonntag – ließen sie vergangene Zeiten wiederaufleben. Sie erinnerten sich an ihre Kindheit, erzählten sich Geschichten aus der Gegenwart und träumten von der Zukunft. Sie aßen Unmengen von Orangen, blieben die halbe Nacht auf und genossen die gemeinsamen Momente, bis sie sich am Sonntagabend trennten und jede von ihnen wieder in ihren Alltag zurückkehrte.

Lucinda wusste, dass nicht nur sie sich so auf diese Orangentage, wie sie sie seit jeher nannten, freute. Den anderen ging es genauso, vielleicht sogar noch mehr, denn sie durften nicht das ganze Jahr auf einer Orangenfarm in Kalifornien verbringen, sich im Frühjahr am Duft von Orangenblüten, im Sommer an dem von reifen Früchten und im Winter an dem von Orangen-Zimt-Zubereitungen erfreuen.

Lucinda lebte schon ihr ganzes Leben inmitten der Orangen, war auf der Farm aufgewachsen, hatte hier alle prägenden Erfahrungen gesammelt, hatte Menschen verloren, andere dazugewonnen, Wunderbares und Trauriges erlebt. Die Farm war ihr Leben, ihr Zuhause, sie atmete für sie; im Grunde war sie sich nicht einmal sicher, ob sie überhaupt anderswo überleben könnte, ohne den Orangenduft in der Luft. Und da sich in ihrem Leben einfach alles um Orangen drehte, war da bisher auch kein Platz für einen Mann gewesen, zumindest für keinen, der ihre Leidenschaft für die Plantage verstanden hätte. Nun, sie brauchte auch keinen, sagte sie sich immer wieder. Manchmal jedoch, an einsamen Abenden auf diesem großen Grundstück, fehlte ihr jemand zum Reden, und wenn sie neue Rezepte ausprobierte, wäre es schön, wenn da jemand anderes als sie selbst wäre, der sie kostete und ihr seine Meinung dazu sagte.

Nun, eigentlich war da sogar jemand. Alejandro, ein inzwischen in die Jahre gekommener Mexikaner, den ihre Familie seit gut zwanzig Jahren beschäftigte. Auch heute noch, nach dem Tod ihres Vaters und dem Weggang ihrer Mutter, gewährte Lucinda dem illegalen Einwanderer Unterschlupf in dem kleinen, alten Schuppen am äußersten Rande der Farm, denn auch wenn sie eine starke und selbstbewusste Frau war, fand sie es zugegebenermaßen beruhigend, nicht ganz allein hier zu leben.

Ab und zu klopfte sie bei Alejandro an, brachte ihm etwas zu essen vorbei oder unterhielt sich ein paar Minuten mit ihm, ansonsten sah sie nicht viel von ihm. Er verrichtete seine Arbeit – es standen immer kistenweise reife Orangen bereit, wenn sie sie brauchte –, aber wenn sie es nicht besser gewusst hätte, hätte sie denken können, Alejandro verlasse sein Häuschen überhaupt niemals. Er war sehr in sich gekehrt, was ja auch kein Wunder war nach allem, was damals, vor neunzehn Jahren, vorgefallen war.

Sie wischte sich mit dem Handrücken den Schweiß von der Stirn und band ihre langen blonden Haare zu einem hohen Pferdeschwanz. Es war erst zehn Uhr, aber es waren schon jetzt gut fünfundzwanzig Grad. Im Laufe des Tages würde das Thermometer garantiert auf weit über dreißig Grad steigen. Lucinda wusste, dass ihre Freundinnen sich besonders darauf freuten, denn dann konnten sie den halben Tag in der Sonne liegen und es sich gut gehen lassen mit einem Cocktail und den neuesten Geschichten, die sie einander zu erzählen hatten.

Dies waren die einzigen freien Tage, die die vier sich das ganze Jahr über gönnten, mal ganz ohne Job und Familie. Besonders Rosemary und Jennifer waren beruflich sehr eingespannt, Michelle dagegen war bestimmt froh, einmal dem trübseligen Hausfrauenalltag zu entfliehen, und Lucinda selbst freute sich riesig darauf, endlich ein wenig Gesellschaft zu haben. Seit Wochen schon zählte sie die Tage und konnte es kaum erwarten, dass die erste ihrer Freundinnen hier eintraf. Sie tippte auf Jennifer, da diese nicht nur gewissenhaft und zuverlässig, sondern auch überpünktlich war – das brachte deren Tätigkeit als Anwältin mit sich.

Sie schloss nun die großen Scheunentüren und streckte sich, atmete die warme Luft ein, die ganz wunderbar nach all den Zitrusfrüchten duftete, die hier gediehen. Ihre Eltern hatten seit jeher immer nur Orangen angebaut. Doch nach dem Tod ihres Vaters und nachdem ihre Mutter beschlossen hatte, ihr die Leitung zu überlassen, bevor sie vor fünf Jahren fortgezogen war, hatte Lucinda nach und nach weitere Früchte angebaut wie Zitronen, Grapefruits, Mandarinen und Kumquats. Letzteren war sie selbst total verfallen, zurzeit waren es ihre absoluten Lieblingsfrüchte, und als die Bäumchen im Winter vollgehangen hatten, hatte sie fast täglich neue Rezepte mit ihnen ausprobiert.

Der Mix aus all diesen Früchten bewirkte, dass die Luft nicht nur angenehm roch, sondern irgendwie auch aufregend, sinnlich, voller Abenteuergeist. All das war es, was Lucinda als Mensch ausmachte, ihr Charakter spiegelte sich ganz in ihrer Arbeit wider, und sie war mehr als zufrieden mit sich selbst, diesen Schritt gewagt zu haben.

Die Sonne schien ihr in die Augen, sie blinzelte und legte sich eine Hand an die Stirn, um besser Ausschau halten zu können. Links von ihr erstreckten sich Orangenfelder, so weit das Auge reichte, rechts befanden sich der Garten und das dunkelgelb gestrichene Haus, das in der Sonne beinahe orange wirkte. Es war umrahmt von einer Veranda, auf der vier Rattanstühle, ein weißer runder Tisch und eine Hollywoodschaukel standen. Außerdem war sie übersät von Blumen. An jeder freien Stelle hatte Lucinda Töpfe und Kübel aufgestellt und -gehängt; Geranien, Fuchsien und Begonien verliehen dem Haus ein ganz besonderes Gefühl von Geborgenheit. Vorne im Garten blühten Hortensien und alle Arten von Rosen auf gepflegten Beeten, die sich bis zur Einfahrt entlangzogen, die mit weißen Kieselsteinchen ausgelegt war.

Noch immer war niemand zu sehen. Es war aber auch

erst zehn Uhr dreiundzwanzig am Morgen. Lucinda erwartete eigentlich keine der Frauen vor der Mittagszeit. Also ging sie noch einmal ins Haus, goss sich ein frisches Zitruswasser aus dem Krug ein und wusch sich das schweißnasse Gesicht. Sie wusste nicht, ob etwas dran war an der Behauptung, dass die Sommer in Bakersfield heißer waren als anderswo in Kalifornien. Dass sie extrem heiß waren, war aber keine Frage.

Ihr Blick durchs Fenster fiel auf die hinteren Orangenfelder, die ersten, die ihr Vater vor gut vierzig Jahren bewirtschaftete, nachdem er die Farm erworben hatte. Damals war er gerade zwanzig Jahre alt und hatte nichts außer den fünftausend Dollar, die sein verstorbener Großvater ihm hinterlassen hatte. Davon kaufte er vier Hektar Land und pflanzte einige Orangenbäume, obwohl man ihm sagte, dass er sich lieber in Orange County niederlassen sollte, dort würden Orangen viel besser gedeihen. Doch er ließ sich nicht beirren. Er hatte es im Gefühl, dass er in Lamont, dem kleinen Vorort von Bakersfield, sein Glück finden würde. Später erzählte er Lucinda im Vertrauen, dass es ein Werbeplakat für Orangensaft gewesen sei, das in einem Ladenfenster gehangen und den Ausschlag für seine Wahl gegeben hatte. Bei seinem Roadtrip durch den amerikanischen Westen der USA, den er nach seinem Highschool-Abschluss gemacht hatte, war er im Stadtzentrum von Bakersfield darauf gestoßen. Es hatte eine hübsche junge Frau gezeigt, die einen Korb voller Orangen trug, und es hatte die Aufschrift »Lust auf Orangen? Hier sind Sie richtig!« getragen. Hank hatte das wortwörtlich genommen und war geblieben. Als er sechs Monate später seine Liliana kennenlernte, wusste er, er hatte alles richtig gemacht.

Ein Hupen ertönte, und Lucinda blickte auf. Elf Uhr

vierzehn. Die Zeit war mal wieder verflogen, während sie in Tagträumen verloren gewesen war. Sie sah jetzt einen Wagen die Einfahrt hochfahren. Freudig lief sie aus dem Haus und konnte es kaum erwarten, der ersten Freundin um den Hals zu fallen.

Rosemary sah Lucinda aus dem Haus laufen und musste lächeln. Sofort war ihre schlechte Laune verflogen. Sie sagte sich, dass sie nun ihre Sorgen vergessen und sich einfach auf die Tage hier mit ihren Freundinnen freuen wollte. Ihre Orangentage.

Sie stieg aus ihrem weißen Mercedes Roadster Cabrio, das sie sich zum Geburtstag gegönnt hatte, und schob die Sonnenbrille hoch. Da fiel Lucinda ihr auch schon in die Arme.

»Rosemary! Ich freu mich so, dass du da bist!«

»Und ich mich erst. Ein paar Tage ohne Paparazzi sind der wahre Himmel für mich, das kann ich dir sagen.«

»Oje. Ich vergesse manchmal, wie berühmt du inzwischen bist«, sagte ihre Freundin und lachte.

Ja, hier in Lamont war sie noch immer die gute alte Rosemary Stutter, das kleine Mädchen, das von einer Hollywoodkarriere träumte. Für die Welt da draußen aber war sie Rose Steen, die Frau, die sich genau diesen Traum erfüllt hatte.

Lucinda betrachtete ihre erfolgreiche Freundin. »Du siehst umwerfend aus«, sagte sie und meinte es ernst. Rosemary war mit ihrer zierlichen Figur, den weichen Gesichtszügen und den braunen Locken schon immer die Schönste von ihnen gewesen, aber in den letzten Jahren hatte sie sich wirklich in eine zweite Natalie Portman verwandelt. Sie war bezaubernd, in jeder Hinsicht, fand Lucinda und mit ihr anscheinend der Rest der Welt.

»Ach, heute habe ich mich doch extra gar nicht herausgeputzt. Diese alten Klamotten«, erwiderte Rosemary und winkte ab.

Lucinda schüttelte lachend den Kopf, denn sie wusste, dass »diese alten Klamotten« wahrscheinlich mehr kosteten als der gesamte Inhalt ihres Kleiderschranks.

»Ich kann das Kompliment aber nur zurückgeben. Du siehst auch toll aus, Lucinda. Und kein Jahr älter als zwanzig, noch immer nicht. Wie machst du das nur? Und das ist eine ernst gemeinte Frage. In Hollywood geben sie alle Tausende Dollar für überteuerte Schönheitsprodukte und -behandlungen aus, du aber bist und bleibst einfach schön. Da bist du wirklich von Mutter Natur gesegnet.«

Lucinda sah an sich hinunter. Heute trug sie kurze Jeansshorts und ein weißes Tanktop, dazu weiße Chucks, und sie musste feststellen, dass sie schon wieder ein wenig an Gewicht verloren hatte.

»Das macht die viele frische Luft«, erwiderte sie. »Ich bin doch den ganzen Tag draußen. Außerdem ernähre ich mich sehr gesund.« Wenn Rosemary wüsste … In den letzten Monaten hatte sie kaum etwas anderes als ihre Früchte gegessen.

»Du musst mir deine Geheimnisse unbedingt verraten, ja?«

»Klar. Wir haben ja ein ganzes Wochenende Zeit.«

Ihre Freundin nahm nun ihre Hände in die ihren und sah sie einen Augenblick lang intensiv an. Lucinda glaubte fast, Tränen in Rosemarys Augen zu entdecken, dann lächelte sie aber auch schon wieder und fragte, ob sie reingehen und sich frisch machen könne.

»Natürlich. Du weißt ja, wo alles ist. Ich bleibe hier und halte Ausschau nach den anderen, ja?«

Rosemary nickte und verschwand im Haus.

Rosemary konnte mit Worten gar nicht beschreiben, wie glücklich sie war, hier zu sein. So sehr sie ihren Mann Edward und ihr Töchterchen Jeannie auch liebte, so waren die letzten Monate doch die Hölle gewesen. Das würde sie ihren Freundinnen natürlich nicht erzählen. Das tat sie nie. Wenn sie hier war, ließ sie das Hollywoodleben, ihre schicke Villa am Strand von Malibu, ihre Filmrollen, die Paparazzi, die Gerüchte und die Probleme hinter sich. Für ein Wochenende konnte sie ganz sie selbst sein, dann war sie einfach nur wieder Rosemary Stutter, und das Leben war sorglos und schön.

Sie wischte sich die einzelne Träne weg, die ihre Wange hinuntergelaufen war, und tupfte sich das Gesicht mit einem Wattepad ab, das sie in der Schublade neben dem Waschbecken gefunden hatte. Dann ging sie hinunter in die Küche und füllte sich ein Glas von dem Wasser ein, das auf dem Tisch stand. Frische Zitronen- und Orangenscheiben verliehen ihm einen spritzigen Geschmack. Allein diesen auf der Zunge zu spüren brachte alte Erinnerungen zurück.

Fröhlich ging sie wieder nach draußen, stieg die drei Stufen hinunter und atmete durch. Der Duft von Orangen lag in der Luft, er machte sich in ihr breit und verschaffte ihr ein wohliges Gefühl. Sie musste lächeln, dieser Ort war ihr der liebste auf der Welt.

Lucinda sah Rosemary in ihren schwarzen Shorts, der roten ärmellosen Bluse und den High Heels aus dem Haus treten und breit lächeln. Sie war richtig erleichtert, denn einen

Moment lang hatte sie sich schon Sorgen um sie gemacht. Rosemary hatte so müde und so unausgeglichen gewirkt. Dabei glaubte man doch, dass diese Hollywoodstars allesamt zufrieden und rundum glücklich wären, dass sie keine Sorgen hätten, und wenn doch, dass sie diese mit ihrem vielen Geld sofort aus der Welt schaffen könnten. Rosemary erzählte, wenn sie hier war, auch immer nur, wie schön das Leben in L.A. sei, so, als wäre es ein wahr gewordener Traum. Warum sollten sie ihre Worte anzweifeln? Sie freuten sich doch für ihre Freundin, dass ihr Leben als Schauspielerin, Ehefrau und Mutter so perfekt war. Neid empfanden sie keinen, da konnte Lucinda wohl für alle sprechen, denn Neid und Eifersucht waren Gefühle, denen sie alle schon sehr früh abgeschworen hatten. Nachdem damals, infolge der tragischen Vorfälle ihres sechzehnten Sommers, die Wahrheit ans Licht gekommen war.

Rosemary trat nun auf sie zu und fragte: »Was glaubst du, wer als Nächstes kommt?«

»Jennifer, auf jeden Fall. Ich hatte sogar geschätzt, dass sie die Erste sein würde. Aber dann kamst du in deinem schicken Cabrio um die Ecke geflitzt.« Sie lächelte ihr zu.

»Ein Geburtstagsgeschenk. Hab ich mir selbst gemacht. Edward hat das gleiche in Schwarz bekommen.«

»Er kann sich wirklich glücklich schätzen, dein Göttergatte. Wie geht es ihm eigentlich? Und deinem bezaubernden Töchterchen?« Die kleine Norma Jeane war entzückend. Rosemary und Edward hatten sie nach Norma Jeane Baker benannt, wie Marilyn Monroe vor ihrer Hollywoodkarriere geheißen hatte. Doch sie riefen sie Jeannie.

Rosemarys Augen nahmen diesen ganz besonderen Glanz an. »Es geht ihnen sehr gut, danke. Jeannie kommt jetzt schon in die erste Klasse.«

»Machst du Witze? Die Kleine kommt in die Schule?« Lucinda staunte. »Wie schnell vergeht denn nur die Zeit?«

»Das frage ich mich auch immer wieder. Noch vor Kurzem musste ich ihr die Windeln wechseln, und jetzt sagt sie mir schon, wenn ich fett aussehe in einem Kleid.«

Lucinda musste lachen, und zwar aus zweierlei Gründen. Denn erstens war sie sich ziemlich sicher, dass Rosemary Jeannie niemals die Windeln gewechselt hatte, dazu hatten sie schließlich eine Nanny, und zweitens, weil Rosemary bestimmt niemals fett in irgendeinem Kleid aussah.

»Das tut sie? Nun, sie hat Mut, das muss ich ihr lassen. Sich mit dir anzulegen könnte mächtig in die Hose gehen. Du könntest ihr lebenslanges Fernsehverbot verpassen.«

»Das würde ich manchmal gerne tun. Was die Medien teilweise über mich bringen ... Das kann man keinem Kind zumuten. Sie versteht ja noch nicht, dass das nicht alles der Wahrheit entspricht. Neulich zum Beispiel wurde berichtet, dass ich eine Affäre mit Zac Efron hätte.«

Lucinda legte sich eine Hand auf den Mund und kicherte. »Ach herrje. Und das hat Jeannie mitbekommen?«

»Ja. Bridget, die Nanny, hat irgendeine Realityshow angehabt, *Teen Mom*, glaube ich, und dann kamen die Klatschnachrichten.«

»Oh nein! Und wie hat die Kleine darauf reagiert?«

Ihre Freundin lachte. »Du wirst es nicht glauben, aber sie hat sich gefreut! Sie steht total auf diese alten *High school Musical*-Filme und hat sich schon vorgestellt, dass Zac bald mit ihr durchs Haus tanzen würde.«

Nun konnte Lucinda sich selbst nicht mehr einkriegen vor Lachen. Jeannie war einfach bezaubernd, fand sie. Bezaubernde kleine Jeannie. Sie sah sie viel zu selten, das letzte Mal musste bald zwei Jahre her sein, da hatte sie Rosemary und ihrer Familie einen Besuch in Malibu abgestattet. Das war ja zum Glück nicht allzu weit entfernt, sogar im selben Staat, da konnte man ruhig mal für ein, zwei Tage runterfahren. Bei den anderen sah das schon ganz anders aus, leider.

Jennifer hatte es nach ihrem Jura-Studium am Sandra Day O'Connor College of Law in Arizona nach Atlanta verschlagen, wo sie in einer Top-Anwaltskanzlei Karriere machte. Nach Atlanta konnte man nicht eben mal rüberfahren. Und nach Austin, Texas, wo Michelle lebte, war es auch kein Katzensprung. Das war aber nicht der Grund, weshalb Lucinda seit Jahren nicht mehr bei ihr in Texas gewesen war. Es spielten leider ganz andere Faktoren eine Rolle dabei, dass sie Michelle, die ihr von allen immer die liebste Freundin gewesen war, so lange nicht besucht hatte.

In diesem Moment fuhr Michelle die Einfahrt hoch. Rosemary stand aufrecht, ganz die Diva, lächelte und winkte leicht. Lucinda aber klatschte begeistert in die Hände und ging auf sie zu.

»Michelle!«, rief sie und breitete die Arme aus, in die ihre Freundin lief. Sie hielten sich eine halbe Ewigkeit lang fest umschlungen und strahlten einander schließlich an. »Ich hab dich so vermisst.«

»Ich dich auch. Hey, da ist ja auch schon unser großer Star. Wie geht es dir, Rose Steen?«

»Bestens, danke. Du weißt aber ganz genau, dass ich von euch nicht so genannt werden möchte. Hier bin ich immer noch Rosemary.« Ja, das sagte Rosemary ihnen jedes Jahr wieder, allerdings war es gar nicht so leicht, einfach zu vergessen, wer sie wirklich war. Wer sie geworden war.

»Alles klar. Also keine Starallüren?«

»Nicht dieses Wochenende.« Rosemary zwinkerte Michelle zu und umarmte sie.

»Wo ist denn Jennifer? Ist sie sonst nicht immer vor allen anderen da?«

»Das frage ich mich auch schon. Ob sie ihren Flug verpasst hat?« Lucinda sah auf die Uhr. Elf Uhr zweiundvierzig.

»Lasst uns doch ins Haus gehen und versuchen, sie zu erreichen. Ich bräuchte auch dringend eine kleine Erfrischung«, sagte Michelle und zupfte an ihrem gelben Oberteil herum. »Der Mietwagen stand direkt in der Sonne, als ich ihn abholte. Ich kam mir die letzten zwei Stunden vor, als säße ich in der Sauna.«

»Warum hast du denn die Klimaanlage nicht angemacht?«, wollte Rosemary wissen.

»Ach, das habe ich nicht hinbekommen. Ihr wisst doch, ich und die Technik.«

Rosemary ging zum Mietwagen, steckte den Kopf durchs offene Fenster, drückte ein paar Knöpfe und verkündete: »Ist doch ganz einfach.«

»Du darfst es mir später gerne zeigen. Jetzt muss ich aber erst mal aufs Klo.« Das war Michelle. Sie sagte, was sie dachte.

Lucinda musste lachen. »Ich hoffe, du weißt wenigstens, wie *das* funktioniert. Also, es gibt da so ein Ding namens Spülung …«

»Haha! Macht euch nur über mich lustig, das juckt mich gar nicht. Ich bin nur froh, endlich mal abzuschalten.«

»Und wir sind froh, dass du das mit uns zusammen tust.«

»Ich will ja nicht drängen, aber ich muss jetzt wirklich mal …«

»Tu dir keinen Zwang an.« Lucinda machte eine einladende Geste, und Michelle lief in Richtung Haus.

Sie hakte sich bei Rosemary ein, gemeinsam folgten sie ihrer Freundin gemächlich.

»Ach, diese blöden Dinger«, sagte Rosemary, zog ihre schicken schwarzen Jimmy Choos aus und ging barfuß weiter.

Und Lucinda schloss für einen Moment die Augen und wünschte sich, dass dieses Wochenende ein ganz besonderes werden würde – denn vielleicht würde es ihr letztes gemeinsames auf der Orangenfarm sein.

Kapitel 2

Jennifer hatte tatsächlich ihren Flug verpasst. Am Abend hatte sie einen Streit mit ihrer On-and-off-Beziehung Daniel gehabt, der sich die halbe Nacht hingezogen hatte. Morgens hatte sie dann verschlafen und war viel zu spät zum Flughafen gekommen. Sie hatte zum Glück noch einen anderen Flieger nach Los Angeles erwischt, hatte aber zum Gate hetzen müssen und nicht einmal mehr Zeit gehabt, ihren Freundinnen Bescheid zu sagen, dass sie sich verspätete. Sie konnte von Glück sagen, dass Kalifornien in einer anderen Zeitzone lag und sie die Uhr um zwei Stunden zurückstellen konnte.

Während des Landeanflugs auf Los Angeles musste Jennifer wieder an Daniel denken. Sie war sauer, denn er verdarb ihr ihr erstes freies Wochenende seit Langem.

Jennifer war ein Workaholic, nahm ihren Beruf als Zivilrechtsanwältin sehr ernst und gönnte sich nur selten ein wenig Erholung. Einmal im Jahr aber ließ sie alle Arbeit liegen und machte sich auf nach Lamont, ihrer Heimat, die sie nur so nennen konnte, weil sie dort zusammen mit den wundervollsten Freundinnen aufgewachsen war, die man sich nur vorstellen konnte. Wären sie nicht gewesen, hätte Lamont in ihren Erinnerungen immer nur einen bitteren Nachgeschmack hinterlassen, was an ihrem Vater lag, der sie ihre ganze Kindheit lang nicht besser behandelt hatte als seine Schweine. Wenn er sie vernachlässigt und ignoriert hatte, war sie noch gut dran gewesen. Sobald sie mit der Schule fertig gewesen war, war sie aus Lamont weggegangen, hatte Jura studiert, wollte der Ungerechtigkeit auf dieser Welt ein Ende bereiten oder sie wenigstens ein kleines bisschen schmälern. Das Angebot aus Atlanta schien Schicksal gewesen zu sein, seitdem versuchte sie, Gerechtigkeit zu erlangen. Gerade hatte sie die Sammelklage einer Ortsgemeinschaft in Georgia durchbekommen, sehr erfolgreich sogar. Die Fabrik, die die Gemeinde mit giftigen Abgasen verpestet hatte, musste schließen, und die Leute hatten eine hohe Entschädigung erhalten. Jennifer kam sich manchmal fast ein bisschen so vor wie Erin Brockovich, die für das Recht des kleinen Mannes kämpfte. Dann war sie ungemein stolz auf sich. Es gab sogar Tage, an denen sie sich gerne auf nach Lamont machen und ihrem Vater zeigen würde, was aus ihr geworden war. Das tat sie dann aber doch nicht, sie kam einzig und allein für ihre Freundinnen zurück, ihren Vater hatte sie seit sechzehn Jahren nicht gesehen.

Sobald sie gelandet waren, holte Jennifer es nach, bei Lucinda anzurufen.

»Wo steckst du denn?«, fragte diese. »Wir warten schon auf dich.«

»Ich habe meinen Flieger verpasst, sorry. Jetzt bin ich aber in L.A. gelandet und hole schnell meinen Mietwagen ab. Ich bin in zwei Stunden bei euch.«

»Alles klar. Nur keine Hektik, wir laufen nicht weg. Wir freuen uns auf dich!«

»Und ich mich auf euch.« Jennifer legte mit einem Lächeln auf. Sie nahm sich fest vor, an diesem Wochenende die Arbeit Arbeit sein zu lassen, Daniel komplett aus ihren Gedanken zu streichen und die Zeit mit Lucinda, Michelle und Rosemary zu genießen. Sie wusste aber jetzt schon, dass das nicht leicht werden würde, weil Daniel sich immer wieder zurück in ihren Kopf schlich, sogar in ihr Herz, auch wenn sie das absolut nicht zulassen wollte.

Die Frauen standen in der Küche, als sie ein lautes Hupen hörten. Sie liefen alle drei hinaus, um die Vierte im Bunde zu begrüßen.

»Ich dachte schon, du kommst nicht«, sagte Lucinda und umarmte Jennifer in ihrem schicken grauen Kostüm erleichtert.

»Ich würde mir doch niemals unsere Orangentage entgehen lassen, was denkst du denn von mir?«, erwiderte Jennifer, nachdem auch Michelle und Rosemary sie fest gedrückt hatten.

»Dass du wieder mal einen Haufen Arbeit hast und sogar was davon mit hierherschleppst?«, vermutete sie, als sie Jennifers vollgestopfte Aktentasche sah.

»Nur ein bisschen«, gab diese zu.

»Nein, nein, nein. Das kannst du vergessen!«, sagte Lucinda gleich bestimmt und nahm ihr die Tasche ab, ehe ihre Workaholic-Freundin es verhindern konnte.

»Hey! Was hast du damit vor?«, rief Jennifer empört.

»Sie verstecken. Damit du gar nicht erst auf dumme Gedanken kommst. Gearbeitet wird hier nicht. Wir sind hier, um uns zu amüsieren.«

»Ja, ja, ich werde mich ja amüsieren. Ich dachte nur, dass ich vielleicht nachts …«

»Kommt gar nicht infrage! Die Nächte habe ich auch schon verplant.«

»Oooh!«, machte Michelle.

»Ich bin ja gespannt, was du mit uns vorhast«, sagte Rosemary.

»Na gut, dann arbeite ich halt nicht«, sagte Jennifer und stemmte die Hände in die Hüften. Provozierend sah sie Lucinda an. »Dann bist du aber schuld, wenn die Familie Johnson nicht an das ihr rechtmäßig zustehende Schmerzensgeld kommt, weil ein betrunkener Arzt den kleinen Tommy bei einer Wirbelsäulen-OP für immer querschnittsgelähmt hat.«

Lucinda starrte Jennifer mit Entsetzen an und gab ihr ihre Tasche zurück.

»Danke. Ich versuche wirklich, nicht allzu viel zu machen, okay?«

»Einverstanden. Nun komm erst mal mit in die Küche. Die Mädels und ich machen gerade Mittagessen.« Es war schon kurz nach zwei Uhr, und sie alle waren am Verhungern.

Michelle hakte sich bei Lucinda ein, und sie gingen auf das Haus zu, das jetzt von der Nachmittagssonne bestrahlt wurde. Das dunkle Gelb wirkte dadurch noch wärmer, man konnte fast denken, man betrete das Innere einer Orange. Als kleines Mädchen hatte Michelle sich oft vorgestellt, Lucindas Haus wäre eine Orange, und sie würde dort mit ihrer besten Freundin und deren Familie wohnen. Sie hatte sich sogar überlegt, wenn ein Hurrikan kommen und das Haus wegblasen würde wie das von Dorothy in *Der Zauberer von Oz*, könnte man einfach eine neue Orange nehmen und sie mit einer Luftpumpe aufblasen. Man könnte sogar die Möbel aus Orangen herstellen. Ein Orangenbett, einen Orangenschrank, Orangentische und -stühle. Die Zeit auf der Farm hatte Michelle völlig eingenommen, ihr Denken beeinflusst, ihre Vorlieben. Noch heute machte sich ein heimeliges Gefühl in ihr breit, wann immer sie den Duft von Orangen wahrnahm. Zur Weihnachtszeit schmückte sie stets das ganze Haus mit getrockneten Orangenscheiben, außerdem steckte sie getrocknete Nelken in ganze Orangen und hängte diese auf, dann roch ihr Zuhause fast wie ein echtes Zuhause. Dass Russel dabei mal wieder was zu meckern hatte, machte ihr überhaupt nichts aus. Der meckerte sowieso die ganze Zeit an ihr herum, denn der liebevolle, charmante Mann, für den sie Kalifornien und ihre Freundinnen verlassen hatte, war er leider schon lange nicht mehr. Ihre Traditionen ließ sie sich aber nicht nehmen – vor allem nicht ihr alljährliches Wochenende auf der Orangenfarm.

»War der Arzt wirklich betrunken?«, fragte Rosemary auf dem Weg zurück ins Haus, und auch Lucinda sah Jennifer gespannt an.

»Er hatte sich zum Frühstück einen Kaffee mit Schuss genehmigt. Vor Gericht klingt *betrunken* aber weitaus besser, oder nicht?« Jennifer zwinkerte ihnen zu.

»Wenn ich mal einen Zivilrechtsanwalt brauche, wende ich mich auf jeden Fall an dich«, sagte ihre berühmte Freundin.

»Ich wäre schwer beleidigt, wenn nicht. Was gibt es denn zu essen?«, fragte Jennifer, als sie das Haus betraten. Sie stellte ihr Gepäck neben der Tür ab und schielte zum Küchentresen hinüber, während Lucinda sich wieder an die Arbeit machte.

»Etwas *Leichtes*«, antworte Rosemary und verzog das Gesicht.

»Lucinda macht uns einen leckeren Salat«, berichtete Michelle und fuhr damit fort, das Dressing zu verrühren.

Lucinda hielt beim Schneiden inne und verkündete: »Mit Orangenfilets, getrockneten Tomaten, grünem Spargel und Pinienkernen. Das ist superlecker.«

»Hört sich fantastisch an. Auf das trockene Croissant im Flugzeug habe ich nämlich verzichtet, und ich sterbe gleich vor Hunger. Außerdem ist bei der Hitze so ein leichter, gesunder Salat genau das Richtige, finde ich.«

»Ja, super. Ich esse an sieben Tagen in der Woche Salat«, jammerte Rosemary. »Hier wollte ich doch ein Wochenende mal nicht an Kalorien denken und so richtig schön schlemmen.«

»Keine Sorge. Dazu werden wir auch noch kommen. Ich habe gestern noch Mandarinenmuffins gebacken, die gibt's zum Nachtisch. Und wenn du möchtest, kannst du zu deinem Salat ein wenig kalten Braten haben. Den habe ich neulich gemacht, und es ist noch was übrig«, schlug sie ihr vor.

»Du machst einen ganzen Braten nur für dich allein?«, fragte Jennifer in misstrauischem Tonfall.

»Ich habe da was Neues ausprobiert, mit einer süßen Orangensauce.«

»Bald kannst du dein eigenes Kochbuch rausbringen, bei all den Rezepten, die du dir so ausdenkst«, sagte Michelle.

Daran hatte Lucinda sogar selbst schon gedacht, mehr als einmal. Eigentlich war es seit Jahren ihr Traum, eines Tages ein Kochbuch oder auch ein Backbuch zu veröffentlichen, ein Buch mit ihrem Namen drauf, das sie der Nachwelt hinterlassen würde – ein Buch mit Orangenrezepten. Jedes Mal, wenn sie sich ein neues Gericht ausdachte, schrieb sie die Mengenangaben und die Zubereitungsanweisung auf ein Blatt Papier, klebte ein Polaroid-Foto von einem hübsch angerichteten Teller dazu und heftete es in einem Ordner ab. Das tat sie zwar hauptsächlich für sich selbst, aber auch mit der Idee im Hinterkopf, diese Rezepte eines Tages einmal an die Öffentlichkeit zu bringen. Allerdings wusste sie auch, dass dies höchstwahrscheinlich nur ein Traum bleiben würde, denn wer brachte schon das Buch einer völlig unbekannten Hobbyköchin heraus, wenn es schon eine Million anderer Kochbücher auf dem Markt gab?

»Nun sei ehrlich, Lucinda, ich sehe es dir an der Nasenspitze an«, sagte Michelle, die sie noch immer besser kannte als jeder andere. »Du hast nicht nur für dich allein diesen Braten gemacht.«

Sie gab nun eine Handvoll Pinienkerne in eine Pfanne und röstete sie. Das Aroma stieg ihr in die Nase, und sie merkte, wie sie leicht errötete.

»Wäre eine von euch so freundlich, das Besteck aus der Schublade zu holen?«, lenkte sie vom Thema ab.

»Das übernehme ich«, sagte Jennifer und entnahm der Schublade des alten weiß gestrichenen Küchenschranks Gabeln und Messer.

»Lucinda!«, sagte Michelle mit Nachdruck.

Sie wusste, dass sie da nicht wieder rauskommen würde. »Ich habe natürlich auch Alejandro etwas von dem Braten rübergebracht«, versuchte sie es.

Seinen Namen laut auszusprechen brachte noch immer ein mulmiges Gefühl mit sich, und sie war sich sicher, dass es den anderen genauso erging, das konnte sie an ihren Gesichtern ablesen. Erinnerungen kamen hoch, schlimme Erinnerungen.

»Wie geht es Alejandro?«, fragte Rosemary behutsam,

die es sich bereits am Tisch bequem gemacht hatte. Sie war es nicht gewohnt, in der Küche zu helfen.

»Es geht ihm gut. Wir können ihm gerne am Abend einen kurzen Besuch abstatten, wenn ihr Lust habt. Dann bringen wir ihm was von der Marmelade vorbei, die ich vorhabe heute Nachmittag mit euch zu machen.«

»Oh, wie schön!«, rief Michelle aus. »Ihr wisst, dass ich mich immer besonders auf diese Art von Aktivitäten freue.«

Lucinda sah Rosemary schmunzeln und leicht den Kopf über Michelles aufgeregtes Verhalten schütteln. Sie sah ja auch wirklich so aus wie ein kleines Kind, das schon ganz aufgeregt war, weil es bald seine Geschenke auswickeln durfte. Lucinda wusste, dass Rosemary dagegen auch gut aufs Marmeladekochen hätte verzichten können.

»Ich muss Michelle aber recht geben …«, begann Jennifer, und Lucinda dachte schon, sie freue sich genauso aufs Marmeladekochen. Doch sie sprach anscheinend von etwas anderem. »Du wirkst ein wenig verdächtig. Ich bin Anwältin, mich kann man nicht an der Nase herumführen.«

»Ja, ja, schon gut«, gab sie sich geschlagen. »Bevor ihr mich das ganze Wochenende damit nervt, verrate ich es euch eben jetzt schon. Ich habe mich mit jemandem angefreundet.«

»Angefreundet? Was genau bedeutet das? Eine Freundschaft mit gewissen Vorzügen?« Jennifer grinste sie an.

»Nein! Wirklich nur ein Freund.«

»Dem du einen Braten kochst?« Michelle schmunzelte.

»Er mag Braten.« Sie zuckte die Schultern.

»Und du magst ihn?«, fragte Michelle.

Rosemary erkundigte sich zeitgleich: »Wie heißt er überhaupt? Kennen wir ihn?«

»Immer langsam. Nicht alle auf einmal! Also, nein, ihr

kennt ihn nicht. Er heißt Jonah Porter und betreibt einen kleinen Biosupermarkt in Arvin, den ich mit Früchten beliefere. Und ja, natürlich mag ich ihn, sonst hätte ich mich ja nicht mit ihm angefreundet. Wie sehr ich ihn allerdings mag, kann ich noch nicht sagen. Wir waren ja erst ein paarmal aus.« Sie gab jetzt über jeden angerichteten Teller einen Löffel Pinienkerne und schüttete ein wenig von dem frisch angerührten Orangendressing über den Salat. Dann stellte sie die Teller vor ihren Freundinnen auf den Tisch.

»Das sieht unglaublich aus«, sagte Michelle bewundernd.

»Danke sehr. Ach, jetzt hätte ich beinahe den Braten vergessen. Isst du ihn kalt, oder soll ich ihn dir warm machen?«, wandte sie sich an Rosemary. »Und wollt ihr anderen auch etwas davon?«

»Kalt ist okay, das passt am besten zum Salat. Und wenn ich in die gierigen Gesichter der anderen schaue, würde ich sagen, du stellst ihn einfach in die Mitte des Tisches, und jeder nimmt sich was davon«, schlug Rosemary vor.

Während sie sich zum Kühlschrank drehte und die Tupperdose herausholte, fragte Jennifer frei raus: »Hattet ihr schon Sex?«

Schockiert sah Lucinda sie an. »Jenny! Ich habe doch gesagt, dass wir nur Freunde sind. Noch zumindest.«

»Na und? Das hält einen doch nicht davon ab, Spaß zu haben.«

»Mich schon.«

»Wann hast du dich zuletzt mit einem Mann vergnügt, Lucinda? War das 2016? Emilio Rodriguez?«

Lucinda war entsetzt. »Führst du Buch über mein Liebesleben, oder was?«

»Ich kann mir Dinge gut merken, das bringt mein Beruf mit sich. Nun sag schon, hattest du danach noch jemanden, von dem wir nichts wissen? Falls nicht, musst du ja schon komplett ausgetrocknet sein, so wie deine Bäume hinten an der Straße, die ich beim Herfahren gesehen habe.«

»Ja, das ist mir auch aufgefallen. Was hat es damit auf sich?«, wollte nun auch Michelle wissen.

»Könntet ihr mal beim Thema bleiben? Ich meine, ich erzähle euch gerne was über die Plantage, aber dieses Hin und Her macht einen ja ganz schwindlig.«

»Okay, das mit dem Sex zuerst«, sagte Jennifer.

»Ich bin auch dafür«, stimmte Rosemary zu und bediente sich am Fleisch.

»Sag mal, habe ich nicht gelesen, du wärst jetzt Veganerin?«, fragte Michelle sie.

»Ach, die Presse schreibt viel, wenn der Tag lang ist. Nur weil ich was für eine Tierrechtsorganisation gespendet habe, bin ich plötzlich Veganerin. Tss, tss.«

»Daniels Schwester ist Veganerin«, informierte Jennifer sie.

»Meine Friseurin auch«, sagte Michelle.

Lucinda musste lachen. Das ist ja hier wie im Hühnerstall, dachte sie. Ein wilder Haufen Hühner, die alle durcheinandergackern.

»Will jetzt jemand was über mein Sexleben wissen, oder nicht?«, rief sie in die Runde.

Alle nickten mit den Köpfen und bejahten.

»Also, Jenny hat recht. Ich hatte tatsächlich seit 2016 keinen Sex mehr, wenn ihr es unbedingt wissen müsst. Und ja, ich fühle mich wirklich schon ganz ausgetrocknet, weshalb ich echt hoffe, dass das mit Jonah was wird. Ich finde ihn nämlich total nett, und heiß ist er auch.«

»Erzähl uns mehr!«, bat Michelle, die sich einen großen Berg Salat in den Mund schob. »Das mit den Pinienkernen muss ich übrigens nachmachen. Das ist ja der Hammer!«, fügte sie mit vollem Mund hinzu.

»Okay… Jonah hat unglaublich blaue Augen, ist ungefähr eins fünfundsiebzig groß und gut gebaut. Er hat so eine niedliche Stupsnase… und sein Lächeln erst! Ach, er ist einfach umwerfend«, schwärmte sie.

»Und er führt einen Bioladen?«, fragte Jennifer.

»Ja, genau. Er hat ihn im letzten Jahr eröffnet, dadurch haben wir uns auch kennengelernt. Er hat nach Obst- und Gemüsehändlern aus der näheren Umgebung gesucht.«

»Und ist dabei auf dich gestoßen.« Michelle machte ein Hach-Gesicht und legte die Hände ans Herz.

»Du hast etwas Entscheidendes vergessen!«, fiel Rosemary auf. »Wie alt ist er? Schon etwas älter? Erfahrener?«

Das war der Punkt, den Lucinda eigentlich nicht hatte ansprechen wollen, weil sie schon jetzt wusste, dass die anderen sie damit aufziehen würden.

»Nun rück schon raus mit der Sprache!«, forderte Jennifer.

»Er ist… neunundzwanzig, fast.«

»Haha… neunundzwanzig, fast?« Jennifer grinste wieder.

»Du meinst, du hast was mit einem achtundzwanzigjährigen Jüngling?«, fragte Rosemary, um sicherzugehen, dass auch alle es vernommen hatten.

»Ihr habt es doch schon beim ersten Mal verstanden. Ja, er ist achtundzwanzig. Fast neunundzwanzig«, betonte sie noch mal, und alle brachen in Gelächter aus. »Nun hört schon auf, ihr seid so gemein! Er ist kein kleiner Milchbubi, falls ihr das denkt, sondern ein gestandener Mann. Immerhin hat er sein eigenes Geschäft, steht mit beiden Beinen im Leben. Und wenn ich euch mal was sagen darf: Ich fühle mich auch noch kein Jahr älter als fünfundzwanzig. Ich breche regelmäßig in Panik aus, wenn mir einfällt, wie alt ich wirklich schon bin.« Nämlich beinahe vierunddreißig.

»Ja, wir sind alle schrecklich alt geworden«, stimmte Michelle zu.

»Und deshalb hast du dir einen Jüngling geschnappt? Um dich selbst wieder jung zu fühlen?«, fragte Rosemary lachend.

Lucinda bewarf sie mit einem Salatblatt. »Ist dein Edward nicht auch jünger als du?«

»Hey! Anderthalb Jahre nur. Und in Hollywood ist das ganz normal.«

»In Bakersfield auch.«

»Davon habe ich ja noch nie was gehört.«

»Nun lasst sie doch«, nahm Michelle sie jetzt in Schutz. »Es ist immer noch Lucindas Entscheidung, mit wem sie *keinen Sex* haben will.«

Die anderen lachten nur noch mehr, und auch Michelle stimmte ein.

Lucinda tat beleidigt. »Wenn ihr so weitermacht, werde ich euch nicht mehr bekochen. Dann könnt ihr den Rest des Wochenendes auswärts essen gehen.«

»Oh nein, bitte, bitte, verzeih uns. Wir sind schon still«, flehte Rosemary.

»Ja, es tut uns leid. Bitte koch für uns, keine kocht so gut wie du«, sagte Jennifer.

»Na gut. Wenn ihr so darum bettelt, muss ich wohl nachgeben.«

»Lernen wir denn deinen Jonah mal kennen?«, wollte Michelle neugierig wissen.

»Ich werde alles tun, was nötig ist, damit das nicht passiert«, erwiderte Lucinda entschlossen.

Die Sache mit ihr und Jonah war noch ganz frisch. Ein Haufen gackernder Hühner könnte ihn verschrecken und bis in endlose Weiten vertreiben, befürchtete sie. Und das wollte sie, die wirklich auf dem Trockenen saß, ganz sicher nicht riskieren.

Kapitel 3

Nachdem die drei auch noch über ihre Muffins hergefallen waren und sich die Bäuche hielten, musste Lucinda einfach lächeln, ganz breit lächeln. Sie war so glücklich wie lange nicht mehr. Das Leben auf der Farm war in den letzten Jahren zunehmend härter geworden, was sie ihren Freundinnen gegenüber nie erwähnt hatte. Dieses Mal gab es wohl aber keinen Ausweg, denn sie alle hatten die vertrockneten Bäume bei ihrer Herfahrt gesehen, und da konnte sie sich nicht rausreden.

»Die Muffins waren der Hammer!«, lobte Michelle ihr Backwerk.

»Das sehe ich. Ihr habt sie allesamt verputzt.«

»Du musst mir unbedingt das Rezept mitgeben. Charles und Cara werden die lieben.«

»Wie geht es den beiden?«, erkundigte sich Rosemary.

»Bestens, danke. Sie sind wahre Engel.«

Ob das die ganze Wahrheit ist?, fragte Lucinda sich, denn sie meinte, in Michelles Gesicht etwas anderes zu lesen. Später würde sie sie unter vier Augen darauf ansprechen. Cara kam langsam in die Pubertät, da konnte doch gar nicht immer alles eitel Sonnenschein sein.

»Und wie geht es Jeannie?«, schien Michelle schnell vom Thema ablenken zu wollen.

»Sehr gut«, antwortete Rosemary strahlend. »Ich habe Lucinda vorhin schon erzählt, dass sie jetzt im Sommer eingeschult wird.«

»Ist das dein Ernst? Sie ist doch noch ein Baby!«

»Sie ist schon fast sechs.«

»Einfach unglaublich. Hast du ein Bild dabei?«

Natürlich hatte Rosemary ein Bild dabei, sogar weit mehr als nur eins, und die nächsten zehn Minuten wurden dazu genutzt, Kinderfotos herumzureichen und »Awww!« und »Wie süß!« und »Unfassbar, wie schnell sie wachsen!« auszurufen.

Lucinda kannte alle Fotos bereits, da sie regen Kontakt zu den beiden hielt, was regelmäßige Fotos per E-Mail mit sich brachte. Dass Rosemary und Michelle außerhalb der Orangentage häufig miteinander kommunizierten, bezweifelte sie aber stark, und Jennifer war sowieso viel zu beschäftigt – immer. Lucinda wollte die wöchentlichen Telefonate mit Rosemary und die häufigen Mails und SMS mit Michelle nicht missen. Sie hielten sie oft davon ab, durchzudrehen vor Einsamkeit auf dieser verlassenen Farm.

»Du hast uns noch nicht erzählt, warum die Hälfte deiner Bäume ausgetrocknet sind«, erinnerte Jennifer sie, als sie gerade geglaubt hatte, dass das Thema in Vergessenheit geraten war. Sie hätte dieses Gespräch gerne noch ein bisschen vor sich hergeschoben, sie wollte einfach nicht, dass es ihnen das Wochenende verdarb, auf das sie sich so lange gefreut hatte.

Sie überlegte, wie sie es erklären könnte, dann gab sie sich geschlagen und seufzte. »Okay, ihr werdet es ja doch erfahren … Also, um ganz ehrlich zu sein, kann ich mir die verdammt hohen Wasserpreise nicht mehr leisten und konnte somit einen Teil der Plantage nicht bewässern.« Und es war sogar mehr als die Hälfte, es waren beinahe zwei Drittel. Die kompletten hinteren Haine hatte sie inzwischen aufgegeben. Zudem hatte sie damit beginnen müssen, ihr Duschwasser abzufangen und zu filtern, damit sie weiterhin ihre geliebten Blumen gießen konnte, und sie freute sich über jeden Tropfen Regen, von dem sie keinen einzigen verkommen ließ.

Michelle machte ein besorgtes Gesicht. »Das hast du mir ja gar nicht erzählt.«

»Ich wollte nicht, dass ihr euch Sorgen macht.«

»Sollten wir uns denn Sorgen machen?«, fragte Rosemary.

»Ich habe in letzter Zeit viel darüber gelesen, dass in Kalifornien das Wasser rar und es deshalb rationiert wird. Die Kosten für Extrawasser sind horrend. Viele Farmer sind deswegen schon pleitegegangen«, berichtete Jennifer, die immer bestens über das Weltgeschehen informiert war, den anderen. Sie sah Lucinda nun ernst an. »Ich wiederhole Rosemarys Frage: Müssen wir uns Sorgen um dich machen?«

»Nein, nein«, winkte sie ab. »Ich meine, es ist ein schweres Jahr, aber ich denke, dass ich das auf jeden Fall wieder in den Griff kriegen werde.«

»Das Wasser wird bestimmt nicht mehr werden, oder billiger. Kalifornien ist am Austrocknen, genau wie deine Bäume. Oder du.« Jennifer musste trotz allem grinsen.

»Haha. Willst du das jetzt das ganze Wochenende ständig erwähnen?«

»Ich denke schon.«

»Du weißt, womit ich dir gedroht habe.«

»Ich habe gerade so viel gegessen, das reicht bis Sonntag.«

»Ich werde dich dran erinnern, wenn ich heute Abend meine gegrillten Lachsfilets mache.«

»Lachsfilets? Hmmm … ich glaube, ich gebe doch nach.«

»Gut so.« Sie zwinkerte Jennifer zu.

»Können wir mal wieder ernst werden?«, bat Rosemary. »Lucinda, kommst du auch wirklich klar? Ich weiß, du magst keine Hilfe annehmen, aber wenn du etwas brauchst ... ein Darlehen ...«

»Oh Gott, nein! Ich komme klar. Wirklich.« Sie hörte selbst, dass das nicht sehr überzeugend klang.

Rosemary legte eine Hand auf ihre, Michelle tätschelte gleichzeitig ihre Schulter.

»Es sind nicht nur die Wasserkosten«, gab sie zu. »Diesen Sommer habe ich noch ein anderes Problem. Kommt mit, ich zeige es euch.«

Sie alle standen auf. Michelle stellte, wahrscheinlich aus Gewohnheit, alle Teller aufeinander und brachte sie zur Spüle.

»Das können wir nachher machen, Michelle.« Lucinda hielt ihrer Freundin eine Hand entgegen, die diese nahm. Zusammen verließen sie das Haus und gingen in Richtung der Orangenfelder.

Sie gingen über den Garten, in den Lucinda bereits den alten blauen Plastiktisch und ein paar Stühle gestellt hatte. Die beiden Sonnenliegen standen ebenfalls bereit. Vorbei an der Scheune, den zwanzig Zitronenbäumen und den Kumquats, schlenderten sie zu den Orangenhainen. Reih an Reih waren hier Valencia-Orangenbäume gepflanzt, die im Frühling und Sommer Früchte trugen und vorwiegend als Saftorangen genutzt wurden. Auf der anderen Seite der Farm, hinten bei Alejandros Schuppen, wuchsen auch Navel-Orangen, die im Winter reiften, so hatte Lucinda beinahe das ganze Jahr über etwas zu ernten und zu verkaufen. Und Alejandro hatte Arbeit. Bis vor ein paar Jahren hatte sie noch vier weitere Pflücker beschäftigt, doch leider hatte sie diese gehen lassen müssen, weil sie es sich einfach nicht mehr leisten konnte, sie zu bezahlen. Jetzt mussten sie und Alejandro sich allein um die Ernte kümmern, was inzwischen gut zu schaffen war, da ja nicht mehr alle Bäume Früchte trugen. Manchmal überlegte sie, ob es wirklich schlau gewesen war, auch noch andere Zitrusarten anzupflanzen, kam letztlich aber immer zu dem Schluss, dass eine größere Vielfalt doch nur von Vorteil sein konnte. Und vor allem in ihrer jetzigen Situation war sie extrem froh, noch andere Früchte anbieten zu können.

»Du hast jetzt Kumquats?«, fragte Rosemary freudig, als sie die zwei Meter hohen Bäume sah, die gerade blühten.

»Woher weißt du, dass das Kumquats sind?« Lucinda war ehrlich erstaunt.

»Weil ich selbst auch welche im Garten habe.«

»Ich dachte, du hast ein Haus am Strand?«, fragte Michelle verwirrt. Sie hatte Rosemary noch nie in ihrer Malibu-Villa besucht und wusste nicht, dass das Haus auf der Hinterseite zwar zum Strand hinausging, vorne jedoch einen hübschen kleinen Garten besaß – natürlich von hohen Mauern eingesäumt.

»So ist es auch. Trotzdem habe ich vor dem Haus ein Kumquatbäumchen. Ich tu die Dinger einfach überall rein: ins Müsli, in den Joghurt oder Salat. Nur hatte mein Baum letztes Jahr leider überhaupt keine Früchte dran«, sagte sie enttäuscht. »Da musste ich doch welche auf dem Farmer's Market kaufen.«

»Die Bäume tragen nur alle zwei Jahre Früchte«, klärte Lucinda sie auf. »Wusstest du das nicht?«

»Ach, ehrlich? Nein, offensichtlich wusste ich das nicht.«

»Offensichtlich.« Jennifer grinste. »Also, ich mag Kumquats nicht, die sind mir viel zu bitter.«

»Womöglich hast du bisher die falsche Sorte gehabt. Das hier sind welche von der Sorte Meiwa, die sind eher süß«, klärte Lucinda sie auf. »Schade, dass sie gerade nicht reifen, sonst hätte ich dich jetzt eine probieren lassen.«

»Wann reifen sie denn?«

»Ab November. Dieses Jahr sind aber kaum Blüten dran, wie ihr seht. Die Pflanzen pausieren wie gesagt alle zwei Jahre und tragen dann nur wenige bis gar keine Früchte. Ich hoffe trotzdem auch dieses Jahr auf ein paar Handvoll, ich bin den Kumquats nämlich total verfallen.«

»Okay, ich muss euch etwas gestehen«, meldete Michelle sich jetzt mit leiser Stimme zu Wort. »Ich habe keine Ahnung, was eine Kumquat ist.«

Alle sahen sie erstaunt an.

»Gibt es die bei euch in Texas etwa nicht?«, fragte Rosemary.

»Nicht, dass ich wüsste.«

»Das kann ich so auf keinen Fall stehenlassen«, sagte Lucinda. »Ich gehe kurz in die Scheune und hole dir wenigstens ein paar kandierte.« Sie lief schnellen Schrittes und nahm sich ein Tütchen der Früchte, die sie im Winter in aufwendiger Arbeit gezuckert hatte.

»Hier, probier!« Sie zog an dem Bändchen und hielt Michelle die offene Tüte hin.

Michelle griff hinein, steckte sich die süße Frucht in den Mund und machte: »Mhmm. Die sind ja superlecker.«

»Sag ich doch.«

»Ich will auch«, bettelte Rosemary.

Lucinda ließ das Tütchen herumgehen und bekam gerade noch eine Frucht ab, bevor sie auch schon alle waren.

»Hast du davon noch mehr? Ich kaufe dir deinen ganzen Bestand ab.« Rosemary lachte.

»Was soll ich denn dann noch auf dem Markt verkaufen?« Lucinda lachte ebenfalls. »Da wir schon beim Thema sind: Ich muss euch noch etwas beichten. Morgen muss ich nämlich zum Markt. Ich weiß, die Jahre zuvor habe ich ihn an unserem Wochenende ausfallen lassen, aber diesmal bin ich echt darauf angewiesen.«

»Kein Problem. Ich komme mit und helfe dir«, bot Michelle sofort an.

»Sei mir nicht böse«, sagte Rosemary. »Es ist völlig okay für mich, wenn du da morgen hinmusst, aber ich kann auf keinen Fall mitmachen. Die Leute würden mich sofort erkennen. Das tun sie ja sogar, wenn ich ungeschminkt und in meinen ältesten Joggingsachen am Strand entlanglaufe.«

»Das verstehe ich doch, Süße.«

»Und ich könnte dann ja …« Jennifer sprach nicht weiter, und doch wussten alle sofort, was sie für Gedanken hatte.

»Du willst arbeiten. Na, ich kann ja wohl schlecht was dagegen sagen, wenn ich selbst arbeiten gehe«, erwiderte Lucinda seufzend. »Versprich mir, dass du dich mit deinen Unterlagen wenigstens in die Sonne setzt.«

»Abgemacht.«

»Das ist aber erst morgen«, erinnerte Michelle die anderen. »Lasst uns jetzt erst mal heute genießen.«

»Das machen wir auf jeden Fall. Gleich nachdem Lucinda uns gezeigt hat, was auch immer sie uns zeigen will, werden wir uns an die Marmelade machen. Ich weiß doch, wie scharf du darauf bist.« Rosemary knuffte Michelle leicht in die Hüfte, die seit ihrem letzten Besuch noch ein wenig mehr an Fülle gewonnen hatte. Während der Rest von ihnen sehr schlank war, sah man Michelle an, dass sie weder in der Öffentlichkeit stand noch sehr auf ihre Figur achtete. Das hatte sie noch nie, und sie schien sich wohlzufühlen.

»Du hast mich durchschaut.« Michelle schmunzelte vor sich hin.

Lucinda ging nun voraus und brachte ihre Freundinnen hinüber zu den Orangenbäumen. Sie nahm eine der Früchte in die Hand und sagte: »Seht ihr?«

»Herrje, was ist denn das?« Jennifer betrachtete die Orange, die über und über mit grünen Flecken gesprenkelt war. »Sind die in diesem Jahr erst später reif?«

»Das ist es ja. Reif sind sie schon, die grüne Farbe bedeutet nicht, dass sie nicht reif sind. Das Problem ist diese schreckliche Hitze. Sie bewirkt manchmal, dass das Chlorophyll in die Schale der bereits orangefarbenen Früchte zurückkehrt und diese erneut grünlich färbt; ihr müsst euch das wie eine Art Sonnenschutz vorstellen. Die Früchte schmecken dann zwar noch genauso gut und auch genauso süß wie die orangefarbenen, aber sie sind einfach nicht mehr sehr ansehnlich.«

»Und die Leute wollen keine hässlichen Orangen?«, brachte Jennifer es auf den Punkt.

»Ganz genau. Oder ich bekomme weit weniger dafür bezahlt.«

»Das ist ja blöd«, sagte Michelle. »Kann man da denn gar nichts machen?«

»Andere Bauern färben sie. Ich bin ernsthaft am Überlegen, das auch zu tun. Allerdings war ich immer sehr stolz darauf, ausschließlich Bioorangen im Angebot zu haben. Würde ich sie färben, dürfte ich sie nicht mehr so nennen, was auch wieder finanzielle Einbußen mit sich bringen würde.«

Michelle zog sie an sich. »Du Arme. Du hast echt ein schweres Jahr, oder?«

Lucinda atmete einmal ganz tief ein und genoss die Umarmung. »Ja, irgendwie schon. Ihr könnt euch gar nicht vorstellen, wie sehr ich mich hierauf gefreut habe. Auf unsere Orangentage. Ich brauche so dringend ein paar positive Momente.«

»Oh, Liebes. Keine Sorge, die wirst du haben, das verspreche ich dir«, sagte Jennifer und brachte sich in die Umarmung ein.

»Ich auch«, forderte Rosemary und schwang ihre Arme um das Dreierpack.

Und so standen sie da, vier alte Freundinnen inmitten der Orangenfelder – und die Welt stand still.

Kapitel 4

Juli 2000

»Jennifer, komm runter von dem Baum, du brichst dir noch das Genick!«, rief Michelle ihrer Freundin zu, die auf dem obersten Ast eines sechs Meter großen Valencia-Orangenbaumes saß.

»Ich halte Ausschau nach den Jungs!«, rief sie zurück.

»Siehst du schon was?«, erkundigte sich Rosemary, die heute wieder einmal eines ihrer hübschen Kleider anhatte, mit dem sie aussehen wollte wie Audrey Hepburn. Die Schauspielerin war ihr großes Vorbild, und Rosemary sah sich ständig all ihre alten Filme aus den Fünfziger- und Sechzigerjahren an, seit sie die Videokassetten bei ihrer Grandma Tippi entdeckt hatte. In diesem Sommer sprach sie noch häufiger als sonst davon, selbst ein berühmter Hollywoodstar werden zu wollen. Ihr zwei Jahre älterer Bruder Cameron machte sich immer über sie lustig, aber das war ihr völlig egal, wie sie ihren Freundinnen erzählte, denn er würde sich noch umgucken, wenn sie erst reich und erfolgreich wäre in der großen weiten Welt und er noch immer in Lamont auf den Kartoffelfeldern ackern würde.

»Nein, noch nicht«, verkündete Jennifer enttäuscht.

»Sie werden schon noch kommen«, meinte Lucinda. »Sie

haben doch versprochen vorbeizuschauen.« Und sie zweifelte nicht im Geringsten daran, denn Taylor Walton hatte sie vor zwei Tagen zum ersten Mal geküsst, und sie war sich sicher, dass er sich einen zweiten Kuss abholen wollte.

»Wenn du schon da oben bist, kannst du vielleicht ein paar Orangen runterwerfen?«, bat Michelle, die den ganzen Tag lang Hunger hatte.

»Hast du nicht irgendwann genug von Orangen?«, fragte Jennifer, warf aber doch ein paar der reifen Früchte herunter.

Michelle fing keine einzige auf und musste sich bücken, um sie einzusammeln.

»Wie kann man denn jemals genug haben von Orangen?«, fragte sie mit gekräuselter Stirn. Sie versuchte, eine der Orangen von ihrer Schale zu befreien, fand aber keinen Anfang.

Lucinda half ihr und rief zu Jennifer hoch: »Hey, wenn du schlecht über Orangen reden willst, ist unsere Freundschaft beendet!« Sie sagte es im Spaß und lachte dabei, und doch wusste sie in diesem Moment wieder, warum sie Michelle noch ein bisschen lieber hatte als ihre anderen Freundinnen.

»Ich sehe sie!«, schrie Jennifer freudig und wedelte so aufgeregt mit den Armen, dass sie beinahe den Halt verlor.

»Fall nicht runter!«, rief Lucinda ihr zu.

»Keine Sorge, ich pass schon auf. Ein gebrochenes Bein kann ich nicht gebrauchen, ich habe nämlich vor, heute auch geküsst zu werden. Und zwar von Benny Grimes.«

»Benny Grimes? Iiiih!«, machte Rosemary und rümpfte die Nase. »Der ist doch voll widerlich. Er hat einen Möchtegernschnauzer und ein selbstgestochenes Tattoo.«

»Ich finde das heiß«, sagte Jennifer, die schon immer die Rebellin unter ihnen gewesen war.

»Na, wenn du meinst. Ich warte mit dem Küssen auf den

Richtigen. Und den werde ich ganz bestimmt nicht in der Nähe von Bakersfield finden.«

»Sondern in Hollywood?«, fragte Jennifer sarkastisch, kletterte ein paar Äste herunter und machte vom letzten einen Sprung. Sie landete gekonnt auf ihren Füßen.

»Ganz genau.« Rosemary hatte dieses Lächeln auf den Lippen, das sagte, dass die anderen ruhig denken konnten, was sie wollten, sie wusste es ja doch besser.

Sie hörten Fahrradklingeln und sahen kurz darauf vier Jungs zwischen den Orangenhainen herbeifahren. Taylor sprang vom Rad und ging auf Lucinda zu.

»Hallo, meine Hübsche«, sagte er und gab ihr einen Kuss.

Jennifer wandte sich gleich an Benny, Rosemary zupfte an ihrem Kleid herum, das Jimmy bewunderte, und Michelle ging zu Craig, dem Vierten im Bunde, und bot ihm eine Orange an, die er mit einem schüchternen Lächeln annahm.

Kapitel 5

Als sie sich endlich voneinander lösten, nahm Lucinda wahr, wie Rosemary durch ihre Sonnenbrille zu einem ganz bestimmten Hain hinüberstarrte. Sie sah plötzlich ganz schwermütig aus.

»Ich kann einfach nicht anders, als jedes Mal an diesen einen Sommer zu denken, wenn ich hier bin«, sagte sie wie jedes Mal, während ihre dunkelbraunen Locken ihr in der leichten Brise, die Gott sei Dank aufgekommen war, sanft ins Gesicht wehten.

Lucinda wusste, von welchem Sommer Rosemary sprach. Sie alle wussten, von welchem Sommer sie sprach. Ihr sechzehnter Sommer. Der Sommer, der ihrer aller Leben verändert hatte.

»Wollen wir später zu ihrem Grab gehen und ihr Blumen bringen?«, fragte Michelle.

»Tun wir das nicht jedes Mal?«, erwiderte Jennifer und lächelte traurig.

Mit gesenkten Köpfen machten sie sich auf den Weg zurück zum Haus.

»Woohoo! Wer ist denn das?«, hörte Lucinda auf einmal Jennifer ausrufen und sah auf.

Ein dunkelroter Pick-up parkte in der Einfahrt neben den Autos der anderen, und sie wusste genau, wem der gehörte.

Ein junger Mann mit braunem Haar und einem blauen T-Shirt, den Lucinda gut kannte, stand vor dem Haus und sah sich suchend um.

»Ich glaube, jetzt wird es spannend«, sagte Rosemary grinsend.

Ja, da könnte sie allerdings recht haben, dachte Lucinda, atmete einmal tief durch und ging auf Jonah zu. Sie hoffte inniglich, dass die Mädels sich im Hintergrund halten würden. Aber da hatte sie natürlich zu viel erwartet, die drei folgten ihr bis auf wenige Meter, standen dann erwartungsvoll da und starrten sie und Jonah an, als würden sie sich eine Realityshow ansehen.

Nun gab es kein Entkommen mehr.

»Hallo, Jonah, was tust du denn hier?«, fragte sie nervös lächelnd.

»Sorry, ich weiß, dass du dieses Wochenende deine Freundinnen hier hast.« Er sah an ihr vorbei und winkte den dreien zu. »Ich schaue auch nur ganz kurz vorbei und bin gleich wieder weg.«

»Ah ja? Weshalb schaust du denn vorbei?«

Lucinda war die Situation äußerst unangenehm. Sie hatte nicht gewollt, dass das passierte. Dass Jonah auf ihre Freundinnen traf. Deshalb hatte sie ihm extra gesagt, dass sie dieses Wochenende absolut keine Zeit für ihn hatte. Anscheinend hatte er es überhört.

»Ich bringe dir ein Geschenk«, sagte Jonah, und Lucinda wusste wieder, warum sie ihn so liebenswert fand. Natürlich war er nebenbei auch gut gebaut, was vor allem Jennifer gefallen sollte. Außerdem hatte er verführerische Augen mit unendlich langen Wimpern und ein unglaubliches Lächeln. Als sie sich jetzt umdrehte, erkannte sie, dass ihre Freundinnen ihn von Kopf bis Fuß unter die Lupe nahmen.

»Ein Geschenk?«, fragte sie überrascht.

»Ja, du hattest mir doch neulich erzählt, dass du gerne Buddhas Hand anbauen würdest.« Er ging hinüber zu seinem Pick-up und holte zwei Pflanzen in Töpfen von der Ladefläche. Mit einem Strahlen im Gesicht überreichte er sie ihr.

»Oh mein Gott! Du bringst mir Buddhas Hand?«

»Was bitte schön ist Buddhas Hand?«, machte sich Jennifer bemerkbar und trat ein paar Schritte auf sie zu.

»Ja, das würde mich auch interessieren«, schloss Michelle sich ihr neugierig an.

Mit einem unmissverständlichen Gesichtsausdruck drehte Lucinda sich zu ihnen um. »Buddhas Hand ist eine Zitrusart. Die reifen Früchte sehen aus wie eine Hand mit vielen Fingern«, sagte sie kurz und knapp.

»Eigentlich«, sagte Jonah nun, »ist es eine Unterart der Zitronatzitrone, auch Sarcodactylis genannt.«

»Wow! Sexy *und* gebildet ist er«, raunte Jennifer und machte Jonah schöne Augen, der gleich ein wenig errötete.

Lucinda starrte sie ungläubig an. Am liebsten hätte sie ihr den Ellbogen in die Seite gerammt.

»Wie auch immer«, sagte sie stattdessen und versuchte, Ruhe zu bewahren. »Die reife Frucht riecht einfach unglaublich. Schon bevor man sie aufschneidet. Wenn man das dann aber tut … oh Gott, das ist der Wahnsinn«, schwärmte sie und konnte gar nicht glauben, dass Jonah die Pflanzen für sie aufgetrieben hatte. Sie hatte neulich beim Abendessen – ja, als sie gemeinsam den besagten Braten verspeisten – nur nebenbei erwähnt, dass sie eines Tages gerne Buddhas Hand anbauen würde. Nur für den Eigenbedarf erst mal. Sie wusste ja nicht, wie lange sie die Farm noch halten konnte und ob es sich überhaupt lohnen würde, jetzt noch neue Früchte zu pflanzen. Sie sah Jonah dankbar an, vor allem, weil sie wusste, dass die einzelnen Pflanzen bis zu einhundert Dollar kosteten.

»Ich glaube, die habe ich schon mal irgendwo gesehen«, sagte Rosemary. »Während einer Asienreise.«

»Ja, da kommen sie her. Sie stehen für Glück«, erzählte Jonah und ließ sich absolut nicht anmerken, dass er wusste, wen er da vor sich hatte.

»Und das kann unsere Lucinda gut gebrauchen«, rutschte es Michelle heraus.

Lucinda funkelte sie böse an.

»Sorry«, sagte sie. »Ich meinte doch nur, dass jeder ein bisschen Glück gut gebrauchen kann. Oder?« Sie kicherte nervös.

»Sie müssen Michelle sein, hab ich recht?«, fragte Jonah und lächelte ihre Freundin an.

»Woher wissen Sie das?«, fragte diese verdutzt.

»Lucinda hat mir von Ihnen erzählt. Von Ihnen allen.«

»Ach, ehrlich? Sie hat *Sie* heute zum allerersten Mal erwähnt«, sagte Jennifer.

Lucinda wäre am liebsten im Erdboden versunken.

»Na, ich freue mich auf jeden Fall, Sie alle mal kennenzulernen.«

»Ganz unsererseits.« Rosemary lächelte Jonah an.

»Warten Sie mal!« Jetzt fiel Michelle plötzlich was auf. »Sagten Sie vorhin was von Zitronatzitrone? Wird aus dieser Frucht etwa das Zitronat gemacht, das wir zum Backen verwenden?«

»Ganz genau. Nicht unbedingt aus dieser speziellen Untergattung, aber im Grunde schon aus der Frucht, ja. Beziehungsweise aus der Schale, die extrem dick ist. Die Zitronatzitrone enthält nur sehr wenig Fruchtfleisch.«

»Aus der Schale? Ist ja ein Ding. Da verwende ich das ständig zum Backen und wusste nicht mal, woraus es gemacht ist.«

»Schon komisch, dass Jonah mehr über Zitrusfrüchte zu wissen scheint als du, oder?«, fragte Jennifer Lucinda wieder mit einem Augenzwinkern.

Die Frau war einfach unmöglich, fand sie. Sie flirtete ganz offen mit Jonah, obwohl sie doch wusste, dass Lucinda ihn mochte. Sehr mochte. Oder war das nicht ganz klar gewesen?

»Tut mir leid, Jonah, ich muss dich jetzt leider bitten zu gehen. Wir wollen Marmelade kochen.«

»Hört sich toll an. Was für Marmelade?«

»Orangenmarmelade natürlich.« Sie lächelte trotz allem.

»Bekomme ich ein Glas, wenn sie fertig ist?«

»Auf jeden Fall«, antwortete sie und schob ihn in Richtung seines Wagens.

Jennifer, Rosemary und Michelle sahen ihnen nach und brachen in Lachen aus.

»Das hat dir Spaß gemacht, oder?«, fragte sie Jonah, als er einstieg und sie durchs offene Fenster angrinste.

»Ich fand einfach nur, ich sollte deine Freundinnen mal kennenlernen. Du kennst meine immerhin auch schon.«

Das stimmte. Jonah hatte sie neulich mit auf eine Grillparty genommen.

»Du hast ja recht. Ich hoffe nur, dir ist klar, dass du schon bald nicht mehr aus dieser Sache rauskommst«, sagte sie.

»Das will ich auch gar nicht.« Er lächelte sie an.

»Das wollte ich hören. Danke für die wundervollen Pflanzen, Jonah.« Sie hätte jetzt am liebsten ihren Kopf ins Auto gesteckt und ihm einen Kuss auf die Wange gegeben, ließ es aber lieber bleiben.

»Für den Rest des Wochenendes lasse ich euch allein, das verspreche ich.«

»Es war schön, dich zu sehen«, sagte sie, und in ihrem Bauch schwirrten ein paar Schmetterlinge herum.

»Vielleicht können wir uns ja am Montag zum Abendessen treffen, und du erzählst mir, was du so alles erlebt hast?«

»Sehr gerne. Komm um acht vorbei, ich koche was Schönes.«

»Dann bis Montag.« Er fuhr eine Kurve und winkte den drei Frauen zu, die neugierig zu ihnen herübersahen.

Sie winkten fröhlich zurück und nahmen Lucinda in Empfang.

»Er ist großartig!«, sagte Rosemary.

»Einfach umwerfend«, stimmte Michelle zu.

»Und sooo heiß!«, kam von Jennifer.

»Ja, was sollte das eigentlich, Jenny?« Lucinda sah ihre Freundin ungläubig an. »Du hast in einer Tour mit ihm geflirtet!«

»Ja, und? Hat es dir etwa was ausgemacht? Ihr seid doch nichts als Freunde, das hast du uns zumindest gesagt.«

»Das hast du wirklich gesagt«, kam es nun auch von Rosemary.

»Okay, okay, ich geb's ja zu. Ich bin ein bisschen verknallt in ihn, okay? Könntet ihr also bitte die Finger von ihm lassen?«

»Na, endlich gibst du es zu!« Jennifer klatschte in die Hände.

»Juhu! Lucinda ist verliebt!« Michelle fiel ihr um den Hals.

»Nun macht keine große Sache daraus, bitte.« Sie musste grinsen. »Ihr mögt ihn also?«

»Er ist toll!«, meinte Rosemary, und Michelle und Jennifer stimmten ihr überschwänglich nickend zu.

»Mann, da bin ich aber beruhigt.« Ihr fiel wirklich ein Stein vom Herzen. »Und nun lasst uns Marmelade machen.«

»Nicht so viel Zucker, Michelle!«, rief Lucinda ihr zu.

»Je süßer, desto besser, dachte ich mir«, rechtfertigte sie sich, noch immer das Paket mit dem Gelierzucker in Händen.

»Ja, aber wir wollen doch keinen Zuckerschock bekommen, wenn wir sie nachher essen, oder? Außerdem wird die Marmelade dann zu fest. Hier, sieh dir das Rezept an!«, sagte Lucinda und schob ihr den Ordner zu, in dem sie all ihre vielen Rezepte abheftete. Er lag immer in der Kommodenschublade, und Michelle war sich sicher, dass ihre Freundin selbst ihn gar nicht gebraucht hätte. Die kannte ihre eigenen Kreationen doch sicher in- und auswendig.

»Schon gut, schon gut. Dann wiege ich halt ganz penibel genauso viel ab, wie du gesagt hast«, gab sie nach.

Sie sah, wie Lucinda schmunzelnd den Kopf schüttelte, und musste ebenfalls lächeln.

»Ist das richtig so?«, fragte Rosemary, die den Orangen mithilfe eines Zestenreißers, den sie ziemlich unbeholfen in der Hand hielt, kleine, hauchdünne Streifen der äußersten Schale abzog.

»Das machst du super«, sagte Lucinda, die selbst sicher in derselben Zeit, die Rosemary für drei Orangen gebraucht hatte, die ganze Kiste fertig geschafft hätte.

Rosemary lächelte zufrieden. Sie war halt nicht so gut in solchen Dingen. Wann stand sie denn schon mal in der Küche? Am Set wurde ihr das Essen gebracht, und in ihrer drehfreien Zeit wurde es ihr von einer Diät-Firma geliefert, das hatte sie ihnen schon des Öfteren erzählt. Sie bekam dreimal am Tag ein Gericht mit maximal vierhundert Kalorien aufgetischt. Die Nanny kochte für Jeannie. Abends bereitete Rosemary zwar manchmal einen leichten Salat zu, doch richtig kochen tat sie so gut wie nie. Und Marmelade hatte sie auch noch nie selbst gemacht – außer hier bei Lucinda.

An jedem Wochenende der letzten sieben Jahre hatten sie zusammen entweder Marmelade oder Sirup, Chutney, Kuchen oder Teemischungen selbst gemacht. Und im Gegensatz zu Rosemary hatte das gemeinsame Kochen Michelle die Welt bedeutet.

Michelle war eine Hausfrau und Mutter, wie sie im Buche stand. Sie verbrachte viele Stunden des Tages in der Küche und zauberte die köstlichsten Gerichte für ihre Familie, nicht nur weil diese es erwartete, sondern auch weil es für sie dazugehörte. Es bereitete ihr Freude, lenkte sie ab. Sie vergaß oft ihre Sorgen, wenn sie am Herd stand und in einer Sauce rührte. Dass sie von Russel nur selten ein paar Worte des Dankes zurückbekam, verletzte sie zwar, sie hatte sich inzwischen aber damit abgefunden. Sie erwartete nichts mehr von ihm, das hatte sie schon vor langer Zeit aufgegeben. Der Mann, in den sie sich verliebt hatte, war er nicht mehr seit dem Tag, an dem sie mit ihm nach Texas gegangen war.

Sie hatte nie genau verstanden, was genau ihn verändert hatte. Als sie ihn vor gut fünfzehn Jahren in Kalifornien kennengelernt hatte, war er der liebevollste, aufmerksamste Mann überhaupt gewesen, er hatte Humor gehabt und Charme. Er hatte sie so umgarnt, dass sie sich als etwas ganz Besonderes gefühlt hatte. Sie erinnerte sich noch an einen Abend, als er sie von der Arbeit in der Gärtnerei abgeholt und ihr eine wunderschöne gelbe Orchidee gekauft hatte mit den Worten: »Die ist zwar nicht so schön wie du, ich hoffe aber, sie gefällt dir trotzdem.« Sie dachte oft daran zurück, an den entzückenden Russel, den sie so sehr vermisste. Und in stillen Stunden weinte sie und wünschte sich, er wäre noch immer derselbe.

»Wie viele von den Dingern soll ich denn noch ausquetschen?«, fragte Jennifer und riss sie aus ihren Gedanken. Ihre Freundin drückte die wohl fünfzigste Orangenhälfte auf der Zitruspresse aus. Sie drehte, sie quetschte und sie stöhnte. Ihr hatte Lucinda anscheinend absichtlich diese schwerste Aufgabe gegeben, weil sie ihr das Flirten mit Jonah heimzahlen wollte.

»Warum kaufst du dir nicht endlich mal eine elektrische Saftpresse?«, beschwerte sich Jennifer.

»Ach, so was brauche ich nicht. Wir sind hier weit über dreißig Jahre lang gut ohne so einen neumodischen Schnickschnack ausgekommen.«

»Du redest wie meine Großmutter«, sagte Rosemary kichernd.

»Wie geht es deiner Großmutter?«, fragte Michelle sie. Als Kinder hatten sie immer Tootsie Pops, diese leckeren Lollis mit Kaubonbonfüllung, von ihr bekommen, wenn sie sie mit ihren Fahrrädern in ihrem kleinen Häuschen im Ort besuchen gefahren waren. Inzwischen hatte Rosemary ihr ein wunderschönes, großes Haus gekauft und eine Pflegerin engagiert, die bei ihr wohnte.

»Es geht ihr bestens. Sie erkundigt sich jedes Mal nach euch, wenn ich mit ihr telefoniere. Am Sonntag werde ich vor meiner Abreise einen kleinen Abstecher zu ihr machen.«

»Ich sehe sie manchmal auf dem Bauernmarkt«, erzählte Lucinda. »Sie hat sich in den letzten zwanzig Jahren kein bisschen verändert.«

»Sie wird wohl ewig neunundfünfzig bleiben. Sie sagt, sie weigere sich, sechzig zu werden.«

Sie alle lachten, weil sie wussten, dass die alte Dame inzwischen schon fast achtzig war.

»Bring ihr doch gerne auch ein paar Marmeladengläser vorbei, wir machen schließlich mehr als genug«, schlug Lucinda vor. Sie machten immer so viele, dass jede von ihnen einen ganzen Vorrat mitnehmen konnte, der bis zu ihrem nächsten Treffen reichte. Michelle hatte bis vor Kurzem ein Glas von dem Orangenblütengelee, das sie vor zwei Jahren gemacht hatten, ganz hinten im Gemüsefach ihres Kühlschranks versteckt gehabt, dort, wohin sich keiner je verirrte. Einfach, weil sie es für sich allein haben wollte.

»Oh, gerne. Da wird sie sich sicher freuen«, sagte Rosemary.

Jennifer stöhnte wieder. »Reicht das jetzt nicht langsam mal?«

»Circa zwanzig Orangen werden wir noch brauchen. Es muss schließlich genug Saft sein, um den zweiten Topf zu füllen.«

Michelle warf einen Blick in diesen, der noch nicht einmal zu einem Viertel voll war, und rührte weiter im ersten riesigen Topf, dem sie eine ganze Ladung Gelierzucker zugegeben hatte. Diesen vermengte sie jetzt mit dem Saft und den Orangenstückchen, die Lucinda hinzuschüttete. Nachdem sie auch noch Ingwer, Zimt und Gewürznelken hinzugefügt hatte, sagte sie: »Rosemary, wir brauchen jetzt die Zesten, bitte.«

Rosemary reichte ihr das Brett mit der Orangenschale, und dann brachten sie alles zum Kochen, während Lucinda Michelle anwies, immer schön weiterzurühren.

Als der Saft sich langsam in eine dickflüssige, blubbernde

Masse verwandelte, meinte Lucinda: »Das reicht jetzt, Michelle, du kannst den Topf vom Herd nehmen.«

»Das riecht einfach herrlich«, sagte Rosemary und steckte ihre Nase in den Topf.

»Ja, so leicht macht man köstliche Orangenmarmelade«, sagte Lucinda mit einem breiten Lächeln im Gesicht und fischte die Nelken heraus. »Jetzt müssen wir sie nur noch in die Gläser füllen. Rosemary, stellst du sie bitte in einer Reihe auf? Michelle, wärst du so lieb und würdest den Trichter in die Gläser halten, damit ich die Marmelade reinschütten kann? Achtung, heiß!«

»Und ich darf nichts tun, als Orangen auszupressen?«, hörten sie Jennifer vor sich hin jammern.

Kaum zu glauben, dass die Frau normalerweise vor Richtern und Geschworenen spricht, selbstbewusst und völlig überzeugend, dachte Michelle. Dass sie sich aber gegen Lucinda nicht durchsetzen konnte. Nun, hier hatte halt sie das Sagen. Es war ihre Farm, es war ihre Küche, es waren ihre Rezepte. Die Orangentage ohne Lucinda wären wie Pizza ohne Käse oder Hühnersuppe ohne Huhn. Nur dank Lucinda und ihrer Farm kamen sie alle jeden Sommer zusammen und durften sich wieder fühlen wie fünfzehn, sorglos und glücklich – wenn auch nur für ein paar Augenblicke.

Kapitel 6

Als sie endlich auch mit dem zweiten Topf voll Marmelade fertig waren, setzten sich alle hin und lehnten sich erschöpft in ihren Stühlen zurück.

Lucinda wischte sich mit einem Tuch den Schweiß von der Stirn und schenkte anschließend allen ein Glas frisch gepressten Orangensaft ein, der vom Marmelademachen übrig geblieben war. Ja, sie musste zugeben, sie hatte Jennifer weit mehr Orangen auspressen lassen als benötigt, und ja, sie musste auch zugeben, dass sie sie gerne ein wenig gequält hatte. Würde Jennifer herausfinden, dass sich sehr wohl eine elektrische Presse in einem der Küchenschränke befand, würde sie sie garantiert einen Kopf kürzer machen. Sie grinste in sich hinein.

»Es ist echt zu heiß zum Arbeiten«, meinte Rosemary.

»Ja, da hast du recht«, stimmte Jennifer ihr zu. »Wenn es euch nichts ausmacht, werde ich jetzt endlich mal mein Gepäck nach oben bringen und mich ein wenig frisch machen.« Sie sah zu ihrem Koffer hin, der zusammen mit der dicken Aktentasche noch immer neben der Tür stand, wo sie ihn bei ihrer Ankunft abgestellt hatte.

»Ja, ich würde mich auch gern frisch machen«, sagte Rosemary.

»Tut euch keinen Zwang an«, meinte Lucinda. »Ihr

könnt dieselben Zimmer nehmen wie immer, ihr wisst ja, wo alles ist.«

Die beiden bewegten sich schleppend nach oben, während Michelle sie anlächelte.

»Geh du ruhig auch. Wir treffen uns in einer halben Stunde wieder hier unten. Dann können wir uns ein wenig nach draußen in die Sonne legen.«

Michelle schüttelte jedoch den Kopf. »Ich bleibe lieber bei dir. Ich sehe dich doch so selten.«

Lucinda lächelte sie warm an. »Ich bin echt froh, dass du hier bist.«

»Ich auch.«

Sie glaubte schon wieder, Traurigkeit in den Augen ihrer Freundin zu sehen. »Geht es dir gut, Süße?«

»Klar. Mir geht es doch immer gut.«

»Und jetzt mal ganz ehrlich, ohne dieses aufgesetzte Lächeln, Michelle. Du weißt, ich kenne dich besser als jeder andere, und ich sehe doch, dass was nicht stimmt. Ist es wieder Russel? Habt ihr gestritten?« Sie hatte in den letzten Jahren so einiges mitbekommen, und sie musste ganz ehrlich zugeben: Sie mochte Michelles Mann nicht, und das war noch nett ausgedrückt. Als Michelle ihn damals hier in Kalifornien durch gemeinsame Freunde kennengelernt und ihr vorgestellt hatte, war Russel charmant und zuvorkommend gewesen. Lucinda hatte sich richtig für ihre Freundin gefreut. Doch sobald sie in Russels Heimat Texas gezogen waren, hatte er angefangen, sich zu verändern. Lucinda kannte die Gründe dafür nicht, vielleicht lag es daran, dass er vor seiner Mutter und den Brüdern als das große Familienoberhaupt dastehen wollte, oder an dem Job als Immobilienmakler, den er verloren hatte, als Cara gerade einmal vier Monate alt war. Sie wusste nur, dass aus dem freundlichen Russel mit den Jahren ein dominanter und harscher Kerl geworden war, in dessen Nähe sie kein Wochenende mehr verbringen wollte. Denn sie hatte mehr als einmal mitbekommen, wie er Michelle grundlos zur Sau gemacht und sich ihr gegenüber absolut danebenbenommen hatte. Dabei war seine Stimmung immer von jetzt auf gleich völlig umgeschlagen. Sie erinnerte sich an einen Vorfall vor elf Jahren …

Es war zehn Uhr abends gewesen, und Russel hatte Lust auf ein Steak gehabt. Erst hatte er noch nett gefragt, ob Michelle es ihm bitte braten könne. Als sie ihm gesagt hatte, dass sie zu müde sei, weil sie letzte Nacht wegen der zahnenden Cara kaum Schlaf bekommen hatte, war Russels Lächeln verflogen, er war auf seine Frau zugekommen und hatte ihr direkt ins Gesicht geblafft, dass er verdammt noch mal Hunger habe. Als Michelle ihm daraufhin vorgeschlagen hatte, dass sie ihm schnell die Reste vom Dinner in die Mikrowelle tun könnte, war er ausgerastet und hatte sie angeschrien, dass sie ihm verflucht noch mal das Rib-Eye-Steak braten solle, für das er hart geschuftet hatte. Michelle hatte sich mit Angst in den Augen in die Küche begeben und die Pfanne hervorgeholt – das war alles im Beisein von Lucinda geschehen. Und das Schlimmste war, dass Michelle Russel in solchen Situationen auch immer noch in Schutz genommen und seine Ausraster damit verteidigt hatte, dass er gerade sehr gestresst war oder es wieder nicht mit einer neuen Beschäftigung geklappt hatte. Lucinda hatte sich das nicht länger mit ansehen können. Zuletzt war sie zur Geburt von Charles bei ihnen gewesen, und danach hatte sie beschlossen, nicht mehr hinzufahren. So leid es ihr auch um ihre Freundschaft mit Michelle tat. Umso mehr freute es sie, dass Michelle sie jetzt einmal im Jahr besuchen kam, denn ein Leben ganz ohne persönliche Treffen konnte sie sich gar nicht vorstellen. Sie musste allerdings zugeben, dass sie sich mehr und mehr Sorgen um Michelle machte und sich fragte, wie sie es nur mit einem solchen Mann an ihrer Seite aushielt.

»Ach, da würde ich lieber überhaupt nicht drüber reden«, sagte Michelle jetzt. »Nicht an diesem Wochenende, wo ich doch einfach nur mal wieder glücklich sein will.«

Oje, dachte Lucinda, das hört sich gar nicht gut an.

»Ich will aber nicht ein ganzes Wochenende neben dir sitzen mit dem Wissen, dass was nicht in Ordnung ist«, entgegnete sie. »Du weißt, du kannst mir alles sagen, ich behalte es für mich, und vielleicht kann ich dir ja irgendwie helfen.«

»Süße, mir kann niemand helfen.« Michelle lächelte noch immer, jedoch stachen nun Tränen in ihre Augen.

»Hey, was ist denn los?« Sie lehnte sich über den Tisch und nahm Michelles Hand in ihre. »Wollen wir einen Spaziergang machen, und du erzählst mir, was dich bedrückt?«

Ihre Freundin nickte, und sie begaben sich nach draußen, wo die Hitze stand. In der Sonne war es kaum auszuhalten, deshalb schlenderten sie hinüber zur Rückseite der Scheune, wo sie unter den Grapefruitbäumen Schutz fanden, deren letzte Früchte Lucinda erst vor wenigen Wochen geerntet hatte.

Sie hakte nicht nach, sondern wartete, bis Michelle von sich aus bereit war. Nach einer Weile begann sie zu erzählen: »Es ist eigentlich immer dieselbe alte Leier. Russel wollte mich nicht gehen lassen, und da haben wir uns richtig schlimm gefetzt.«

»Aber was ist denn sein Problem dabei, dass du einmal im Jahr ein paar Tage für dich haben willst? Du bist immer für deine Familie da, bist der aufopferndste Mensch, den ich kenne.«

»Ja, das bin ich. Und doch versteht er nicht, dass ich immer wieder herkommen möchte zu dir und den Mädels. Er sagt, eine liebende Ehefrau und Mutter würde ihre Familie nicht einfach allein lassen.«

»Es ist *ein* Wochenende, verdammt!« Lucinda wurde sauer, wie immer, wenn sie auf Russel zu sprechen kamen. Sie war einfach der Meinung, dass er Michelle gar nicht verdiente. Sie hatte alles für ihn aufgegeben, ihre Heimat, ihre Freundinnen, ihren Job in der Gärtnerei, der sie erfüllt hatte … Wie konnte er das nicht sehen? Warum konnte er sie nicht einfach ein bisschen besser, dankbarer behandeln?

»Ja, ein Wochenende zu viel. Und seine Mutter macht es nur schlimmer, wenn sie ihm auch noch zustimmt und mindestens genauso viel an mir herummeckert wie er. Die beiden haben mich ganz schön fertiggemacht. Ich wünschte, ich müsste nicht zurück zu ihnen.«

Lucinda blickte auf. So etwas hatte Michelle noch nie von sich gegeben. Sie hatte auch nicht geahnt, dass Russels Mutter so ein gemeines Biest war, bisher hatte Michelle lediglich über Evelyn erzählt, dass sie sich stets bei ihnen einquartierte und sich um die Kinder kümmerte, wenn sie fürs Orangenwochenende weg war. Klar, sie hatte sie kennengelernt und sie nicht gerade als den freundlichsten aller Menschen wahrgenommen, aber als so schlimm hätte Lucinda sie nicht eingeschätzt.

»Das sind natürlich nur dumme Gedanken«, fügte Michelle schnell hinzu. »Ich bin keine von diesen Müttern, die ihre Familie im Stich lassen.«

»Wenn du nicht bei ihm bleiben willst, musst du nicht bleiben, Michelle. Wenn es wirklich so schlimm ist …«

»Das ist es, manchmal. Es gibt aber auch gute Tage.«

Lucinda war ziemlich sprachlos und wusste nicht, was sie sagen sollte. »Michelle … Das tut mir so leid. Und was ist, wenn du dir eine Auszeit nimmst? Du könntest zum Beispiel für eine Weile zu deinen Eltern nach Florida fahren.«

»Das würde Russel bestimmt nicht zulassen.« Michelle sah ganz niedergeschlagen aus. »Nein, Lucinda. Das ist das Leben, das ich mir ausgesucht habe. Ich werde es schon durchstehen. Irgendwann, wenn die Kinder älter sind, kann ich vielleicht darüber nachdenken, zu …« Sie schüttelte den Kopf. »Können wir ein paar Orangen pflücken? Ich würde jetzt wirklich gern Orangen essen.«

Lucinda nickte. »Na klar. Gehen wir Orangen pflücken«, sagte sie und hielt ihrer besten Freundin den Arm hin. »Ich bin immer für dich da, das weißt du, oder?«

Michelle lächelte sie traurig an und hakte sich bei ihr ein. »Das weiß ich.«

Jennifer machte sich derweil oben im Gästezimmer breit, das einmal das Handarbeitszimmer von Lucindas Mutter gewesen war. Die Frau hatte ein unglaubliches Talent gehabt und hatte ihnen mehr als einmal die wunderbarsten Stücke gezaubert. Kostüme zu Halloween, Kleider für den Abschlussball … Besonders Jennifer war ihr eine dankbare Abnehmerin gewesen, hätte sie doch sonst komplett ohne dagestanden. Ihrem Vater hätte sie damit gar nicht erst zu kommen brauchen. Nun, ein paarmal hatte sie es versucht, das war aber gewesen, bevor sie es besser gewusst hatte, und es hatte jedes Mal mit blauen Flecken an ihrem Körper geendet, die sie danach versuchen musste zu verdecken.

Ihr Vater war ein wirklich fieser Kerl gewesen. Wenn die Leute manchmal sagten, dass nicht alle Menschen dazu geschaffen waren, Eltern zu werden, konnte Jennifer ihnen nur recht geben. Ihre Mutter war an einem angeborenen Herzfehler gestorben, als Jennifer ein kleines Mädchen gewesen war. Sie konnte sich kaum an sie erinnern, und an ihren Vater erinnerte sie sich nicht gerne, und das war noch milde ausgedrückt. Sie fragte sich oft, wie er es überhaupt geschafft hatte, sie nach dem Tod ihrer Mutter am Leben zu erhalten, sie großzuziehen, ohne dass sie verhungerte. Er kümmerte sich einen Dreck um sie. Sie fiel ihm nur auf, wenn sie im Weg war oder etwas falsch machte, und dann drückte er sein Missfallen mit bösen Worten, einer Backpfeife oder auch mal mit einem Gürtel aus, der ihm das bevorzugte Mittel der Bestrafung zu sein schien. Liebe zeigte er ihr niemals, und lange Zeit war der Einzige, der Jennifer zuhörte, wenn sie Kummer hatte, ihr Stoffkrokodil Mr. Croc, das sie einmal von der Nachbarin Mrs. Blunt zum Geburtstag geschenkt bekommen hatte. Ihr einziges Geschenk. Mr. Croc war ihr heilig und wurde zu ihrem besten Freund. Er gab ihr mehr Wärme, als sie in all den Jahren von ihrem Vater bekam, der manchmal sogar zu vergessen schien, dass es sie gab. Ihm fiel überhaupt erst ein, dass er sie mal an einer Schule anmelden musste, als sie bereits sieben war. Etwas zu essen machte er ihr nur alle paar Tage mal, wenn er denn mal zu Hause und nüchtern war, was selten genug vorkam.

Bennet Collins war Schweinefarmer und ein Trinker, wie er im Buche stand. Die meiste Zeit verbrachte er in einer der Bars in Lamont oder Bakersfield, wo er zudem Spielschulden machte, was bedeutete, dass er so gut wie immer pleite war. Geburtstage oder Weihnachten kannte Jennifer nicht. Ihre Mahlzeiten machte sie sich selbst aus den Resten, die sie im Kühlschrank fand, und anziehen tat sie die

Sachen ihrer Mutter, die noch immer im Kleiderschrank hingen und die ihr viel zu groß waren. Als sie dann zur Schule ging, war sie oft auf gnädige Mitschüler angewiesen, die ihre Lunchpakete mit ihr teilten, und als sie mit zwölf Jahren Lucinda, Michelle und Rosemary kennenlernte, hatte sie endlich alles, was sie so dringend brauchte. Das war nicht nur Freundschaft, sondern auch etwas zu essen, Kleider und Schulsachen. Schon früh hatten die anderen Mädchen erkannt, was bei Jennifer zu Hause vor sich ging. Ohne es jedoch jemals ihren Eltern zu verraten, teilten sie mit ihr alles, was sie besaßen. Sie hatten ihr ausrangierte Jeans mitgebracht, Michelle, als Tochter eines Schreibwarenhändlers, hatte sie mit Schulheften und Schreibmaterialien versorgt, und Lucinda hatte ihr jedes Mal, wenn sie bei ihr auf der Farm gewesen war, einen ganzen Rucksack voll wunderbarer reifer Orangen mitgegeben.

Sie wusste nicht, wie sie ohne ihre Freundinnen überlebt hätte, damals wie heute. Sie hatte sie in ihren prägenden Jahren so liebgewonnen und würde ihnen niemals vergessen, was sie für sie getan hatten. Und allein das war auch der Grund, weshalb sie heute immer noch nach Kalifornien kam. Sie waren der einzige Grund. Obwohl ihr Vater keine zehn Autominuten weit entfernt wohnte, hatte sie ihn kein einziges Mal besucht, seit sie damals die Kurve gekratzt hatte, gerade neunzehn geworden und mit ihrem Schulabschluss in der Tasche. Sie wollte ihren Vater, den sie niemals Daddy hatte nennen können, wie ihre Freundinnen es bei ihren Vätern taten, nie wiedersehen. Bis heute nicht. Und sie würde ihre Meinung sicher nicht ändern.

Sie legte ihre zusammengefaltete Kleidung in die Kommode, ihre Kosmetikartikel ins Bad und den Laptop aufs Bett. Sie war drauf und dran, ihn hochzufahren, doch dann erinnerte sie sich an ihr Versprechen, an diesem Wochenende nicht zu viel zu arbeiten. Das hatte wenigstens Zeit bis morgen. Oder heute Abend. Jetzt aber wollte sie erst einmal die Sonne genießen.

Dennoch warf sie schnell einen Blick auf ihr Smartphone, um zu sehen, ob sie wichtige Nachrichten erhalten hatte.

Ihre Sekretärin hatte ein paar SMS geschickt bezüglich des Chemiefabrikfalls. Eine Freundin aus Atlanta hatte gefragt, ob sie am Montag Zeit für einen gemeinsamen Lunch hätte. Und Daniel hatte ihr ein paarmal geschrieben. Hatte sie gefragt, ob sie gut angekommen war. Und ob sie sich nach ihrer Rückkehr noch einmal treffen könnten, um sich auszusprechen.

Davon wollte sie jetzt aber nichts wissen. Sie wollte nicht an Daniel denken. Oder an das, was sie miteinander hatten oder nicht hatten. Was sie haben könnten, wenn sie es nur endlich zulassen würde. Wenn sie nicht so verkorkst wäre und der Liebe auch mal eine Chance geben könnte.

Wenn sie sich ihre Freundinnen betrachtete, konnte sie nur Neid empfinden, obwohl sie es überhaupt nicht wollte und ihnen ihr Glück natürlich gönnte. Doch wie Rosemary vor aller Welt mit ihrem Edward turtelte, Michelle seit über fünfzehn Jahren einen Mann an ihrer Seite hatte, der sie liebte, wenn vielleicht auch nicht immer alles rosig war, und jetzt auch noch Lucinda von einem lieben, aufmerksamen und nicht zu vergessen umwerfend aussehenden Mann umworben wurde, hielt ihr nur wieder einmal vor Augen, was sie nicht hatte. Und daran war sie selbst schuld!

Schon früh hatte sie sich geschworen, nie im Leben eigene Kinder zu bekommen. Viel zu groß war die Angst davor, alles falsch zu machen, was man nur falsch machen konnte. Woher hätte sie wissen sollen, wie man es richtig machte?

Doch ein bisschen Liebe hatte doch auch sie verdient, oder? Und doch stieß sie jeden, der ihr zu nahe kam, weg. Daniel war der Erste, der sich nicht so einfach abwimmeln ließ, sie konnte die Male gar nicht zählen, die er immer wieder vor ihrer Tür gestanden hatte, nachdem sie ihn aus ihrem Leben ausgeschlossen hatte. Daniel, der sie wirklich zu lieben schien, zumindest sagte er ihr das immer wieder. Aber wie sollte sie ihn zurücklieben, wenn sie auch das niemals gelernt hatte?

Sie spürte eine Panikattacke aufsteigen und zwang sich stillzustehen und zwanzigmal tief ein- und auszuatmen, wie ihre Therapeutin Dr. Robinson es ihr geraten hatte. Zudem füllte sie sich ein Glas Wasser aus der Flasche ein, die Lucinda ihr aufmerksamerweise hingestellt hatte, und trank es in kleinen Schlucken aus. Gleich fühlte sie sich besser, befreite sich von ihrer Kleidung, weil sie sich noch immer eingeengt fühlte, holte den neuen blauen Bikini heraus und zog ihn an. Jetzt würde sie endlich mal ein wenig entspannen, nahm sie sich fest vor, und nichts und niemand konnte sie davon abhalten.

Kapitel 7

»Da kommt Lucinda mit den Cocktails!«, jubelte Jennifer, als sie eine halbe Stunde später alle in der Sonne lagen und das schöne Leben genossen.

»Der wird euch schmecken«, versprach Lucinda. »Ich habe frischen Orangensaft mit Holunderblütensirup und einem winzigen Schuss Orangenlikör gemixt.« Das Ganze hatte sie mit einer halben Orangenscheibe, ein paar getrockneten Orangenblüten und einem schwarz glänzenden Strohhalm dekoriert.

Rosemary nahm ihr Glas entgegen. »Das sieht ganz wundervoll aus.«

»Und für dich natürlich eine alkoholfreie Variante«, sagte Lucinda und reichte Jennifer ihren Cocktail.

Jennifer trank normalerweise nicht, weil sie im Beruf immer einen kühlen Kopf bewahren wollte. Ein weiterer Grund war die Tatsache, dass ihr gewalttätiger Vater schon immer sehr viel getrunken und sich im Suff mehr als einmal an ihr vergriffen hatte, wusste Lucinda. Doch jetzt sagte Jennifer etwas, mit dem sie nicht gerechnet hätte.

»Ach, Lucinda, kannst du mir nicht doch einen Schuss von dem Likör reinkippen?«

»Bist du sicher?«, fragte sie lieber noch einmal nach.

»Bin ich. Ich muss ja nicht arbeiten.«

Lucinda holte die Flasche mit dem Orangenlikör und goss ihrer Freundin ein wenig ein. Die starrte ihr Glas an, an dem ein verführerischer Tropfen Saft herunterlief. Dann nahm sie ein paar große Schlucke. »Lecker!«

»Äußerst köstlich, wirklich«, stimmte Rosemary zu.

Michelle nippte an ihrem Drink, lächelte und legte sich zurück in die Sonne. Da Rosemary und Jennifer die beiden Sonnenliegen in Beschlag genommen hatten, hatte Michelle es sich auf einer Decke mit ein paar Kissen bequem gemacht.

Lucinda setzte sich jetzt dazu und betrachtete ihre Freundinnen. Michelle, in gelben Shorts und gelbem Shirt, hatte seit dem letzten Jahr tatsächlich noch ein wenig zugelegt. Frustfressen, wahrscheinlich, dachte sie. Jennifer war schlank wie eh und je und sah in ihrem blau geblümten Bikini umwerfend aus. Ihren dunkelblonden, kinnlangen Bob hatte sie zu einem strengen Pferdeschwanz gebunden und sich eine große schwarze Sonnenbrille aufgesetzt, die sie aussehen ließ wie eine Ameise. Rosemary war perfekt gestylt wie immer. Sie trug einen rosa Bikini oder Badeanzug, darüber ein weites weißes Shirt, was Lucinda ein wenig wunderte, da sie sonst nie genug Haut zeigen konnte. Sie dachte sich aber, dass Rosemary wohl einfach keinen Sonnenbrand riskieren wollte, vielleicht stand eine wichtige Filmrolle an.

Rosemary sah kaum ein Jahr älter aus als damals mit achtzehn, als sie sich auf nach Hollywood gemacht hatte. Sie hatte eine Cousine, die in Los Angeles lebte und bei der sie eine Weile untergeschlüpft war, während sie zu Castings ging und versuchte, irgendwie ins Filmgeschäft einzusteigen. Sie hatte Schauspielerin werden wollen, seit sie alle denken konnten, jedoch hatte keine von ihnen daran geglaubt, dass es auch so einfach werden würde. Einfach war es letztlich aber doch gewesen, denn wenn Rosemary sich etwas in den Kopf setzte, erreichte sie es für gewöhnlich auch. Und so war sie zu einem Vorsprechen für eine kleine Rolle in einer Seifenoper gegangen und spielte vierzehn Jahre später noch immer die Hauptrolle darin, neben Filmrollen in einigen großen Blockbustern. Lucinda war furchtbar stolz auf sie. In Momenten wie diesen konnte sie es immer noch nicht glauben, dass sie wirklich einen der größten Hollywoodstars in ihrem Garten sitzen hatte. Wenn Rosemary hier bei ihnen war, war sie das aber auch irgendwie gar nicht, da legte sie nämlich alles Divenhafte ab und war ganz sie selbst. Na ja, fast. Ein wenig hoch hielt sie ihre Nase doch schon noch, als würde sie der Sonne verdeutlichen wollen, dass sie auf sie ganz besonders hell scheinen sollte. Das nahm ihr aber niemand übel. Sie hatte ja wirklich etwas, auf das sie sich etwas einbilden konnte. Herrgott, sie war Rose Steen!

»Ich muss mal aufs Klo!«, hörte Lucinda. Natürlich konnte das nur von einer kommen.

»Es ist ja sehr höflich, dass du uns das immer wieder mitteilst, allerdings finde ich das in etwa so interessant, wie wenn Jeannie mir sagt, dass ihre Barbie gerade Kaugummi kaut«, meinte Rosemary.

Michelle stand neben ihr und sah sie einen Moment beleidigt an, dann lächelte sie aber auch schon wieder. »Eine kaugummikauende Barbie – ich finde das sogar *sehr* interessant«, sagte sie und lief kichernd davon.

»Sag mal, ist alles okay mit ihr?«, wandte Jennifer sich an Lucinda, sobald Michelle im Haus verschwunden war.

»Na klar. Sie hatte nur wieder mal Stress mit Russel. Das verkraftet sie aber«, sagte sie, obwohl sie sich da derzeit selbst nicht so sicher war. Sie hatte Michelle aber versprochen, dass die Sache unter ihnen blieb. Sie strich sich über einen Mückenstich am Oberschenkel.

»Russel ist ein Idiot!«, machte Rosemary deutlich.

»Er war schon immer ein Idiot«, stimmte Jennifer ihr zu, obwohl sie ihn nur vom Hörensagen kannte. »Ich weiß bis heute nicht, warum sie den Kerl geheiratet hat.«

»Weil sie ihn geliebt hat«, versuchte Lucinda es. »Und früher war er ja nicht so. Er war mal wirklich nett.«

»Er wirkte zumindest so«, meinte Rosemary, die Russel damals kennengelernt hatte, als Michelle noch in Kalifornien wohnte.

»Sie hätte warten sollen mit dem Heiraten und Kinderkriegen. Sehen, ob er es auch wirklich wert ist.«

»Ja, vielleicht …«, sagte Lucinda. Ganz sicher sogar, dachte sie. »Wo wir gerade von der Liebe sprechen … Rosemary brauche ich gar nicht zu fragen, die strahlt noch immer bis über beide Ohren, wenn sie über ihren Edward redet, aber wie sieht es denn bei dir aus, Jennifer? Wie läuft es mit der Liebe?«

Jennifers Ausdruck verfinsterte sich. »Ich habe wirklich keine Lust, über die Liebe zu sprechen, okay?«

Die Art, wie sie es sagte, hielt Lucinda davon ab, weiter nachzubohren. »Okay.«

Oje. Alle Welt stritt sich. Wollte sie sich das wirklich antun? Wollte sie wirklich eine Beziehung mit Jonah eingehen und auch so enden wie ihre Freundinnen? Okay, Rosemary schien es bestens zu gehen, aber sie hatte auch ein paar Millionen auf dem Konto und einen Ehemann, der sie vergötterte. Und selbst falls das irgendwann nachlassen sollte, könnte sie sich im Nullkommanichts einen neuen angeln. Welcher Mann auf diesem Planeten wollte nicht mit Rose Steen zusammen sein?

»Wo bleibt eigentlich Michelle?« Sie verrenkte sich, um die Tür sehen zu können.

Die alte Tür sollte dringend mal gestrichen werden, das wusste sie. Genau wie so vieles anderes am Haus getan werden müsste. Sie hatte aber Bedenken. Wenn sie jetzt noch Zeit, Mühe und Geld ins Haus investierte und schon in ein paar Monaten das Anwesen verkaufen musste, wäre alles umsonst gewesen. Sie wollte es nicht, nein, das wollte sie wirklich nicht. Sie liebte diese Farm. Wo sollte sie denn hin, wenn sie sie nicht mehr hatte? Im Moment sah sie aber leider keinen anderen Ausweg. Sie war nur noch allein mit Alejandro hier. Zwei Drittel aller Bäume waren ausgetrocknet, im nächsten Jahr würden sicher noch ein paar Haine dazukommen. Könnte sie den Anblick einer trostlosen, heruntergekommenen Farm wirklich ertragen?

Sie war froh, dass ihr guter Vater das nicht mehr miterleben musste. Es hätte ihm das Herz gebrochen, mit ansehen zu müssen, wie alles den Bach runterging. Oft fragte Lucinda sich, was er wohl an ihrer Stelle getan hätte. Hätte er für die Farm gekämpft? Hatte es vielleicht zuvor auch schon solch schwere Zeiten gegeben, und er hatte sie bewältigt?

Was sollte sie nur tun?

»Die Marmelade will einfach nicht abkühlen«, rief Michelle, die nun auf der Veranda erschien, ihnen zu. In ihrem gelben Outfit passte sie perfekt dorthin, so, als würde sie Tarnkleidung tragen, um nur nicht aufzufallen. Sie war schon immer diejenige von ihnen gewesen, die die Jungs am allerwenigsten beachtet hatten, fast als wäre sie unsichtbar.

»Das geht nicht so schnell bei der Hitze«, erklärte Lucinda ihr. »Sie müsste aber schon fest sein, hast du mal ein Glas in die Hand genommen?«

»Fest sieht sie schon aus, na ja, geleeartig, aber die Gläser sind immer noch warm.«

Lucinda stand auf. »Wir können ja den Ventilator aufstellen, dann kühlen sie schneller ab.« Sie ging in die Küche, Michelle folgte ihr.

»Können wir die morgen zum Frühstück essen?«

»Klar. Ich hatte eh vor, heute Abend noch frisches Brot zu backen, das wir zum Lachs essen. Da bleibt bestimmt was für morgen früh übrig.«

»Ich komme mir vor wie im Schlaraffenland, und ich liebe es.« Michelle sah richtig glücklich aus.

»Es freut mich wirklich, dass es dir bei mir so gut gefällt.« Innerlich spürte Lucinda Tränen aufsteigen, die sie sofort wieder hinunterschluckte.

Sie hievte den alten Ventilator auf den Küchentisch neben die drei Dutzend Marmeladengläser und stellte ihn an.

»Wenn ich eh schon drinnen bin, kann ich eigentlich auch gleich den Brotteig vorbereiten. Der muss ja noch aufgehen.«

Michelle sah ihr dabei zu, wie sie die Zutaten in eine Schüssel schüttete und anfing, den Teig zu kneten.

»Du hältst echt nichts von elektrischen Küchengeräten, oder?«, fragte ihre Freundin.

»Meine Mom hat mir die Dinge so beigebracht. So kann ich sie, verstehst du? Und ich sehe es irgendwie als meine Pflicht an, sie so beizubehalten.«

»Verstehe ich gut. Ich benutze noch immer Stückseife zum Duschen, während die ganze Welt Duschgel nimmt. Einfach, weil ich es als Kind so gewohnt war.«

»Es ist schon erstaunlich, wie die Dinge unserer Kindheit uns geprägt haben, oder?«

»Ja.« Sie schwelgten beide in Erinnerungen. »Wie oft

wünsche ich mir die Tage unserer Kindheit zurück. Es war so schön, wie sorglos alles war«, sagte Michelle schließlich.

»Ja. Bis …«

»Bis …« Michelle sah sie behutsam an. »Musst du noch oft daran denken?«

»An jedem einzelnen Tag.«

»Ich auch. Ich habe sogar manchmal noch Albträume.«

»Ehrlich? Ich dachte, nur mir ginge es so. Ich stelle mir oft vor, was gewesen wäre, wenn *wir* sie gefunden hätten. Das hätte unsere Zukunft noch viel mehr beeinflusst. Es war wohl Schicksal, dass mein Dad sie gefunden hat. Ich meine, wir waren an dem Tag auch schon früh morgens draußen auf den Feldern.«

»Das war ein Akt Gottes«, sagte Michelle überzeugt.

»Weißt du noch? Wenn die Flammen des Feuers …«, begann sie.

Und Michelle stimmte lächelnd ein: »… noch vor Sonnenaufgang deinen Schmerz zerstören, wird dein vollkommenes Glück in einem neuen Tag erwachen, und der Schmerz wird für immer vergessen sein.«

Michelle schien bewegt. »Wow, ich wusste nicht, dass ich das noch aufsagen kann.«

»Ich auch nicht.«

Sie hatten sich diesen Spruch zusammen ausgedacht und nach besagtem Morgen noch oft Dinge in die Feuertonne geworfen. Jedes Mal hatten sie dabei diese Worte aufgesagt wie einen heiligen Schwur, den nur sie vier kannten.

Lucinda legte ein Geschirrhandtuch über die Schüssel mit dem Brotteig und stellte sie draußen auf den Verandatisch.

Sie setzte sich auf die Hollywoodschaukel, die auch schon mal bessere Tage gesehen hatte. Das Metallgerüst quietschte bei jeder Bewegung und war an den Schrauben verrostet.

Michelle blieb stehen und sah zum Horizont. »Soll ich dir verraten, was ich damals an dem Morgen verbrannt habe?«

Lucinda sah auf. Das hatte sie sich schon immer gefragt. »Du hast einen Zettel ins Feuer geworfen, oder? Was stand da drauf?«

»Ein Gedicht, das ich selbst geschrieben hatte.«

»Erinnerst du dich noch, wie es ging?«

Michelle nickte. »Mein Herz ist klein, doch es ist rein, nie wieder allein will ich sein. Schenk mir einen Mann, der mich glücklich machen kann, eine Zukunft voll Lilien und Narzissen, nie wieder werde ich um irgendetwas bitten.« Sie lächelte bitter. »Irgendwie hat das Schicksal meinen Wunsch wohl falsch verstanden. Russel hat mir nämlich weder jemals Lilien noch Narzissen geschenkt.«

»Ach, Süße«, sagte Lucinda und deutete auf den Platz neben sich.

Michelle setzte sich und schaute noch eine Weile traurig drein. Dann lachte sie jedoch. »Weißt du noch, ein anderes Mal habe ich einen Schokoriegel verbrannt, weil ich gehofft habe, dadurch nicht mehr so viel zuzunehmen. Na ja, inzwischen habe ich mich damit abgefunden, dass ich niemals Modelmaße haben werde.«

»Wir lieben dich alle genau so, wie du bist, Michelle.« Jetzt zog sie sie an sich und drückte sie.

»Das weiß ich, und dafür liebe ich euch.«

»Wie wäre es mit etwas zu essen?« Lucinda grinste ihre Freundin an. Es war dringend an der Zeit, dass sie die Stimmung wieder ein wenig hoben.

»Na, da bin ich doch dabei.« Sie grinste ebenfalls.

»Mädels, wir wollen jetzt Essen machen«, rief Lucinda zu den anderen beiden rüber, die sich nicht rührten.

»Viel Spaß dabei«, rief Rosemary zurück.

»Ihr braucht doch unsere Hilfe nicht, oder?«, fragte Jennifer lustlos.

»Nein, nein, wir schaffen das auch ohne euch«, erwiderte Michelle.

»Wahrscheinlich sogar viel schneller«, flüsterte Lucinda, und sie kicherten albern.

Lucinda fühlte sich an diesen wunderbaren Tagen immer so frei, als wären alle Sorgen für ein Wochenende überhaupt nicht existent. Was würde sie dafür geben, wenn das ganze Jahr über Orangentage wären.

»Also gut, was kann ich tun?«, wollte Michelle wissen.

Lucinda drückte ihr eine Schere in die Hand. »Schneidest du mir ein bisschen was von dem Salbei dort ab? Und ein paar Rosmarinzweige?« Sie deutete auf einige große Terrakottablumentöpfe, die die Veranda runter standen. Ihr eigener kleiner Kräutergarten.

»Zu Befehl, Chef.« Michelle salutierte, und Lucinda ging glücklich und zufrieden den Lachs holen.

Kapitel 8

»Rosemary, du hast bisher kaum etwas erzählt«, sagte Lucinda beim Abendessen. Der Tisch stand voll mit den köstlichsten Speisen: frisch gegrillte Lachsfilets, Tomatensalat, frisch gebackenes Brot, Orangencarpaccio, Feldsalat und gegrillte Maiskolben. »Bei dir gibt es doch bestimmt das meiste Neue zu berichten.« Sie verfolgte die Karriere ihrer Freundin mit großem Interesse und wunderte sich, warum Rosemary nicht von selbst mit den spannenden Storys herausrückte.

»Es ist alles beim Alten. Ich spiele die Rolle der Cynthia Cole in *Wild Hearts* und habe gerade eine Hauptrolle an der Seite von Ryan Reynolds angeboten bekommen. Ich weiß aber noch nicht, ob ich sie annehme.«

»Da musst du noch überlegen?«, fragte Jennifer. »Ryan Reynolds ist heiß.«

Lucinda musste lachen. Jennifer fand aber auch jeden heiß.

»Es ist ein Actionfilm. Ich weiß nicht, ob … ob das so das Richtige für mich ist.«

»Also, falls du das Angebot annimmst, bestehe ich darauf, dass du mich Ryan vorstellst.« Sie führte sich ein Stück Lachs an den Mund.

»Soll ich ihn mal kurz nach Atlanta bringen, oder wie?

Du versprichst seit Jahren, mich in L.A. zu besuchen, Jennifer«, entgegnete Rosemary ein wenig vorwurfsvoll.

»Ich weiß, ich weiß. Ich habe einfach zu viel zu tun, ehrlich. Ich würde dich so gerne besuchen kommen, und eines Tages werde ich es auch.«

»Wenn ich in irgend so einer schicken Seniorenanlage in Anaheim lebe?«

»Anaheim? Ist das nicht unter deiner Würde? Ich hätte mindestens an Marina del Rey oder Carmel-by-the-Sea gedacht. Übrigens kannst du mir da ein Zimmer freihalten, ich habe nämlich vor, es mir auf meine alten Tage so richtig schön zu machen«, sagte Jennifer, und Lucinda wünschte sich, sie könnten später alle zusammen in einer eleganten Seniorenanlage leben.

»Du? Das glaubst du doch selbst nicht!«, entgegnete Rosemary und füllte sich noch ein wenig Tomatensalat auf. »Du wirst noch mit achtzig im Gericht stehen und für das Recht anderer Leute kämpfen.«

Jennifer lachte. »Wer weiß? Aber mal ganz ehrlich, ich werde versuchen, bald mal vorbeizuschauen, ich verspreche es. Indianerehrenwort«, fügte sie hinzu, hob zwei Finger in die Höhe und machte dasselbe Zeichen, das sie als Kinder gemacht hatten, wenn sie einander etwas versprochen hatten.

Damit gab Rosemary sich zufrieden. »Okay, ich nehme dich beim Wort. Und was ist mit euch anderen? Wann kommt ihr mich besuchen?«

Michelle wirkte ganz bedrückt. »Ich würde ja gerne, ehrlich, du weißt nicht, wie sehr. Aber ihr wisst doch, wie Russel ist. Er lässt mich ja kaum hierherfahren.«

»Und doch schaffst du es jedes Jahr wieder herzukommen, oder?«, fragte Rosemary.

»Ich hoffe wirklich, dass es eines Tages klappt«, sagte Michelle mit Sehnsucht in der Stimme. »Vielleicht könnte ich dann die Kinder mitbringen? Es würde ihnen bestimmt gefallen, sie haben bisher noch nie das Meer gesehen.«

Lucinda überlegte, während sie an ihrem Maiskolben knabberte. Austin war doch gar nicht weit weg vom Meer. Es lag nur ungefähr zweihundert Meilen vom Golf von Mexiko entfernt, das konnte doch nicht sein, dass Michelle mit ihrer Familie noch nie einen Wochenendtrip zum Strand gemacht hatte, oder? Na, aber vielleicht sprach sie auch nur vom Pazifik, ja, das würde es sein. Etwas anderes wollte sie sich überhaupt nicht vorstellen.

»Ja, auf jeden Fall«, meinte Rosemary jetzt kopfnickend. »Kommt alle mit euren Familien und Freunden! Wir haben so viel Platz! Lucinda, du könntest deine Mom mitbringen. Und Jennifer, ich möchte endlich mal deinen Daniel kennenlernen.«

»Der mag den Strand nicht« war alles, was Jennifer grummelte.

»Wer mag denn bitte den Strand nicht?«, fragte Rosemary. »Na komm, gib es schon zu, Daniel existiert überhaupt nicht! Oder er hat irgendetwas an sich, für das du dich schämst. Ist er siebzig Jahre alt? Hat er ein Holzbein? Ist er transsexuell? Drogenabhängig?«

Jetzt musste Jennifer doch lachen. »Ja, er ist in Wahrheit ein steinalter, kiffender, transsexueller Pirat, und das ist der Grund, weshalb ich ihn euch nicht vorstellen möchte. Du bist doch verrückt, Rosemary, und du lebst eindeutig schon zu lange in Hollywood.«

»Ja, das mag sein. All diese Filmprojekte lassen meine Fantasie manchmal verrücktspielen«, gab Rosemary zu.

»Ich fand übrigens diesen Abenteuerfilm richtig toll!«,

sagte Michelle mit Begeisterung, und schien froh zu sein, das Thema wechseln zu können.

»Welcher denn? *Roter Himmel über Phoenix*?«, fragte Rosemary.

»War das der mit Gerard Butler?«, wollte Jennifer wissen, und Lucinda erwartete schon, dass sie hinzufügte, er sei heiß. Diesmal ließ sie es jedoch bleiben, wahrscheinlich passte er nicht in ihr Beuteschema.

»Nein«, ließ sie die anderen wissen, denn sie kannte sich bestens mit all den vielen Filmen aus, in denen Rosemary mitgespielt hatte. Sie hatte sie sogar alle auf DVD im Regal stehen. »Da haben diese gutaussehenden Brüder mitgespielt, die Hemsworths.«

»Lucinda weiß Bescheid!«, lobte Rosemary sie.

»Ich bin ja auch dein größter Fan.« Sie lächelte ihre berühmte Freundin an, die sie natürlich genauso lieben würde, wenn sie in Hollywood nur Eisverkäuferin geworden wäre.

»Ach, wäre es nicht schön, wenn wir uns mal alle bei mir in Malibu treffen könnten? Ich würde euch endlich Edward und Jeannie vorstellen, euch in Hollywood herumführen und euch zum Santa Monica Pier bringen. Wir könnten einen Tag lang einfach am Strand liegen und nichts tun.«

Jetzt, wo Rosemary es aussprach, wurde Lucinda erst bewusst, dass die anderen Edward und Jeannie ja noch überhaupt nicht kannten. Aus der Klatschpresse vielleicht, aber nicht persönlich. Weder Jennifer noch Michelle waren dabei gewesen, als Rosemary ihrem Edward vor acht Jahren auf Hawaii das Jawort gegeben hatte. Jennifer war damals gerade an einem wichtigen Fall dran gewesen, und Michelle hatte die Einladung ausschlagen müssen, weil Russel aus Flugangst nicht nach Hawaii hatte fliegen wollen. Auch war Lucinda die Einzige gewesen, die Rosemary gleich nach der

Geburt von Jeannie besucht hatte, um den süßen kleinen Engel zu bewundern. Es wurde also höchste Zeit, dass auch die anderen beiden die wichtigsten Menschen in Rosemarys Leben endlich einmal kennenlernten.

»Das hört sich in meinen Ohren perfekt an«, schwärmte Jennifer jetzt. »Kommen da am Strand von Malibu nicht auch immer Promis entlanggejoggt? Heiße, männliche Promis?«

Rosemary grinste. »Das könnte schon passieren, ja.«

Ihre Freundinnen lachten ausgelassen, doch Lucinda konnte plötzlich an nichts anderes denken als daran, dass sie vielleicht schon ab dem nächsten Jahr bei Rosemary in Malibu ihr gemeinsames Wochenende abhalten mussten. Dann wären es zwar keine Orangentage mehr, sondern höchstens noch Kumquattage, wenn ein einzelner Baum im Vorgarten dazu reichte, aber wenigstens würden sie sich immer noch sehen. Sie könnten die Tage auch bei einer der anderen abhalten, vielleicht bei Jennifer in Atlanta in ihrem schicken City-Apartment, oder in Texas bei Michelle, mit ihrem Schwiegermonster als Fünfter im Bunde.

Wo auch immer sie sich zukünftig treffen würden, es würde nicht dasselbe sein.

»Alles okay, Lucinda? Du wirkst so abwesend«, fragte Michelle und beugte sich ein wenig zu ihrer Freundin hinüber.

»Alles gut. Ich habe nur nachgedacht«, antwortete diese.

»Worüber?«

»Über dies und das.«

»Ach, komm, uns kannst du nichts vormachen. Du hast an Jonah gedacht«, sagte Jennifer. »Und an kleine, schmutzige Spielchen mit ihm.«

»Du bist echt unmöglich!«, meinte Lucinda. »Und jetzt

mal ernsthaft: Wieso scheinst du alle möglichen Männer im Kopf zu haben – Jonah, Ryan Reynolds, heiße Jogger –, aber über deinen Daniel verlierst du kein Wort? Gibt es etwa Ärger im Paradies?«

Jennifers Miene verfinsterte sich. »Es läuft zurzeit nicht allzu gut zwischen uns. Ich würde es aber vorziehen, nicht ins Detail zu gehen. Könnt ihr das akzeptieren?«

»Okay. Deine Entscheidung. Du weißt aber, dass du jederzeit mit uns reden kannst, oder?«

»Klar.« Damit war das Thema für Jennifer abgehakt.

»Ich liebe übrigens die Idee mit dem Carpaccio«, sagte Michelle. Sie wollte vom Thema ablenken, da sie es nicht mochte, wenn Unstimmigkeiten in der Luft lagen. Und mit dem Thema Essen konnte man doch immer noch am besten ablenken, fand sie.

Sie nahm sich Nachschlag von den hauchdünn geschnittenen, zuckersüßen Orangenscheiben, die flach auf einem großen Teller lagen und mit roten Zwiebelringen und schwarzen Oliven dekoriert waren. Lucinda hatte ein wenig von dem guten Olivenöl darüber geträufelt. Michelle hatte diese Variante zuvor noch nie gegessen, war aber sehr angetan. Sie hätte überhaupt nur dieses Orangencarpaccio und das leckere frische Brot mit der Rosmarinbutter gebraucht, um glücklich zu sein. Natürlich war der superzarte Lachs, der einem auf der Zunge zerging, eine gute Ergänzung. Sie wünschte sich, sie könnte solche Gerichte auch zu Hause ausprobieren, aber die Kinder mochten kaum etwas anderes als Käsemakkaroni und Pizza, und Russel wollte immer nur Fleisch auf dem Tisch haben, in Form von Burgern, Steaks oder Roastbeef. Er war ein typischer Mann, ein wildes Tier, manchmal ging er sogar mit seinen Brüdern auf die Jagd. Dann brachten sie ab und zu sogar einen Hirsch an, den sie sich teilten und den Michelle zerlegen musste. Sie hasste das. Auch konnte sie beim besten Willen von dem Fleisch nichts essen, das übernahm Russel, der sich begierig darauf stürzte. Sie kannte Daniel und Edward nicht und hatte noch kaum ein Wort mit Jonah gewechselt, doch konnte sie sich nicht vorstellen, dass einer von ihnen seiner Frau einen toten Hirsch anschleppen würde.

»Ja, ich liebe das auch und esse es ziemlich häufig«, sagte Lucinda nun, und Michelle dachte einen Augenblick lang, Lucinda spreche von dem Hirsch. Dann fiel ihr aber wieder ein, dass es hier ja ums Orangencarpaccio ging.

»Ich finde deine Rosmarinbutter sagenhaft. Würde ich in meinem richtigen Leben Butter essen, würde ich die nachmachen«, meinte Rosemary.

»Ein Leben als Hollywoodstar muss schwer sein«, sagte Jennifer, ein wenig Sarkasmus in der Stimme.

»Wenn es darum geht, die Figur schlank zu halten, hast du auf jeden Fall recht. Allerdings könnte ich mir Schlimmeres vorstellen, als beim Sonnenaufgang am Strand von Malibu zu joggen.«

»Ich muss dich *unbedingt* besuchen kommen«, sagte Jennifer noch einmal. »Ich sehe dir dann beim Joggen zu, und den heißen Kerlen.« Sie kicherte. Sie alle wussten, dass Jennifer selbst nicht allzu sportbegeistert war. Ihre schlanke Linie hatte sie allein dem Stress und den vielen durchgearbeiteten Nächten zu verdanken.

»Wie gesagt, du bist jederzeit willkommen«, sagte Rosemary erneut. »Das seid ihr alle.«

Lucinda nahm sich noch ein Stück von dem Lachs. »Ich werde das Angebot bestimmt bald mal wieder annehmen.«

»Bring dann gerne deinen Jonah mit.« Rosemary zwinkerte ihr zu.

»Themenwechsel!«, meinte Lucinda. »Ich würde übrigens gern vorschlagen, dass wir dieses Wochenende überhaupt nicht mehr über Männer reden. Was haltet ihr davon?«

»Sehr viel«, sagte Michelle sofort.

»Ich bin auch dafür«, kam es von Jennifer.

»Ihr seid ja eh schon in der Überzahl, da macht meine Meinung auch nichts mehr aus«, meinte Rosemary. »Ich möchte aber gleich unbedingt noch kurz zu Hause anrufen und Edward und Jeannie Gute Nacht sagen. Wie spät ist es?« Rosemary hatte ihr iPhone anscheinend in der Handtasche gelassen, und die lag in der Küche. Es war für sie sicher total ungewohnt, es nicht die ganze Zeit bei sich zu haben, aber sie hatte sich ja vorgenommen zu relaxen.

Michelle sah auf ihre Armbanduhr. »Viertel nach acht.«

»Oje. Jeannie schläft wahrscheinlich längst. Seid ihr mir böse, wenn ich mal kurz ins Haus verschwinde?«

»Nein, natürlich nicht. Grüß die Kleine von uns«, rief Lucinda ihr hinterher.

Jennifer lehnte sich mit einer Brotscheibe zurück in ihren Stuhl, Michelle aß den letzten Rest vom Carpaccio auf, und Lucinda atmete einfach nur durch.

»Möchtest du auch zu Hause anrufen und deinen Kindern Gute Nacht sagen?«, fragte Lucinda Michelle dann.

»Nein, nein. Das ist nicht nötig«, winkte sie ab und begann, die Teller übereinanderzustapeln.

»Wisst ihr was?«, sagte Jennifer, die das Gesicht in die Abendsonne hielt. »Ich finde, dieser Moment ist perfekt, absolut perfekt.«

Michelle ließ die Teller stehen, lächelte und lehnte sich ebenfalls zurück, um die Wärme, die Ruhe und das Beisammensein mit ihren Freundinnen zu genießen. »Ja, das ist er«, stimmte sie Jennifer zu und schloss den Moment in die Kiste mit wundervollen Erinnerungen ein, die sie tief im Herzen trug, damit sie sie hervorholen konnte, wann immer sie sie brauchte. Damit sie die gemeinsamen Tage auf der Farm niemals vergessen würde.

Kapitel 9

Lucinda und Michelle waren beim Abwaschen, als Rosemary in die Küche kam. Sie hatte viel länger telefoniert als beabsichtigt.

»Wo ist denn Jennifer?«, wollte sie wissen.

»Nicht arbeiten gegangen«, antwortete Lucinda und kniff ein Auge zu.

»Natürlich nicht. Kann ich euch helfen?«

»Du könntest das Besteck zurück in die Schublade tun, danke.« Lucinda deutete auf die bereits abgetrockneten Messer, Gabeln und Portionierlöffel, die Michelle auf dem Tisch abgelegt hatte.

Rosemary machte sich an die Arbeit.

»Geht es deinen Lieben gut?«, erkundigte sich Michelle.

»Alles bestens.« Sie musste lächeln, als sie an die beiden wichtigsten Menschen in ihrem Leben dachte. »Jeannie hatte zwar schon geschlafen, aber Edward hat sie geweckt, und sie hat mir im Halbschlaf erzählt, dass sie heute eine Sandburg gebaut hat.«

»Es muss schön sein, direkt am Strand zu wohnen«, sagte Michelle.

»Ja, oder?«, meinte Lucinda. »Meine Mom wohnt ja jetzt auch nicht weit vom Strand.«

»Wie gefällt ihr Santa Barbara?«, fragte Rosemary. Sie

selbst hatte dort auch schon einige Wochenenden mit ihrer Familie verbracht. Es lag ja keine siebzig Meilen von Malibu entfernt.

»Sie ist total begeistert und fragt sich, warum sie nicht schon viel früher zu Tante Valentina gezogen ist.«

Rosemary sortierte das Besteck ein wenig zu forsch ein, und es klirrte. »Weil sie sich um die Farm gekümmert hat? Wenn ich ehrlich sein soll, hätte ich nie im Leben daran geglaubt, dass deine liebe Mutter sie eines Tages hinter sich lassen würde. Sie war so mit ihr verwurzelt.«

»Ja. Aber leider hat alles einmal ein Ende«, sagte Lucinda.

»Na, dich werden hier doch wohl keine zehn Pferde wegbekommen. Du wirst eines Tages mit deinen Enkelkindern zusammen im Garten sitzen und ihnen von unseren Jugendabenteuern erzählen.« Das hoffte sie zumindest, auch wenn Lucinda zurzeit einige Probleme hatte. Aber Probleme waren doch dazu da, um sie aus der Welt zu schaffen, oder?

»Ja, das wäre schön, nicht wahr?« Lucinda sah ganz bedrückt aus.

Und da Rosemary nicht wollte, dass sich wieder miese Stimmung einschlich, und da sie wirklich der Meinung war, dass all die Sorgen unbegründet waren und sie Lucinda nur mal auf andere Gedanken bringen mussten, sagte sie: »Ich sehe jetzt nach Jennifer. Sie hat doch versprochen, nicht zu arbeiten, zumindest nicht, wenn wir alle was viel Schöneres machen könnten. Da fällt mir ein: Was hast du eigentlich heute Abend mit uns vor, Lucinda?«

Ihre Freundin blickte auf und lächelte. Rosemary freute sich, dass sie anscheinend beschlossen hatte, die Sorgen wenigstens für diesen Abend hinter sich zu lassen. »In Bakersfield findet heute ein Fest statt«, verkündete Lucinda. »Wie passend, oder?«

»Mitten im Ort?«, fragte Rosemary unsicher. »Da erkennt mich doch jeder.«

»Was für ein Fest?«, wollte Michelle wissen.

»Eins mit Bluegrass, Tanz und Bier.«

Rosemary lachte. »Ein Bluegrass-Abend? So wie früher? Das habe ich ja schon ewig nicht erlebt.« Sie erinnerte sich gut an die Tanzabende, auf denen sie als Teenager gewesen waren. Auf so einem Fest hatte sie ihren allerersten Kuss bekommen. Trotz aller Vorsätze, auf ihren Hollywoodtraummann zu warten.

»Ich liebe Bluegrass-Musik!«, rief Michelle aus. »Die haben wir in Texas auch.«

»Und um auf deinen Einwand zurückzukommen«, sagte Lucinda nun zu Rosemary. »Wir werden dich so verkleiden, dass dich garantiert niemand erkennt. Du wirst als richtiger Hillbilly durchgehen.« Sie lachte.

»Oh Gott, was hast du mit mir vor?«

»Cowboystiefel, Cowboyhut und ein Strohhalm im Mundwinkel. Ach, und natürlich müssen wir dir ein paar Zähne schwarz anmalen, damit du auch glaubwürdig rüberkommst.«

Michelle lachte sich fast zu Tode, Rosemary war weniger erfreut. »Das kannst du unmöglich ernst meinen.«

»Na gut, das war ein wenig übertrieben. Aber verkleiden wirst du dich schon müssen.«

»Um nach sechzehn Jahren endlich mal wieder an einem Original-Bluegrass-Abend teilzunehmen? Das nehme ich gerne in Kauf.« Sie wünschte, Edward könnte auch dabei sein, so etwas kannte er nämlich gar nicht. Er war gut betucht in einem Vorort von San Francisco aufgewachsen.

»Na, dann los! Es ist schon fast neun. Wir wollen doch nicht den ganzen Spaß verpassen!«

»Wartet, ich hole Jennifer runter, dann können wir uns aufmachen.« Rosemary lief die Treppe hoch, wie sie es zuletzt als Kind getan hatte. In ihrem heutigen Leben versuchte sie zwar, immer Eleganz zu bewahren, an diesem Abend aber wollte sie einfach nur wieder dreizehn und unbeschwert sein.

»Ha, erwischt!«, hörte Jennifer und blickte ertappt auf.

Rosemary stieß die Tür zu dem Gästezimmer auf, in das Jennifer sich einquartiert hatte, und sah sie an, als hätte sie etwas streng Verbotenes getan.

Sie klappte ihren Laptop zu. »Ich wollte nur, habe nur ... Okay, ich geb's zu, ich habe kurz mal nach meinen E-Mails gesehen«, gestand sie.

»Jetzt musst du aber alles beiseitelegen, wir wollen nämlich feiern gehen«, verkündete ihre Freundin.

»Feiern? Du meinst in einen Club?«

»Gaaanz falsch! Wir gehen auf ein Bluegrass-Fest.«

Sofort machte sich ein Lächeln auf ihrem Gesicht breit. »Oh mein Gott, so wie früher? Weißt du noch, auf einem dieser Feste habe ich meinen ersten Kuss bekommen!«

»Ja, richtig, Colin Riggs. Und ich von diesem hageren Kerl, der in der Straße meiner Grandma wohnte – Zac Silverman!«, rief Rosemary freudig aus. Diese Bluegrass-Abende waren wohl die perfekte Gelegenheit für erste Küsse.

»Warum hat Lucinda das nicht schon früher erwähnt? Dann hätte ich nicht so viel zu Abend gegessen. Da gibt es doch immer diese leckeren Truthahnkeulen, erinnerst du dich?«

»Stimmt! Ach, bei mir geht noch was rein«, sagte Rosemary. »Ich habe mir ja vorgenommen, dieses Wochenende zu schlemmen, was das Zeug hält.«

Da fiel Jennifer etwas ein. »Moment mal … Dort wird dich alle Welt erkennen.«

»Dafür hat Lucinda schon eine Lösung. Nun mach deine Mails fertig und komm mit runter. Ich geh schon mal vor, wir müssen mich in einen Hillbilly verwandeln.« Ihre Freundin zwinkerte ihr zu.

Jennifer lachte und schüttelte den Kopf. Sie fragte sich, was die Mädels wohl vorhatten. Dann widmete sie sich wieder der Mail, die sie soeben erhalten hatte. Sie bedeutete nichts Gutes, das Schiedsgerichtsverfahren, das sie den Mitarbeitern einer Chemikalienfirma vorgeschlagen hatte, um einen langen Prozess zu vermeiden, war auf einem gemeinsamen Meeting abgelehnt worden. Die Leute hatten jahrelang ohne Schutzmaske mit giftigen Chemikalien gearbeitet, weil ihnen von ihrem Arbeitgeber gesagt worden war, es wäre nicht nötig, eine zu tragen. Nun litten zwei Drittel von ihnen an Atemwegserkrankungen oder sogar blutigem Husten. Normalerweise wäre Jennifer jetzt sofort ins Büro gefahren und hätte sich mit ihrem Kollegen Neil zusammengesetzt, mit dem sie den Fall bearbeitete. Doch sie hatte Neil gesagt, dass sie übers Wochenende in Kalifornien war und nicht gestört werden wollte. Also sollte sie auch versuchen, sich bei ihrem Vorhaben nicht selbst zu stören.

Sie musste dringend abschalten. Ein Bluegrass-Abend war genau das Richtige. Sie klappte den Laptop zu und stellte ihn weg. Dann zog sie sich die Jeans und das graue T-Shirt aus, das sie zum Abendessen getragen hatte, und entschied sich für das hübsche weinrote Kleid mit den hohen Schlitzen an beiden Seiten, das sie für den Fall der Fälle eingesteckt hatte. Die Ballerinas passten plötzlich überhaupt nicht mehr dazu, fand sie, also ging sie barfuß hinunter in die Küche, wo sie auf die anderen traf.

Rosemary trug jetzt eine kurze Jeans-Latzhose und Cowboyboots, auf ihrem Kopf saß ein Cowboyhut aus hellem Stroh über zwei langen, geflochtenen Zöpfen, eine rotkarierte Bluse rundete das Bild ab.

»Himmel, was habt ihr denn mit Rosemary gemacht?« Sie konnte nicht anders, als laut loszulachen.

»Mit wem? Eine Rosemary kennen wir nicht, und eine Rose Steen erst recht nicht. Darf ich vorstellen: Das ist meine Cousine Annabelle aus Kentucky.« Lucinda machte eine Präsentationsgeste und fuhr dann damit fort, »Annabelle« Sommersprossen auf Nase und Wangen zu malen.

»Oh, wow! Selbst ich hätte dich auf der Straße nicht erkannt«, sagte Jennifer erstaunt. Sie hatte Rosemary noch nie mit so wenig Schminke im Gesicht gesehen.

Lucinda lächelte. »Das habe ich erreichen wollen.«

»Perfekt! Wollen wir los?«, fragte Hillbilly-Rosemary, die nun fertig verwandelt war.

»Ich wollte dich eigentlich noch fragen, ob du nicht vielleicht passende Schuhe für mich hättest, Lucinda.« Jennifer zeigte auf ihre nackten Füße.

»Was verstehst du denn unter passend? Du kannst gerne im Schuhschrank und in der Kammer nachsehen, da sind zig Paar alte Schuhe, auch noch von meiner Mom.«

Jennifer sah nach und entdeckte ein Paar wunderschöne schwarze Cowboystiefel. Sie stieg hinein und zeigte sie Lucinda.

Die erstarrte und wurde kreidebleich. »Oh mein Gott, die sind von Maria. Ich hatte sie total vergessen.«

Auch in Jennifer machte sich sofort ein mulmiges Gefühl breit. »Ehrlich? Dann stelle ich sie lieber gleich wieder zurück. Entschuldige bitte, Lucinda, das hab ich nicht gewusst.«

»Nein, warte!« Ihre Freundin starrte die Stiefel etwa eine halbe Minute wortlos an und sagte schließlich: »Ach, trag sie ruhig. Dann erfüllen sie wenigstens mal ihren Zweck.«

»Bist du sicher?«

»Bin ich. Also, gehen wir, oder was? Ich will tanzen!«

Sie hakten sich alle beieinander ein und verließen das Haus.

Als gefragt wurde, wer heute Abend freiwillig auf Alkohol verzichten würde, meldete sich Michelle. Sie brauche keinen Alkohol, um fröhlich zu sein, sagte sie. Das sei sie schon seit dem Moment, als sie am Vormittag hier angekommen war. Und Jennifer musste zugeben, dass sie dankbar war, nicht selbst diejenige sein zu müssen, die den Abend alkoholfrei verbrachte. Denn so selten sie trank, war heute einfach ein Tag, an dem sich Alkohol nach einer wirklich guten Idee anhörte.

Als sie in den Ort hineinfuhren und die Musik bereits von Weitem hörten, jubelten und wippten sie schon los.

»Das wird sooo toll!«, rief Michelle, die am Steuer saß, freudig aus.

»Oh ja, wir werden mal so richtig einen draufmachen«, sagte Jennifer, die schon viel zu lange nicht mehr feiern gegangen war. Eigentlich konnte sie sich nicht daran erinnern, wie lange es her war, dass sie zuletzt getanzt hatte. War es zusammen mit Daniel?, fragte sie sich. Nein, mit Daniel, der Staatsanwalt und genau so ein Workaholic war wie sie, hatte sie in den vier Jahren, in denen sie immer mal wieder zusammen gewesen waren, nicht ein einziges Mal getanzt. Sie wusste nicht einmal, ob er tanzen konnte.

»Draufmachen?«, fragte Rosemary lachend. »Ihr wisst

aber schon noch, was Bluegrass ist, oder? Das ist doch kein Techno oder Hard Rock.«

»Ist mir egal«, sagte sie bestimmt. »Von mir aus könnte Barry Manilow auf der Bühne stehen und singen. Ich würde Party machen!«

Lucinda und Rosemary lachten laut los.

»Oder Wayne Newton«, sagte Michelle, die den Sarkasmus nicht so ganz herausgehört hatte. »Den finde ich toll.«

»Den findet meine Grandma toll.« Rosemary kicherte.

»Geht es noch ein bisschen schlimmer? Was halten wir von Al Martino oder Paul Anka?«, fragte Lucinda.

»Ach, komm, Paul Anka hat ein paar schöne Lieder gesungen«, verteidigte Rosemary den Schnulzensänger. »Denkt doch nur mal an *You Are My Destiny* oder *Diana.*«

»Jaaa!«, jubelte Michelle und begann zu singen: »*I'm so young and you're so old, this my darling I've been told …*«

»Haha!« Jennifer brach in schallendes Gelächter aus. »Das könnte glatt von Jonah kommen, oder?«

Die anderen fielen ein und gackerten wie die Hühner.

»Ihr seid total bescheuert«, meinte Lucinda. »Passt bloß auf, gleich überlege ich mir mal passende Songs für euch!«

»Ach ja?«, fragte Jennifer provozierend. »Tu dir keinen Zwang an.«

Lucinda überlegte ein paar Sekunden. Dann begann sie, *She Works Hard for the Money* zu singen, natürlich mit Bezug auf Jennifer.

»Das macht mir nichts«, entgegnete sie sogleich. »Ich weiß ja selbst, dass ich ein Workaholic bin. Hast du nichts Besseres auf Lager?«

»Hmmm …«

»Mir fällt was für Rosemary ein«, verkündete Michelle stolz und sang: »*Movie Star, Movie Star, A-ha-ha, you think you are a Movie Star …*«

»Das A-ha-ha hast du am besten hinbekommen«, lobte Jennifer schmunzelnd.

»Ich fand's ganz toll«, entgegnete Rosemary. »Der Song passt doch perfekt zu mir. Mal abgesehen davon, dass ich wirklich ein Filmstar bin und es mir nicht nur einbilde.« Sie zwinkerte Michelle zu.

»Heute Abend allerdings nicht so sehr«, meldete sich Lucinda zu Wort und deutete auf Rosemarys Outfit.

»Hahaha«, machte Rosemary.

»Nicht hahaha, sondern *A-ha-ha*!«, rief Jennifer ausgelassen, und sie sangen alle zusammen *A-ha-ha*.

»Himmel!«, sagte Michelle zwei Minuten später, als sie beim Fest ankamen. »Ist der Platz schon immer so klein gewesen?«

»Kommt mir irgendwie auch kleiner vor«, stimmte Rosemary ihr zu.

»Der ist genauso groß wie immer«, sagte Lucinda. »Euch kommt das nur so vor, weil ihr seit Ewigkeiten nicht hier wart.« Sie zeigte zu einem freien Parkplatz, auf den Michelle sogleich ihren Wagen fuhr.

Jennifer war die Erste, die aus dem Auto raus war. Sie streckte sich und nickte einer unsichtbaren Präsenz bestimmt zu. Ja, heute würde sie endlich mal wieder so richtig Spaß haben, und zwar bis zum Umfallen.

Zehn Minuten später hielten sie alle einen großen Krug Bier in der Hand, mit Ausnahme von Michelle, die ein Root Beer trank.

»Wie sehr ich das vermisst habe«, sagte Michelle und

wippte zu den schnellen Klängen der Bluegrass-Gitarre, des Banjos, des Kontrabasses und der Mandoline.

»Ich auch«, schloss Rosemary sich ihr an. »Ich wünschte, ich könnte mir viel öfter dafür Zeit nehmen, nach Hause zu kommen.«

Sie betrachtete ihre Freundinnen. Wie gerne würde sie diese öfter sehen, und auch ihre Grandma, die mit ihren 79 Jahren ganz allein in dem großen, leeren Haus wohnte, von der Pflegerin mal abgesehen. Aber sie hatte keine Familie mehr in der Umgebung, seit Rosemarys Eltern kurz nacheinander gestorben waren und ihr Bruder Cameron vor ein paar Jahren doch tatsächlich die Kartoffelfarm aufgegeben hatte, um sich in Indiana als Pferdezüchter niederzulassen. Rosemary hatte ihr schon mehr als einmal vorgeschlagen, zu ihr nach Malibu zu ziehen, sie könnten ein Zimmer für sie freimachen, gerne würde sie auf das Heimkino oder den Raum voller Auszeichnungen verzichten, aber es war nichts zu machen. Grandma Tippi war nicht wegzubewegen aus Lamont. Rosemary verstand sie ja, die Stadt hatte etwas so Heimeliges an sich, etwas ganz Besonderes. Es war ihr selbst auch schwergefallen, damals wegzugehen, obwohl sie es niemals zugegeben hätte, und es war immer wieder wie Ankommen für sie, wenn sie hierher zurückkehrte.

Sie fragte sich oft, ob es den anderen auch so ging, Jennifer und Michelle. Ob sie diesen Ort genauso vermissten. Bei Jennifer war sie sich nicht sicher, bei ihr konnte sie sich sogar vorstellen, dass sie froh war, weg zu sein. Denn im Gegensatz zum Rest der Clique, war Lamont für sie nie der Himmel auf Erden gewesen, sondern eher die Hölle. Manchmal beneidete Rosemary Lucinda, weil sie als Einzige hiergeblieben war. Sie hatte ihre Farm, ihr Leben zwischen den Orangenhainen, die Erde unter ihren Füßen, auf der sie zur Frau herangereift war – dieser Ort machte sie aus, er war das, was man Heimat nannte. Und so sehr sie ihr Leben in Malibu auch genoss, vermisste Rosemary die Heimat doch oft ganz schrecklich.

»Ach Mensch, jetzt sind wir gar nicht zu Alejandro gegangen«, fiel Michelle plötzlich ein.

Rosemary erwachte aus ihren Tagträumereien. Sie sah sich um und wunderte sich, wo Jennifer und Lucinda auf einmal hin waren. Dann entdeckte sie Jennifer jedoch ein wenig abseits in ihr Smartphone tippen. Lucinda hatte sich zu einer kleinen Gruppe gesellt und unterhielt sich angeregt. Rosemary glaubte etwas von Marktpreisen aufzuschnappen.

»Stimmt«, sagte sie. »Okay, wenn ich ehrlich sein soll, ist es mir vorhin sogar kurz in den Sinn gekommen, ich habe aber nichts gesagt, weil ich ganz froh war, ihm nicht begegnen zu müssen. Wenigstens heute noch nicht.«

»Ja, mir geht es ähnlich. Obwohl, ich hätte ihn schon auch gerne begrüßt. Er ist so ein lieber Kerl.«

»Das ist er.« Sie senkte ihre Stimme. »Ich weiß noch immer nicht, wie wir ihn damals verdächtigen konnten. Wie sind wir nur auf diese furchtbare Idee gekommen?«

»Na, er war halt schon immer sehr mysteriös, ein stiller Geselle. Mir hat er als Kind Angst gemacht, wenn er einen so anstarrte, ohne ein Wort zu sagen«, erinnerte Michelle sich.

»Er war unserer Sprache einfach noch nicht mächtig. Und wahrscheinlich hatte er noch mehr Angst als du. Er war immerhin illegal hier und hätte jederzeit nach Mexiko abgeschoben werden können, wenn er erwischt worden wäre.«

»Wir hätten ihn doch aber nicht verraten!«

»Das wusste er aber nicht.« Rosemary wurde nachdenklich. »Ich glaube, ich wäre auch immer auf der Hut, wenn ich in einem fremden Land leben würde, ohne Aufenthaltsgenehmigung und Arbeitserlaubnis.«

»Lucindas Vater war wirklich ein guter Mann, dass er ihn beschäftigt und ihm sogar Unterschlupf gewährt hat«, fand Michelle.

»Ich verstehe gut, dass Lucinda das noch immer tut.«

»Ja, ich auch.«

Rosemary hatte oft über Alejandro nachgedacht. Er war damals um die dreißig gewesen… Sie selbst waren fast noch Kinder, gerade einmal fünfzehn, nur Jennifer war schon ein wenig älter. Sie hatten in dem Sommer erste Liebeserfahrungen gesammelt. Jennifer hatte ihren ersten festen Freund, und Rosemary erinnerte sich gut daran, dass Lucinda nur wenige Tage vor der schrecklichen Tragödie ihren ersten Kuss bekommen hatte, und zwar von Taylor Walton. Taylor war im selben Jahrgang wie sie und hatte Rosemary schon einige Wochen zuvor gestanden, dass er in Lucinda verliebt war. Sie hatte ihn ermutigt, den ersten Schritt zu tun, es hatte jedoch eine ganze Weile gebraucht, bis er sich endlich getraut hatte. In den Sommerferien war er dann öfter mal mit dem Fahrrad zur Farm rausgefahren, manchmal zusammen mit Freunden. Sie hatten zwischen den Orangenbäumen abgehangen, sich Geschichten erzählt oder *Flaschendrehen* in Form von *Wahrheit oder Pflicht* gespielt. Bei dem Spiel war so einiges ans Tageslicht gekommen, zum Beispiel, dass Michelle noch nie geküsst worden war, dass Lucinda total in Ryan Phillippe aus *Eiskalte Engel* verknallt war (was Taylor nicht gerade freute) und dass Jennifer als Einzige von ihnen schon sexuelle Erfahrungen gesammelt hatte. Rosemary hatte ihren Freundinnen gestanden, dass sie jede Nacht vor dem Einschlafen Freddie Prinze junior auf dem Poster über ihrem Bett küsste und sich nichts mehr wünschte, als die weibliche Hauptrolle in seinem nächsten Film zu spielen.

Der Sommer war besonders heiß und extrem schwül gewesen, die Mädchen hatten abgeschnittene Jeans und bauchfreie Tops getragen, die Jungs waren oben ohne herumgelaufen. Erste Gefühle, Leidenschaft, Lust auf mehr lagen in der Luft. Und Taylor schaffte es endlich, Lucindas Herz zu erobern. Rosemary musste scharf nachdenken … Was passierte mit den beiden, nachdem das furchtbare Unglück geschehen war? Wahrscheinlich hatte das Ende der Sorglosigkeit auch das Ende ihrer Romanze bedeutet.

Und noch eine andere Liebe endete in diesem Sommer abrupt.

Sie hatten Maria des Öfteren mit ihm reden gesehen. Keine von ihnen hätte jedoch angenommen, dass mehr dahintersteckte. Maria war immerhin erst achtzehn. Auch hatte keine von ihnen ihn je als hübschen Mann wahrgenommen, als jemanden, der einer Frau wie Maria gefallen könnte. Maria war eine wahre Schönheit. Mit ihren langen dunklen Haaren und den hohen Wangenknochen, den vollen Lippen und Kurven an genau den richtigen Stellen war sie das weibliche Ideal für Rosemary gewesen, mehr noch als so mancher Hollywoodstar. Sie hätte alles dafür gegeben, so auszusehen wie Maria. Lucindas talentierte ältere Schwester hätte alles werden können, hätte aus ihrem Leben wirklich etwas machen können, doch leider hatte das Schicksal andere Pläne für sie gehabt.

»Alles okay?«, hörte sie Michelle fragen und blickte auf.

»Wie bitte?«

»Du wirkst so gedankenverloren.«

»Ja, das war ich wohl kurz. Jetzt bin ich aber wieder hier bei dir«, sagte sie lächelnd, hakte sich bei ihrer Freundin ein und führte sie zur Tanzfläche, in ihrer völlig albernen Verkleidung, in der sie aber tatsächlich niemand zu erkennen schien.

Kapitel 10

Jennifer starrte auf ihr Handy. Das kann doch nicht sein Ernst sein!, dachte sie. Da hatte Daniel ihr doch tatsächlich einen Heiratsantrag gemacht! Per SMS! Wie kam er nur zu so was!

Daniel, du spinnst total, ehrlich!, tippte sie in ihr Handy, wartete aber einen Moment, bis sie es abschickte. Sie wusste nicht, wie sie darauf reagieren sollte, konnte das einfach nicht ernst nehmen.

Anders erreiche ich dich ja nicht, antwortete er innerhalb von zehn Sekunden. Sie wusste genau, was er meinte. An*ders erreichte er ihr Herz nicht, wollte er eigentlich* sagen.

Du meinst es also gar nicht ernst? Du willst nur meine Aufmerksamkeit?, fragte sie.

Seit vier Jahren trafen sie sich nun bereits, hatten sich in dieser Zeit ein paarmal getrennt und waren wieder zusammengekommen. Jennifer schätzte Daniel sehr, er war nicht nur ziemlich gutaussehend, sondern hatte auch was im Kopf. Mit ihm konnte man sich unterhalten, über beinahe alles. Natürlich wusste er nichts von den Dingen ihrer

Kindheit, die erzählte sie niemandem außer ihrer Therapeutin. Daniel hatte ihr jedoch einiges aus seiner Vergangenheit erzählt, und sie hatten sich schon mehrmals mit seiner Schwester Nora zum Essen verabredet, wenn sie in Atlanta war. Seine Eltern hatte sie bisher allerdings noch nicht kennengelernt, da diese in Kansas wohnten. Doch vor einer Woche fing er plötzlich von einer Familienfeier an, auf die er sie mitnehmen wollte – in Wichita!

»Wichita, Kansas? Dein Heimatort?«, hatte sie schockiert gefragt.

Daniel hatte gelacht. »Kennst du noch ein anderes Wichita? Natürlich dieses Wichita. Mein Dad wird siebzig. Es wird ganz groß gefeiert, und da dachte ich, das wäre doch die perfekte Gelegenheit, dich ihnen allen endlich mal vorzustellen. Es wird höchste Zeit, findest du nicht?«

»Ich … Daniel, ich weiß nicht, warum du das auf einmal möchtest. Bisher schien es dir doch auch nicht wichtig.«

»Ich finde einfach, wir sind an einem Punkt angelangt, an dem wir diese Spielchen sein lassen sollten, Jen. Ich möchte mit dir zusammen sein. Ich liebe dich«, hatte er mit diesem Welpenblick gesagt, dem sie nie standhalten konnte.

»Daniel, das kommt jetzt wirklich alles sehr spontan«, hatte sie erwidert und sich von ihm abgewandt, körperlich wie emotional. »Ich habe an dem Wochenende auch schon etwas anderes vor. Du kannst mich doch nicht einfach so verplanen.«

»Kannst du die Arbeit denn nicht einfach mal Arbeit sein lassen? Für ein einziges Wochenende? Für mich?«, hatte Daniel gefragt und ihre Hände in seine genommen. So schnell hatte er sich nicht geschlagen geben wollen.

»Nein, tut mir leid, das geht nicht«, hatte sie kühl erwidert. »Es geht um etwas Wichtiges.« Sie hatte Daniel bisher nie mitgeteilt, wenn sie übers Wochenende nach Hause gefahren war. Von den Orangentagen hatte er keine Ahnung.

Er hatte ihre Hände fallen gelassen. »Tja, was immer es ist … Wenn es dir wichtiger ist als ich, muss ich das akzeptieren«, hatte er gekränkt gesagt und nach seiner Aktentasche gegriffen, die er auf ihrem Couchtisch abgelegt gehabt hatte. »Du hast übrigens nicht einmal gesagt, dass du mich auch liebst.« Dann war er weg gewesen, und Jennifer hatte fünf Tage nichts von ihm gehört, bis er am Donnerstag erneut bei ihr aufgetaucht war – unangekündigt hatte er am Abend vor der Tür gestanden.

Sie war gerade am Packen gewesen. Daniel hatte auf ihren Koffer gestarrt und sie fragend angesehen. »Du verreist?«, hatte er wissen wollen.

»Ich fahre nur übers Wochenende weg. Ich habe dir doch gesagt, dass ich etwas vorhabe.«

»Ich hatte angenommen, dass du das Wochenende im Büro verbringen und an einem Fall arbeiten würdest.«

»Nein.«

»Und wohin fährst du nun?«

»Weg. Warum bist du hier, Daniel?« Sie hatte geglaubt, dass es mal wieder aus war mit ihm. Und eigentlich war es ihr auch ganz recht gewesen. Sie wollte keinen Klotz am Bein, wollte Karriere machen, ihr Leben so leben, wie sie es für richtig hielt. Sie wollte nicht nach Wichita und einen auf happy Family machen. Das Thema Familie hatte sie vor Ewigkeiten abgehakt.

»Weil ich dachte, dass ich dich vielleicht doch noch umstimmen kann. Da wusste ich allerdings noch nicht …« Er hatte mit dem Finger auf ihren Koffer gedeutet, der offen auf dem Bett gelegen hatte, voll bepackt mit Klamotten, Sonnencreme, einer Kulturtasche, zwei Büchern, von denen

Jennifer natürlich klar gewesen war, dass sie sie eh nicht anrühren würde, und ihrem Nackenkissen.

»Du hast dich seit letzter Woche nicht gemeldet«, hatte sie gesagt, sich aufrecht hingestellt und die Arme vor der Brust verschränkt. »Ich hatte angenommen, dass es wieder mal vorbei ist.«

»Ich dachte, ich hätte dir deutlich gemacht, dass ich mit dir zusammen sein will.«

»Du bist einfach abgehauen, Daniel«, hatte sie ihn erinnert.

»Ich war in meinem Stolz verletzt. Ich wollte dich mit nach Hause nehmen, und du ...«

Sie hatte geseufzt und sich aufs Bett gesetzt. »Ich kann nicht, Daniel, weil ich nämlich selbst nach Hause fahre.«

»Du willst nach Kalifornien? Ist etwas mit deinem Dad?« Alles, was er von Kalifornien wusste, war, dass sie dort noch einen Vater hatte, zu dem sie keinen Kontakt hatte. Dass der aber keinesfalls ein Dad, sondern lediglich ihr Erzeuger war, konnte Daniel nicht ahnen.

»Nein. Den habe ich seit sechzehn Jahren nicht gesehen, das weißt du doch.« Das hatte sie ihm nämlich sehr wohl erzählt, einfach, damit er sie nicht mehr auf das Thema ansprach.

»Was willst du dann in Kalifornien?«, hatte er verwundert gefragt. »Ich dachte, du hättest dort sonst niemanden mehr.«

»Ich habe dort die überhaupt wichtigsten Menschen in meinem Leben. Drei liebe Freundinnen aus Schultagen.«

»Und die hast du vor zu treffen? Das freut mich ja für dich, dass du sie nach so langer Zeit mal wiedersiehst, aber warum sagst du das nicht einfach?«

»Eigentlich ... treffe ich sie in jedem Sommer«, hatte sie gestanden.

Daniel hatte sie ungläubig angestarrt. »In jedem …?«

»Ich fliege jedes Jahr im Juli nach Lamont, um ein paar Tage mit ihnen zu verbringen, auf der Orangenfarm, die meine Freundin Lucinda bewirtschaftet.«

»Soll das heißen, du bist, seit wir zusammen sind, jedes Jahr auf einer … auf einer Orangenfarm in Kalifornien gewesen, ohne mir etwas davon zu erzählen?« Daniel hatte wütend geklungen.

»So ist es.«

»Ich weiß wirklich nicht, was ich davon halten soll«, hatte er gesagt. Und hiernach hatte der Streit erst so richtig begonnen, der die halbe Nacht lang angedauert hatte, weshalb sie am Morgen ihr Flugzeug verpasst hatte. Und jetzt hatte er ihr mir nichts, dir nichts einen Antrag gemacht.

Ich will keine Aufmerksamkeit, schrieb Daniel nun zurück. *Ich möchte es verstehen.*

Ja, was denn?

Warum du nicht ehrlich zu mir warst.

Meine Heimat und meine Kindheit sind kein leichtes Thema für mich, antwortete sie.

Du weißt, dass du mir alles sagen kannst.

Das weiß ich. Ich bin aber gerade auf einem Fest. Ich melde mich morgen wieder, okay?

Dann viel Spaß auf dem Fest.

Sie steckte das Handy zurück in die Handtasche und gesellte sich wieder zu ihren Freundinnen.

»Alles okay?«, fragte Rosemary, die bisher wirklich noch niemand erkannt zu haben schien.

»Ehrlich gesagt, habe ich keine Ahnung.« Verwirrt schüttelte sie den Kopf. »Das war gerade Daniel. Er hat mir einen Heiratsantrag gemacht.«

»Er hat *was*?«, fragte Rosemary mit großen Augen.

»Ich gratuliere!«, rief Michelle so laut, dass sie die Musik übertönte und Lucinda sich zu ihnen umdrehte. Sie entschuldigte sich bei ihren Bekannten und kam zu ihnen zurück.

»Was gibt es denn Schönes?« Fragend sah sie von einer zur anderen.

»Daniel hat um Jennifers Hand angehalten«, informierte Michelle sie sofort.

»Nein!«

»Doch!«

»Immer langsam«, sagte Jennifer. »Ich weiß noch nicht mal, ob er das auch ernst gemeint hat.«

»Warum sollte er dir aus Spaß einen Antrag machen?«, fragte Lucinda.

»Es ist zurzeit ein bisschen kompliziert mit uns«, gab Jennifer preis.

»Er meint das ganz bestimmt ernst«, schwärmte Michelle. »Wer würde dich nicht heiraten wollen? Oh! Oh! Darf ich deine Brautjungfer sein?«

»Ich auch!«, rief Rosemary.

»Jetzt beruhigt euch mal wieder. Selbst wenn der Antrag ernst gemeint war, wüsste ich nicht, was ich erwidern sollte.«

»Warum? Liebst du Daniel denn nicht?«, wollte Rosemary wissen.

»Ehrlich gesagt, bin ich mir im Moment überhaupt nicht mehr sicher. Gebt mir ein bisschen Zeit, um nachzudenken, okay?«

»Okay. Aber falls du Ja sagst, darf ich dann …?«

Sie seufzte. »Ja, Michelle, dann darfst du. Und ihr anderen auch.«

Einen Augenblick lang standen alle still und sahen Jennifer nur an, dann jedoch fielen sie ihr alle miteinander um den Hals.

»Es wird bestimmt alles gut«, sagte Lucinda. »Und jetzt lasst uns noch was trinken. Nüchtern tanze ich bestimmt nicht zu Bluegrass.«

»Das ist ein Wort!«, fand Rosemary und lief in ihrer Hillbilly-Montur hinüber zur Bar.

»Kennst du schon meine Cousine Annabelle?«, stellte Lucinda einem Tomaten-Farmer aus Wasco Rosemary vor. Sie standen seit gut einer Stunde an der Bar und wippten zur Musik, während sich immer mal wieder ein neugieriger Bekannter zu ihnen gesellte.

»Nein. Es freut mich sehr, dich kennenzulernen, Annabelle.« Der Mann namens Harry lächelte sie an und schien ganz fasziniert von ihr zu sein.

Lucinda fragte sich, wie er wohl reagiert hätte, wenn er erfahren hätte, wer da tatsächlich vor ihm stand. Sie war schwer beeindruckt von Rosemary. Nur eine richtig gute Schauspielerin konnte ihre Rolle so brillant spielen, dass wirklich niemand dahinterkam, dass sie eben nur eine Rolle spielte. Sie hätte es nicht für möglich gehalten, aber bisher schienen sie wirklich damit durchzukommen.

»Annabelle« machte nun einen Knicks und sagte: »Hi-de-ho! Freut mich, dich kennenzulernen.«

Lucinda musste sich das Lachen verkneifen, und sie sah, dass es den anderen genauso ging.

»Du kommst nicht von hier, oder?«, fragte Harry, der groß und hager war und mit seinem Outfit perfekt zu Annabelle passte.

»Nee. Ich komm aus Kentucky«, sagte sie mit einem typischen Südstaatenakzent.

»Sehr schön. Was gibt es so in Kentucky? Was magst du besonders gern?«, fragte Harry neugierig.

»Annabelle« rieb sich das Kinn, dann hielt sie den Zeigefinger in die Höhe und sagte: »Frittierte Schweinefüße!«

Lucinda, Michelle und Jennifer brachen in schallendes Gelächter aus. Lucinda liefen sogar die Tränen. Sie konnte sich nicht erinnern, wann sie zuletzt so heftig gelacht hatte.

»Ich muss mal kurz für kleine Mädchen, sonst mach ich mir noch in die Hose«, entschuldigte sie sich und verschwand durch die Menge.

Auf dem Weg zu den Toiletten in der riesigen alten Scheune, in der auch die Bar aufgebaut war, stellte sich ihr plötzlich jemand in den Weg. Und er lächelte sie zuckersüß an.

»Jonah! Was machst du denn hier?«, fragte sie überrascht.

Er grinste breit. »Dasselbe wie du, nehme ich an.«

»Ach, du machst auch einen drauf mit deinen Freundinnen, von denen du eine als Hillbilly verkleidet hast und die gerade den Farmern der Umgebung den Kopf verdreht?«

Er lachte. »Ähm … nicht so ganz. Ich genehmige mir nur ein paar Bier mit meinen Jungs.«

»Wie klein die Welt doch ist.« Sie strahlte Jonah an. »Du, ich muss echt ganz dringend mal verschwinden. Ich komme gleich wieder, geh nicht weg, ja?«

Sie ließ ihn stehen und rannte nach hinten, wo sie mit

Schrecken feststellen musste, dass da schon eine ganze Schlange von Frauen dasselbe vorhatte wie sie. Ob die auch alle aufs Klo müssen vor Lachen?, fragte sie sich.

Als sie endlich an der Reihe war, ließ sie ein lautes, erleichtertes Stöhnen aus und kümmerte sich nicht darum, was die anderen Frauen dachten.

Im Spiegel wischte sie sich noch die zerlaufene Wimperntusche ab und atmete einmal tief durch, bevor sie zu Jonah zurückging.

Er hatte sich tatsächlich nicht vom Fleck bewegt, stand noch immer da, inmitten der Tische und Stühle aus Holz, auf denen die halbe Stadt Platz genommen zu haben schien. Die Scheune war von außen wie von innen mit Gräsern und Blumen geschmückt, über der Bar hingen zwei Hirschgeweihe. Man konnte die Musik der Bluegrass-Band, die draußen auf der Bühne spielte, laut hören. Ein paar Leute tanzten sogar hier drinnen.

Jonah begrüßte Lucinda mit einem strahlenden Lächeln. Dann nahm er ihre Hand und führte sie hinaus. »Können wir irgendwo hingehen, wo wir ungestört sind?«, fragte er.

»Klar.«

Er brachte sie hinter die Scheune, wo bereits zwei Pärchen standen und knutschten.

»Ich hatte gehofft, dich hier zu treffen«, sagte er und sah ihr tief in die Augen.

»Ehrlich?« Sie errötete ein wenig.

»Ja. Ich habe nämlich vorhin vergessen, dir etwas zu sagen, und habe mich schon den ganzen Tag darüber geärgert.«

»Du hättest anrufen können.«

»Hätte ich. Es ist aber etwas, das ich dir lieber persönlich sagen wollte.« Seine himmelblauen Augen ließen sie dahinschmelzen, und deshalb wurde sie nicht nur immer nervöser, sondern begann auch, wie immer, wenn sie nervös war, dummes Zeug zu reden.

»Du willst mich darum bitten, am Montag nicht wieder einen Braten zu machen, weil du eigentlich Vegetarier bist?«, fragte sie und grinste schief. Gleichzeitig fragte sie sich, wo sie nur ihren Drink gelassen hatte. Sie hätte jetzt gut was zur Auflockerung brauchen können.

Jonah lachte. »Nein, dein Braten war köstlich.«

»Dann muss es wohl etwas anderes sein.« Sie verlagerte ihr Gewicht von einem Bein aufs andere und kaute auf ihrer Lippe herum.

Er strich ihr eine Haarsträhne aus dem Gesicht. »Ich mag dich, Lucinda Gordon.«

Ihr Herz machte einen Hüpfer.

»Ich mag dich auch, Jonah Porter«, erwiderte sie.

»Das freut mich. Wäre ganz schön peinlich, wenn es einseitig wäre, oder?« Jetzt war er dran mit schief Grinsen.

»Peinlich für dich, ja.« Sie kicherte und fühlte sich auf einmal ganz schwindlig. War es das Bier, oder waren es Jonahs Worte? Seine Nähe? »Du kannst aber ganz unbesorgt sein.«

»Ja?«

Sie nickte und sah ihm dabei zu, wie er immer näher kam. Millimeter um Millimeter. Sie stand mit dem Rücken an der Scheune und hatte keine Ausweichmöglichkeit, als er plötzlich eine Hand an der Wand über ihrer rechten Schulter abstützte und so nah an sie herankam, dass sie nicht nur seinen Atem auf ihrem Gesicht fühlen, sondern auch riechen konnte, dass er irgendetwas mit Zitronenmelisse gegessen hatte. Oder war das sein Parfüm? Auf jeden Fall roch es frisch, nach Zitrus, und sofort fühlte sie sich geborgen.

Bitte, küss mich doch endlich, dachte sie.

Jonah biss sich auf die Unterlippe und sah sie mit einem Blick an, der fragte: Darf ich?

Sie schloss die Augen und streckte ihm den Mund leicht entgegen. Und dann spürte sie ihn, den ersten Kuss seit über drei Jahren. Den ersten Kuss von Jonah.

Innerlich machte sie Luftsprünge. Ein warmes Gefühl machte sich in ihr breit, das sich anfühlte, als würde heiße Orangenmarmelade ihre Kehle hinunterlaufen. Sie wusste kaum, wie ihr geschah, ließ es einfach zu und hoffte, dieser Kuss würde niemals enden.

Als Lucinda eine ganze Weile später zu ihren Freundinnen zurückkehrte, sahen diese sie verschmitzt an.

»Wo warst du denn so lange? Wolltest du nicht nur kurz auf die Toilette?«, fragte Rosemary.

»War ich auch. Und dann ist mir Jonah über den Weg gelaufen.«

»Uuuh!«, machte Michelle.

»Und?« Rosemary sah sie neugierig an.

»Wir haben uns geküsst«, teilte sie ihren Freundinnen mit, weil sie viel zu aufgeregt war, um es für sich zu behalten.

»Oh mein Gott, wie romantisch!«, schwärmte Michelle.

»Ich sag's doch. Diese Bluegrass-Feste sind perfekt geeignet für einen ersten Kuss«, meinte Rosemary.

»Da muss ich dir recht geben. Wo ist eigentlich Jennifer?«

»Die ist weg«, sagte Michelle. »Nun sag schon, wie war es?«

Lucinda strahlte. »Es war umwerfend. Und was meinst du eigentlich mit weg?«

»Sie ist vor einer Weile mit einem Typen abgezogen«, klärte Rosemary sie auf.

Lucinda fiel die Kinnlade herunter. »Was heißt abgezogen?«

»Na, abgezogen halt. Sie ist Arm in Arm mit einem Cowboy weggegangen.«

»Mit einem Cowboy? Wo sind sie denn hin?«

»Das weiß nur der liebe Gott!«

»Sie zieht mit einem Fremden los, nachdem Daniel ihr einen Antrag gemacht hat?« Sie war schockiert.

»Sie ist erwachsen, Süße. Lass sie, wir können sie eh nicht aufhalten, wenn sie sich was in den Kopf gesetzt hat.«

Ja, so war Jennifer schon immer gewesen. Stur wie ein Esel.

»Sollen wir auf sie warten? Ich müsste langsam zurückfahren, ich muss doch morgen früh auf den Markt«, fiel ihr ein, auch wenn sie eigentlich noch gar nicht gehen wollte.

»Sie weiß doch, wo die Farm ist. Sie wird schon allein zurückfinden«, meinte Rosemary.

Nicht gerade begeistert über Jennifers Verhalten, aber noch immer viel zu glücklich, um sich darüber aufzuregen, verließ Lucinda wenig später den Festplatz, gefolgt von Michelle und Rosemary, die noch immer kicherten.

»Frittierte Schweinefüße? Wie kamst du nur darauf?«, fragte sie Rosemary lachend.

»Ich weiß auch nicht. Es war halt das Ekligste, was ich mir vorstellen konnte.«

»Hi-de-ho«, rief Michelle vergnügt und setzte sich hinters Steuer.

Kapitel 11

Januar 2000

Lucinda und ihre drei Jahre ältere Schwester Maria saßen bei einem Picknick im Garten und träumten von der Zukunft.

»Du willst wirklich weg von der Farm? Und mich ganz allein lassen?«, fragte Lucinda, nachdem Maria ihr gebeichtet hatte, dass sie sich an verschiedenen Colleges im ganzen Land beworben hatte.

Maria sah sie zufrieden lächelnd an und spielte dabei mit ihrer Kette, wie sie es so oft tat. Ihre Mutter hatte sie ihr zum Junior-High-Abschluss geschenkt, sie war ein Familienerbstück, das schon Lilianas Großmutter gehört hatte. »Du wirst doch nicht allein sein. Mom und Dad sind schließlich bei dir.«

»Das ist aber nicht dasselbe«, sagte Lucinda gekränkt und verschränkte die Arme vor der Brust. »Mit denen kann ich nicht so reden wie mit dir. Über Jungs und so.«

Lucinda war vierzehn, hatte vor Kurzem angefangen, sich für das andere Geschlecht zu interessieren, und wollte am liebsten die ganze Zeit nur über dieses eine Thema reden.

»Wir können doch telefonieren, du kannst mir Briefe schreiben. Und ich komme euch in den Ferien besuchen.«

»Das ist nicht dasselbe!«, wiederholte sie.

Sie sah Maria an, die so ganz anders aussah als sie selbst.

Während sie das blonde Haar, die blauen Augen und die helle Hautfarbe von ihrem Vater geerbt hatte, war Maria ein Ebenbild ihrer Mutter Liliana. Die war als kleines Kind mit ihren Eltern aus Guatemala in die Vereinigten Staaten gekommen und war noch heute eine Latina, wie sie im Buche stand. Sie hatte wunderschönes, langes, dunkles Haar und Augen, die beinahe schwarz wirkten. Liliana trug gerne bunte Kleider und allerlei goldenen Schmuck, kochte lateinamerikanische Gerichte und fluchte auf Spanisch, wenn ihr etwas nicht passte. Und auch wenn Lucinda und Maria das Heimatland ihrer Mutter leider niemals besucht hatten, so hatten sie doch schon früh die Sprache gelernt, die auf der Farm fast jeder sprach. Alle außer ihrem Dad, der zwar versucht hatte, ebenfalls Spanisch zu lernen, der aber außer ein paar Brocken nicht viel behalten konnte.

»Sei mir nicht böse, Lucy«, sagte Maria, die sie immer so nannte.

»Kannst du nicht wenigstens auf ein College in der Nähe gehen?« Bisher hatte Lucinda immer geglaubt, ihre Schwester und sie würden ewig auf der Farm bleiben. Niemals hätte sie gedacht, dass Maria weggehen wollte, sie verstand überhaupt nicht, warum sie das auf einmal vorhatte. Sie selbst wusste, seit sie ein kleines Mädchen war, dass sie niemals irgendwo anders glücklich sein könnte als hier. Sie wollte, sobald sie mit der Schule fertig war, ihrem Dad zur Hand gehen. Vielleicht könnte sie eines Tages die neue Vorarbeiterin werden, wenn Onkel Miguel das nicht mehr konnte. Der beste Freund ihres Vaters war nicht mehr der Jüngste, er war mindestens fünfzig! Und er fasste sich des Öfteren ans Knie, wie ihr aufgefallen war. Es schien ihm wehzutun, was ihr natürlich leid für ihn tat, doch ihr kam es ganz recht. Sie würde seinen Job gut machen, das wusste sie mit Sicherheit.

»Warten wir doch erst mal ab, von wo ich überhaupt Zusagen erhalte, ja?«, bat Maria.

»Okay«, sagte Lucinda, obwohl die Sache noch lange nicht aus der Welt war. Doch sie wollte an diesem schönen Tag nicht streiten. »Isst du das noch?« Sie deutete zu dem kalten Hühnerschenkel, der vom Abendessen übrig geblieben war. Sie hatten den Kühlschrank geplündert und alles mit nach draußen genommen, was appetitlich ausgesehen hatte.

Maria reichte ihr den Schenkel. »Hier, nimm ihn.«

»Danke.« Sie knabberte ein bisschen daran herum und sah dabei zu den Orangenbäumen rüber, von denen die Erntehelfer eifrig Früchte pflückten. Es war Januar, Navel-Orangen-Erntezeit, und die Pflücker wurden nach den riesigen Behältern bezahlt, die sie vollmachten.

Ihr Dad entdeckte sie und winkte ihnen zu. Lucinda winkte zurück, doch Maria schien ihn gar nicht zu sehen. Sie träumte vor sich hin, und Lucinda fragte sich, wo sie wohl in ihren Gedanken war. In Yale? Harvard? Auf der Brown? UCLA? Mehr Colleges fielen ihr auf die Schnelle nicht ein. Sie biss erneut in ihren Hühnerschenkel und beobachtete Onkel Miguel dabei, wie er nun zu ihrem Dad trat und ihnen ebenfalls zuwinkte. Und jetzt blickte endlich auch Maria auf und winkte ihnen lächelnd zurück.

Die beiden Männer kamen auf sie zu, und ihr Dad schnappte sich ein paar Weintrauben aus der Tupperdose. »Ihr seid meine Rettung, ich bin nämlich fast am Verhungern«, sagte er.

Maria reichte ihm ein Erdnussbutter-Marmeladen-Sandwich und bat auch Onkel Miguel eins an. Der nahm dankend an und sagte: »Ihr beiden werdet auch von Tag zu Tag hübscher, was?«

»Rede ihnen bloß keinen Unsinn ein«, mahnte ihr Dad lachend. »Schönheit vergeht. Heimat bleibt.«

Das war etwas, das er oft sagte. Wahrscheinlich hatte er auch recht damit. Und wenn sie sich jetzt ihre Schwester ansah, schienen dieser Miguels Worte auch ziemlich egal zu sein, vermutlich weil sie so oft Komplimente wegen ihres Aussehens bekam. Lucinda aber musste zugeben, dass sie sich doch darüber freute. Sie strahlte den lächelnden Onkel Miguel an, und dabei sah sie, wie sein goldener Zahn in der Sonne funkelte.

Kapitel 12

Lucinda schlief wie ein Baby. Zum ersten Mal seit Langem wurde sie nicht von den immer wiederkehrenden Albträumen geplagt. In dieser Nacht träumte sie von Bluegrass-Musik, von wunderbaren ersten Küssen, von Orangenmarmelade und vom fröhlichen Lachen ihrer Freundinnen. Als sie am Morgen die Augen aufschlug, seufzte sie zufrieden und wünschte sich, Michelle, Rosemary und Jennifer würden nie wieder gehen.

Apropos Jennifer … Sie hoffte nur, dass diese es irgendwie zurück zur Farm geschafft hatte, immerhin hatte sie schon einiges an Alkohol intus gehabt. Und dann war sie einfach mit einem fremden Kerl abgehauen. Was hatte sie sich nur dabei gedacht? Lucinda konnte sie beim besten Willen nicht verstehen und konnte nur hoffen, dass sie keine allzu großen Dummheiten gemacht hatte. Die Tür hatte sie in dieser Nacht jedenfalls nicht abgeschlossen. Vielleicht lag ihre Freundin ja längst in ihrem Bett, und alles war gut.

Um Jennifer konnte sie sich jetzt auch keine weiteren Sorgen machen, denn sie musste sich schleunigst fertigmachen und zum Markt fahren. Während sie sich die Zähne putzte, überlegte sie, ob Michelle ihr Angebot vom Vortag wohl ernst gemeint hatte und wirklich mit ihr mitkommen wollte, um zu helfen. Wecken wollte sie sie aber auch nicht, schließlich hatte sie diese Auszeit von zu Hause genauso nötig wie die anderen, vielleicht sogar noch viel mehr.

Beim Haarekämmen fiel ihr wieder der vergangene Abend ein, und sie musste lächeln. Endlich war es zu dem lang ersehnten Kuss zwischen Jonah und ihr gekommen, sie konnte es kaum glauben. Und er war dazu auch noch so wunderschön gewesen.

Eigentlich erhoffte sie sich nicht sehr viel zu so früher Stunde, dennoch sah sie auf ihrem Handy nach, ob sie vielleicht eine Nachricht bekommen hatte. Und tatsächlich zeigte es ihr an, dass Jonah ihr geschrieben hatte. Mit pochendem Herzen las sie:

Guten Morgen, Sonnenschein. Ich wollte dich nur wissen lassen, dass ich den gestrigen Abend und besonders die Momente mit dir sehr genossen habe. Ich kann nicht aufhören, an dich zu denken. Da ich aber weiß, dass du jetzt erst mal Zeit mit deinen Freundinnen verbringen möchtest, lasse ich dich bis Montagabend in Ruhe. Dann gehörst du aber ganz mir. ;) Hab ein schönes Wochenende! Alles Liebe, Jonah

Sie biss sich nervös auf die Lippe. Ob Montagabend wohl *der* Abend war? Sie konnte es ebenfalls kaum erwarten, Jonah wiederzusehen, und vor allem, sich nochmal von ihm küssen zu lassen. Oder zweimal oder eine Million Mal. Aber er hatte recht, jetzt gehörte sie ihren Freundinnen, und sie beide würden sich gedulden müssen. Auch wenn es ganz bestimmt nicht leicht sein würde.

Sie machte sich also fertig und eilte aus ihrem Zimmer, denn der Markt rief bereits nach ihr.

Als sie die Treppe hinunterkam, konnte sie ihre Bedenken bezüglich Michelle getrost über Bord werfen, denn wen entdeckte sie in der Küche? Michelle! Die war bereits fix und fertig angezogen und hatte sogar schon ein kleines Frühstück gezaubert, das aus dem Brot vom Vortag, der selbst gemachten Marmelade, Orangensaft und frischem, köstlich duftendem Kaffee bestand.

»Guten Morgen! Wie ich sehe, bist du schon wach«, sagte Lucinda und lächelte ihrer fleißigen Freundin zu.

»Ich weiß doch, dass ein Markttag schon früh beginnt. Ich bin sogar viel zu früh aufgestanden.«

»Das hättest du nicht tun müssen. Hättest du nicht viel lieber mal so richtig ausgeschlafen?«

»Nein, nein. Das überlasse ich gern den anderen beiden. Ich will keine einzige Sekunde hier vergeuden.«

»Wie süß von dir.« Sie griff nach einem Becher und ließ sich von Michelle Kaffee einschenken. »Hast du eine Ahnung, ob Jennifer gestern noch zurückgefunden hat?«

»Ich weiß es nicht. Glaubst du nicht, dass sie in ihrem Bett ist und schläft?«

Lucinda zuckte die Achseln. Jennifer war erwachsen und konnte gut auf sich selbst aufpassen, das hoffte sie zumindest.

»Wir haben leider gar nicht die Zeit für ein langes Frühstück. Vielleicht packen wir uns besser etwas ein.« Sie nahm den Kaffeebecher in die Hand und trank einen Schluck der dampfenden Köstlichkeit. Sie bekam ihren Kaffee nie so gut hin.

»Schon geschehen, ich hab uns Lunchpakete gemacht«, verkündete Michelle.

Sie musste lächeln. Das war dann wohl der Vorteil, wenn man eine Mutter zweier Kinder im Haus hatte.

»Super, ich danke dir. Wollen wir los?«

»Bleibt nicht mal Zeit für ein Brot? Ich wollte so gerne die Marmelade probieren.« Michelle sah richtig enttäuscht aus, und Lucinda willigte ein.

»Doch, natürlich. So viel Zeit muss sein.«

Sie setzte sich zu Michelle an den Tisch und versuchte nicht daran zu denken, dass die anderen Marktbetreiber bereits ihre Stände aufbauten. Nachdem sie eine Scheibe Marmeladenbrot gegessen hatte, erhob sie sich jedoch nachdrücklich. »Jetzt müssten wir aber echt ...«

»Klar, ich bin bereit.«

Sie holten die bereitstehenden Kisten aus der Scheune, und Lucinda war froh, dass sie am Tag zuvor schon alles Wichtige erledigt hatte. Jetzt konnten sie einfach alles hinten auf die Ladefläche ihres alten Pick-ups packen und losfahren.

»Es wird wieder ein warmer Tag, das sehe ich jetzt schon«, sagte Michelle und sah hoch zum Himmel.

»Ja. Hier ist eigentlich nie schlechtes Wetter zu dieser Jahreszeit. Wir würden uns über ein paar Regentage mehr freuen.«

»In Texas ist es nicht anders.«

»Vermisst du Kalifornien eigentlich?«

»An jedem einzelnen Tag. Aber ich beklage mich nicht.«

Ja, das wusste sie. Beklagen tat Michelle sich nie.

»Danke, dass du mit mir auf den Markt kommst«, sagte sie und lächelte ihre älteste Freundin an, die sie das ganze Jahr über so vermisst hatte.

»Wie gesagt, ich möchte jede Minute genießen und so viel Zeit mit dir verbringen, wie ich nur kann. Lange schlafen oder in der Sonne liegen kann ich auch zu Hause.«

Lucinda bezweifelte, dass Michelle das zu Hause in Austin wirklich tat, aber sie freute sich, dass sie so dachte.

»Ich bin auch froh über jede Minute mit dir. Wir sollten uns viel häufiger sehen. Du fehlst mir, und WhatsApp ist einfach nicht dasselbe.«

»Du könntest mich mal wieder in Texas besuchen kommen«, schlug Michelle vor.

Ein unwohles Gewühl breitete sich in Lucindas Magengegend aus. »Ich kann doch so schlecht weg von der Farm, weißt du? Nur Alejandro und ich sind noch übrig.«

»Ich verstehe. Und ich verstehe auch, was du eigentlich sagen willst. Du magst mich wegen Russel nicht besuchen.«

»Ach, Michelle. Es tut mir leid, aber ich will ehrlich sein. Das ist auch ein Grund, ja.« Sie wagte nicht, ihre Freundin anzusehen, und konzentrierte sich auf die Fahrbahn. Sie musste an das letzte Wochenende in Texas zurückdenken. Der kleine Charles war erst wenige Tage alt und Michelle noch schwach von der schweren Geburt gewesen. Doch Russel hatte sie wieder einmal herumkommandiert. »Koch was!«, »Geh Cara baden!«, »Geh ein Geburtstagsgeschenk für meine Mutter besorgen« … Und wieder hatte er zuerst sogar ganz freundlich gefragt und ein Bitte drangehängt, doch als Michelle meinte, sie sei zu erschöpft und die Kaiserschnittwunde würde schmerzen, war er richtig wütend geworden. Lucinda hätte ihm am liebsten die Meinung gesagt, stattdessen hatte sie Michelle unter vier Augen gefragt, ob er etwa auch weiter gehen würde, wenn sie nicht tat, was er wollte. Michelle jedoch hatte das schockiert verneint und wieder einmal alles schöngeredet. Russel habe gerade seine neue Stelle in einem Autohaus angefangen und müsse sich erst eingewöhnen. Er stehe unter Druck, als Alleinverdiener die Hypothek abbezahlen und nun noch ein Kind mehr versorgen zu müssen. Er habe einen Streit mit seinem Bruder Carl gehabt, der ihm gesagt hatte, dass er auch diesen Job nicht lange behalten würde. Und da hatte Lucinda begriffen, dass sie Michelle nicht helfen konnte, wenn sie sich gar nicht helfen lassen wollte. Wenn sie der Wahrheit nicht ins Gesicht sehen wollte. Es war das Leben, das sie sich ausgesucht hatte, und anscheinend wollte sie es gar nicht ändern.

Michelle nickte nun. »Okay, dann muss *ich* halt versuchen, öfter zu kommen. Vielleicht könnte ich es ja sogar irgendwie schaffen, die Kinder mitzubringen.«

»Ich würde mich unglaublich darüber freuen«, sagte Lucinda und meinte es so. Sie war unendlich froh, dass ihre Freundin ihr ihre Worte nicht übelnahm. »Würde Russel das denn erlauben, was meinst du?« Eigentlich war es ganz schön traurig, dass sie so etwas überhaupt fragen musste.

»Ich frage ihn, sobald ich wieder daheim bin.«

»Mach das. Ihr seid bei mir jederzeit willkommen. Für so lange, wie ihr wollt.«

»Danke.« Michelle lächelte, doch ehrlich gesagt, glaubte Lucinda nicht, dass ihre Freundin es auch ernst meinte. Sie hatte wahrscheinlich viel zu große Angst vor ihrem Mann. Sie überlegte, ob sie eventuell in irgendeiner Weise helfen könnte. Zum Beispiel könnte sie Russel anrufen und ihn selbst fragen. Oder sie könnte Michelle und den Kindern eine Einladung zum Erntedankfest schicken oder zum 60. Geburtstag ihrer Mutter, den diese vorhatte im Dezember groß auf der Orangenfarm zu feiern. Irgendwie musste es doch zu schaffen sein, Russel weichzukriegen. Ja, sie würde sich etwas überlegen, das nahm sie sich fest vor.

Sie hatten den Marktplatz von Lamont erreicht und luden alle Kisten vom Wagen. Lucinda wies Michelle an, wie sie die Teetütchen und die Chutney-Gläser auf dem Holztisch verteilen sollte, und zusammen waren sie so schnell, dass sie doch noch fertig waren, ehe die ersten Marktbesucher kamen.

Es schien Michelle richtig Spaß zu bereiten, beim Verkauf der Waren zu helfen, sie anzupreisen und kleine Proben zu verteilen. Und Lucinda dachte, wie schön es wäre, wenn sie sie immer dabeihätte. An Tagen wie diesen wurde ihr erst so richtig bewusst, wie einsam ihr Leben doch war. Jetzt hatte sie zwar Jonah, aber es war nicht dasselbe.

Wenn man vom Teufel sprach ... Gegen halb elf stupste Michelle sie plötzlich an mit den Worten: »Sag mal, ist das da vorne nicht dein Jonah?«

Sie drehte sich in die Richtung, in die Michelle deutete, und musste grinsen. So einfach war es anscheinend nicht, sich ein ganzes Wochenende lang aus dem Weg zu gehen.

»Bitte denk nicht, ich stalke dich, oder so was«, begrüßte er sie, als er sie erreicht hatte.

»Was machst du denn dann hier, wo du doch weißt, dass ich heute mit meinem Stand hier bin?«, fragte sie neckisch und strahlte ihn an. Natürlich musste sie gleich wieder an seine wundervollen Küsse denken. Wie gern hätte sie sich jetzt einen von ihm geholt. Aber sie wollte nicht ungeduldig erscheinen, immerhin hatten sie bereits ein nächstes Date ausgemacht.

»Der Stangensellerie ist uns ausgegangen, und ich wollte hier nur eben schnell neuen besorgen. Dann bin ich auch schon wieder weg«, sagte er.

»Hast du in deinem kleinen Supermarkt so eine große Nachfrage nach Stangensellerie?« Sie lachte.

»Klar, der ist voll beliebt bei den Kids.«

»Haha. Und als Nächstes erzählst du mir, die Kids von heute fahren total auf Vollkornnudeln ab.«

»Ich muss Jonah beistehen«, meldete Michelle sich zu

Wort. »Mein Sohn liebt Stangensellerie! Das ist beinahe das einzige Gemüse, das er überhaupt isst.«

»Ist nicht dein Ernst!« Sie konnte nicht glauben, dass ihre Freundin sich auf Jonahs Seite stellte.

»Ja, ehrlich. Allerdings mag er ihn nur mit Erdnussbutter. Er taucht ihn ganz tief in das Glas ein.«

»Das ist ja widerlich«, fand Lucinda.

»Hey! Das ist voll lecker!«, meinte Jonah. »Das habe ich als Kind auch geliebt. Gab es das bei euch etwa nicht?«

»Bei uns gab es immer nur Orangen«, erwiderte sie, und das stimmte. Sie hatte als kleines Mädchen nie viel anderes zu naschen bekommen, nun, wenn man bei Sellerie mit Erdnussbutter von Naschen sprechen konnte. Vielleicht fand sie es daher heute so toll, sich auszuprobieren und Bonbons und kandierte Früchte selbst herzustellen.

»Ich mag Orangen«, sagte Jonah, sah ihr in die Augen und lächelte sie warm an.

»Da hast du aber Glück. Wenn dem nämlich nicht so wäre, hättest du keinerlei Chancen bei mir.« Sie zwinkerte ihm zu.

»Meint sie das ernst?«, wandte Jonah sich schmunzelnd an Michelle.

»Und ob. Orangen sind ihr Leben. Sag bloß niemals etwas Schlechtes über Orangen.«

»Ich werde mich hüten.« Er zwinkerte Lucinda noch einmal zu. »Wir sehen uns am Montag?«

»Wir sehen uns am Montag.«

Dann setzte er seinen Weg fort. Kam aber keine zehn Minuten später mit einer Kiste voll Stangensellerie wieder an ihnen vorbei und sagte: »Jetzt hab ich doch glatt Lust auf Orangen bekommen. Ich hätte gern drei Stück.« Er stellte seinen Sellerie ab.

Lucinda lachte. »Sind dir die Orangen im Laden auch ausgegangen?«

»Nein, aber die sind nicht so gut wie deine.«

»Das sind doch meine! Oder hast du dir etwa einen anderen Lieferanten gesucht?« Sie stemmte die Hände in die Hüften.

»Ich würde es nie wagen. Also, was bist du eigentlich für eine Geschäftsfrau? Diskutierst du immer mit deinen Kunden darüber, warum sie *nicht* deine Ware kaufen sollten?«

Nun musste sie doch lachen. »Hier. Da hast du deine Orangen.« Sie drückte ihm drei Stück in die Hände. »Die gehen auf mich.«

Jonah sah sie mit gerunzelter Nase an, akzeptierte schließlich, bedankte sich und machte sich endlich davon, jedoch nicht, ohne sich noch einmal umzublicken.

»Er ist sooo süß«, sagte Michelle.

»Ich weiß.« Sie lächelte ihre Freundin breit an.

»Und ich glaube, er wollte deine Orangen nur kaufen, um dich ein wenig zu unterstützen, weil er weiß, wie schlecht es um euch Orangenfarmer steht.«

Lucinda nickte und sagte erneut: »Ich weiß.«

»Warum hast du ihn dir dann nicht helfen lassen?«

»Weil ich es auch ohne Hilfe schaffen werde«, sagte sie bestimmt.

»Manchmal sollte man aber Hilfe annehmen, Lucinda. Manchmal braucht man einfach ein wenig Unterstützung.«

Lucinda sah Michelle mit einem vielsagenden Blick an. »Ganz genau, Süße. So ist es.« Und sie hoffte, dass Michelle sich ihre eigenen Worte zu Herzen nehmen würde.

»Das gibt's doch nicht! Michelle?«, hörte Michelle wenig später eine Stimme und blickte auf. Vor ihr stand ein Mann, der ein kleines Mädchen auf dem Arm trug, und er sah sie überrascht an.

Sie versuchte, irgendeine Verbindung zu ihm herzustellen, doch kam sie beim besten Willen nicht darauf, wer er sein könnte.

»Entschuldigen Sie bitte …«, begann sie gerade, als Lucinda ihr ins Wort fiel.

»Hallo, ihr beiden Süßen! Wie ich mich freue, euch zu sehen!« Sie ging um den Verkaufstisch herum und umarmte den Mann mit dem Vollbart und der Baseballkappe der Dodgers auf dem Kopf.

»Wir freuen uns auch«, erwiderte er. »Wie geht es dir, Lucy? Wie ich sehe, hast du heute Unterstützung. Ich kann's kaum glauben, Michelle Cunnings hilft dir, Orangen zu verkaufen.«

»Michelle Marshall jetzt«, entgegnete sie und starrte den Mann an, von dem sie noch immer nicht wusste, wer er war. Aber anscheinend wusste er, wer sie war.

»Nun guck doch nicht so, als würdest du Craig nicht kennen!«, sagte Lucinda lachend. »Oh mein Gott, du hast ihn echt nicht erkannt, oder?«

Michelle spürte, wie sie errötete, und dann ging ihr endlich ein Licht auf. Vor ihr stand Craig Bailey, ein gemeinsamer Klassenkamerad aus der Highschool. Er war früher ein paarmal mit den anderen Jungs zur Farm gekommen.

»Oh, Craig! Bitte entschuldige, dass ich nicht gleich wusste, wen ich vor mir habe«, sagte sie und hoffte, er verzieh ihr.

»Überhaupt kein Problem. Es ist sechzehn Jahre her, wir haben uns alle ganz schön verändert.« Ja, er auf alle Fälle. Aus dem dürren kleinen Jungen war ein gestandener Mann geworden. »Obwohl, du hast dich eigentlich kaum verändert, weshalb ich dich auch gleich wiedererkannt habe. Du siehst noch immer aus wie achtzehn, Michelle Cunnings. So hübsch wie eh und je.« Er lächelte sie an.

Sie errötete erneut und wollte ihn schon wieder berichtigen, ließ es dann aber bleiben. Denn gerade wollte sie tatsächlich viel lieber wieder Michelle Cunnings sein.

»Das nehme ich dann mal als Kompliment auf«, sagte sie also und versuchte, dabei nicht in seine Augen zu sehen.

»So war es auch gemeint.« Er strahlte sie noch immer an.

Lucinda hatte eine Orange geschält und reichte sie dem kleinen Mädchen auf Craigs Arm. Michelle war froh über die Ablenkung.

»Danke«, sagte die Kleine höflich. Sie konnte nicht älter als vier Jahre sein. Niedlich war sie mit ihren blonden Zöpfen und dem rosa Kleidchen. Wahrscheinlich war sie ein Ebenbild ihrer Mutter.

Michelle sah sich um auf der Suche nach einer Frau, die das sein könnte, entdeckte aber in der Nähe keine.

»Ich hätte gern ein Glas deiner köstlichen Himbeer-Orangen-Marmelade«, sagte Craig, bezahlte und nahm die braune Papiertüte entgegen, die Lucinda ihm reichte.

»Wie ist es dir ergangen?«, fragte Craig sie nun. »Ich höre, du lebst jetzt in Texas?«

Das hatte er sicher von Lucinda gehört, die beiden schienen ja in regem Kontakt zu stehen. Wieder einmal bedauerte sie, weggezogen zu sein von allem, was sie gekannt hatte. In Austin hatte sie bis heute keine wahren Freunde gefunden. Wie auch? Russel wollte nicht, dass sie sich verabredete und Zeit außerhalb der Familie verbrachte. Er war rasend eifersüchtig und vermutete hinter allem eine Affäre, sogar, wenn sie nur einen Strickkurs belegen oder zur Gymnastik gehen wollte. Die Orangentage waren das Einzige, was er ihr gönnte, aber auch nur, weil er Lucinda kannte und weil Michelle die restlichen 362 Tage im Jahr kuschte. Allerdings wusste sie nicht, wie lange er das noch mitmachen würde, denn jedes Jahr meckerte er mehr darüber, dass sie ein paar Tage für sich haben und in die Heimat fahren wollte, und in diesem Sommer war es besonders schlimm gewesen. Bis vor drei Jahren hatte sie die Orangentage auch immer noch mit einem Besuch bei ihren Eltern verbunden, bevor diese in Rente gegangen und nach Florida gezogen waren. Jetzt waren da nur noch Lucinda, Rosemary und Jennifer, und Russel war alles andere als glücklich über ihre jährliche Auszeit. Und seine blöde Mutter musste auch immer noch ihren Senf dazugeben. Sie verstand gar nicht, was überhaupt deren Problem war! Denn sie wusste genau, dass Evelyn sich freute, ein Wochenende lang das Zepter zu übernehmen, ihren Russel zu verhätscheln und Michelle zu zeigen, wie man das mit der Kindererziehung richtig machte. Sie hasste es, ihre Kids in Evelyns Obhut zu geben, aber was blieb ihr denn anderes übrig?

Sie setzte wie immer ein falsches Lächeln auf und nickte. »Ja genau, in Austin«, erzählte sie Craig. »Da lebe ich mit meiner wunderbaren kleinen Familie. Ich habe einen Sohn, Charles, und eine Tochter, Cara.«

»Hübsche Namen«, sagte er. »Das hier ist mein Töchterchen, Lucy.«

Sie lächelte die Kleine an, um deren Mund herum Orangensaft glänzte. Craig nahm ein Taschentuch und wischte ihn ihr liebevoll ab.

»Es freut mich, dich kennenzulernen, Lucy.«

»Wir müssen jetzt leider weiter. Vielleicht sieht man sich ja vor deiner Abreise noch mal?«, sagte Craig.

»Die ist leider schon morgen.«

»Na dann, gute Heimfahrt«, wünschte er. »Lucinda, sehen wir uns wie immer am Mittwoch?«

Ihre Freundin nickte. »Aber natürlich.«

Craig und Lucy gingen davon, drehten sich aber noch einmal um und winkten. Und Michelle überkam ein solches Heimweh, dass es ihr beinahe den Boden unter den Füßen wegriss.

Kapitel 13

Jennifer fühlte sich wie gerädert. Sie hatte zum ersten Mal nach langer Zeit wieder getrunken, viel zu viel getrunken, und es wie erwartet im Nachhinein bereut. *Deshalb* trank sie nicht. Weil sie am nächsten Morgen nicht neben irgendeinem Typen aufwachen wollte, während doch zu Hause Daniel auf sie wartete.

Nun ja, ganz so war es eigentlich nicht, denn der Typ, neben dem sie aufgewacht war, war keinesfalls ein Fremder, sondern Benny Grimes, ihre erste Liebe, den sie gestern Abend zufällig auf dem Bluegrass-Fest wiedergetroffen hatte, auf das Lucinda sie geschleppt hatte. Er, der gerade eine Scheidung hinter sich hatte, hatte sich gefreut, sie zu sehen, und sie hatte sich ebenso gefreut. Und es war ja auch nicht so, dass Daniel zu Hause auf sie wartete. Denn erstens war er in Wichita, und zweitens wusste sie nicht, ob er nach der Abfuhr gestern überhaupt noch etwas mit ihr zu tun haben wollte. Sie konnte sich nicht ganz genau erinnern, aber sie glaubte, dass es nach den Handy-Nachrichten auch noch ein Telefonat gegeben hatte, bei dem sie ihm gesagt hatte, dass er sie doch überhaupt nicht kannte und dass er überhaupt keine Ahnung hatte, auf was er sich da einlassen wollte. Dass er sie bestimmt nicht heiraten wollte, sie, das kaputte Wrack, das niemals eine aufrichtige Beziehung würde führen können, weil sie nie gelernt hatte zu lieben.

Dann hatte sie einen anderen geliebt, wenn auch nur körperlich.

Dass Daniel ihr diesen Ausrutscher niemals verzeihen würde, wusste sie. Verstand sie. Sie hätte es auch nicht gekonnt.

Sie konnte sich nicht einmal selbst verzeihen.

Sie war neben Benny in seinem Bett aufgewacht, hatte sich still und heimlich angezogen und davongemacht, war mit einem Taxi zurück zur Farm gefahren und saß nun davor auf einem alten Baumstumpf und rauchte eine Zigarette, die sie ganz unten in ihrer Handtasche gefunden hatte, als sie Geld für den Taxifahrer gesucht hatte, der keine Kreditkarte nehmen wollte. Sie hatte nicht einmal gewusst, dass die Zigaretten noch da drin waren, sie hatte schon vor Monaten aufgehört, mal wieder. Mit den Kippen war es wie mit Daniel und wie auch sonst mit allem in ihrem Leben. Es war eine On-and-off-Beziehung, ein Auf und Ab, ein Ja und Nein. Genauso war es mit ihrer Vergangenheit. Es gab Tage, Wochen, ja, Monate, in denen sie glaubte, darüber hinweg zu sein, es jetzt wirklich auf die Reihe zu bekommen, doch dann konnte es innerhalb von Sekunden einen Umschwung geben, ausgelöst von nur einer einzigen Geste, einem Wort, einem Duft, und sie war wieder in Lamont in dem alten Haus bei ihrem Vater, beides genauso abgewrackt wie sie. Und sie hörte wieder seine bösen Worte, die heiser und zornig auf sie niederprasselten. Roch das Bier, nach dem ihr Vater Tag und Nacht stank, atmete die stickige Luft des Wohnzimmers ein, dessen Fenster klemmten und nicht mehr aufgingen, sah das riesige Loch im Teppich, das eine heruntergefallene Zigarette hineingebrannt hatte, die ihrem völlig benebelten Vater aus der Hand gefallen war … und sie wusste, dass sie es niemals hinter sich lassen konnte. Dass sie niemals der Mensch sein würde, der sie so gerne sein wollte. Dass sie niemals loslassen konnte, frei sein konnte, wahres Glück erfahren konnte, und das machte sie mehr fertig als alles, was damals geschehen war. Zu wissen, dass es in ihrer Hand lag und sie versagte. Da konnten auch eintausend Therapiestunden nicht helfen oder ein verständnisvoller Freund wie Daniel, der sie lieben wollte, den sie jedoch immer wieder von sich stieß. Und jetzt hatte sie alles kaputt gemacht, auch noch das letzte bisschen Hoffnung, das sie tief in ihrem Herzen gehegt hatte. Hoffnung, dass doch noch alles gut werden würde. Dass sie es endlich überwinden konnte.

Sie war schuld. Sie musste damit leben. Wie so viele Male zuvor.

Endlich betrat sie das Grundstück und stieß auf Rosemary, die mit einem Modemagazin auf der Liege unter dem Sonnenschirm lag und das schönste Leben zu haben schien, das man sich nur vorstellen konnte.

»Hey, da bist du ja. Warst du etwa die ganze Nacht weg?«, wollte ihre Freundin wissen und sah sie neugierig an.

»Frag nicht«, stöhnte Jennifer.

»Okay, wie du willst.«

»Wo sind die anderen?«

»Noch auf dem Bauernmarkt.«

»Ah. Dann werde ich mal duschen gehen. Gibt es Kaffee?«

»Nur kalten von heute Morgen.«

»Kein Problem, ich wärme ihn in der Mikrowelle auf.« Das tat sie oft im Büro, wenn sie abends die Letzte war, die noch an ihrem Schreibtisch hockte und arbeitete.

Die Arbeit war alles, was sie hatte. Das einzig Beständige in ihrem Leben – neben ihren Freundinnen.

Sie betrat das kühle Haus und wärmte sich den Kaffee auf, nahm ihn mit hoch und stellte sich unter die kalte Dusche, um sich die Scham abzuwaschen.

Wie dumm konnte ein Mensch sein? Fragen Sie Jennifer Collins – sie weiß die Antwort!

»Soll ich noch immer nichts zu gestern Abend fragen?«, versuchte Rosemary es, als Jennifer sich eine Viertelstunde später mit feuchtem Haar und in ihrem Bikini auf die zweite Liege legte.

Sie stöhnte. Ihr Kopf dröhnte, sie fühlte sich echt mies. »Wenn du so gut wärst.«

»Du bist so gemein. Verrätst du mir wenigstens, wer der Cowboy war, mit dem du verduftet bist, ohne uns ein Wort zu sagen?«

Jennifer wusste, dass Rosemary keine Ruhe geben würde. Sie war nicht Lucinda.

»Benny Grimes.«

»*Der* Benny Grimes etwa? Deine erste große Liebe? Der, dem du deine Unschuld geschenkt hast in jenem Sommer?«

In jenem Sommer, als sie sechzehn war. Als all die tragischen Dinge geschahen.

»Genau der. Können wir jetzt einfach nur in der Sonne liegen und nicht mehr reden, bitte?«

»Okay, wie du willst.« Rosemary widmete sich wieder ihrer Zeitschrift, was aber nicht lange anhielt. »Und? Wie war er so? Noch immer wie früher? Ein Bad Boy, wie er im Buche steht?«

Sie wusste noch, dass sie Rosemary damals alle Einzelheiten erzählt hatte, nachdem sie ihr erstes Mal mit Benny erlebt hatte. Sie hatte ihr hoch und heilig versprechen müssen, nichts davon weiterzusagen, und das hatte sie nicht.

Jennifer stöhnte wieder, als sie an Bennys Tattoos dachte, die sich im Laufe der Jahre vermehrt hatten. Dabei wollte sie doch gar nicht daran denken! Sie wollte den gestrigen Abend einfach nur aus ihrem Gedächtnis löschen.

»Alles klar, du willst nicht darüber reden. Willst du dann wenigstens ein Aspirin oder so nehmen? Du siehst schlimm aus.«

»Danke für das Kompliment.«

»Du weißt genau, wie ich es meinte.«

»Nein, danke.« Sie wollte kein Aspirin, nichts, das ihr Erleichterung verschaffte. Sie wollte sich in ihrem Selbstmitleid suhlen. Nichts anderes hatte sie verdient.

Sie stöhnte erneut, ganz, ganz laut.

»Das ist ja nicht zum Aushalten«, sagte Rosemary und stand auf. Heute trug sie ein hübsches luftiges Sommerkleid, das ganz in Grün und Weiß gehalten und für ihre Verhältnisse ziemlich hochgeschlossen war. »Ich glaube, ich gehe jetzt mal zu Alejandro. Wenn Lucinda und Michelle zurück sind, wollen sie sicher gleich wieder kochen oder Marmelade einmachen oder was auch immer, und dann schaffen wir das wieder nicht. Kommst du mit?«

Jennifer antwortete nicht, sondern tat so, als wenn sie schliefe. Sie konnte jetzt nicht zu Alejandro, ihr ging es doch bereits miserabel.

»Dann nicht. Suhle du dich nur in deinem Elend. Und überleg dir vielleicht mal, wen du denn nun eigentlich willst: den netten Staatsanwalt, der deine Macken seit vier Jahren erträgt und der dir gestern einen Heiratsantrag gemacht hat, oder den heißen Typen, den du deine erste große

Liebe nennst und der ganz plötzlich wieder in deinem Leben aufgetaucht ist.«

»Lass mich in Ruhe! Ich will nicht nachdenken«, grummelte Jennifer und legte beide Arme verschränkt übers Gesicht.

Rosemary zuckte nur mit den Schultern, schlüpfte in ihre Ballerinas und ging davon.

Rosemary begab sich ins Haus, trank ein Glas Orangenwasser und überlegte, was sie mitnehmen könnte. Sie wusste, wo sie hinwollte, mochte aber nicht mit leeren Händen dort aufkreuzen. Sie sah sich um, und ihr Blick fiel auf die vielen Marmeladengläser vom Vortag, die Lucinda auf dem hölzernen Küchenschrank aufgereiht hatte. Sie durchquerte die Küche, schnappte sich ein Glas und ging durch die Vordertür, die kaum je irgendwer benutzte, nach draußen.

Es war unglaublich heiß an diesem Vormittag. Das Thermometer war bestimmt schon auf über dreißig Grad angestiegen, obwohl es gerade mal elf Uhr war. In Malibu am Strand ließ es sich dank der Meeresbrise gut aushalten, aber hier stand die Hitze regelrecht in der Luft, fast, als könnte man sie mit einem scharfen Messer durchschneiden. Das vergaß Rosemary manchmal völlig, so, wie auch andere Dinge mit den Jahren aus ihrer Erinnerung verschwanden, die sie eigentlich mit dem Begriff Heimat verband. Manchmal machte sie das traurig, denn sie wollte sie ja gar nicht vergessen. So sehr sie damals aus Bakersfield weggewollt hatte und obwohl sie inzwischen Los Angeles beziehungsweise Malibu ihr Zuhause nannte, waren ihre Wurzeln doch hier im Herzen von Kalifornien, zwischen Orangenhainen und Kartoffeläckern, zwischen Cowboyboots und Bluegrass-Festen, bei ihren Freundinnen und ihrer Grandma. Sie freute sich bereits darauf, sie morgen zu sehen. Nachdem ihre Eltern vor zehn Jahren verstorben waren, war Grandma Tippi das einzige bisschen Familie, das noch übrig geblieben war, wenn man mal von den Tanten und Cousinen absah, die plötzlich wieder den Kontakt aufnehmen wollten, als Rosemary immer berühmter wurde. Aber darauf konnte sie verzichten. Sie brauchte keine Menschen in ihrem Leben, die es nur auf ihren Erfolg oder ihr Geld abgesehen hatten – deshalb war sie auch so froh, Lucinda, Jennifer und Michelle zu haben. Die hatten sie schon gekannt und geliebt, bevor sie Rose Steen geworden war, und wenn sie bei ihnen war, behandelten sie sie ganz wie früher, wie die kleine Rosemary, die noch überhaupt niemand war.

Sie hatte ihn erreicht, den kleinen Schuppen, und sie klopfte an die Tür. Doch es rührte sich nichts. Sie versuchte es erneut und wollte fast schon wieder gehen, als sie ein Geräusch vernahm. Dann öffnete sich die Tür, und ein gealterter Alejandro stand vor ihr.

»Hallo Alejandro. Wie schön, dich zu sehen. Ich dachte, ich statte dir mal einen kleinen Besuch ab. Ich bringe dir Marmelade vorbei. Die haben wir gestern selbst gemacht«, plapperte sie, ohne den Mann zu Wort kommen zu lassen. Sie versuchte, ihre Nervosität zu überspielen.

Er nahm das Glas Orangenmarmelade entgegen, das sie ihm hinhielt. »Danke« war alles, was er sagte.

»Wie geht es dir?«, erkundigte sie sich.

Er nickte. »Gut. Danke. Und Ihnen, Mrs. Steen?«

»Oh Gott, du brauchst doch nicht so förmlich zu sein. Ich bin immer noch Rosemary.« Sie beobachtete ihn dabei, wie er das Marmeladenglas gegen das Sonnenlicht hielt und den Inhalt betrachtete. »Ich bin übers Wochenende hier, zusammen mit Michelle und Jennifer. Unsere Orangentage«, sagte sie und lächelte Alejandro an.

Alejandro begann ebenfalls zu lächeln und entblößte dabei seine schiefen Zähne, von denen vorne zwei fehlten. Klar, wenn man zu keinem Zahnarzt gehen konnte … Jetzt erst wurde ihr bewusst, dass dieser Mann den Großteil seines Erwachsenenlebens auf dieser Farm verbracht hatte. Er war niemals gereist, hatte keine Dates gehabt … Er hatte nach seiner einzig wahren Liebe nie wieder eine Frau in sein Herz gelassen, zumindest hatte Rosemary ihn niemals mit einer gesehen, und Lucinda hatte auch nichts dergleichen erzählt. Und Kinder hatte er auch keine. Welch einsames Leben. Sie wünschte, sie könnte ihm mehr geben als nur ein Marmeladenglas.

»Möchten Sie reinkommen, Mrs. Steen?«, fragte er nun.

Obwohl sie kurz ein mulmiges Gefühl beschlich, weil sie sich an das letzte Mal erinnerte, als sie Alejandros Schuppen betreten hatte, und auch weil er ganz allein da drinnen war, nickte sie, ohne zu zögern. Jennifer wusste ja, wo sie war, und ihr würde ganz sicher nichts passieren. Sie vertraute Alejandro, das war das Mindeste, was sie nach all den Jahren tun konnte.

Sie betrat mit einem Fuß das hölzerne Häuschen und vernahm einen Geruch, der sie zuerst denken ließ, er rauche Marihuana oder Ähnliches. Dann jedoch erkannte sie, dass es sich dabei um frische Minze handelte, die Alejandro gerade zu einem Tee aufbrühte.

»Möchten Sie einen Tee, Mrs. Steen?«

Dankend nahm sie an und setzte sich auf den einzelnen Stuhl, der an dem kleinen Tisch stand, den eine Schale mit Orangen zierte.

Kapitel 14

»Wow, Michelle, du machst das richtig toll«, lobte Lucinda sie, und Michelle lächelte zufrieden.

»Was meinst du?«, fragte sie, als wüsste sie nicht, wovon ihre Freundin sprach.

»Na, das mit dem Verkauf. Wie du den Leuten meine Waren schmackhaft machst.« Lucinda lachte. »Weißt du, du hast mich fast so weit, dass ich meine eigenen Orangen kaufe.«

Sie lachte. Ja, es machte ihr tatsächlich riesig Spaß, die vorbeigehenden Kunden herbeizulocken, indem sie ihnen Orangenspalten zum Probieren entgegenhielt und ihnen von dem einzigartigen Geschmack der Valencia-Orangen vorschwärmte. Wenn die Leute dann näher kamen und kosteten und sie ihnen überdies auch noch eine Orange vors Gesicht hielt und sie mit deren wunderbarem Duft betörte, hatte sie sie in der Tasche. Auch den Sirup pries sie an, erwähnte, welch erfrischende Cocktails man damit bei der Hitze mixen konnte, und das hatte bewirkt, dass von den mitgebrachten zwanzig Flaschen lediglich noch drei übrig waren. Und dabei war es gerade einmal zwölf Uhr mittags.

»Wie lange hast du vor, noch hier zu stehen?«, erkundigte sie sich bei Lucinda, die die letzten Marmeladengläser von der Ladefläche des Pick-ups hievte, den sie direkt hinterm

Stand geparkt hatte. Das war das Gute an diesen Wochenmärkten: Es war Platz ohne Ende vorhanden. Für die Händler und ihre Stände, für die vielen Besucher, die auch aus den Nachbarorten herkamen. Und für die Kinder, die herumliefen und schauten, wo man etwas gratis bekommen konnte.

Wie sehr Michelle diesen Markt vermisst hatte, auf den sie als Kind wöchentlich gegangen war, hatte sie überhaupt nicht gewusst. Damals war sie jeden Samstagmorgen zusammen mit ihrer Mutter einkaufen gegangen. Sie hatten meistens frisches Brot, Obst und Gemüse und ein wenig Fisch gekauft. Außerdem hatte sie sich jedes Mal etwas am Kuchenstand aussuchen dürfen und hatte sich stets entweder für ein Stück Pecan Pie oder einen Blaubeermuffin entschieden. Sie hatte Ausschau nach dem Stand gehalten, ihn aber nicht entdeckt, und sie fragte sich, ob die alte Melinda nicht mehr in der Lage war, ihn jede Woche aufzubauen. Ob sie vielleicht nicht einmal mehr dazu fähig war zu backen, schon damals war sie an die sechzig gewesen, und das war über zwanzig Jahre her.

»Normalerweise bleibe ich bis um zwei, wenn der Markt schließt«, informierte Lucinda sie. »Ich dachte mir aber, heute können wir gerne schon ein bisschen früher einpacken. Vor allem weil wir sowieso kaum noch Ware haben, dank dir. Um eins?«

Sie nickte. »Okay. Dann wollen wir mal versuchen, bis dahin auch noch die übrigen Sachen loszuwerden.«

»Das ist ein Plan.« Ihre Freundin lächelte sie dankbar an, und dabei ahnte sie wahrscheinlich gar nicht, dass Michelle noch viel dankbarer war. Ja klar, dies war nur ein Marktverkauf und keine Oscar-Verleihung, aber sie fühlte sich seit Langem wieder beachtet, war so richtig selbstbewusst, voll in ihrem Element, wie damals, als sie in der Gärtnerei die Pflanzen verkauft hatte. Für jeden hatte sie die passenden Blumen, Kakteen oder Grünpflanzen gefunden, fast, als hätte sie eine Gabe und würde jedem Kunden ansehen, welche Pflanzen am besten zu ihm passten. Oft waren diese Kunden zu ihr zurückgekommen und hatten ihr gesagt, wie sie ihr Leben verändert hatte, wie wohl sie sich in ihrem neu bepflanzten Garten, auf ihrer neu ausgestatteten Terrasse oder in dem neu dekorierten Haus fühlten. Und die meisten hatten sie weiterempfohlen. Sie war beinahe so etwas wie eine Therapeutin gewesen, die den Menschen zu neuem Lebensglück verholfen hatte. Ja, und dann war Russel dahergekommen und hatte ihr all das genommen.

Natürlich war es nicht allein seine Schuld. Immerhin hatte sie sich selbst dafür entschieden, ihren Job zu kündigen und ihr gewohntes Leben aufzugeben, als sie ihm mit einundzwanzig Jahren in seine Heimat Texas gefolgt war. Sein Studium an der UCLA hatte er abgeschlossen, und ihn hatte nichts mehr in Kalifornien gehalten. Und sie hatte bei ihm sein wollen, nichts als das. Woher hätte sie wissen können, dass sie nie wieder Pflanzen züchten und verkaufen würde, als sie noch im selben Jahr geheiratet hatten? Keine zwei Monate danach war sie schwanger gewesen, und so hatten die Dinge ihren Lauf genommen.

Jetzt war sie statt einer erfüllten Gärtnerin – Russel erlaubte ihr keinen eigenen Garten, weil er die für verschwendete Zeit hielt – eine verzweifelte Hausfrau, die ihre Tage zu Hause verbrachte. Und die sich nach getaner Arbeit – Putzen, Kochen, Wäschewaschen – auf die Couch setzte und sich irgendwelche Serien und Talkshows ansah, bis ihre Lieben wieder nach Hause kamen. Dann umsorgte sie

sie, so gut sie konnte, und sie ging in ihrer Rolle als Mutter auf. Ehefrau war sie dagegen gar nicht gerne, nicht bei einem Mann wie Russel, der sie herumkommandierte und niedermachte, wenn sie in seinen Augen wieder einmal etwas falsch gemacht hatte – und das vor den Kindern.

Erst kürzlich hatte Cara sich besorgt an sie gewandt und sie gefragt, ob sie ihr irgendwie helfen könne. Es gebe da eine Vertrauenslehrerin an der Schule, zu der man mit jedem Problem kommen könne. Nein, nein, hatte sie ihre Tochter beruhigt. Alles sei in bester Ordnung. Sie hatte gezwungen gelächelt und gehofft, dass Cara ihr ihre Worte abnehmen würde. Doch Cara war nicht dumm, genauso wenig wie Charles. Auch waren sie mit zwölf und neun Jahren keine Kleinkinder mehr. Sie verstanden längst, dass in ihrer Familie Dinge geschahen, die nicht sein sollten. Dinge, die es in anderen Familien nicht gab. Die Zeichen waren für alle sichtbar, zumindest wenn Michelle sie nicht gut kaschierte.

Sie blickte zu ihrem Oberarm und zog den T-Shirt-Ärmel ein bisschen weiter runter. Sie hoffte, Lucinda war der große Bluterguss noch nicht aufgefallen, der von Russels Hand stammte, als er sie vor ein paar Tagen brutal gepackt hatte, weil sie ihm gesagt hatte, dass sie auf jeden Fall wieder nach Lamont fahren werde. Auch wenn er alles versucht hatte, um sie davon abzuhalten. Er hatte sie beschimpft, beleidigt, ihr gedroht, allen zu erzählen, dass sie eine Rabenmutter sei, und er hatte ihr sogar gesagt, wenn sie wirklich fliegen sollte, würde er dafür sorgen, dass es das letzte Mal war. Er würde sie überhaupt nie wieder irgendwohin lassen, darauf sollte sie sich schon mal einstellen.

Sie war gefahren. Und wenn sie ehrlich war, hatte sie Angst davor, zurück nach Hause zu kommen. Sie hatte

Angst vor dem, was sie dort erwartete. Denn es wurde mit jedem Jahr schlimmer. Russel wurde mit jedem Jahr schlimmer.

Da fiel ihr ein, dass sie doch auf ihr Handy sehen wollte. Und als sie das Display betrachtete, wurde ihr tatsächlich eine neue Nachricht angezeigt. Russel hatte ihr bestimmt nicht geschrieben, denn das tat er nie. Die SMS stammte von Cara, die sie vom Handy ihrer besten Freundin aus abgeschickt hatte, da Russel den Kindern keine eigenen Handys erlaubte. Er erlaubte ihnen überhaupt nichts.

> *Hi Mom, wie geht es dir? Hier ist alles wie immer. Dad ist ziemlich wütend. Grandma Evelyn nervt. Sie will, dass wir zum Frühstück Haferbrei essen. Ich bin jetzt bei Jackie, wir wollen ins Schwimmbad gehen und uns danach Charlies Baseballspiel ansehen. Ich hoffe, du hast Spaß. HDL, Cara*

Michelle wurde warm ums Herz. Sie freute sich unglaublich, von ihrer Tochter zu hören. Dass Russel wütend war, gefiel ihr allerdings überhaupt nicht, und sie hoffte nur, dass er seine Wut nicht an den Kindern auslassen würde.

> *Wie schön, von dir zu hören, mein Schatz,* schrieb sie zurück. *Ich freu mich, dass es euch gut geht. Lasst euch nicht von eurer Grandma ärgern. Ist Charles schon aufgeregt wegen des Spiels? Mir geht es hier wunderbar, ich habe viel Spaß mit meinen Freundinnen. Ich rufe euch heute Abend an. Ich hab euch lieb. Mom*

»Könnte ich vier von den Orangen bekommen?«, hörte sie jemanden sagen und blickte auf. Eine Frau mittleren Alters in einem pinken Kleid stand vor ihr und runzelte beim Betrachten der Früchte die Nase. »Aber bitte keine grünen.«

»Oh, das sind nur kleine Verfärbungen, dem Geschmack tut das gar nichts«, informierte sie sie.

»Ich will trotzdem keine grünen«, stellte die Frau klar und holte ihr Portemonnaie heraus.

Michelle legte vier große, fleckenlose Orangen in die Schale auf der Waage und packte sie anschließend in eine Papiertüte. Sie gab sie der Frau, die ihr das Geld in die Hand drückte und ohne ein Dankeschön davonging.

»Siehst du?«, sagte Lucinda. »Das meine ich. Die Leute wollen einfach keine grünen Orangen haben. Die Verfärbungen schrecken sie ab.«

»Das ist ja echt blöd«, sagte ihre Freundin. »Und wenn du sie doch nachbehandelst?«

Lucinda seufzte. »Noch weigere ich mich. Aber wenn mir nicht bald etwas einfällt, werde ich es wohl oder übel tun müssen.«

Michelle nickte und rückte die Marmeladengläser gerade. Dann blickte sie sich um, als wäre sie auf der Suche nach etwas.

»Du, sag mal, gibt es den alten Kuchenstand nicht mehr? Du weißt schon, der von Melinda geführt wurde?«

Oh, dann weiß Michelle es noch gar nicht?, dachte Lucinda.

»Melinda ist schon vor einer ganzen Weile gestorben«, erzählte sie ihr.

»Oh. Das ist aber traurig.«

»Ja, finde ich auch. Sie hat die besten Kuchen gebacken. Am liebsten mochte ich den Pecan Pie.«

»Ich auch«, sagte Michelle überrascht. »Dank Melinda

habe ich eine regelrechte Liebe zu Pecannüssen entwickelt. Bei mir gibt es zu jedem Thanksgiving-Fest Pecan Pie. Und zur Weihnachtszeit backe ich liebend gerne Pecannussplätzchen.«

»Weihnachten ist noch so lange hin«, sagte sie. Und sie mochte noch gar nicht so weit vorausdenken. Wer konnte schon sagen, was im Winter sein würde. Wo *sie* dann sein würde ... Sie schüttelte den Kopf. »Sag mal, hast du Craig vorhin wirklich nicht wiedererkannt?«, fragte sie, um vom Thema abzulenken.

Michelle schüttelte den Kopf. »Nein, im ersten Moment nicht.«

»Es schien mir, als hätte ihn das ein wenig getroffen.«

»Meinst du?«

»Na ja, er hat dich ja gleich wiedererkannt ... Obwohl er natürlich wusste, dass du mich an diesem Wochenende besuchen würdest. Er hatte also einen Vorteil.«

»Er wusste es? Woher denn das?«, fragte Michelle erstaunt.

»Na, von mir! Von wem denn sonst?« Sie lachte.

»Ihr seid befreundet?«

»Er ist sogar einer meiner besten Freunde«, informierte sie Michelle. Sie überlegte kurz, wie viel sie preisgeben sollte, entschied aber, dass ja doch jeder wusste, was dem armen Craig widerfahren war. »Ich habe ihm durch eine schwere Zeit geholfen.«

»Hmmm ... Dann ist es wohl kein Zufall, dass seine Tochter Lucy heißt, oder?«

»Nein. Die Kleine ist sozusagen nach mir benannt.« Craig nannte sie oft Lucy, genau wie Maria es getan hatte.

»Was ist mit seiner Frau?«, wollte ihre neugierige Freundin wissen.

»Das ist eine sehr lange Geschichte. Vielleicht erzähle ich sie dir später, wenn wir die Zeit dazu finden. Ich glaube, da kommt Kundschaft.« Sie sah das Collins-Trio auf sie zukommen. Tochter, Mutter und Großmutter Collins, die jeden Samstag gemeinsam auf den Markt gingen, um einzukaufen. Bei ihr kauften sie immer Orangen, ein Glas Marmelade und den leckeren Zitrustee. So auch heute. »Hallo, ihr drei! Wie geht es euch?«, begrüßte sie sie.

»Wunderbar!«, antworteten alle drei gleichzeitig, und sie musste lachen. Als sie jedoch zu Michelle rüberblickte, nahm sie wahr, dass diese ganz verträumt dastand und in die Ferne starrte. Weit an den Marktständen vorbei, bis hin zu den Feldern des alten Rutherford, auf denen frisch aufgerollte Strohballen lagen und gerade Michelles volle Aufmerksamkeit erhielten. Allerdings bezweifelte Lucinda schwer, dass es wirklich die Strohballen waren, die ihre Freundin so zum Nachdenken anregten. Wie gerne würde sie einen Einblick in ihre Gedanken bekommen, in ihre Seele. Sie sah doch, dass Michelle litt, wollte ihr so gerne helfen. Aber auch das musste warten, denn gerade strahlten sie die Collins-Frauen fröhlich an und erkundigten sich im nächsten Moment nach Jonah und dem Kuss, den sie gestern Abend von ihm erhalten hatte.

Verdammt! Wenn die drei schon davon erfahren hatten, würde bald ganz Lamont es wissen.

Sie seufzte, lächelte und sagte: »Ach, wo ihr das nur wieder gehört habt … Darf ich euch wie immer den guten Zitrustee einpacken?«

Doch die drei wollten anscheinend nicht so einfach lockerlassen, denn sie standen noch immer da, strahlten sie an und hatten drei riesengroße Fragezeichen auf der Stirn stehen.

Als sie ihren Stand abbauten, war kaum noch Ware übrig, und Michelle war richtig stolz darauf, dass sie heute so viel verkauft hatten. Es war viel mehr als sonst gewesen, hatte Lucinda ihr erzählt, und sie wünschte, sie könnte ihr jeden Samstag helfen.

Sie fuhren zurück zur Farm und kamen an dem alten Ladenstand vorbei, der nun mit Holzlatten zugehämmert war. Hier hatte Lucindas Mutter vor Jahren tagein, tagaus gesessen und vorbeifahrenden Leuten frischen Orangensaft verkauft. Natürlich hatte sie auch ganze Früchte sowie ihren berühmten Orangensirup und Marmelade angeboten.

»Warum nutzt du den Stand eigentlich nicht mehr?«, fragte sie ihre Freundin, die sich auf die holprige Straße konzentrierte. Die Straßen waren hier wohl seit Jahrzehnten nicht ausgebessert worden.

»Wer sollte denn darin stehen, Michelle? Ich habe doch die ganze Zeit auf der Farm zu tun.«

»Wie wär's mit Alejandro?«

»Der bleibt lieber im Hintergrund, das weißt du doch.«

»Du könntest jemanden einstellen«, schlug sie vor. »Eine Aushilfe.«

»Dazu fehlt mir leider das Geld.«

»Aber du würdest andererseits mehr Umsatz machen.«

»Das würde sich kaum lohnen. Leider.«

Michelle drehte sich noch einmal zu dem winzigen Holzlädchen um und wünschte sich, sie könnte sich darum kümmern, jeden Tag darin stehen und frischen Orangensaft verkaufen. Wie erfüllend das wäre …

Sie erreichten die Einfahrt, stiegen aus dem Wagen und entdeckten sogleich Jennifer, die auf einer der Liegen lag und sich nicht rührte.

»Schläft sie?«, fragte Michelle und betrachtete ihre

Freundin, die in der gleißenden Sonne dalag und die Augen geschlossen hatte.

Lucinda begutachtete sie ebenfalls eingehend. »Sieht so aus.«

»Nicht, dass sie sich einen Sonnenstich holt.« Michelle war besorgt, natürlich, sie war Mutter und sorgte sich um alles und jeden.

»Dann weck sie.«

»Vielleicht braucht sie Ruhe. Wer weiß, was sie letzte Nacht gemacht hat.«

»Oh, ich kann mir gut vorstellen, was sie gemacht hat.« Lucinda grinste.

»Lucinda!«, ermahnte sie ihre Freundin, wie sie ihre Tochter Cara ermahnt hätte.

»Na, das denken wir doch alle, oder etwa nicht?«

»Ich glaube Dinge erst, wenn ich sie mit eigenen Augen sehe oder aus dem Mund der Angeklagten höre.«

»Angeklagte? Das ist doch eher Jennifers Metier.«

Michelle kicherte. »Ich wecke sie jetzt. Cara hatte mal einen Sonnenstich, das war schlimm. Sie musste sich übergeben und hatte tagelang schreckliche Kopfschmerzen.«

»Tu dir keinen Zwang an.«

Michelle trat auf Jennifer zu und versuchte, sie behutsam wachzurütteln. Doch es brachte rein gar nichts. Dann vernahm sie, wie Lucinda ein Glas kaltes Wasser aus der Küche holte und es Jennifer direkt über den Kopf schüttete.

Die japste auf, schrak hoch und schimpfte: »Bist du verrückt geworden? Was soll das, verdammt noch mal?«

»Du verschläfst ja den ganzen Tag! Wir sind zurück und wollen Spaß haben«, ließ Lucinda sie wissen.

Jennifer legte sich zurück auf die nasse Liege. »Ohne mich. Ich bin heute zu nichts mehr zu gebrauchen.«

»Das kann nicht dein Ernst sein!«, meinte Lucinda. »Wir sehen uns nur einmal im Jahr und haben uns alle auf unsere Orangentage gefreut wie irre – du auch! Und jetzt willst du uns einfach hängenlassen?«

Jennifer setzte sich wieder auf und seufzte aus der Tiefe ihrer Seele. »Okay, du hast ja recht. Hast du dann vielleicht eine Kopfschmerztablette für mich?«

»Kommt sofort. Und ein Mix aus Tomatensaft, Gurkenwasser, rohen Eiern, Tabasco und Salbei. Hilft bei jedem Kater.«

Jennifer verzog das Gesicht. »Na, wenn du meinst.«

»Glaube mir, ich habe damit schon so einigen Menschen geholfen.«

Michelle fragte sich, ob sie damit wohl auch sich selbst meinte. Sie half Jennifer auf, und sie folgten ihrer Freundin in die Küche. Dort bereitete Lucinda Jennifer einen eklig aussehenden Drink zu, den diese widerwillig trank. Keine Minute später rannte sie auf die Toilette.

»Wenn sie jetzt alles ausspuckt, kann der Mix ja gar nicht helfen«, meinte sie.

»Dann ist wenigstens all das Gift aus ihrem Körper raus, und sie fühlt sich wieder besser.«

»Du bist so gemein.«

Lucinda grinste. »Also, was wollen wir uns zum Mittagessen machen?«

»Wie wäre es mit Spaghetti?«, schlug sie vor.

»Klar, wenn die anderen einverstanden sind.«

»Also, mir ist es egal. Ich kriege bestimmt keinen Bissen runter«, informierte Jennifer sie, als sie zurück aus dem Bad kam, sich schwerfällig an den Küchentisch setzte und den Kopf auf die Platte legte.

»Hier hast du ein Kühlpad«, sagte Lucinda und reichte

es ihr. »Und du wirst was essen, ich bestehe darauf. Du musst nämlich wieder fit werden, es ist nicht fair uns gegenüber, dich so zu benehmen.«

»Oh Mann, was willst du eigentlich von mir? Siehst du nicht, wie ich leide?«

»Doch, doch, das sehe ich.«

»Und du willst mich nicht ausquetschen und wissen, was passiert ist?«

»Oh, das weiß ich schon. Lamont ist ein Kuhdorf, und ein paar von Bennys Freunden waren auf dem Wochenmarkt.« Und was die ihnen erzählt hatten, mochte Michelle gar nicht glauben.

Jennifer stöhnte wieder und vergrub ihr Gesicht in den verschränkten Armen.

»Ich möchte mich noch mal ganz herzlich bei dir bedanken, dass du mitgekommen bist und mir so toll geholfen hast«, sagte Lucinda nun zu Michelle. »Wenn du je einen Job brauchst, kannst du gerne bei mir anfangen.«

Sie wusste, dass ihre Freundin es nur so dahersagte und sich doch gar keine neue Mitarbeiterin leisten konnte, trotzdem freute sie sich über das Kompliment. Vielleicht sollte es aber auch nur ein kleiner Anstoß sein und ihr bewusst machen, dass sie auch allein klarkommen könnte, ohne Russel. Aber als was sollte sie schon arbeiten, um ihre Kinder zu ernähren? Als Obstverkäuferin? Außerdem hatte Russel ihr mehr als einmal verdeutlicht, dass sie gar nicht erst auf dumme Gedanken zu kommen brauchte. Er würde sie nie gehen lassen, zumindest nicht mit den Kindern. Und deshalb band er sie wahrscheinlich auch ans Haus und verbot ihr zu arbeiten. Damit sie gar nicht die Gelegenheit bekam, Geld beiseitezulegen. Doch anders war das leider gar nicht möglich, denn er teilte das Haushaltsgeld penibel ein, und sie musste ihm sogar die Kassenbelege vorzeigen, wenn sie einkaufen gewesen war. Es wurde wirklich immer schlimmer, und so, wie er sich wegen der diesjährigen Kalifornien-Reise aufgeregt hatte, war sie sich ziemlich sicher, dass er ihr von nun an überhaupt nichts mehr erlauben würde. Dass er auf sie achten würde wie ein Wachhund, um bei jeder noch so kleinen falschen Bewegung zuzubeißen.

»Das hab ich wirklich gern gemacht. Es hat Spaß gemacht«, versicherte sie ihrer Freundin und schüttelte die Gedanken an Russel ab.

»Wo ist eigentlich Rosemary?«, erkundigte Lucinda sich nun.

Jennifer murmelte etwas in ihre Arme hinein.

»Wie bitte?«

»Sie sagte, sie wolle zu Alejandro gehen. Ist aber schon eine ganze Weile her, glaube ich.«

»Oh. Na, dann machen wir jetzt einfach die Spaghetti. Sie wird sicher nichts dagegen haben, sie hat doch gesagt, sie will dieses Wochenende nicht auf Kalorien achten. Was wollen wir dazu essen? Welche Sauce?«

»Ich kenne eine ganz leckere Gemüse-Sahne-Sauce, wenn ihr wollt«, schlug Michelle vor. »Wenn du Tomaten, Karotten, Paprika, Zucchini und Pilze dahast.«

»Sieh mal im Kühlschrank nach, es müsste noch einiges an Gemüse da sein.«

Michelle öffnete den Kühlschrank und war gleich in ihrem Element. Heute würde sie mal etwas für ihre Freundinnen kochen, und sie war sich sicher, sie würden dankbarer sein als Russel und die Kinder, für die es zu einer Selbstverständlichkeit geworden war.

Kapitel 15

»Vielen Dank für den Tee«, sagte Rosemary, als sie sich an der Tür von Alejandro verabschiedete.

Sie hatte sich so nett mit ihm unterhalten, dass sie die Zeit total vergessen hatte. Vor ein paar Minuten hatte sie dann erschrocken auf ihr Handy geschaut und war aufgestanden. Jetzt lächelte sie den Mexikaner an, der so viel weiser war, als sie angenommen hatte. Nie und nimmer hätte sie gedacht, dass sie ausgerechnet von ihm einen Ratschlag bekommen würde, der ihr die Angst nahm, die sie seit Wochen mit sich trug.

»Kommen Sie gerne jederzeit vorbei«, sagte Alejandro jetzt und lächelte ebenfalls.

»Im nächsten Jahr ganz bestimmt. Wenn wir wieder unsere Orangentage abhalten.«

Ihr entging nicht Alejandros besorgter Blick. Es war derselbe Blick, den sie auch bei Lucinda wahrgenommen hatte, und zwar mehr als einmal, seit sie gestern angereist war.

Jetzt machte sie sich auf zu den anderen, die sich sicher schon fragten, wo sie blieb. Hatte Jennifer mitbekommen, wo sie hingegangen war? Die Gute hatte heute Morgen so einen heftigen Kater gehabt, dass sie es stark bezweifelte. Sie fragte sich immer noch, was nur in ihre Freundin gefahren war. Da hatte sie endlich einen Mann gefunden, der sie so nahm, wie sie war, ja, der sie sogar heiraten wollte, und sie tat alles in ihrer Macht Stehende, um ihn zu vergraulen. Das tat Jennifer immer. Es wirkte auf Rosemary fast so, als wolle sie keine Liebe in ihrem Leben zulassen. Einerseits verstand sie es ja, Jennifer hatte es in der Vergangenheit wirklich nicht leicht gehabt und wollte sich wahrscheinlich nur vor noch mehr Kummer schützen, andererseits brauchten doch alle Menschen ein wenig Liebe, oder? Sie wusste gar nicht, was sie ohne Edward machen würde, der sie wirklich auf Händen trug, seit sie sich vor neun Jahren zum ersten Mal begegnet waren. Sie hatten sich auf einer dieser schicken Hollywoodpartys kennengelernt, auf denen zu viel getrunken, zu viel geredet und zu viel gekokst wurde. Freunde hatten sie einander vorgestellt, und Rosemary hatte es gleich anziehend gefunden, dass Edward eben keiner dieser VIPs war, die von allen erkannt wurden und sich deshalb für besser hielten als andere Menschen. Er war ein ganz normaler Mann, arbeitete als Architekt und hatte lediglich einen befreundeten Schauspieler auf die Party begleitet. Es war Liebe auf den ersten Blick gewesen, die bis heute anhielt.

Edward war für Rosemary nicht nur der wunderbarste, anständigste und liebevollste Ehemann auf Erden, sondern auch der beste Vater, den man sich nur vorstellen konnte. Sie hatte es im Leben wirklich gut getroffen, das wusste sie. Und gerade deshalb hatten die Ereignisse der vergangenen drei Jahre ihr ja auch solch einen Schlag verpasst. Sie fragte sich, wie die Ungerechtigkeit sich nur still und heimlich in ihr wundervolles Leben hatte schleichen können, ohne dass sie es bemerkt hatte.

Ihr Blick fiel auf die Zitronenbäumchen, die Lucinda erst vor wenigen Jahren gepflanzt hatte und die sich Zeit nahmen zu wachsen. Früher hatte es hier nur Orangen gegeben. Früher hatte Rosemary die Welt noch mit anderen Augen gesehen, und in diesem Moment fragte sie sich, ob es manchmal nicht besser wäre, wenn sich überhaupt niemals etwas verändern würde.

Sie ging hinüber zu den Zitronen und umfasste eine der gelben Früchte. Sie pflückte sie ab und hielt sie sich an die Nase. Der wunderbar spritzige Duft machte, dass sich ihr Mund wieder zu einem Lächeln verzog. Sie hielt sich die reife Zitrone an die Brust und blinzelte die Tränen weg, die schon wieder aufkamen.

»Alles wird gut werden«, sagte sie zu sich selbst und versuchte wirklich daran zu glauben.

Sie brauchte ein paar Minuten, bis sie sich gefangen hatte, dann pflückte sie ein paar weitere Zitronen und ging damit in Richtung Haus. Denn wie hieß es doch gleich? Wenn das Leben dir Zitronen schenkt, mach Limonade draus!

Lucinda sah Rosemary die Verandastufen heraufkommen und hörte Michelle im nächsten Moment rufen: »Rosemary! Da bist du ja!«

Ihre Freundin trat durch die offene Hintertür, die direkt in die Küche führte, und legte ein paar Zitronen auf dem Tisch ab.

»Entschuldigt bitte, dass ich so lange weg war.«

»Kein Problem.« Lucinda sah sie fragend an. »Warst du bei Alejandro?«

Rosemary nickte. »Ich dachte, ich bringe ihm ein Glas unserer Marmelade vorbei.«

»Das ist aber eine nette Idee«, meinte Michelle.

»Du bist vor Stunden losgezogen«, sagte Jennifer stirnrunzelnd. »Was hast du denn so lange bei ihm gemacht?«

»Ich hab mich mit ihm unterhalten.«

»Echt? Und worüber?«

»Über dies und das. Er ist wirklich sehr gebildet, was ich gar nicht wusste. Er hat total viele Bücher in seiner Hütte.« Ja, Lucinda wusste das. Sie hatte ihm schon oft Bücher auf die Bank vor seiner Tür gelegt, wenn sie welche aussortiert hatte. Er nahm sie jedes Mal dankbar an. »Und er ist ein sehr guter Zuhörer«, fügte Rosemary hinzu.

Kurz glaubte Lucinda, in ihrer Stimme etwas Geheimnisvolles zu hören. So, als hätte sie Alejandro etwas anvertraut, das sie ihnen noch nicht erzählt hatte. Aber wahrscheinlich bildetet sie es sich nur ein.

»Ich finde es sehr lieb von dir, dass du ihm ein bisschen Gesellschaft geleistet hast«, sagte Michelle. »Der Arme muss sich schrecklich allein fühlen da hinten in seinem kleinen Schuppen.«

»Meine Mom hat ihm schon vor Jahren angeboten, ihm ein größeres Häuschen zu bauen, doch er hat immer abgelehnt. Er sagt, er fühlt sich wohl und geborgen in seinem kleinen Heim.« Im Laufe der Jahre hatte ihr Dad ihm in dem Fünf-mal-vier-Meter-Schuppen, der eigentlich einmal für Gartengeräte gedacht gewesen war, eine kleine Küchenzeile eingebaut, wo Alejandro sich etwas zu essen kochen konnte. Und hinterm Schuppen gab es eine Art winzigen Anbau mit einem Gartenschlauch und einem Plumpsklo, wo man sich waschen und sein Geschäft verrichten konnte, doch sonst gab die Unterkunft nicht viel her. Allerdings schien Alejandro zufrieden zu sein, vermutlich war er aus Mexiko ganz andere Dinge gewohnt. Einmal hatte ihr Dad Lucinda erzählt, dass Alejandro da unten monatelang auf einer Müllhalde gehaust hatte.

Wie froh sie doch alle sein konnten, wie gut sie es hatten.

Da waren die Sorgen um hohe Wasserpreise und grüne Flecken an den Orangen gar nicht mehr so von Bedeutung. Wenigstens hatte Lucinda ein Dach über dem Kopf, sie hatte ihre Freundinnen und vielleicht sogar einen ganz neuen wunderbaren Menschen in ihrem Leben. Das würde sich bald zeigen, zuerst einmal würde sie morgen wieder für Jonah kochen. Was danach geschah, wusste nur Mutter Schicksal, wie ihre eigene Mutter es gern ausdrückte.

»Wie geht es deiner Mom?«, erkundigte sich Jennifer nun.

»Ihr geht es sehr gut, danke. Sie war letzten Monat hier und hat mich für zwei Wochen besucht. Ich glaube, manchmal vermisst sie die Farm doch ein bisschen.«

»Das kann man ihr nicht verdenken«, sagte Michelle. »Wir vermissen sie ja alle.«

»Was machen denn deine Eltern?«, wollte Rosemary von Michelle wissen. »Genießen sie ihr Rentnerleben in Florida?«

Michelles Eltern hatten vor drei Jahren beschlossen, sich in eine Seniorenwohnanlage in Fort Meyers einzumieten, Michelle hatte ihr ein paar Fotos von den beiden am Strand geschickt. Sie schienen richtig glücklich zu sein im Sunshine State.

»Oh, es geht ihnen ganz fabelhaft. Meine Mom schwärmt vom Key Lime Pie und mein Dad geht angeln. Dabei stößt er nicht selten auf Alligatoren.«

»Gefährlich!«, meinte Rosemary. »Ich könnte nirgendwo leben, wo es Alligatoren gibt. Man hört doch immer wieder, dass die einfach so daherkommen und sich deine Haustiere schnappen.«

»Das tun dafür bei uns die Kojoten«, erinnerte Lucinda sie an die vielen Vorfälle, von denen immer wieder in den Nachrichten die Rede war.

»Wir haben in Georgia auch Alligatoren«, ließ Jennifer sie wissen, obwohl Lucinda bezweifelte, dass sie je einen erblickt hatte. Sie verbrachte doch ihre Tage in der Kanzlei und im Gericht, wahrscheinlich nahm sie sich außer an den Orangentagen nie eine Auszeit.

»Und Pfirsiche«, sagte Michelle.

»Da hast du recht.« Jennifer nickte. »Georgia wird nicht umsonst der Peach State genannt.«

»Isst du oft Pfirsiche?«, wollte Michelle wissen, die sich mal wieder am meisten fürs Essen interessierte. Gerade gab sie die fantastisch duftende Gemüsesauce über die Spaghetti.

»Auch nicht mehr als früher«, antwortete Jennifer achselzuckend.

»Ich glaube, wenn ich einen Pfirsichbaum im Garten hätte, würde ich jeden Tag was mit Pfirsichen kochen. Oder backen. Oh, ich könnte sterben für Peach Pie. Oder Milchreis mit Pfirsichkompott.« Sie brachte zwei vollgefüllte Teller zum Tisch und stellte sie darauf ab. »Kommt ihr bitte an den Tisch? Essen ist fertig!«

Rosemary, die auf einem Barhocker am Küchentresen gesessen hatte, erhob sich, und Jennifer, die ja eh schon schlaff auf einem Stuhl am Esstisch hing, setzte sich aufrecht. Lucinda holte vier Gläser aus dem Schrank und die Karaffe mit Eistee aus dem Kühlschrank. Michelle stellte die letzten beiden Teller und einen Korb voll Brot auf den Tisch. Anschließend verteilte sie Gabeln. Es war richtig schön, mal wieder jemanden dazuhaben, der einen so umsorgte.

»Lasst es euch schmecken!«, sagte Michelle und setzte sich ebenfalls.

Lucinda betrachtete ihren Teller. »Das sieht so lecker aus! Unglaublich, was du aus ein paar Resten im Gemüsefach gezaubert hast.«

»Ja, ich weiß, wie man Reste gut verwendet. Manchmal bleibt mir nichts anderes übrig, wenn Russel mir nicht genug Haushaltsgeld gegeben hat.« Sie blickte erschrocken auf und sah ganz betreten aus. Das hatte sie anscheinend nicht preisgeben wollen.

»Russel teilt dir das Haushaltsgeld ein?«, fragte Jennifer schockiert.

»Nun ja, wir müssen sehen, wie wir über die Runden kommen. Ich meine, immerhin haben wir nur ein Gehalt.«

»Da hat er selbst schuld, der Schuft!«, sagte Jennifer hinter vorgehaltener Hand.

Jetzt sah Michelle noch gedemütigter aus.

»Lass sie, Jenny!«, verteidigte Lucinda ihre Freundin. »Jeder macht es auf seine Art. Und wir beide können da eh nicht mitreden, immerhin haben wir keine eigene Familie, oder?«

»Aber Rosemary kann da mitreden. Bekommst du von deinem Mann auch Taschengeld? Musst du ihn um Erlaubnis bitten, wenn du ein paar Pfirsiche kaufen willst?«, wandte Jennifer sich unnötigerweise an die Millionärin unter ihnen, von der sie alle wussten, dass sie das meiste Geld nach Hause brachte und ihre Finanzen sicher selbst gut verwalten konnte. Zumindest brauchte sie ihren Mann nicht um Erlaubnis zu fragen, was man an ihrem neuen Cabriolet sah.

Lucinda wagte es kaum, zu Michelle rüberzusehen, die ihr gegenübersaß. Als sie es schließlich doch tat, musste sie feststellen, dass diese rot angelaufen war, vor Wut oder vor Scham konnte sie nicht sagen. Und im nächsten Moment sprang sie auch schon auf, verließ den Tisch und lief aus dem Haus.

»Das war echt fies«, sagte Rosemary.

»Das war total unnötig. Willst du uns das Wochenende verderben?«, fragte Lucinda. »Nur weil du selbst gerade mit dir zu kämpfen hast, musst du es nicht an der armen Michelle auslassen.«

»Sorry. Ich wusste ja nicht, dass sie gleich so beleidigt reagieren würde.« Jennifer drehte ein paar Spaghetti auf und schob die Gabel in den Mund.

Lucinda sah ihre Freundin fassungslos an. »Ist dir denn nicht klar, wie schwer sie es zu Hause hat? Und dass sie es das ganze Jahr kaum erwarten kann herzukommen?«

»Woher soll ich das denn wissen? Ich dachte, sie hätte so ein schönes Familienleben?«

»Tja, falsch gedacht«, sagte sie und stand ebenfalls auf, um Michelle suchen zu gehen.

Rosemary sah Lucinda nach, die Michelle folgte, und überlegte, ob sie ihnen hinterhergehen sollte. Dann aber entschied sie sich dafür, mal ein Machtwort mit Jennifer zu sprechen, die seelenruhig ihre Spaghetti weiter aß.

»Na, schmeckt dir die Pasta, die Michelle mit Liebe für uns gekocht hat?« Ihr selbst war der Appetit inzwischen vergangen. Sie hatte sich so auf ein friedliches Wochenende gefreut, niemals hätte sie mit solch einem Drama gerechnet. Sie vier hatten sich bisher noch an keinem Wochenende gestritten. Wenn sie an die vergangenen Orangentage dachte, sah sie da nur absolute Harmonie.

Jennifer hielt im Spaghettiaufrollen inne und ließ die Gabel auf den Teller fallen. »Was willst du denn von mir?«

»Dass du dich entschuldigen gehst.«

»Was hab ich denn getan, außer die Wahrheit zu sagen? Nun sei doch ehrlich, wir haben alle das Gleiche gedacht.«

»Etwas zu denken ist aber was anderes, als es laut auszusprechen und damit eine deiner besten Freundinnen zu verletzen.«

»Warum ist sie auch so empfindlich?«

»Weil du sie an einer sehr empfindlichen Stelle getroffen hast.«

Plötzlich hatte Jennifer Tränen in den Augen. »Scheiße, ich weiß auch nicht, was mit mir los ist. Warum ich manchmal so ein Arsch bin.«

»Vielleicht, weil du tatsächlich mit dir selbst kämpfst, wie Lucinda gesagt hat?«, vermutete sie. »Weil du ein schlechtes Gewissen hast?«

»Weshalb sollte ich denn ein schlechtes Gewissen haben?«

»Na, du hast immerhin deinen Freund betrogen«, erinnerte sie Jennifer an ihren Seitensprung.

»Er ist nicht mein Freund.«

»Kurz nachdem er dir einen Heiratsantrag gemacht hat«, fügte sie hinzu, um Jennifer noch einmal vor Augen zu halten, was sie sich da geleistet hatte.

»Okay, hör zu: Daniel ist weder mein fester Freund, noch hat er das mit dem Antrag ernst gemeint. Wir haben uns am Abend vor der Reise gestritten, weshalb ich auch meinen Flieger verpasst habe.« Aaah, jetzt kamen sie der Sache schon näher. »Und weil ich nicht auf seine Nachrichten reagiert habe, hat er mir diese blöde SMS geschrieben, in der er mich gefragt hat, ob ich ihn heiraten will. Aber nur, damit ich endlich antworte, verstehst du?«

»Bist du dir da sicher?«

»Ziemlich sicher, ja.«

»Worum ging es bei dem Streit?«, wollte sie wissen.

Jennifer starrte auf die blaue Sonne aus Keramik, die aus Mexiko stammte und schon seit ihrer aller Kindheit neben dem Kühlschrank hing. Nachdem sie eine ganze Weile geschwiegen hatte, sagte sie: »Ich will nicht drüber reden.« Dann stand auch sie auf und verließ die Küche durch die Tür in Richtung Garten.

Rosemary blieb allein zurück und fragte sich, was um Himmels willen da nur gerade geschehen war. Der Tag hatte doch so schön begonnen.

Sie sah auf ihren Teller, und obwohl sie keinen Hunger mehr verspürte, begann sie doch, die Spaghetti zu essen, damit Michelle sie nicht ganz umsonst gemacht hatte. Sie waren wirklich köstlich, sie nahm sich vor, ihre Freundin nach dem Rezept zu fragen. Da würde sie sich sicher freuen.

Nachdem sie den letzten Rest Sauce mit einem Stück Brot aufgewischt hatte, holte sie ihr Handy aus der Handtasche, die noch über dem Barhocker hing. Sie wählte Edwards Nummer und freute sich mehr denn je, seine Stimme zu hören.

»Hallo, mein Schatz, wie schön, dass du dich meldest. Wie geht es dir? Habt ihr viel Spaß?«, erkundigte er sich.

»Es ist toll«, sagte sie, weil Edward doch wusste, wie wichtig ihr dieses Wochenende war.

»Das freut mich zu hören. Hier ist ein kleiner Frosch, der dich unbedingt sprechen will«, sagte er.

Sie musste lachen. »Ein Frosch?«, fragte sie nach.

»Vielleicht ist es auch ein Grashüpfer, auf jeden Fall hüpft er ganz aufgeregt auf und ab.«

»Daddy!«, hörte sie Jeannie ungeduldig sagen.

»Na, dann gib mir mal den hüpfenden Frosch«, sagte sie und begrüßte sogleich ihr Töchterchen. »Hallo, meine Süße. Alles gut bei euch?«

»Ja, voll cool. Daddy hat Bridget freigegeben und verbringt den ganzen Tag mit mir. Wir waren schon beim Pier und sind Riesenrad gefahren. Jetzt wollen wir Pizza essen gehen.«

»Das hört sich ja super an.« Sie wusste, wie gerne Jeannie Zeit am Santa Monica Pier verbrachte, der nur einen Katzensprung von Malibu entfernt war. Sie könnte den ganzen Tag dort verbringen, Karussell fahren, Churros essen und aufs Meer hinausblicken. Da war sie wie ihre Mommy, sie beide liebten es, am Wasser zu wohnen. Es war ja auch schön, wenn einem bei der Hitze eine frische Meeresbrise Abkühlung verschaffte. »Esst ein Stück für mich mit.«

Jeannie lachte. »Du isst doch keine Pizza.«

Rosemary fühlte einen Stich ins Herz. Ja, da hatte Jeannie recht. Sie aß keine Pizza, wegen der Kalorien. Und das war ganz schön traurig, oder? Dass sogar ihre fünfjährige Tochter das schon wusste. Und dass sie nicht ab und zu einfach mal die blöden Kalorien Kalorien sein lassen und stattdessen Spaß mit ihrer Familie haben konnte. Dabei sollte sie es inzwischen besser wissen …

»Du, ich hab gerade eine Riesenportion Spaghetti gegessen«, ließ sie Jeannie wissen.

»Echt? Waren sie lecker?«

»Unglaublich lecker. Meine Freundin Michelle hat sie gekocht. Ich werde sie nach dem Rezept fragen und sie zu Hause nachkochen, ja?«

»Okay, Mommy. Ich hab dich lieb.«

»Ich hab dich auch lieb, meine Süße. Viel Spaß euch beiden noch. Wir sehen uns morgen.«

»Bis morgen, tschüss«, hörte sie Jeannie eilig sagen und dann das Telefon weiterreichen.

»Sie hat einen Schlangenmenschen entdeckt«, sagte Edward entschuldigend.

»Na, das erklärt alles.« Sie musste lächeln, weil sie wusste, wie fasziniert ihre Tochter von Schlangen war. In Santa Monica und Venice Beach traf man des Öfteren auf Menschen, die ihre Reptilien zur Schau stellten. Für ein paar Dollar von den Touristen, versteht sich.

»Ich bin froh, dass du es so schön hast«, hörte sie Edward sagen. »Die nächste Woche wird nicht leicht.«

»Ja, ich weiß.« Sie mochte noch gar nicht daran denken, besonders nicht an Donnerstag. »Und ich bin froh, dass du an meiner Seite bist.«

»Für immer und ewig.«

Sie lächelte mit Tränen in den Augen. Was würde sie nur ohne Edward tun? Wer würde sie ohne ihn sein? Er war ihr Fels in der Brandung, ihr Ein und Alles.

»Ich liebe dich«, sagte sie mit einem Kloß im Hals.

»Ich liebe dich auch. Und jetzt geh zu deinen Freundinnen und genieße die Orangentage, ja?«

»Okay. Bis morgen Abend.«

»Wenn du noch eine Nacht länger bleiben willst oder auch zwei, ist das in Ordnung, das weißt du, ja?«

Sie nickte. »Ich denke nicht, dass ich länger bleiben werde. Michelle und Jennifer reisen ja auch morgen Abend schon ab.«

»Alles klar. Pass auf dich auf, ja?«

Sie nickte wieder. »Das werde ich, versprochen. Und du pass gut auf den kleinen Frosch auf. Viel Spaß beim Pizzaessen!«

»Danke, werden wir sicher haben.«

Sie drückte Edward weg, lächelte und erhob sich nun ebenfalls. Sie brachte die zwei noch vollen, den halbvollen und ihren leeren Teller zur Spüle und gab die Reste in eine Tupperdose. Das leckere Essen war viel zu schade zum Wegwerfen. Dann erledigte sie den Abwasch, holte die

Zitronenpresse hervor, um Limonade zu machen, und überlegte, was sie noch tun könnte. Da ihr nichts einfiel, ging sie ebenfalls durch die weißgestrichene Tür nach draußen und atmete ein paarmal tief durch.

Sie sah sich nach allen Seiten um, entdeckte aber niemanden. So hatte sie sich die diesjährigen Orangentage wirklich nicht vorgestellt. Sie musste dringend dafür sorgen, dass sich alle wieder vertrugen. Und am besten fing sie damit an, ihre Freundinnen zu suchen.

Kapitel 16

Lucinda hatte überall nachgesehen und Michelle doch nicht gefunden. Sie fragte sich, wie sie so schnell außer Sichtweite sein konnte, sie hatte keine zwei Minuten nach ihr das Haus verlassen.

»Michelle?«, rief sie und lief durch die Orangenhaine. Schon früher hatte ihre Freundin sich inmitten der Bäume versteckt, wenn sie traurig oder beleidigt oder auch wütend gewesen war. Dort fand sie die Ruhe, die sie brauchte, um nachzudenken, hatte sie stets gesagt.

Sie wanderte die Wege entlang, während die Nachmittagssonne heiß auf sie herabschien. Sie band sich das grüne Tanktop am Bauch zu einem Knoten und wischte sich mit dem Handrücken den Schweiß von der Stirn. Weiter hinten entdeckte sie Alejandro dabei, wie er auf einer Leiter stand, die gegen einen der höheren Orangenbäume lehnte, und die reifen Orangen in seine Umhängetasche pflückte. Diese Taschen waren zwar praktisch, sie waren aber auch extrem schwer. Es passten bis zu achtzig Pfund Orangen hinein, und wenn sie voll waren, brauchte man einfach nur von der Leiter herunterzusteigen, die beiden Haken zu lösen, die den offenen, unteren Teil hochklappten, und die Früchte durch die Öffnung vorsichtig in die Sammelbehälter gleiten zu lassen. Anschließend fuhr Alejandro diese Behälter, die bis zu neunhundert Pfund fassten, mit dem Gabelstapler zur Scheune, wo er die Orangen in Kisten umfüllte, die Lucinda zu den Supermärkten der Umgebung und auch zu mehreren Bauernmärkten fuhr, auf denen sie ihren wöchentlichen Stand hatte. Früher einmal hatten sie so viele Orangen geerntet, dass ihr Vater einen Vertrag mit einer Saftfirma hatte, die ihnen viele Tonnen Früchte abgenommen hatte. Sie erinnerte sich noch daran, wie Onkel Miguel die Orangen mit dem Laster dorthin gefahren hatte. Doch an diese Zeiten wollte sie nicht zurückdenken. Sie schmerzten zu sehr. Damals war noch alles gut gewesen, sie waren eine heile Familie gewesen, ihr Vater war noch nicht gebrochen gewesen, ihre Mutter hatte noch gesungen und getanzt …

»Lucinda?«, hörte sie eine Stimme und drehte sich um. Michelle hatte sich auf den Boden zwischen zwei Bäumen gesetzt und aß eine Orange.

»Hey, du hast die Schale ja ganz allein abbekommen«, sagte sie und ging traurig lächelnd auf Michelle zu.

Die lächelte ebenso traurig zurück. »Ja, irgendwie hab ich es hingekriegt.«

»Lass dich doch von Jennifer nicht ärgern«, sagte sie. »Sie ist manchmal so taktlos wie ein altes Cello.« Das war ein Spruch, den ihr Vater gern gesagt hatte.

»Sie hat ja recht«, sagte Michelle und begann zu weinen.

Sofort war Lucinda an ihrer Seite. Sie setzte sich zu ihr auf den staubigen Boden und legte einen Arm um ihre Schulter.

»Vielleicht. Aber sie hat nicht das Recht dazu, so mit dir zu reden.«

»Sie ist meine Freundin. Das seid ihr alle. Ihr solltet es mir sagen können, oder nicht? Ihr wollt doch alle nur mein Bestes.«

»Das wollen wir. Und wir sind für dich da, das weißt du. Ich bin für dich da. Ich wünschte nur, du würdest mich dir irgendwie helfen lassen.«

»Ich wüsste nicht wie, Lucinda ...« Michelle fischte sich ein Taschentuch aus der Shortstasche und putzte sich die Nase.

Das wusste sie leider auch nicht. Alles, was sie gerade für ihre Freundin tun konnte, war, sie noch näher an sich zu ziehen und ihr zu zeigen, dass sie nicht allein war.

»Erzähl mir von Craig«, bat Michelle dann. »Und davon, wie du ihm geholfen hast.«

In ihren Gedanken blitzten eine Million Erinnerungen auf ... Craig als Fünfzehnjähriger, wie er sich eines Tages in der Mittagspause an ihren Tisch in der Schulcafeteria setzt und sie darum bittet, ihm zu sagen, welche Michelles Lieblingsblumen seien. Craig beim Schulabschluss in dem viel zu großen Talar. Craig, der von der Brown zurück ist und ihr erzählt, dass er einen Job als Chefredakteur der Bakersfield Gazette bekommen hat. Craig bei der Einschläferung ihrer geliebten Katze, wie er an ihrer Seite steht und ihre Hand hält. Craig bei der Beerdigung seiner Mutter, als Lucinda ihm seine Hand hält. Craig, der ihr von der wunderbaren Frau namens Hortense erzählt, in die er sich unsterblich verliebt hat. Craig, als er ihr erzählt, dass Hortense schwanger ist. Craig bei seiner Hochzeit in dem schicken grauen Anzug. Craig, der im Krankenhaus stolz sein neugeborenes Töchterchen auf dem Arm hält. Craig, der völlig verzweifelt zu ihr kommt und ihr erzählt, Hortense habe ihn verlassen, allein mit Lucy zurückgelassen. Craig, der erst langsam wieder auf die Beine kommt. Craig, der ihr gut zuredet, als sie überlegt, sich auf den Supermarktinhaber aus Arvin einzulassen, der eigentlich viel zu gut aussieht, um treu sein zu können. Craig, wie er heute Vormittag auf dem Markt steht und Michelle ansieht, als wären keine zwanzig Jahre vergangen …

»Seine Frau hat ihn verlassen«, begann sie also zu erzählen. »Ihn und die kleine Lucy, als sie gerade einmal fünf Monate alt war.«

»Oh, das ist aber traurig«, sagte Michelle. »Warum hat sie die beiden verlassen?«

»Sie wollte wohl einfach keine Mutter sein. Oder eine Ehefrau.«

»Weißt du, es gibt Frauen, die an Wochenbettdepressionen leiden. Die empfinden erst mal keine Muttergefühle und können gar nichts dafür«, überlegte Michelle. Die gute Michelle, die niemals jemanden verurteilte, nicht einmal eine junge Mutter, die ihre Familie im Stich gelassen hatte.

»Nein, bei Hortense war es etwas anderes. Sie hatte nie eine Mutter sein wollen. Schon während der Schwangerschaft hat sie es sich nicht nehmen lassen, weiterhin feiern zu gehen. Und als Lucy dann da war, hat sie die Nächte in irgendwelchen Clubs verbracht, während Craig sich um das Baby gekümmert hat. Sie hat auch nichts anbrennen lassen, habe ich gehört. Und eines Tages war sie dann weg. Einfach so. Hat eine Tasche gepackt und Craig einen Brief hinterlassen, gemeint, dass sie jemanden kennengelernt habe und woanders ein neues Leben anfangen wolle. Sie hat Lucy ganz allein im Haus gelassen, Craig musste von der Polizei erfahren, dass seine Frau weg ist. Die Nachbarn hatten sie gerufen, weil Lucy nicht aufgehört hat zu schreien und sie niemanden angetroffen hatten, als sie nach dem Rechten sehen wollten.«

»Oh mein Gott, ich kann mir das gar nicht vorstellen, dass eine Mutter so etwas tun würde.« Michelle sah ziemlich schockiert aus.

»Es ist ja auch schwer vorstellbar. Craig war völlig fertig. Er hat sehr lange gebraucht, um über diesen Verlust hinwegzukommen. Weißt du, er hat ja nicht nur seine Frau verloren, sondern auch die Vorstellung einer eigenen Familie, die er so gern hatte haben wollen.«

»Der Arme …«

»Ja. Das ist nun drei Jahre her, und seitdem hat er sich nicht ein einziges Mal mit einer anderen Frau verabredet.«

»Glaubst du, er liebt Hortense immer noch?«

»Nein, nach allem, was sie ihm angetan hat, glaube ich das nicht. Ich glaube einfach, dass er nicht noch einmal so verletzt werden möchte. Er will sich und auch Lucy vor einer weiteren Enttäuschung schützen.«

»Das kann ich gut verstehen.«

Sie sah Michelle an und musste trotz aller Tragik grinsen. »Weißt du … So, wie Craig dich vorhin angeschaut hat, habe ich ihn seit Jahren keine Frau anblicken gesehen.«

»Ehrlich?« Michelle wirkte schon wieder total erstaunt, so, als würde sie sich wundern, warum überhaupt irgendein Mann sie ansehen sollte. Ihr Selbstbewusstsein war total im Eimer, und daran war nur einer schuld.

Sie nickte. »Soll ich dir mal was verraten? Du hattest doch früher als Teenager öfter mal eine Lilie an deiner Spindtür hängen, oder?«

»Ja. Das war damals vor den Sommerferien, in dem Sommer, als … du weißt schon.« Wie immer sprach niemand es aus.

»Ja, genau.«

Michelle schien zu überlegen. Nach einer gefühlten Ewigkeit sagte sie: »Oh mein Gott, kamen die etwa von Craig?«

»Darauf kannst du wetten!«

»Aber woher hat er denn gewusst, was meine Lieblingsblumen sind?«

»Na, ich habe es ihm gesagt.«

Michelle sah sie mit großen Augen an. »Ich verstehe das nicht. Warum hat er mir denn Lilien geschenkt? Und warum heimlich?«

»Weil er bis über beide Ohren in dich verknallt war und sich nicht getraut hat, dir seine Gefühle zu gestehen.«

»In mich? Tatsächlich? Und du hast davon gewusst? Warum hast du mir denn nichts erzählt?«

»Weil ich das ihm selbst überlassen wollte. Ich meine, vielleicht hätte ich es dir irgendwann erzählt, aber dann ...«

»Dann war überhaupt nichts mehr wichtig.«

Lucinda blickte zum Himmel. Sie fragte sich wie so oft, ob ihre Lieben dort oben waren und auf sie herabsahen. Sie fragte sich, ob sie den Geschmack von Orangen wohl vermissten.

»Komm, wir sollten zu den anderen zurückgehen. Du und Jennifer müsst euch dringend vertragen, wir wollen uns unsere Orangentage doch nicht von so einem blöden Streit verderben lassen, oder?«

»Ja, da hast du natürlich recht. Ich komme gleich nach, ja?«

»Okay.« Sie lächelte Michelle noch einmal zu und ging zurück in Richtung Haus. Wenn Michelle noch einen Moment brauchte, wollte sie ihr diesen gern geben.

Michelle sah Lucinda dabei zu, wie sie davonging. Sie konnte gar nicht fassen, was ihre Freundin ihr soeben erzählt hatte. So viele Wochen hatte sie sich gefragt, von wem nur die Blumen stammten, und auch nach jenem Sommer, als das neue Schuljahr begann und keine Blumen mehr an ihren Spind geklemmt waren, hatte sie darüber nachgegrübelt, warum ihr heimlicher Verehrer wohl aufgehört hatte, ihr welche zu schenken. Nach diesem tragischen Sommer hätte sie kleine Aufmunterungen so sehr gebraucht. Dann allerdings schalt sie sich selbst dafür, an Blumen und heimliche Verehrer zu denken in Zeiten wie diesen.

»Unglaublich, dass es Craig war«, sagte sie nun zu sich selbst. »Es ist die ganze Zeit Craig gewesen.« Sie musste wieder an sein Lächeln und sein Kompliment vom Vormittag denken und wünschte sich, die Dinge wären anders.

Der Arme hatte so viel Leid ertragen müssen. Genau wie sie. Sie war sich sicher, dass er sie verstehen würde. Sie war sich sicher, dass sie einander helfen könnten. Nur würde sie das niemals herausfinden, denn die Dinge waren nun einmal, wie sie waren. Und Happy Ends waren für andere Menschen bestimmt.

Sie schnäuzte sich noch einmal die Nase und ging dann selbst langsamen Schrittes den Weg zwischen den Orangenbäumen entlang. Plötzlich fiel ihr etwas ein, und sie nahm ihr Handy zur Hand. Sie hoffte, dass es noch nicht zu spät und Russel noch nicht mit Charles losgefahren war. Es war Viertel vor drei und schon zwei Stunden später in Austin. Das Baseballspiel würde um sechs beginnen. Eigentlich war im Sommer Spielpause, doch ab und zu fand ein Freundschaftsspiel statt, jedoch immer erst am frühen Abend aufgrund der kaum zu ertragenden Hitze.

Glücklicherweise ging jemand ans Telefon, leider war es ihre Schwiegermutter.

»Ja, hallo, hier bei den Marshalls«, flötete sie fröhlich in den Hörer.

»Hallo, ich bin es, Michelle.«

»Oh«, sagte Evelyn, und Michelle konnte die Enttäuschung über die tausendfünfhundert Meilen Entfernung hören. »Was willst du denn? Ich dachte, du würdest dich gerade mit deinen Freundinnen amüsieren?« Das Wort *amüsieren* sprach sie unglaublich gehässig aus.

»Das tue ich auch, keine Sorge. Mir fiel nur gerade etwas ein … Ich wollte Charles daran erinnern, dass sein Trikot noch im Wäschekorb liegt. Nicht dass er später beim Spiel ohne dasteht.«

»Denkst du wirklich, ich habe nicht selbst daran gedacht? Um deine Wäsche habe ich mich gestern schon gekümmert, weil du das ja anscheinend nicht hinbekommen hast.«

Es wäre sinnlos, Evelyn zu erklären, dass sie die Sachen noch schnell am Abend vor ihrer Abreise gewaschen und in den Trockner geschmissen hatte. Leider hatte sie nicht mehr die Zeit gehabt, sie zu bügeln, zusammenzulegen und in die Schränke zu verteilen. Sie hätte wissen müssen, dass das auf sie zurückkommen würde.

»Das war sehr nett von dir, danke, Evelyn. Ist Charlie in der Nähe? Ich würde ihn gern kurz sprechen.«

»Nein, der ist schon unterwegs zum Spiel«, sagte Evelyn, kurz darauf hörte Michelle allerdings ihren Sohn etwas rufen.

»Evelyn, schwindelst du mich an? Ich höre ihn doch genau.«

»Ach, da ist er ja doch noch. Wenn du unbedingt willst, hol ich ihn ans Telefon. Viel Spaß noch in Kalifornien.« Sie sagte das Wort *Kalifornien* so, als würde Michelle das Wochenende in einem Stripclub verbringen und sich drei Tage lang heiße Chippendale-Tänzer ansehen.

»Danke.«

Blöde Evelyn! Sie konnte die Frau nicht ausstehen. Vor

allem, weil sie als Frau zu ihr halten sollte, doch stattdessen immer auf Russels Seite war und alles tolerierte, was er tat. Einmal kam sie gerade bei ihnen vorbei, nachdem Russel ihr eine blutige Nase geschlagen hatte, und alles, was sie äußerte, war: »Oh, Michelle, was hast du wieder angestellt?«

»Mom?«, hörte sie ihren Sohn sagen, den sie so gern Jason oder Preston genannt hätte. Doch Russel hatte darauf bestanden, ihn nach seinem Vater zu benennen. Den hatte sie nie kennengelernt, er war schon vor vielen Jahren gestorben, wahrscheinlich hatte er es keinen Tag länger mit Evelyn ausgehalten.

Ein Lächeln breitete sich auf ihrem Gesicht aus. »Hallo, mein Schatz. Wie geht es dir?«

»Gut. In einer Stunde fängt das Spiel an. Wir fahren gleich los.«

»Deshalb rufe ich an. Ich wollte dir ganz viel Glück wünschen.«

»Danke. Wir sind schon voll spät dran, weil Dad noch in der Garage herumgebastelt hat. Die anderen Jungs wärmen sich bestimmt schon auf.«

Michelle schüttelte den Kopf. Russel hatte wieder mal an seinem Bike herumgeschraubt, das er sowieso niemals fahren würde. »Es tut mir leid, dass ich nicht dabei bin.«

»Ist schon okay. Du bist doch sonst immer dabei.«

Ja, das stimmte. Sie hatte bisher kaum ein Spiel verpasst.

»Danke für dein Verständnis. Wie läuft es denn zu Hause? Wie läuft es mit Grandma?«

»Super«, sagte Charles, und Michelle runzelte die Stirn.

»Steht die Gute noch neben dir?«, fragte sie.

»Japp.«

Sie musste lachen. »Ich hab dich lieb, mein Spatz. Bis morgen. Und mach einen Home Run für mich!«

»Okay. Hab dich auch lieb, Mom. Dad will dich noch sprechen.«

Oje. Darauf war sie nicht vorbereitet. Russel wollte sie nie sprechen, wenn sie bei Lucinda auf der Farm war. Ganz im Gegenteil, er ignorierte sie dann stets und strafte sie mit Schweigen, sogar noch eine ganze Woche, nachdem sie wieder zu Hause war.

»Alles klar, dann gib ihn mir«, sagte sie mit pochendem Herzen.

»Hey«, meldete sich Russel.

Sie fragte sich, ob seine Mutter immer noch danebenstand und mithörte.

»Hallo. Wie läuft es bei euch? Alles in Ordnung?«, fragte sie vorsichtig nach.

»Nein. Nichts ist in Ordnung. Heute hat mich Henry Adams gefragt, wo du bist.«

»Ja, und?«, erwiderte sie. Henry Adams war ihr Nachbar, ein sehr netter älterer Mann.

»Ja, und?«, wiederholte er ihre Worte. »Das fragst du echt? Weißt du eigentlich, wie peinlich das war? Ich wusste gar nicht, was ich sagen sollte.«

»Warum hast du ihm nicht einfach die Wahrheit gesagt?«

»Was hätte ich sagen sollen, Michelle? Dass du dich davongemacht hast, um ein bisschen Spaß ohne deine Familie zu haben?«

Ja, dachte sie. Was wäre denn so schlimm daran gewesen? Sagen tat sie allerdings gar nichts, es hätte ja doch nichts gebracht.

»Ich musste mir also etwas ausdenken«, fuhr er fort. »Deine Tante in Kalifornien sei gestorben, hab ich ihm erzählt. Du wärst zur Beerdigung gefahren. Bestätige das also, wenn er fragt, hörst du?«

Sie konnte nur verzweifelt den Kopf schütteln. Russel war so schlimm. Er erfand lieber eine Beerdigung, als ihr einfach mal ein freies Wochenende zu gönnen?

»Okay«, flüsterte sie. Sie wollte jetzt wirklich nicht wieder einen Streit anfangen.

»Das war übrigens das letzte Mal, dass du allein weggefahren bist«, ließ er sie jetzt wissen. »Ich mach das nicht länger mit!«

»Gut so«, hörte sie seine Mutter im Hintergrund sagen.

Es sollte sie gar nicht wundern, die beiden hatten schon immer zusammengehalten wie Pech und Schwefel.

Sie überlegte gerade noch, was sie erwidern sollte, was mit dem dicken Kloß im Hals gar nicht so einfach war, als sie eine ganz andere Stimme vernahm.

»Oh, Entschuldigung.«

Sie drehte sich um und entdeckte Alejandro, der plötzlich dastand und peinlich berührt aussah.

»Ich wollte wirklich nicht stören.«

»Schon gut«, sagte sie, doch ihre Worte gingen in Russels Geschrei unter.

»Wer war das?«, schrie er ins Telefon. »Wo bist du, hä?«

»Bei Lucinda auf der Farm, das weißt du doch.«

»Das kannst du vielleicht den Kindern erzählen, aber nicht mir! Ich hab da doch eben eine Männerstimme gehört! Wer war das? Triffst du dich etwa hinter meinem Rücken mit einem anderen Mann?«

Ihre Beine begannen zu zittern, und sie starrte Alejandro genauso ängstlich an wie er sie.

»Hier ist kein anderer Mann«, sagte sie, doch im nächsten Moment bereute sie ihre Lüge schon. Russel hatte es doch genau gehört. Sie hätte einfach bei der Wahrheit bleiben sollen.

»Wage es nicht, mich anzulügen!«, brüllte Russel so furchteinflößend, dass ihr Herz beinahe stehenblieb.

»Das war nur … ich meinte, es war kein Mann, wie du es dir vorstellst. Das war nur einer von Lucindas Orangenpflückern.«

»Da sind Orangenpflücker? Ja? Sind sie jung? Heiß? Scharf auf verheiratete Frauen? Jetzt verstehe ich endlich, was dich immer wieder zu dieser scheußlichen Farm hinzieht. Du kleines Flittchen, ich kann gar nicht glauben, was du hinter meinem Rücken abziehst! Du Luder, du …«

Sie legte auf. Ja, sie schaffte es tatsächlich, Russel wegzudrücken. Noch immer zitternd starrte sie auf ihr Telefon.

»Es tut mir ehrlich leid«, entschuldigte Alejandro sich erneut.

»Alles gut«, brachte sie irgendwie hervor. »Es ist nicht deine Schuld.«

Der dünne Mexikaner mit dem fransigen Bart und dem hellen Strohhut auf dem Kopf nickte und verschwand, so schnell er konnte. Michelle blieb weinend zurück. Wie sollte sie sich je wieder nach Hause trauen?

Kapitel 17

Jennifer saß auf einem Stein am Ende des Grundstücks und starrte auf die toten Bäume. Sie hatte Mist gebaut, richtig Mist, das wusste sie. Wie hatte sie Michelle nur so behandeln können, wo sie doch wusste, wie labil sie schon seit Jahren war. Sie hatte gelogen, als sie Rosemary gegenüber behauptet hatte, nicht zu wissen, wie es Michelle mit ihrem Mann erging. Sie war ja nicht blind. Außerdem war sie Anwältin, eine ziemlich gute, würde sie behaupten, da entging ihr doch nicht der Schmerz in den Augen derer, die sie liebte.

Aber wie gesagt, Lieben war etwas, das sie nie richtig gelernt hatte.

Sie dachte an ihre Freundinnen. Sie alle waren nicht die Frauen, die sie die letzten sieben Sommer getroffen hatte, seit dem Jahr, in dem Lucindas Vater gestorben war und sie sie alle, zum ersten Mal seit der Highschool, zusammen auf die Farm eingeladen hatte. Ihr entging nicht Michelles Verzweiflung, auch nicht Lucindas Sorge, und in Rosemarys Augen sah sie, dass sie etwas vor ihnen allen verbarg. Das durfte sie selbstverständlich, Jennifer selbst verbarg ja auch so einiges.

Keine ihrer Freundinnen wusste, was sie seit ihrem Weggang durchgemacht hatte. Keiner von ihnen hatte sie von den Albträumen erzählt, die sie plagten, und dabei ging es ausnahmsweise mal nicht nur um jenen Sommer. Keine von ihnen hatte eine Ahnung von den Panikattacken, die sie noch immer überkamen, von den Erinnerungen, die sie verfolgten, von der Leere, die sie ihr ganzes Leben lang begleitete. Sie wollte nicht, dass ihre Freundinnen es wussten, wollte stark sein, wollte die Vergangenheit hinter sich lassen. Doch sie merkte mehr und mehr, dass das einfach nicht ging. Es funktionierte in der Wirklichkeit nicht so, wie sie es sich in ihren Gedanken vorstellte. Und sie war zu der Erkenntnis gekommen, dass sie sich ihren Dämonen irgendwann würde stellen müssen, um wenigstens ein einigermaßen friedliches Leben führen zu können. Ein Leben mit Daniel – wenn es nicht zu spät war.

Sie holte ihr Handy aus der Tasche ihrer locker sitzenden Capri-Hose und betrachtete es eine lange Zeit, bevor sie etwas hineintippte und abschickte.

Daniel, meintest du das wirklich ernst mit dem Antrag?

Sofort erhielt sie eine Antwort. *Ja, Jennifer, ich meinte es vollkommen ernst.*

Dann komm zu mir nach Bakersfield. Es gibt einiges, das ich dir sagen und auch zeigen muss.

Darling, es tut mir leid, aber ich kann hier nicht einfach weg. Mein Dad feiert heute Abend seinen siebzigsten Geburtstag.

Ach stimmt, daran hatte ich nicht gedacht, sorry. Bitte vergiss alles, was ich geschrieben habe. Wir sehen uns nächste Woche in Atlanta.

Ich könnte morgen kommen. Nach Bakersfield. Wenn du das möchtest.

Ihr stiegen Tränen in die Augen. *Ja, bitte,* tippte sie durch die verschwommene Sicht. *Es würde mir die Welt bedeuten.*

So emotional kenne ich dich ja gar nicht. Ist alles in Ordnung?

Nein. Es ist aber an der Zeit, dass ich endlich alles wieder in Ordnung bringe, schrieb sie zurück. Sie konnte es nicht länger aufschieben, konnte die Vergangenheit nicht mehr ihre Gegenwart bestimmen lassen. Wollte eine glückliche Zukunft.

Okay. Ich buche den ersten Flieger, den ich für morgen kriegen kann. Ich melde mich, wenn ich in L. A. gelandet bin.

Danke, Daniel.

Ich liebe dich.

Ich liebe dich auch.

Das sagte sie ihm nicht sehr häufig, aber in diesem Moment war sie froh, es getan zu haben. Oh, wie sie hoffte, dass sie wirklich alles in Ordnung bringen konnte. Sie hatte Daniel betrogen – war das überhaupt in Ordnung zu bringen?

Dennoch war sie froh, ihren Stolz überwunden zu haben. Sie erhob sich und machte sich auf die Suche nach ihren Freundinnen, die alle zusammen im Garten saßen. Sie ging auf Michelle zu und sagte ihr: »Michelle, es tut mir so schrecklich leid. Bitte verzeih mir.«

Michelle fiel ihr um den Hals. »Alles gut, ich verzeihe dir.«

Sie war erleichtert. Obwohl sie es gar nicht verdient hatte, dass ihre Freundin ihr so einfach verzieh.

»Ich hätte nicht so mit dir reden dürfen oder über dein Leben urteilen. Das war nicht okay, und ich werde es nie wieder tun.«

»Du hast ja recht«, sagte Michelle und sah ganz betroffen aus. »Russel ist nicht der, den ich mir an meiner Seite gewünscht habe, als ich damals von einer Familie träumte. Aber manchmal kommt es im Leben anders, als man denkt.«

Ja, da konnten sie wohl alle ein Lied von singen.

»Ich bin froh, dass zwischen euch alles wieder gut ist«, meldete sich Lucinda zu Wort. »Was haltet ihr davon, wenn wir irgendetwas machen, das unsere Laune wieder hebt? Wer hat Lust, ins Schwimmbad zu gehen? Eine Abkühlung bei der Hitze wäre sicher nicht schlecht.«

Jennifer drehte sich zu ihr. »Ich kann mir gerade nichts Besseres vorstellen«, sagte sie.

»Ähm, Mädels«, wandte Rosemary ein, »ich glaube nicht, dass das so eine gute Idee ist. Da erkennt mich doch jeder! Und ich habe so einen dicken Bauch von all dem vielen leckeren Essen, da würde gleich wieder geschrieben werden, ich sei schwanger.«

»Hmmm …«, machte Lucinda und schien zu überlegen. »Wie wäre es denn dann mit dem See? Unsere Ecke ist noch immer eine Art Geheimversteck. Ich gehe dort manchmal schwimmen und treffe fast nie auf andere Leute.«

»Oh ja, der See!«, rief Rosemary. »Da bin ich sofort dabei!«

»Ich auch!«, sagte Jennifer.

Und Michelle nickte nur. Sie sah so unglaublich traurig aus, dass Jennifer nur hoffen konnte, dass ein bisschen Spaß am See sie wieder aufheitern würde. Sie hatte wirklich nicht ihre Laune verderben wollen. Aber vielleicht lag es ja gar nicht allein an ihr, dass Michelles Stimmung so mies war? Vielleicht sollten sie sich alle einmal aussprechen? Sie hatte es zumindest vor. Keine Geheimnisse mehr – vor allem nicht vor Daniel. Ihr war klar, dass das nicht einfach werden würde, aber sie war willens, sich der Herausforderung zu stellen. Jetzt wollte sie aber erst einmal schwimmen gehen.

»Lasst uns unsere Bikinis holen, und dann auf zum See!«, sagte sie.

»Auf zum See!«, riefen die anderen gleichzeitig, und sie musste lachen. Es war fast so wie früher, wenn sie beschlossen hatten, baden zu gehen. Ja, plötzlich fühlte sie sich ganz ausgelassen und konnte es kaum erwarten, ins kühle Wasser zu springen. Vielleicht war ja sogar ihre Liane noch da. Vielleicht würde sie daran schwingen und sich einfach fallen lassen. Und vielleicht konnte sie mit der Liane ja auch endlich die Vergangenheit loslassen.

»Das gibt's ja nicht!«, rief Michelle aus. »Unsere Liane hängt nach all den Jahren noch immer da!« Sie zeigte mit dem Finger zu dem Seil, das um den dicken Ast gebunden war.

»Ja, ich weiß aber nicht, ob sie noch so stabil ist wie damals«, sagte Lucinda zu ihr. Sie hatte sich seit ihrer Kindheit nicht getraut, sie zu benutzen.

Doch Jennifer war da wagemutiger. Sie zog sich nämlich sogleich ihre Klamotten aus und kletterte in ihrem Bikini den Felsen hinauf. Dann umfasste sie mit beiden Händen das Seil und schwang sich mit der Liane davon. Sie rief: »Orangentage!«, ließ los und fiel mit einem lauten Klatscher ins Wasser.

»Ich will auch!«, rief Michelle und tat es ihr gleich.

Und da ihre Freundinnen so mutig waren, wollte auch Lucinda nicht als Feigling dastehen. Sie stieg auf den Felsen, klammerte sich an dem alten Seil fest, das sich in ihren Händen ganz rau anfühlte, und nahm Schwung. Über dem See ließ sie sich fallen. Als sie das kühle Wasser spürte, schloss sie die Augen und hielt sich mit der Hand die Nase zu. Sie tauchte ab und fühlte sich wieder wie dreizehn. Damals hatte ihr Dad ihnen das Seil aufgehängt, nachdem sie ihn tagelang damit genervt hatten. Ihr lieber Vater hätte beinahe alles für seine Töchter getan. Sie erinnerte sich noch daran, dass er seinen letzten Cent zusammengekratzt hatte, um Maria aufs College schicken zu können. Sie hatte sich zwar für einige Stipendien beworben, doch leider keinerlei Zusagen bekommen. Das war für Hank Gordon aber kein Grund, seiner Ältesten das College zu verwehren. Lucinda hatte einige Gespräche mit angehört, in denen ihre Eltern hin und her überlegt hatten, wie sie Maria doch noch ein Studium in Berkeley ermöglichen könnten, wo sie angenommen worden war. Und dann hatte Hank beschlossen, seine Lebensversicherung zu kündigen. Mit dem Erlös würden sie erst einmal weiterkommen. Und Maria war nie dankbarer gewesen.

»Rosemary, willst du nicht auch reinspringen?«, hörte sie Michelle rufen.

»Nein, danke. Ich liege hier lieber in der Sonne«, rief Rosemary zurück und legte den Kopf in den Nacken. Sie hatte sich ein Fleckchen in der kleinen Lichtung gesucht, die den Wald vom See trennte, und hatte dort ihr Laken ausgebreitet. Man konnte den Platz fast als winzigen Strand bezeichnen. Wie oft waren sie als Kinder hier gewesen, wie viele glückliche Stunden hatten sie hier verbracht …

Lucinda betrachtete ihre Freundin, die sonst stets die Erste im Wasser gewesen war. Was war denn nur los mit Rosemary? Sie zog sich nicht einmal das weite Longshirt aus, das sie über ihrem Bikini trug – wieder nicht. Da musste doch mehr dahinterstecken, oder?

Sie schwamm noch ein bisschen und stieg dann aus dem Wasser, um sich zu Rosemary zu setzen.

»Alles in Ordnung?«, fragte sie.

Rosemary nickte. »Alles okay.«

»Das Wasser ist so schön kühl. Willst du nicht mal mit den Füßen rein?«

»Na gut«, sagte ihre Freundin und lächelte. Sie tapste ein paar Schritte Richtung See und ging bis zu den Knien ins Wasser. Nach zwei Minuten aber kam sie schon wieder heraus und setzte sich zurück an ihren Platz.

Lucinda machte sich langsam wirklich Sorgen um sie. Sie beschloss, sie später unter vier Augen darauf anzusprechen. Vielleicht konnte sie ja etwas in Erfahrung bringen, ohne dass sie damit gleich die Orangentage ruinierte. Vielleicht konnte sie helfen.

»War das eine angenehme Erfrischung«, sagte Michelle, die aus dem Wasser kam und sich das Handtuch schnappte, um sich die Haare trocken zu rubbeln. Auch sie trug ein Shirt über ihrem Badeanzug, wahrscheinlich tat sie das aber, weil sie sich in ihrer Haut nicht so wohlfühlte. Lucinda hatte zum Glück nie irgendwelche Probleme mit ihrem Gewicht gehabt, sie konnte aber gut verstehen, dass ihre Freundin sich nicht zeigen mochte, hatte sie doch im letzten

Jahr sicher schon wieder fünf Kilo zugelegt. Sie persönlich fand ja, dass die Extrakilos ihr sogar standen. Sie machten ihre Wangen runder und rosiger, doch sie wusste, dass Michelle schon immer damit zu kämpfen hatte.

Sie beobachtete jetzt Jennifer dabei, wie sie im Wasser auf- und abtauchte wie ein Delfin. Was ihre Figur betraf, hatte sich die in den letzten zwanzig Jahren kein bisschen verändert, Jennifer war noch immer groß und dünn, vielleicht hätte sie sogar Model werden können, hätte sie nicht schon immer gegen die Ungerechtigkeit in der Welt ankämpfen wollen.

»Was machen wir heute sonst noch Schönes?«, erkundigte sich Michelle. »Zaubern wir noch mal was in der Küche? Aus Orangen?«

»Von mir aus gerne«, erwiderte Lucinda, sah aber Rosemary an, dass sie weniger begeistert war. »Oder wir gehen noch mal aus?«

»Ich bin dafür, dass wir uns einfach einen schönen Abend auf der Farm machen«, schlug Rosemary vor. »Wir könnten uns doch Pizza bestellen, ein paar Filme aus unserer Jugend angucken… und du könntest uns wieder einen leckeren Cocktail mixen, Lucinda.«

»Hört sich ziemlich perfekt an«, meinte Jennifer, die auch endlich aus dem Wasser kam. »Ich muss euch übrigens was gestehen. Morgen werde ich eventuell nicht mehr so viel Zeit für euch haben. Daniel kommt nämlich nach Bakersfield.« Sie stand da und grinste schief, während ihr das Wasser aus den Haaren tropfte.

»Waaas?«, rief Rosemary. »Du hast einen Mann zu unseren Orangentagen eingeladen?«

»Das ist ein absolutes Tabu!«, erinnerte Lucinda sie an ihr Versprechen, niemals einen Mann dabeihaben zu wollen.

»Ach, kommt schon, lasst sie«, verteidigte ausgerechnet Michelle sie aber. »Es ist doch nicht irgendein Mann. Es ist Daniel, der ihr einen Antrag gemacht hat.«

»Oh mein Gott, willst du den etwa annehmen? Oder hast du das schon getan? Kommt er deshalb hierher?« Rosemarys Augen waren riesig, als sie Jennifer nun fragend ansah.

»Nein, nichts dergleichen. Bevor ich in Erwägung ziehen kann, den Antrag anzunehmen, muss ich dringend einige Dinge aufarbeiten. Ich muss Daniel endlich von meiner Vergangenheit erzählen.«

Sie alle wurden still. Michelle war die Erste, die wieder zu sprechen begann. »Ich finde, das ist genau die richtige Entscheidung. Man sollte keine Geheimnisse vor den Menschen haben, die einem am wichtigsten sind.«

Nicht nur Lucinda sah Michelle an, sondern auch Rosemary und Jennifer. Ob sie wohl alle drei das Gleiche dachten? Wenn Michelle nämlich wirklich der Meinung war, man solle keinerlei Geheimnisse haben, warum verbarg sie dann selbst so viel vor ihnen?

Nun, vielleicht war die Zeit einfach noch nicht gekommen. Wenn sie es aber war, würden sie für sie da sein, so, wie sie schon immer füreinander da gewesen waren. Weil das eine Freundschaft ausmachte, und ihre Freundschaft war noch viel stärker als andere, war es spätestens seit dem Sommer vor neunzehn Jahren.

Kapitel 18

August 2000

Lucinda lugte in Marias Zimmer und fand ihre große Schwester am Fenster stehend vor. Sie starrte auf irgendetwas und wirkte ganz nachdenklich.

»Warum bist du denn den ganzen Tag in deinem Zimmer?«, fragte sie. »Wollten wir nicht zusammen nach den Babykätzchen sehen?«

Sie hatten vor einer Weile eine streunende Katze aufgenommen, die gerade Junge bekommen hatte. Ganze fünf kleine Kätzchen kuschelten sich nun Tag und Nacht an Idgie, die sie nach ihrer Lieblingsfigur aus *Grüne Tomaten* benannt hatten. Sie hatten sich den Film in den letzten Monaten sicher an die zwanzig Mal zusammen angesehen, nachdem Maria die Videokassette auf einem Flohmarkt erstanden hatte. Maria hatte schon immer ein Faible für Flohmärkte gehabt, auch für Garage Sales und Secondhandläden. Ihr Traum war es, eines Tages einen eigenen Laden zu haben, in dem sie alte aufgearbeitete Ware verkaufte. Entweder Kleidung oder Antiquitäten. Die Buchhaltung könnte sie selbst machen, nachdem sie auf dem College ein paar Kurse belegt hatte.

Doch jetzt sagte Maria etwas, das Lucinda völlig unerwartet traf.

»Ich mag im Moment keine Kätzchen streicheln. Es gibt einiges, worüber ich nachdenken muss.«

»Was denn?«, wollte sie wissen. Sie war vorige Woche fünfzehn geworden, und in ihrem Kopf schwirrten ebenfalls die verschiedensten Gedanken umher. Dabei ging es hauptsächlich um Jungen und um alles, was mit ihnen zu tun hatte. Sie fragte sich, ob Maria wohl über dieselben Themen nachdachte.

Doch diese seufzte nun schwer und sagte zu ihrer Überraschung: »Ich bin mir nicht sicher, ob ich überhaupt noch aufs College will.«

»Wie meinst du das? Du willst nicht mehr? Nachdem Daddy so viel auf sich genommen hat, um dir das College zu ermöglichen? Er wird sicher total enttäuscht sein und Mom auch.«

»Ich hätte dir überhaupt nichts sagen sollen. Du bist noch viel zu klein, du verstehst das nicht.«

»Nein, das tue ich echt nicht.« Verständnislos sah sie ihre ältere Schwester an, die bisher immer ihr größtes Vorbild gewesen war. Gerade aber benahm sie sich absolut dumm, fand sie. Und sie wusste nicht, ob sie sich freuen oder ob sie sauer sein sollte, weil Maria nun doch nicht mehr fortgehen wollte.

Maria sah noch immer aus dem Fenster, und Lucinda trat zu ihr, um zu gucken, wen oder was es da zu sehen gab. Doch sie entdeckte nichts als die Pflücker in den Orangenhainen, ihren Dad und Onkel Miguel, die alle ihrer gewohnten Arbeit nachgingen.

»Jetzt erzähl schon, Maria! Wieso willst du nicht mehr aufs College?«

»Ich will ja«, erwiderte ihre Schwester. »Aber andererseits will ich auch nicht weggehen.«

»Wegen mir?«, fragte sie hoffnungsvoll.

»Auch.«

Das klang überhaupt nicht überzeugend, und langsam wurde Lucinda ungeduldig. »Nun sag es doch einfach.«

»Wie gesagt, du würdest es nicht verstehen. Du bist zu jung dafür.«

»Behandle mich doch nicht immer wie ein kleines Kind. Ich wurde sogar schon geküsst, das weißt du. Ich erzähle dir nämlich alles, im Gegensatz zu dir.« Sie hatte Schwierigkeiten, die Tränen zurückzuhalten. Sie hatte geglaubt, Maria und sie hätten keine Geheimnisse voreinander.

Diese drehte sich jetzt endlich zu ihr und gestand ihr: »Okay. Es gibt da jemanden.«

»Und wegen dem willst du nicht weg?«

Maria zuckte die Schultern und sah plötzlich ganz verträumt aus. »Mag schon sein …«

»Wer ist es?«, wollte sie wissen.

»Das sage ich dir, wenn es etwas Festes ist, okay?«

»Du bist echt gemein. Ich erzähle dir immer alles.«

»Ich weiß« war alles, was Maria erwiderte. Dann sah sie wieder aus dem Fenster, und Lucinda tat es ihr gleich.

Noch immer nichts zu sehen als die Arbeiter und Orangen über Orangen. Vielleicht lag es ja doch an den Orangen, und Maria wollte einfach nicht weg von der Farm, weil sie endlich begriffen hatte, wie sehr sie ihr am Herzen lag.

Dennoch, Lucinda war sauer auf ihre Schwester. Sie fühlte sich hintergangen, benachteiligt, verraten. Sie erkannte sie kaum wieder und konnte ihre Nähe nicht länger ertragen, weshalb sie jetzt das Zimmer verließ und sich zu den süßen Kätzchen begab. Sollte Maria doch weiter aus dem Fenster starren. Starren, bis ihr die Augen ausfielen. Sie war auf jeden Fall fest entschlossen, kein Wort mehr mit ihr zu reden, bis sie ihr erzählte, in wen sie verliebt war. Für wen sie ihre Zukunftspläne über Bord werfen wollte. Wenn ihr Vater das erführe, würde er fuchsteufelswild werden. Sie hoffte nur, Maria war in keinen der nichtsnutzigen Trunkenbolde aus der Stadt verknallt, wie ihr Dad sie nannte. Die Kerle, die es nach der Highschool nicht weiter geschafft hatten als bis zur nächsten Kneipe. Maria hatte weitaus Besseres verdient. Und irgendwie hoffte Lucinda nun sogar, dass sie es sich doch noch mal überlegen und nach Berkeley gehen würde. Dann könnte sie sie dort vielleicht sogar besuchen, und sie könnten sich zusammen San Francisco ansehen. Ja, sie hoffte wirklich, dass Maria aufwachen und mehr aus ihrem Leben machen würde, als als Frau eines Trunkenboldes zu enden. Und wenn sie wieder mit ihr sprach, würde sie ihr genau das auch sagen.

Kapitel 19

»Lasst uns *Flaschendrehen* spielen!«, rief Jennifer aus, und Rosemary sah auf. Sie saßen jetzt alle auf dem alten Holzsteg und ließen die Beine ins Wasser baumeln. Rosemary hatte auf den See hinausgeblickt und einen Reiher beobachtet, der sich einen Fisch geschnappt hatte.

»Oh Gott, *Wahrheit oder Pflicht*? Das haben wir seit Ewigkeiten nicht gespielt«, sagte Lucinda.

»Und genau deswegen sollten wir es mal wieder tun«, fand Jennifer.

Oje. Das war zwar eigentlich eine ganz süße Idee, jedoch gefiel Rosemary der Gedanke gar nicht, Fragen gestellt zu bekommen und die Wahrheit sagen zu müssen.

Jennifer jedoch sprang schon auf und lief zu den Taschen, die sie am Rande des Sees zurückgelassen hatten. Sie kam mit einer halbleeren Wasserflasche wieder, trank sie in einem Zug aus und legte sie auf den Steg. Sie setzte sich wieder aufs Holz, und sie alle bildeten einen Kreis um die Flasche. Sie einigten sich darauf, dass sie für den Pflicht-Teil zu alt waren und es bei der Wahrheit belassen wollten. Jennifer drehte die Flasche – und der Kopf blieb bei Michelle stehen.

»Okay, Michelle, du musst ganz ehrlich sein, ja? Bereust du es, Kalifornien jemals verlassen zu haben?«

Rosemary sah, wie Michelle sich wand, nach Worten suchte, die ihre Gefühle ausdrücken konnten.

»Also, wenn du mich fragst, ob ich Kalifornien vermisse, lautet die Antwort auf jeden Fall Ja. Aber bereuen tue ich es nicht, mit Russel nach Texas gegangen zu sein. Wäre ich es nicht, dann hätte ich jetzt nicht meine zwei wundervollen Kinder, die mir einfach alles bedeuten.«

»Eine schöne Antwort«, sagte Rosemary und berührte Michelle am Arm. Die zuckte leicht zurück, als hätte diese winzige Berührung ihr körperlich wehgetan. Aber vielleicht war es ja auch nur ein Reflex, das kannte sie auch, wenn fremde Menschen sie im Supermarkt oder sonst wo wie aus dem Nichts anfassten und um ein Autogramm oder ein Selfie mit ihr baten, als wäre es das Natürlichste der Welt. Manchmal kam sie sich vor wie ein Objekt, und nicht wie ein richtiger Mensch. Sie musste funktionieren, immer lächeln, immer freundlich sein, sonst stand gleich am nächsten Tag im Newsflash, dass sie eine arrogante Diva war, die sich einen Dreck um ihre Fans scherte.

»Okay, dann wollen wir mal sehen, auf wen die Flasche als Nächstes zeigt«, sagte Michelle und drehte ihrerseits. Natürlich zeigte sie auf Rosemary, doch sie war froh, dass nur Michelle dran war mit Fragen stellen.

»Okay.« Sie lächelte sie breit an. »Sag uns, welcher deiner bisherigen Filmpartner war der beste Küsser?«

Oh. So eine Frage hätte sie von Jennifer erwartet, nicht von Michelle. Aber sie war ja vergleichsweise harmlos, also beantwortete sie sie nur zu gerne.

»Da muss ich nicht lange überlegen. Das war eindeutig Bradley Cooper.«

»Ooooh, den mag ich sehr. Ich liebe ihn in *A Star Is Born*. Habt ihr den Film gesehen?«, fragte Lucinda.

»Ich war sogar auf der Premiere«, erzählte Rosemary ihr.

»Du Glückliche. Ich glaube, ich hätte mich Bradley an den Hals geschmissen.«

Jennifer lachte. »Das kann ich mir bildlich vorstellen.«

»Da wäre aber Jonah gar nicht glücklich drüber gewesen«, meinte Michelle.

»Ach, da war zwischen uns noch überhaupt nichts. Der Film lief doch letztes Jahr in den Kinos, oder?«

Rosemary nickte. Ja, das war zu der Zeit, als ihre Grandma sie in Malibu besucht hatte. Edward, der Schatz, war extra nach Lamont gefahren, um sie abzuholen. Die Gute hatte an dem Abend der Filmpremiere auf Jeannie aufgepasst. Rosemary musste zugeben, dass sie ein richtig schlechtes Gewissen hatte, weil sie bereits seit gestern in Lamont war und Grandma Tippi noch nicht einmal besucht hatte. Sie hatte halt ihren Freundinnen versprochen, Zeit mit ihnen zu verbringen, so, wie sie es jedes Jahr machte. Morgen aber würde sie bei Grandma Tippi vorbeischauen, sie auf den neuesten Stand in Sachen Hollywood bringen und ihr eine Million neue Jeannie-Fotos zeigen. Vielleicht würde sie sogar Edwards Angebot annehmen und ihren Urlaub um einen Tag verlängern. Sie könnte bei Tippi schlafen und sich zusammen mit ihr ein paar Filme ansehen. Ihre Grandma war begeisterter Fan ihrer Filme und auch aller anderen Hollywoodstreifen. Einmal hatte Rosemary ihr ein Autogramm von Peter Fonda besorgt, als sie ihn auf einer Party erhaschte, und Tippi war ganz außer sich vor Freude gewesen.

»Ich kenn den Film nicht«, ließ Jennifer sie nun wissen. »Ich hab keine Zeit fürs Kino.«

»Du musst dir den Film unbedingt ansehen. Ich liebe ihn. Und die Musik erst … Lada Gaga hat ganz zu Recht den Oscar dafür gewonnen.«

Da konnte sie Lucinda nur zustimmen. Rosemary war bei der diesjährigen Oscar-Verleihung dabei gewesen und hatte der Sängerin mit Bewunderung zugehört, wie sie zusammen mit Bradley *Shallow* zum Besten gegeben hatte. Das war einfach nur magisch gewesen.

»Für die Oscars habe ich auch keine Zeit«, sagte Jennifer achselzuckend.

»Das kann ja gar nicht gut sein für deine Seele, immer nur zu arbeiten und gar keinen Spaß zu haben«, sagte Lucinda.

»Ja, da hast du wohl recht. Aber die Arbeit ist mein Leben. Und sie macht mir ja sogar Spaß. Wisst ihr eigentlich, was für ein Gefühl es ist, einen Fall zu gewinnen? Für Gerechtigkeit zu sorgen?«

»Ich kann es mir vorstellen. Ich habe mal eine Anwältin gespielt«, erinnerte sie Jennifer.

»Ist nicht dasselbe. Das war doch nur ein Film. Aber das hier ist das wahre Leben. Und ich liebe es, den bösen Kerlen in den Arsch zu treten.« Jennifer grinste.

»Was du immer für Ausdrücke benutzt«, meinte Michelle.

»Ich habe es nicht anders beigebracht bekommen, das wisst ihr.«

»Ich hoffe nur, im Gericht sprichst du nicht so«, sagte Lucinda.

»Nein, nein, keine Sorge. Da bin ich ganz seriös. Ihr solltet mich mal sehen, ich glaube, das würde euch gefallen. Manche Fälle sind besser als Hollywoodfilme – nichts für ungut, Rosie.«

»Kein Problem. Ich glaube dir gern. Es werden ja nicht ohne Grund so viele reale Fälle verfilmt.«

»Können wir weiterspielen?«, bat Michelle, deren reales Leben ja nur daraus bestand, ihre Kinder zum Baseballtraining und zu den Pfadfinderinnen zu fahren, für ihre Familie zu kochen und sich Seifenopern anzusehen. Das hatte sie schon oft erzählt. Rosemary könnte sich so ein tristes Leben überhaupt nicht vorstellen. Andererseits lebte sie von genau diesen Hausfrauen, die sich Tag für Tag Seifenopern wie *Wild Hearts* ansahen. Gäbe es sie nicht, wäre die Serie nicht so erfolgreich und sie selbst wäre kein gefeierter Star.

»Ja, klar. Ich muss drehen, oder?«, fragte sie und drehte, als alle bestätigend nickten.

Der Flaschenhals zeigte auf Lucinda.

»Ooooh, Lucy, da fällt mir bestimmt eine schöne Frage ein«, sagte sie und grinste. Sie überlegte und kam auch sogleich auf eine. »Hattest du wirklich noch keinen Sex mit Jonah? Nicht einmal ein bisschen Petting?«

»Nein, hatte ich nicht. Das habe ich euch bereits gesagt«, antwortete Lucinda und errötete.

So ganz wollte sie ihr das nicht abnehmen. »Und warum wirst du dann knallrot wie eine Tomate bei der Frage?«

»Vielleicht, weil wir es in meiner Fantasie schon getan haben und ich es kaum erwarten kann, dass es endlich Wirklichkeit wird?«, gab sie zu und hielt sich nun eine Hand vors Gesicht vor Verlegenheit.

Sie alle mussten lachen.

»Na, endlich rückt sie mal raus mit der Sprache!«, sagte Jennifer erfreut. »Wenn es nach uns geht, kannst du gerne gleich heute Abend noch zu ihm fahren und es dir von ihm besorgen lassen. Oder, Mädels?«

»Jennifer!«, ermahnte Michelle sie.

»Ja, was denn? Unsere liebe Lucinda muss ganz dringend flachgelegt werden, da sind wir uns ja wohl einig, oder?«

»Ja, schon. Aber nicht mehr heute Abend«, sagte Rosemary. »Da wollen wir sie nämlich ganz für uns allein haben.«

»Na gut. Dann aber gleich am Montag. Da habt ihr doch sowieso ein Date, richtig?« Lucinda nickte. »Wie passend«, meinte Jennifer und grinste.

»Wir werden sehen, was passiert. Ich will alles einfach auf mich zukommen lassen, okay? Ich mag Jonah nämlich wirklich sehr und möchte es langsam angehen. Vielleicht könnte er sogar der Richtige sein, wer weiß?« Lucinda strahlte, wie alle frisch Verliebten es taten, und doch erkannte Rosemary, dass sie ehrlich mehr in Jonah sah. Sie hoffte so für sie, dass er sich als der Mann entpuppte, den sie verdiente.

»Gut. Ich bin dran mit Drehen«, sagte Lucinda, und diesmal traf es erneut Rosemary. »Wen hättest du gerne mal als männlichen Filmpartner?«

Auch da musste sie nicht lange überlegen, denn sie träumte seit Ewigkeiten davon, einmal mit einem ganz bestimmten Schauspieler zusammen zu drehen. Leider hatte sich bisher nichts ergeben, aber würde sie eine Rolle in einem seiner Filme angeboten bekommen, würde sie nicht zögern zuzusagen. Und wenn sie nur seine Sekretärin spielen sollte. Oder seine Friseurin. Oder von ihr aus auch seine Schuhputzerin. »Leonardo DiCaprio«, sagte sie. »Ganz klar. Ich bin total vernarrt in ihn.«

»Ja, ich kann mich erinnern, wie du ihn damals schon angeschmachtet hast, wenn wir uns *Romeo und Julia* oder *Titanic* angesehen haben«, erinnerte sich Lucinda.

»Hattest du nicht sogar ein Leo-Album? In das du jeden noch so kleinen Artikel geklebt hast?«, fragte Jennifer.

Michelle lachte. »Sie hatte sogar ein Kästchen mit Köpfen drin.«

»Wie, mit Köpfen?«, fragte Jennifer mit großen Augen nach.

»Mit ausgeschnittenen Köpfen von Leo. Aus Zeitschriften und so weiter.«

»Gruselig«, fand Jennifer.

Rosemary musste lachen. »Ihr werdet es nicht glauben, aber dieses Kästchen habe ich immer noch.«

»Oh Gott, warum bewahrst du denn so was auf?«

»Na, ich bewahre vieles aus meiner Kindheit auf und auch aus den Jahren danach. Ich habe einen ganzen Lagerraum mit Erinnerungen. Mit Kostümen aus Filmen und von Preisverleihungen. Und auch mit Dingen, die mich an unsere frühen Jahre erinnern. Ich kann die doch nicht einfach wegwerfen. Bewahrt ihr denn gar nichts auf?«

»Als ich damals nach Texas ging, habe ich nur mitgenommen, was in meine beiden Koffer gepasst hat. Ehrlich gesagt, weiß ich gar nicht, was meine Eltern mit meinen Sachen gemacht haben, als sie das Haus geräumt haben und nach Florida gezogen sind.«

»Florida …«, schwärmte Jennifer. »Da könnte ich auch mal wieder hin. Vielleicht für ein Wochenende.«

»Vielleicht auf Hochzeitsreise?«, schlug Lucinda vor.

»Nein, nein, ich möchte nur mal wieder ans Meer, einfach ein paar Tage entspannen. Und Hemingways Katzen streicheln.«

»Hemingways Katzen?«, fragte Michelle nach.

»Ja. In Key West steht doch das alte Haus von Ernest Hemingway. Man kann es besichtigen.«

»Aber der ist doch schon seit Ewigkeiten tot, oder? Da sollte man doch meinen, die Katzen wären es auch.«

»Die Legende besagt aber, dass er in den Dreißigerjahren von einem Schiffskapitän eine weiße Katze geschenkt bekommen hat. Die nannte er Snow White. Das Besondere an dieser Katze war, dass sie statt wie gewöhnlich keine fünf, sondern sechs Zehen an den Vordertatzen hatte. Das galt damals als Glück bringend. Hemingway entwickelte eine richtige Liebe zu den Vierbeinern und ließ Snow White sich fleißig fortpflanzen. Und auch heute nach seinem Tod leben Snow Whites Nachkommen auf seinem Anwesen, inzwischen sollen es über fünfzig Stück sein, und über die Hälfte von ihnen haben sechs Zehen.«

»Wow! Wahrscheinlich hatte er deshalb solchen Erfolg mit seinen Büchern«, sagte Michelle. »Die Katzen haben ihm Glück gebracht.«

»Ja, wahrscheinlich haben sie das.«

»Du solltest Reiseleiterin werden«, scherzte Rosemary. »Du hast das echt drauf mit dem Geschichtenerzählen.«

»Ja, wenn ich den Beruf der Anwältin irgendwann satthabe, ziehe ich es vielleicht in Erwägung.« Sie zwinkerte ihr zu.

»Sag mal, Jenny, was meintest du eigentlich damit, dass du einfach mal entspannen willst?«, fragte Lucinda. »Ich dachte, das machst du gerade bei uns?«

»Na, du weißt schon, was ich meine. Einfach am Strand liegen und nichts tun, das würde ich auch gerne mal wieder machen. So sehr ich die Orangentage liebe, sind sie ja nun nicht gerade Entspannung pur, oder? Ich meine, wir stehen die Hälfte der Zeit in der Küche, ich musste Hunderte von Orangen auspressen, und mein Laptop ruft die ganze Zeit nach mir.«

»Du musstest ihn ja unbedingt mitbringen.«

»Ja, das musste ich, so leid es mir tut. Und ich denke, ich muss später auch noch ein bisschen arbeiten. Natürlich erst, wenn ihr alle schlaft, keine Sorge.«

Rosemary sah Jennifer an und machte sich trotz ihrer Worte Sorgen. Was war das denn für ein Leben, das nur aus Arbeit bestand? Jennifer konnte froh sein, überhaupt einen Mann gefunden zu haben, der das mitmachte. Sie musste zugeben, dass sie total gespannt auf Daniel war, morgen würden sie ihn ja alle endlich kennenlernen. Das hoffte sie zumindest.

Sie drehte die Flasche erneut, und sie landete abermals bei ihr. »Oh Mann, das darf doch nicht wahr sein, soll ich mir jetzt selbst eine Frage stellen, oder wie?«

Michelle lachte. »Ich übernehme das gerne für dich. Darf ich?«

»Nur zu!«

»Mich würde interessieren, welche Lebensmittel du am meisten vermisst. Du hältst dich doch strikt an deine Hollywooddiät, oder?«

»Oh, eine gute Frage. Am allermeisten vermisse ich ehrlich gesagt Kohlenhydrate. Ich bekomme doch immer diese Low-Carb-Gerichte geliefert, und es kommt schon mal vor, dass ich Spaghetti so sehr vermisse, dass ich davon träume. Oder Pizza. Oder einfach nur Brot.«

»Ich könnte das nicht. Essen ist mein liebstes Hobby. Ich meine natürlich, Kochen ist mein liebstes Hobby, aber essen tue ich das Gekochte dann auch sehr gerne.« Michelle errötete ein wenig.

Ja, das ist nicht zu übersehen, dachte Rosemary. Und so gut Michelle die Pfunde standen, dürfte sie sich das bei ihrem Job nicht erlauben. Sie würde wahrscheinlich sofort gefeuert und ersetzt werden, wenn sie plötzlich dreißig Kilo mehr auf der Waage hätte.

»Ich esse auch für mein Leben gern«, stand Lucinda Michelle bei, die Rosemary noch immer betrachtete. Denn ihr fiel plötzlich nicht mehr nur auf, dass sie seit dem letzten Sommer noch ein bisschen runder geworden war. Ihr entging auch etwas anderes nicht. Der nasse T-Shirt-Ärmel ihrer Freundin war hochgerutscht und entblößte etwas, das nach einem riesigen Bluterguss aussah! Als Michelle ihre Blicke spürte, zog sie sich den Ärmel schnell runter und tat so, als wäre nichts gewesen. Allerdings konnte Rosemary ihre innere Angst förmlich spüren. Sie sah zu den anderen. Ob die es wohl auch gesehen hatten? Doch dem schien nicht so, denn sie plapperten einfach fröhlich weiter.

»Ich komme oft gar nicht zum Essen, oder ich hole mir nur schnell einen Salat oder ein Sandwich unten im Deli an der Ecke vom Büro«, meinte Jennifer. »Na ja, außer wenn ich mit Daniel verabredet bin und wir essen gehen.«

»Was wahrscheinlich auch nur einmal im Jahr, und zwar am Valentinstag, vorkommt, hab ich recht?«, fragte Lucinda.

»So ungefähr.« Jennifer hob die Achseln hoch. »Es hat halt nicht jeder Zeit für die Liebe.«

»Die solltest du dir aber ganz dringend nehmen«, riet Rosemary ihr, auch wenn sie mit ihren Gedanken noch immer bei Michelle war. »Sonst endest du noch als einsame alte Jungfer.«

»Nimm ja den Heiratsantrag an!«, sagte Lucinda, und Jennifer wurde ernst.

»Ihr wisst, was ich letzte Nacht getan habe. Wenn Daniel davon erfährt, wird er mich gar nicht mehr heiraten wollen.«

»Er muss es ja nicht erfahren«, sagte ausgerechnet Michelle. »Daniel hört sich nach dem perfekten Fang an, den darfst du nicht so einfach entwischen lassen.«

»Du meinst also, ich soll ihn anlügen?«

»Nicht anlügen. Aber du musst es ihm ja auch nicht gerade auf die Nase binden. Montag seid ihr wieder in Atlanta, und Bakersfield, das Bluegrass-Fest und Benny Grimes sind Tausende Meilen weit weg. Es war ein Ausrutscher, und der ist dir passiert, bevor ihr verlobt, geschweige denn verheiratet wart. Shit happens.«

»Michelle!«, sagte Rosemary verwundert. Solche Worte hätte sie nie und nimmer erwartet, aus ihrem Mund zu hören. Es schien sich einiges aufgestaut zu haben, das jetzt endlich rauswollte. Und wieder fragte sie sich, wo der blaue Fleck an ihrem Oberarm wohl herstammte. Er hatte eine ganz merkwürdige Form gehabt. Und in diesem Moment wurde Rosemary bewusst, dass sie selbst nicht die Einzige war, die etwas unter ihrem T-Shirt versteckte. Sie schalt sich selbst dafür, es nicht früher erkannt zu haben. Ja, sie hatte gewusst, dass Michelle nicht die glücklichste aller Ehen führte, aber jetzt fragte sie sich, ob Russel Michelle gegenüber vielleicht sogar handgreiflich wurde. Sie musste ihre Freundin dringend darauf ansprechen, denn wenn dem wirklich so war, mussten sie ihr unverzüglich helfen.

Als hätte Michelle ihre Gedanken gelesen, sagte sie: »Ich glaube, ich gehe noch ein bisschen schwimmen«, und sprang ins Wasser, bevor irgendjemand etwas sagen konnte.

Und während Michelle davonschwamm, wandte Rosemary sich an Jennifer und Lucinda. »Sagt mal, habt ihr das auch gesehen?«, fragte sie.

»Was meinst du?«, wollte Lucinda wissen.

»Den Bluterguss auf Michelles Oberarm. Ihr Shirt war vorhin hochgerutscht, da konnte ich einen Blick darauf erhaschen.«

»Ich hab nichts gesehen.«

»Er war ziemlich groß, glaub ich, und ganz merkwürdig geformt.«

»Scheiße, glaubst du etwa, der stammt von Russel?«, fragte Jennifer gleich mit aufgebrachter Stimme.

»Das weiß ich nicht. Wir sollten auch nicht vorschnell urteilen. Aber wir müssen mit ihr reden, oder was meint ihr?«

Lucinda sah hinaus auf den See, wo Michelle nur noch eine winzige Gestalt war. »Das müssen wir unbedingt. Aber nicht sofort. Der richtige Zeitpunkt wird kommen.«

Sie alle sahen einander besorgt an und nickten dann im Einklang.

Kapitel 20

Sie fuhren in Rosemarys Cabrio zurück zur Farm, und Michelle ließ sich den Fahrtwind ins Gesicht wehen. Auf Rosemarys Playlist sang gerade Ricky Martin *Livin' La Vida Loca*, und sie alle sangen lauthals mit, wie sie schon vor zwanzig Jahren so gern dazu gesungen und getanzt hatten, was die eher betrübte Stimmung der letzten halben Stunde wieder hob.

Michelle wusste gar nicht, was mit ihr los war. Erst der Streit mit Jennifer, dann das schreckliche Telefonat mit Russel, und als wäre das nicht genug gewesen, hatte Rosemary auch noch ihren Bluterguss entdeckt, als ihr der Ärmel hochgerutscht war. Da war sie sich ganz sicher, denn danach hatte sie sie die ganze Zeit so merkwürdig angesehen. Sie ärgerte sich, kein Langarmshirt angezogen zu haben, aber die Hitze war kaum auszuhalten, und wer schwamm schon mit einem Langarmshirt? Viel mehr noch ärgerte sie sich aber darüber, dass Russel ihr die wunderbaren Orangentage verdarb, auf die sie sich das ganze Jahr so gefreut hatte. Und am allermeisten ärgerte sie sich über sich selbst, dass sie ihren Freundinnen noch immer nicht die Wahrheit gesagt hatte. Sie hatte halt einfach Angst, dass sie eine Riesensache daraus machen würden. Jennifer, die ja als Kind ebenfalls körperliche Gewalt erfahren hatte, würde sie nicht so leicht damit durchkommen lassen, noch immer bei Russel zu bleiben. Aber Jennifer verstand es eben nicht, sie war keine Mutter. Sie wusste nicht, dass sie all das allein für ihre Kinder ertrug.

»Hast du extra einen Mix mit alten Songs aus unserer Jugend zusammengestellt?«, erkundigte sich Jennifer, als der Song zu Ende war.

»Ja, mir war einfach nach diesen alten Liedern«, entgegnete Rosemary, während Enrique Iglesias sein *Rhythm Divine* anstimmte.

Michelle verstand genau, was sie meinte. Jedes Mal, wenn sie zu Hause bei der Hausarbeit Radio hörte und irgendein Lied von damals ertönte, überkam sie ein Gefühl von Nostalgie. Auch dann sang sie laut mit, während sie das Steak fürs Abendessen marinierte, die Cookies für die Kinder in den Ofen schob oder Russels Hemden bügelte. Russel war Filialleiter eines Fast-Food-Restaurants und sehr darauf bedacht, bei der Arbeit seriös zu erscheinen. Deshalb bestand er darauf, jeden Tag eine frisch gewaschene und gebügelte Uniform zu tragen. Vor diesem hatte er einen weitaus besseren Job gehabt, als Betriebsleiter einer Fabrik für Footballzubehör. Den Job hatte er allerdings nicht halten können, wie schon unzählige davor, weil er sich mit seinen Ausrastern nicht gerade beliebt gemacht hatte bei seinen Mitarbeitern, und erst recht nicht bei seinen Vorgesetzten. Michelle war es egal, als was Russel arbeitete, Hauptsache, er ging morgens aus dem Haus und kam erst abends wieder zurück.

Jetzt fuhren sie die Straße an der Farm vorbei, und Michelle fielen wieder die vielen ausgetrockneten Bäume auf, die irgendwie total traurig aussahen. Sie hätte heulen können bei deren Anblick, konnte sie sich doch daran erinnern, wie grün sie einmal ausgesehen und wie viele Orangen sie getragen hatten. Sie waren einmal so voller Leben gewesen – genau wie sie.

Sie fuhren aufs Grundstück und parkten in der Einfahrt. Michelles Blick fiel nun auf die Bäume, die direkt an den Garten angrenzten. Im Gegensatz zu den hinteren waren diese prall gefüllt mit saftigen Früchten. »Darf ich mir ein paar Orangen pflücken?«, fragte sie, als sie alle in Richtung Haus gingen.

»Klar. Du kannst dir aber auch einfach welche aus der Scheune holen. Dort habe ich kistenweise Orangen.«

»Ich pflücke lieber welche«, sagte sie und durchquerte den Garten, wobei ihr die hübschen Rosen auffielen, die in allen nur erdenklichen Farben blühten. Lucinda hatte wirklich ein Händchen für Pflanzen. Michelle selbst hatte zu Hause nur einen winzigen Vorgarten, und doch hätte sie ebenfalls gern etwas angepflanzt. Kräuter zum Beispiel, mit denen sie kochen könnte. Doch Russel hatte ihr mehr als einmal gesagt, dass er kein »Unkraut« im Garten haben wollte. Es gab ein wenig Rasen, den Charles einmal die Woche mähen musste, um sich sein Taschengeld zu verdienen, und das war's auch schon. Mit Rosen brauchte sie Russel gar nicht erst zu kommen.

»Ich komme mit«, hörte sie Jennifer rufen, und als sie sich umdrehte, sah sie, dass sie ihr folgte.

»Du kannst ruhig schon ins Haus gehen«, sagte sie ihrer Freundin. »Ich schaff das auch allein.«

»Das weiß ich«, erwiderte Jennifer, deren Haar noch immer ganz feucht war. »Ich wollte mich aber noch mal in aller Form bei dir entschuldigen. Es war echt mies von mir, wie ich mit dir geredet habe.«

»Du hast dich doch schon entschuldigt, oder hast du das

bereits vergessen?« Sie versuchte, Jennifer anzulächeln, auch wenn der Vorfall immer noch ein wenig an ihr nagte.

»Ich finde aber, dafür muss ich mich mindestens doppelt entschuldigen.« Ihre Freundin lächelte sie so herzlich an, dass sie ihr nicht länger böse sein konnte.

»Okay. Vergeben und vergessen«, sagte sie die Worte aus ihrer Kindheit, die sie einander immer nach einem Streit gesagt hatten.

»Danke.« Jennifer umarmte sie und strich ihr über den Rücken, und plötzlich war Michelle nach Weinen zumute.

Wie sehr sie es vermisste, eine Freundin zu haben, die sie in den Arm nahm, die für sie da war, wenn es ihr schlecht ging. Wie sehr bräuchte sie das manchmal, doch es war natürlich unmöglich, mal eben nach Lamont, Malibu oder Atlanta zu sprinten, um sich eine Umarmung abzuholen. Die Einzigen, die sie zu Hause umarmten, waren ihre Kinder, aber vor denen versuchte sie, ihre Sorgen so gut wie möglich zu verbergen.

Als Jennifer sich von ihr lösen wollte, hielt sie sie besonders fest. »Noch ein bisschen, ja?«, bat sie.

»Na klar.« Ihre Freundin hielt sie noch eine ganze Weile und ließ erst los, als sie es ebenfalls tat.

»Das hat wirklich gutgetan«, sagte sie.

»Ist alles wieder okay zwischen uns?«, wollte Jennifer wissen.

Michelle nickte. »Alles wieder okay«, antwortete sie ehrlich.

»Dann bin ich beruhigt. Hast du sonst noch irgendwas auf dem Herzen?« Jennifer sah sie auf eine Weise an, die sie nicht richtig deuten konnte. Ermutigend würde sie fast meinen.

Sie schüttelte den Kopf, denn obwohl es die perfekte Gelegenheit gewesen wäre, sich endlich einmal auszusprechen, konnte sie es einfach nicht über sich bringen.

Jennifer nickte und blickte hoch zu den vollbehangenen Ästen des Baums. »So, was hast du nun eigentlich vor mit den Orangen?« Sie begann, ein paar der Früchte zu pflücken, und griff dabei extra nach denen mit den grünen Flecken, die Lucinda ja nur so schwer loswurde.

»Ich hatte da eine Idee.« Sie lächelte. »Und ich glaube, sie wird euch gefallen.«

»Oooh, ich bin gespannt.« Jennifer grinste sie an.

Als sie genug Orangen beisammenhatten, gingen auch sie ins Haus. Auf dem Weg konnte Michelle sich aber doch nicht verkneifen zu fragen: »Sag mal, wenn dein Daniel morgen nach Bakersfield kommt, werden wir ihn denn dann auch kennenlernen?«

Jennifer blieb abrupt stehen. »Das wird sich wohl nicht vermeiden lassen, oder?«, sagte sie, nachdem sie überlegt hatte.

»Ich kann es kaum erwarten«, wollte sie frech sagen, doch es kam etwas ganz anderes aus ihrem Mund, nämlich: »Ich hoffe, er wird dir ein besserer Ehemann sein als meiner mir. Du hast es ehrlich verdient.«

Jennifer sah sie mitleidig an, und sie wusste, wenn sie nicht in beiden Händen Orangen jongliert hätte, dann hätte sie jetzt nach ihrer Hand gegriffen und sie gedrückt.

Doch so hielten sie einfach ihre Orangen und wechselten ein paar Blicke, die Bedauern ausdrückten. Und dann gingen sie zu den anderen, um einen wunderbaren Abend zu erleben.

»Michelle hat eine Idee!«, verkündete Jennifer, als sie zusammen mit Michelle ins Haus kam.

»Na, da bin ich gespannt. Ich hab hier gerade meine Mutter dran. Sie hat endlich herausgefunden, wie Facetimen geht.« Lucinda lachte und hielt ihren Freundinnen ihr Handy entgegen.

Michelle und Jennifer winkten in die Kamera.

»Huhu, ihr Süßen, wie geht es euch?«

»Gut!«, riefen ihr beide zu. »Und dir?«

»Ganz wunderbar. Ich war heute mit meiner Schwester auf einem Antiquitätenmarkt, und wir haben eine alte Kommode erstanden, die wir restaurieren wollen.«

»Das hört sich toll an«, sagte Michelle.

»Ich habe schon von Rosemary gehört, was sich in ihrem Leben so tut, und habe ihr dringend dazu geraten, die Rolle in dem Ryan-Reynolds-Film anzunehmen. Der ist nämlich ein richtiges Schnuckelchen, wenn ihr mich fragt.« Sie alle mussten lachen. »Und nun erzählt mir mal: Was gibt es denn bei euch Neues?«

»Nicht viel«, sagte Michelle. »Meine Kinder wachsen und gedeihen. Cara hat vor zwei Wochen zum ersten Mal ihre Periode bekommen.«

Lucinda musste schmunzeln. So etwas konnte echt nur von Michelle kommen.

Auch ihre Mutter lachte und sagte: »Dann ist sie ja jetzt schon eine richtige kleine Frau. Und bei dir, Jenny? Wirst du den Antrag annehmen?«

Lucinda vernahm, wie ihre Freundin böse zu ihr rüberschielte. Dann sagte sie ihrer Mutter: »Du bist anscheinend schon auf dem Laufenden. Und was deine Frage betrifft, weiß ich es noch nicht. Du wirst aber sicher die Erste sein, die es erfährt, wie ich Lucy kenne.«

Lucinda biss die Zähne aufeinander. Ja, das könnte tatsächlich sein. Sie erzählte ihrer Mutter nämlich so gut wie alles. Das musste sie auch, denn Liliana Gordon war eine Person, die keine Ruhe gab, bis sie nicht alles aus einem herausgequetscht hatte.

»Prima. Ich will euch auch gar nicht weiter aufhalten. Viel Spaß noch! Genießt die Orangentage.«

Wieder winkten alle, und Lucinda drehte das Handy zurück in ihre Richtung. »Danke, Mom. Und dir viel Spaß beim Restaurieren! Grüß Tante Valentina von mir!«

»Das werde ich. Ich hab dich lieb. Und melde dich noch mal vor deinem Date am Montag, damit ich dir ein paar Ratschläge geben kann.«

»Okay.« Lucinda drückte ihre Mutter weg und verdrehte die Augen. »So. Weiter im Programm. Was für eine Idee hatte Michelle?«, fragte sie und sah zuerst ihre Freundin an und dann den Haufen Orangen, den Michelle und Jennifer auf der Arbeitsplatte abgeladen hatten.

»Ich weiß es auch noch nicht«, sagte Jennifer. »Sie hat noch nicht verraten, worum genau es geht. Aber ich nehme mal an, es hat etwas mit Orangen zu tun.« Sie schmunzelte.

»Das glaube ich auch.« Rosemary lachte. »Habt ihr einen ganzen Baum leergepflückt, oder wie?«

»So ungefähr«, lachte auch Jennifer.

»Also, Mädels, passt auf!«, sagte Michelle voller Vorfreude. »Erinnert ihr euch noch an *Orange on the Beach*?«

Alle begannen gleichzeitig zu lachen.

»Oh mein Gott, unser selbst kreierter Cocktail!«, rief Lucinda, denn sie erinnerte sich, als wäre es erst gestern gewesen. Als sie ungefähr vierzehn waren, hatten sie alles cool gefunden, was die älteren Kids schon durften beziehungsweise auch noch nicht durften, aber einfach machten. Wie zum Beispiel rauchen, Auto fahren, Filme mit Altersbeschränkung gucken und Alkohol trinken. Und so hatten sie sich Kaugummizigaretten besorgt und so getan, als würden sie auch rauchen. Sie hatten sich ans Steuer von Hanks oder Miguels Wagen gesetzt und so getan, als würden sie damit fahren. Sie hatten sich einen Horrorfilm aus Marias Filmsammlung »ausgeliehen« und mit zugehaltenen Augen Freddy Krueger dabei zugesehen, wie er Teenager abmurkste. Und sie hatten sich einen Cocktail gemixt, der fast so aussah wie die coolen Cocktails, die die Leute in Al's Bar im Zentrum von Lamont tranken. Manchmal hatten sie mit ans Fenster gepressten Gesichtern draußen am Fenster gestanden und ihnen dabei zugesehen, bis Al sie verscheucht hatte.

Einmal war Jennifer auf die Idee gekommen, aus dem Vorrat ihres Vaters etwas abzuzweigen, und hatte ein wenig aus seiner Wodkaflasche in eine leere Sprite-Flasche umgefüllt. Sie hatten sich selbst Cocktails gemischt, von denen ihnen aber so übel geworden war, dass sich zwei von ihnen sofort übergeben mussten, und zwar Rosemary und Michelle. Danach hatten sie alle dem Alkohol abgeschworen und sich stattdessen lieber ein eigenes cooles Cocktail-Rezept ausgedacht. Dies beinhaltete natürlich Orangensaft, dazu Ginger Ale und ein paar Spritzer Zitrone. Und das Highlight war eine der Chilischoten, die Lucindas Mutter immer in langen getrockneten Bündeln in der Küche hängen hatte. Sie brachte die gewisse Schärfe rein, und der Drink wirkte dadurch beinahe so hochprozentig wie richtiger Alkohol.

»Wollen wir uns den mixen?«, fragte Michelle.

»Da fragst du noch?«, meinte Jennifer lachend.

»Na, logisch!«, rief Lucinda. Da war sie auch sofort dabei.

»Super! Dann brauchen wir jetzt nur jemanden, der die Orangen auspresst«, sagte Rosemary, und sie alle drei sahen sofort Jennifer an.

Die seufzte. »Na, dann mal her mit der Saftpresse! Ich bin ja inzwischen schon so was wie ein Profi.«

Sie lachten, und Lucinda reichte ihr die Presse. Sie selbst ging hinüber zu den extrem scharfen Chilischoten, die ihre Mutter ihr noch immer vom mexikanischen Markt besorgte und schickte oder ihr bei einem ihrer Besuche mitbrachte.

Michelle hingegen öffnete den Kühlschrank und suchte nach einer Flasche Ginger Ale, von dem sie glücklicherweise noch eine dahatten. Michelle fand aber auch noch einige andere Dinge und rief sogleich aus: »Oh, lecker, frische Limonade, wann hast du die denn gemacht, Lucinda?«

»Gar nicht«, erwiderte sie. »Das war Rosemary.« Das hatte sie ihr stolz erzählt, als sie eben zurück ins Haus gekommen waren.

»Ehrlich? Das hätte ich dir ja gar nicht zugetraut, Rosie«, kam es von Jennifer.

Rosemary tat auf beleidigt. »Was? Du traust mir nicht mal zu, Limonade hinzubekommen?«

»Ähm, ehrlich gesagt, dachte ich, dass du so was nie selbst machen musst. Hast du nicht zig Angestellte, die solche Sachen für dich erledigen?«

»Hey, nun hör aber mal! Wir haben lediglich eine Nanny, die sich um unsere Tochter kümmert, während Edward und ich arbeiten gehen. Alles andere machen wir selbst.«

»Wirklich? Ich dachte, das Kochen übernimmt auch jemand anderes für euch.«

»Das übernimmt auch die Nanny, aber nur, weil sie so gerne kocht. Ja, okay, meine Low-Carb-Gerichte werden mir geliefert, aber …«

»Und was ist mit eurem Garten? Wer kümmert sich um den?«

Oje, dachte Lucinda. Jennifer sollte gut aufpassen, dass

sie es sich heute nicht mit ihnen allen verscherzte. Aber Rosemary wusste zu kontern.

»Du, das mache ich tatsächlich ganz allein. Ich liebe Gartenarbeit, das entspannt mich total nach einer langen und anstrengenden Drehphase.«

»Darf ich auch noch etwas fragen?«, wollte Michelle wissen und hob die Hand, als würde sie sich in der Schule melden.

»Na klar.«

»Du hast doch diese imposante Villa. Wer hält die denn sauber? Das ist doch sicher eine ganze Menge Arbeit. Ich meine, ich brauche ewig, um mein kleines Haus zu putzen.«

»Okay, ihr habt mich erwischt«, gestand Rosemary. »Dafür haben wir tatsächlich eine junge Mexikanerin engagiert, die uns zweimal die Woche zur Hand geht.«

»Ha!«, machte Jennifer.

»Was willst du eigentlich? Bezahlst du überhaupt niemanden dafür, dir zu helfen?«

»Hmmm«, machte Jennifer. »Ja, ich geb's zu, ich bringe meine komplette Garderobe zur Reinigung. Aber nur, weil ich einfach keine Zeit zum Wäschewaschen habe.«

Oh Mann, dachte Lucinda, die haben es alle so gut. Nicht, weil sie es sich leisten konnten, andere ihre Arbeit machen zu lassen. Sondern weil sie beruflich so eingespannt waren, dass sie für die normalsten Dinge selbst keine Zeit hatten. Wie sehr sie sich wünschte, auch mal wieder so viel zu tun zu haben. In den letzten Monaten aber hatte sie sich mehr gelangweilt als irgendetwas sonst. Sie freute sich schon immer auf die Markttage Dienstag, Freitag und Samstag, wo sie in Edison, Wasco und Lamont ihre Waren verkaufte. Nur aus Langeweile hatte sie eigentlich angefangen, auch andere Dinge mit ihren Zitrusfrüchten auszuprobieren. Und genau davon entdeckte Michelle jetzt etwas im Kühlschrank.

»Uuuh, was ist denn das Leckeres?«, fragte sie und holte die Tupperdose heraus, um den Deckel zu öffnen. »Lucinda! Wolltest du uns die hier etwa vorenthalten?«

»Natürlich nicht. Bedient euch gerne.«

»Was hast du denn da?«, wollte Rosemary wissen, und auch Jennifer trat näher.

»Das sind kandierte Orangen, die ich in geschmolzene Zartbitterschokolade getunkt habe.«

»Wow, sehen die gut aus!«, fand Rosemary und nahm sich eine der süßen Scheiben, die zur Hälfte von köstlicher Schokolade umhüllt waren. Sie biss ab und machte: »Mhmmmmmm.«

»Soll das heißen, sie schmecken dir?«, fragte sie lachend.

»Oooh ja, genau das soll es heißen. Die sind einfach unglaublich!«

»Voll stabil!«, fand auch Michelle.

»Haha. Voll stabil?«, wiederholte Jennifer ihre Worte.

»Das sagen meine Kinder ständig. Man übernimmt so einiges, sag ich euch. Neulich hab ich den Postboten Holzkopf genannt.« Michelle errötete leicht und biss noch einmal in ihre kandierte Orangenscheibe.

»Etwa laut?«, fragte Rosemary schockiert.

»Nein, natürlich nicht. Nur in Gedanken.«

»Du bist ja voll die Schlimme«, sagte Jennifer.

»Finde ich auch«, stimmte Michelle zu. »Schade, sie sind leider schon alle«, sagte sie dann, nachdem jede noch einmal in die Dose gegriffen hatte. »Können wir nicht davon welche machen? Dieses Wochenende?«, bat sie.

»Da wäre ich sogar dabei, die sind absolut fantastisch«, meinte Rosemary.

»So gern ich welche mit euch machen würde, ist es doch sehr aufwendig, Früchte zu kandieren«, musste Lucinda ihre Freundinnen leider enttäuschen. »Das dauert mehrere Tage. Und die Schokolade würde bei der Hitze sofort schmelzen, nach Hause könntet ihr sie nicht mitnehmen. Deshalb bewahre ich sie ja im Kühlschrank auf.«

»Wie schade«, fand Michelle.

»Ja, und vor allem schade, dass sie schon alle sind. Hast du nicht noch irgendwas Süßes da?«, fragte Rosemary, die anscheinend auf den Geschmack gekommen war.

»Hmmm, wartet mal, ich hab da noch ein paar Tüten Orangenbonbons übrig«, sagte sie und ließ ihre Freundinnen stehen, um in die Scheune zu gehen, wo sie all ihre Waren aufbewahrte. Dort hatte sie ständig die Klimaanlage laufen, die natürlich auch noch mal kostete, bei der Hitze aber unumgänglich war, damit die Waren, besonders die frisch gepflückten Früchte, nicht verfaulten.

Sie holte die letzten drei Tüten Orangenbonbons aus dem Karton und überreichte jeder ihrer Freundinnen eine, als sie zurück in der Küche war.

»Sind die selbst gemacht?«, fragte Jennifer.

»Etwa von dir?«, erkundigte sich Rosemary.

»Oh ja, stimmt, die hatten wir auch mit auf dem Markt. Innerhalb von zwei Stunden waren alle zwanzig Tüten ausverkauft, sie müssen also wirklich gut sein«, erinnerte sich Michelle und öffnete ihre Tüte. Sie steckte sich ein Bonbon in Herzform in den Mund und hielt Rosemary und Jennifer ihre Tüte hin, damit sie sich auch eins nehmen konnten.

»Oh mein Gott! Bin ich im Himmel?«, rief Rosemary.

»Beste Orangenbonbons, die ich je gegessen habe!«, fand auch Jennifer.

»Meine Kids würden die lieben«, meinte Michelle. »Ich

kann aber nicht versprechen, dass noch welche übrig sind, bis ich wieder zu Hause bin.«

Lucinda strahlte vor Freude und vor Stolz. Sie hatte einige Zeit gebraucht, bis sie die Bonbons so hinbekommen hatte, dass sie ihrer Ansicht nach perfekt waren. Seit gut einem halben Jahr verkaufte sie sie nun auf dem Markt und hatte bisher nur Komplimente bekommen. Dass ihre besten Freundinnen ihre Bonbons jetzt aber auch so priesen, machte sie besonders glücklich.

»Können wir die machen?«, fragte Michelle natürlich gleich.

»Also, eigentlich ist es ein Geheimrezept, aber mit euch teile ich es natürlich gerne. Vielleicht kommen wir morgen noch dazu, heute lasst uns aber erst mal das machen, was wir geplant haben. Habt ihr schon alle Hunger? Soll ich den Lieferdienst anrufen?« Ihr fiel wieder ein, dass sie von den leckeren Spaghetti kaum etwas gegessen hatten, ihr selbst knurrte schon der Magen.

»Es ist erst halb sieben«, meinte Jennifer. »Wollen wir uns nicht noch ein Stündchen nach draußen setzen? In die Sonne? Wir könnten unsere Cocktails trinken und reden.« Lucinda entging nicht, dass sie dabei einen Blick in Richtung Michelle warf. Anscheinend wollte sie ihr die Gelegenheit geben, sich auszusprechen, falls sie das denn wollte.

»Das ist eine sehr gute Idee«, sagte sie deshalb, nahm ihr Cocktailglas in die Hand und ging auf die Veranda.

Kapitel 21

Sie saßen, ganz wie in alten Zeiten, auf der Veranda und schlürften Cocktails. Die Sonne schien noch immer so warm auf sie herab, dass man hätte denken können, es wäre Mittagszeit. Doch wer besonders aufmerksam war, sah, dass sie nicht mehr so hoch am Himmel stand. In wenigen Stunden würde sie untergehen, und das bedeutete, dass bereits ihr zweiter Tag auf der Orangenfarm zu Ende gehen würde. Allein der Gedanke daran machte Rosemary traurig. Sie sog noch einmal an ihrem Strohhalm und suchte dann nach der Chilischote am Grund des Glases. Sie stupste sie mit dem Halm an und seufzte.

»Alles okay?«, hörte sie Lucinda fragen.

Sie sah zu ihr auf und nickte. »Alles okay. Ich bin nur traurig, dass mehr als die Hälfte unserer Zeit bereits um ist.«

»Das macht mich auch ganz traurig«, sagte Michelle und trank die letzten Schlucke ihres Cocktails. Dann stellte sie das Glas auf dem Boden neben dem Schaukelstuhl ab, auf dem sie saß. Es war Lilianas Stuhl gewesen, Rosemary erinnerte sich gut, dass sie immer darauf gesessen hatte. Nicht nur früher, als sie noch Kinder gewesen waren, sondern auch noch danach, als sie alle als Erwachsene zurückgekehrt waren. Die ersten zwei Jahre, in denen sie die Orangentage zelebriert hatten, hatte Lucindas Mutter ja selbst noch auf der Farm gelebt. Da hatte sie ihnen köstliche mittelamerikanische Gerichte gekocht und hatte auch immer den einen oder anderen guten Rat parat gehabt. Zum Beispiel das eine Mal, als Rosemary sich nicht sicher war, wie sie mit all dem dummen Klatsch umgehen sollte, nachdem sie einen Film mit Josh Hartnett gedreht hatte. Es war damals so schlimm gewesen, dass sie tatsächlich Angst um ihre Ehe gehabt hatte. Sie hatte überlegt, sich mit einer offiziellen Pressekonferenz an die Öffentlichkeit zu wenden, um die Gerüchte endlich aus der Welt zu schaffen, doch Liliana hatte sie nur lächelnd angesehen und gefragt: »Ist denn auch nur ein Funke Wahrheit an den Gerüchten dran?«

»Natürlich nicht«, hatte sie geantwortet.

»Und was sagt Edward dazu? Ist er eifersüchtig?«

»Nein. Er vertraut mir voll und ganz.« Das tat er wirklich.

»Na, warum machst du dir denn dann solche Gedanken?«

»Weil ich nicht möchte, dass alle Welt denkt, ich betrüge meinen Ehemann.«

Liliana hatte gelacht und ihr geraten: »Dann zeige der Welt, dass sie falschliegt.«

»Deshalb will ich ja eine offizielle …«

»Na, na, na, das geht doch auch viel einfacher«, hatte Liliana sie unterbrochen.

»Und wie?«, hatte sie gefragt.

»Zeige den Leuten, wie glücklich du mit deinem Edward bist. Schaffe ganz einfach alle Zweifel aus der Welt, indem du klarstellst, dass es für dich nur den Einen gibt.«

Da hatte Rosemary es verstanden. In den nächsten Tagen und Wochen hatte sie immer mal wieder ein Foto von sich und Edward in den sozialen Medien gepostet, das keinen Zweifel daran ließ, wie glückselig sie in ihrer Beziehung war. Sie schritt Hand in Hand mit Edward über rote Teppiche und versteckte sich nicht mehr vor den Paparazzi, wenn sie zusammen einkaufen gingen. Zuvor hatte sie es vermieden, Edward im Supermarkt zu küssen oder händchenhaltend am Strand spazieren zu gehen, wenn Fotografen in der Nähe waren. Jetzt war es ihr egal. Jetzt durften ruhig alle daran teilhaben. Es war nicht so, dass sie nun extra für die Kameras posierten, um irgendetwas zu demonstrieren, nein, sie waren einfach nur sie selbst, Edward und sie, und wenige Monate später erfuhr sie, dass sie schwanger war.

Sie musste lächeln. Wie gut erinnerte sie sich daran, dass sie damals als Allererstes Lucinda angerufen hatte, um die frohe Botschaft zu verkünden. Sie hatte ihr und Edward gratuliert, und für Rosemary hatte von Anfang an festgestanden, dass ihre älteste Freundin die Patentante für ihr Kind werden sollte. Lucinda hatte diese Aufgabe freudig angenommen und war kurz nach der Geburt, zur Taufe und seitdem noch zwei weitere Male bei ihr in Malibu gewesen, wenn auch immer nur kurz, weil sie wegen der Farm nie lange wegkonnte.

Die Farm. Sie weckte jedes Mal so viele Erinnerungen. Und wenn sie jetzt ihre Freundinnen betrachtete, packte sie ein unglaublich schlechtes Gewissen, weil sie ihnen so etwas Bedeutendes verschwieg.

Vielleicht war jetzt der Zeitpunkt gekommen, wo sie es ihnen sagen sollte. Auch wenn ihre Freundinnen ihr nicht würden helfen können, so würden sie ihr wenigstens beistehen, und sie wäre nicht ganz allein mit ihrem Kummer.

Sie räusperte sich, und gerade als sie anfangen wollte zu sprechen, kam Lucinda ihr zuvor.

»Okay, Mädels, ich muss euch etwas sagen.«

Sie sah ihre Freundin an. Das klang gar nicht gut. Und sie erkannte in den Augen von Michelle und Jennifer, dass sie ebenso besorgt waren.

»Du kannst uns alles sagen«, ermutigte Michelle sie.

»Wir sind für dich da, egal, was es ist«, meinte Jennifer.

Rosemary nickte zustimmend. Und dann kullerte Lucinda eine Träne die Wange hinunter.

»Hey, alles gut, Süße«, sagte sie und rutschte ein wenig zur Seite, damit Lucinda sich zu ihr in die Hollywoodschaukel setzen konnte.

Sie nahm Platz, wischte sich die Tränen weg und sagte: »Es tut mir unglaublich leid, euch das sagen zu müssen, aber ich glaube, dass dies unsere letzten Orangentage sein werden.«

Rosemary hatte sofort einen Kloß im Hals. Ihre letzten Orangentage? Was meinte Lucinda damit? Das konnte doch nicht sein. Das *durfte* nicht sein!

»Steht es doch so schlimm um die Farm?«, traute Jennifer sich als Erste zu fragen. »Ich habe es mir schon gedacht. Ich habe es dir angesehen, vergiss nicht, ich erkenne es sofort, wenn Menschen schwindeln.«

»Nun ja, geschwindelt habe ich ja eigentlich nicht. Ich hab euch gesagt, dass das Wasser zu teuer geworden ist und mir viele Bäume ausgetrocknet sind. Ich meine, ihr habt es ja selbst gesehen.«

»Aber du hast doch noch genügend Bäume, die Früchte tragen«, sagte Michelle, und man hörte ihr die Verzweiflung an.

»Ja, das stimmt zwar, aber auch die brauchen Wasser. Ich will ehrlich mit euch sein, es steht ziemlich schlecht um die Farm und um mich. Ich kann mir nicht einmal mehr Erntehelfer leisten. Alejandro und ich machen inzwischen alles allein. Und es wird von Jahr zu Jahr schlimmer.«

»Es war also schon die letzten Jahre so? Warum hast du denn nie etwas gesagt?«, fragte Rosemary. Sie konnte es noch gar nicht richtig glauben, dass Lucinda anscheinend kurz vor der Pleite stand, und sie überlegte fieberhaft, wie man ihr helfen könnte.

»Na ja, es lief immer noch so einigermaßen. Aber ungefähr zu dem Zeitpunkt, als meine Mom gegangen ist, war auch die Farm nicht mehr zu retten. Ich hatte es zwar gehofft, so sehr, doch ich bin leider machtlos.«

Rosemary dachte an die grünen Stellen an den Orangen, und jetzt verstand sie erst das ganze Dilemma.

»Aber glaubst du denn nicht, dass es doch noch einen Weg gibt, der Farm wieder zu neuem Glanz zu verhelfen? Irgendeinen Weg?«, fragte sie.

Lucinda schüttelte den Kopf, und sie sah dabei aus, als hätte sie schon aufgegeben. Doch das konnte Rosemary nicht zulassen.

»Bist du denn bereit, schon hinzuschmeißen?«, fragte Jennifer das, was Rosemary dachte. »Ich meine, das bist doch nicht du! So kennen wir dich nicht! Du liebst diese Farm!«

»Ja, das tue ich. Aber ich weiß leider keinen Ausweg.« Sie zuckte mit den Schultern. »Wenn ihr einen wisst, lasst mich gerne daran teilhaben.«

Sie alle wurden still. Alle schienen zu überlegen, wie sie Lucinda helfen könnten, die ganz niedergeschlagen aussah. Dann hatte Jennifer anscheinend eine Idee, denn sie richtete sich freudig auf und lächelte Lucinda strahlend an.

»Du hast doch diese Rezepte aufgeschrieben. All deine

leckeren Orangenrezepte. Was hältst du davon, sie zu veröffentlichen?«, fragte Jennifer, und Lucinda blickte auf. »Ich kenne da eine Verlegerin, die ich mal vertreten habe und die mir noch einen Gefallen schuldig ist. Ich könnte sie ihr zeigen und hören, was sie davon hält.«

»Was genau willst du damit sagen? Wo genau soll ich meine Rezepte denn veröffentlichen? In einer von diesen Koch- und Backzeitschriften?«, fragte sie. Das hörte sich alles ziemlich verrückt an.

»Ich hatte da eigentlich eher an ein eigenes Kochbuch gedacht.«

»Ein Kochbuch?« Nun musste sie doch lachen, trotz aller Traurigkeit. »Du spinnst ja. Wer würde denn ein Kochbuch mit meinen Rezepten kaufen wollen?«

»Na, jeder!«, war Jennifer sich sicher. »Deine Gerichte sind unglaublich. Und vor allem sind sie alle selbst kreiert.«

»Deine Gerichte sind wirklich lecker«, stimmte Rosemary ihr zu.

»Ich würde dein Kochbuch sofort kaufen«, sagte Michelle begeistert. »Das ist so eine tolle Idee.«

»Meint ihr wirklich?«, fragte Lucinda unsicher.

Alle drei Freundinnen nickten überschwänglich.

»Auf jeden Fall!«, meinte Rosemary. »Mach das! Vor allem, wenn Jennifer sogar jemanden kennt, der es verlegen könnte. Und … uh! Wenn es dann auf dem Markt ist, poste ich es in den sozialen Medien, dann verkauft es sich gleich wie von selbst.«

Jennifer lachte. »Nun sei mal nicht so eingebildet.«

»Oh, du unterschätzt den Einfluss einer Hollywooddiva, Liebes. Einmal habe ich ein Foto von mir vor dem Spiegel gepostet, mit meinem Lieblingslippenstift in der Hand. Der war danach in sämtlichen Läden ausverkauft.«

»Okay, okay, was weiß ich schon? Alles, was Lucinda hilft, ist gut. Also, was sagst du nun?« Jennifer sah sie gespannt an, und die anderen auch.

»Das hört sich alles wundervoll an. Aber denkst du wirklich, ein einziges Buch könnte meine Plantage retten?«

»Es muss ja nicht bei dem einen bleiben«, meinte Jennifer. »Wenn du Erfolg damit hast, kannst du noch weitere rausbringen.«

»Also, wenn ich mal meine bescheidene Hausfrauenmeinung äußern dürfte…«, sagte Michelle. »Ich sehe sehr viel fern, und ich weiß, dass nicht nur diese ganzen Kochshows total beliebt sind, sondern auch jede Art von Kochbuch. Vor allem, wenn sie sich auf etwas Besonderes spezialisieren. Ob sie nun vegan sind oder Low-Carb oder ob alle Rezepte einer bestimmten Fernsehserie nachempfunden sind, die Autoren machen damit einen Haufen Geld. Deine könnten doch alle Orangen beinhalten, oder Zitrusfrüchte im Allgemeinen. Das könnte dein Markenzeichen sein. Und wie perfekt, dass du sogar auf einer Orangenfarm wohnst und selbst welche anbaust, das könntest du immer mal wieder einfließen lassen.«

»Besser ginge es wirklich nicht«, war auch Jennifer der Meinung. »Also? Bist du dabei? Darf ich meine Bekannte, die Verlegerin, anrufen?«

Lucinda sah von Jennifer zu Michelle, die Euphorie in den Augen hatte, zu Rosemary, die ebenfalls ganz aufgeregt war.

Was überlegte sie überhaupt noch? Es war den Versuch wert, oder? So verrückt der Gedanke auch war, konnte sie nicht anders, als zu nicken, und dabei kam ein unglaubliches Hochgefühl in ihr auf. Und das lag nicht nur daran, dass es vielleicht doch noch einen Weg gab, die Farm zu retten, auch wenn sie niemals an so etwas gedacht hätte. Nein, vor allem war es Dankbarkeit ihren Freundinnen gegenüber, die sich so für sie einsetzten. Sie wusste zwar, dass bei allen auch ein wenig Eigennutz mitspielte, da keine von ihnen auf die Orangentage verzichten wollte, aber mehr als alles andere wollten sie sie glücklich sehen. Wollten sie ihr helfen. Und sie hoffte von ganzem Herzen, dass es ihnen gelingen würde.

»Ich hab noch eine Idee!«, rief Rosemary und lief kurz ins Haus, um ihre Tüte Orangenbonbons zu holen. Die hielt sie Lucinda jetzt vors Gesicht. »Wie viele kannst du davon herstellen?«

»Ähm. Ich verstehe die Frage nicht. Möchtest du noch mehr davon? Ich habe ja schon gesagt, dass wir morgen vielleicht welche machen könnten.«

»Nein, das meine ich nicht. Ich habe daran gedacht, dass du sie zum Verkauf anbieten könntest.«

Sie verstand noch immer nicht richtig, und auch auf Michelles Stirn sah sie ein Fragezeichen.

»Das tut Lucinda doch schon«, sagte sie. »Heute auf dem Markt haben wir sie verkauft.«

»Ihr müsst größer denken«, forderte Rosemary sie auf. »Viel größer.«

»Ich verstehe noch immer kein Wort. Könntest du bitte einfach deutlicher werden?«, bat Lucinda.

»Okay. Wie wäre es, wenn du die hier übers Internet verkaufen würdest? Die sind so unglaublich gut, die würden sicher weggehen wie nichts. Und du könntest mindestens zehn Dollar pro Packung verlangen.«

»Zehn Dollar?« Sie runzelte die Stirn. Ihre Freundin musste vergessen haben, dass sie hier nicht in einem von ihren hippen Hollywoodläden waren. »Auf dem Markt verkaufe ich sie für vier fünfzig die Tüte.«

»Ach, lass mich nur machen«, sagte Rosemary und holte ihr Handy hervor. »Hast du eine Website?«

»Nein, wozu bräuchte ich denn eine?«

»Ab sofort wirst du eine brauchen. Jennifer, jetzt ist dein Laptop doch noch zu etwas gut. Magst du ihn mal herholen?«

»Okay«, sagte Jennifer und war schon auf dem Weg nach oben.

Im Handumdrehen hatten Jennifer, die sich bestens mit allem Computerzeugs auskannte, und Rosemary, die fürs Marketing zuständig war, Lucinda eine grobe eigene Website erstellt. Sie hatten Fotos von den Orangenbäumen, von den Orangenbonbons und auch noch eins von der Farmerin höchstpersönlich gemacht und reingestellt. Zudem hatten sie alles so eingerichtet, dass man direkt unter dem Foto mit den Bonbons die Bestellanzahl eingeben konnte und direkt zu einer Seite weitergeleitet wurde, wo man seine Kontodaten eintragen musste. Rosemary probierte es aus, und Lucinda erhielt eine E-Mail, dass eine Bestellung eingegangen sei.

»Oh mein Gott, ihr seid verrückt! Ich hoffe, es gehen nicht allzu viele Bestellungen ein.«

Rosemary sah sie verwirrt an. »Aber das ist doch der Sinn und Zweck des Ganzen. Es sollen doch viele Bonbons bestellt werden. Damit du viel Geld damit verdienst und deine Farm retten kannst.«

Mit Orangenbonbons? Sie fand Rosemarys Engagement ja super, aber sie glaubte nicht, dass überhaupt jemand auf ihre Website aufmerksam werden würde. Es sei denn … Oje! Rosemary hatte bereits wieder ihr Handy hervorgeholt. Und sie bat Jennifer, ein Foto von ihnen beiden mit einer Tüte Orangenbonbons zu machen.

Im Nu war das Foto auf Instagram gepostet, und Rosemary hatte dazugeschrieben: *Hey, Leute, ich habe gerade die selbst gemachten Orangenbonbons meiner besten Freundin und Orangenfarmerin Lucinda probiert und glaube, ich bin im Himmel. Wenn ihr auch auf Orangenwolken schweben wollt, könnt ihr die besten Bonbons der Welt hier bestellen: lucindas-orangecandy.com*

Oh Gott, was hatte ihre Freundin da nur getan? Jetzt war sie sich sogar sicher, dass Bestellungen reinkommen würden, und das wahrscheinlich schon sehr bald. Wie und wann sollte sie denn so viele Bonbons herstellen? Ach, warum machte sie sich denn überhaupt solche Sorgen? Ab Montag würden Rosemary, Jennifer und Michelle wieder abgereist sein, und sie würde froh sein, beschäftigt zu sein. Zeit für das Date mit Jonah würde sie sicher trotzdem finden, und dann könnte sie ihm gleich von der Idee erzählen. Sie war gespannt, was er davon hielt.

Ihr Handy bimmelte. Eine E-Mail. Und noch eine. Und noch eine. Sie musste lachen. »Die Aktion war wirklich total lieb von dir, aber wenn ich am Ende in einer Küche voller Orangenbonbons versinke, musst du mir eine Assistentin schicken.«

»Oder ich helfe einfach selbst«, schlug Rosemary vor.

»Ja klar. Du hasst es, in der Küche zu stehen«, erinnerte Michelle sie.

»Nicht, wenn ich es mit euch tue. Und mal ganz ehrlich, ich könnte dir helfen, die ersten paar Ladungen herzustellen. Edward hat mir nämlich angeboten, dass ich ruhig noch ein paar Tage länger bleiben könnte.«

»Ist das dein Ernst?« Sie war mehr als überrascht. Bisher war keine von ihnen länger als bis Sonntagabend geblieben.

»Das ist mein voller Ernst.«

Sie musste Rosemary einfach drücken. »Du bist die Beste!«

»Ich wünschte, ich könnte auch bleiben«, sagte Jennifer, »aber ich habe gleich am Montag einen wichtigen Termin bei Gericht.«

»Ich wünschte, ich könnte für immer bleiben«, meinte Michelle, und alle sahen sie mitleidig an.

Lucinda wünschte sich so, dass sie ihr auch helfen konnten. Nur, wie sollten sie das tun? Sie war noch am Überlegen, als Rosemary sich räusperte. »Ich glaube, ich sollte euch auch etwas erzählen«, sagte sie, und Lucinda überkam wie aus dem Nichts ein ängstliches Gefühl, denn Rosemary war plötzlich jede Farbe aus dem Gesicht gewichen.

Kapitel 22

Michelle sah Rosemary an. Sie fragte sich, was sie wohl auf dem Herzen hatte. War erstaunt, dass ihre Freundinnen anscheinend ebenfalls Geheimnisse hatten. Dass Lucinda so am Abgrund stand, hatte sie nicht einmal geahnt, obwohl sie ihre liebste Freundin und neben Cara, Charles und ihren Eltern der wichtigste Mensch in ihrem Leben war. Und jetzt sah Rosemary so aus, als ob sie ebenfalls etwas Weltbewegendes verbergen würde.

So leid ihr die beiden auch taten, überkam Michelle doch auch ein Gefühl der Erleichterung, weil sie mit ihren Problemen nicht allein dastand. Sofort fühlte sie sich schlecht bei dem Gedanken, und sie lehnte sich auf ihrem Schaukelstuhl vor und griff nach Rosemarys Hand.

»Es gibt da etwas, das ich vor allen verborgen habe«, begann diese nun, und Tränen stiegen ihr in die Augen, obwohl sie der wohl stärkste Mensch war, den Michelle kannte. Mit achtzehn ganz allein sein Zuhause zu verlassen, um nach Hollywood zu gehen, obwohl die Zukunft doch so ungewiss war, konnte nur ein starker und zuversichtlicher und mutiger Mensch tun. Nun, Jennifer hatte auch alles hinter sich gelassen, was sie kannte, und war fortgegangen, zur selben Zeit wie Rosemary. Lucinda hatte ihr Zuhause zwar nie verlassen, doch sie führte diese riesige

Farm seit Jahren vollkommen allein. Und was hatte sie, Michelle, Mutiges geschafft? Absolut überhaupt nichts. Sie hatte sich seit dem Moment, in dem sie gegangen war, auf jemand anderen verlassen. Und dieser Mensch hatte sie mit in die Hölle genommen. Wäre sie auch nur ansatzweise mutig, hätte sie ihn längst sitzengelassen und irgendwo anders neu angefangen. Hätte sich mit ihren Kindern etwas Neues aufgebaut. Doch das war eine andere Geschichte. Hier ging es nicht um sie.

»Was hast du verborgen, Süße? Uns kannst du es anvertrauen«, sagte sie deshalb zu Rosemary.

Rosemary sagte überhaupt nichts mehr, stattdessen tat sie aber etwas. Sie zog sich ihre türkisfarbene weite Tunika über den Kopf. Zum Vorschein kam etwas so Unerwartetes, dass Michelle der Atem stillstand. Denn Rosemary trug darunter einen BH, in dem eindeutig falsche Brüste steckten, und damit waren keine Silikonbrüste gemeint, zumindest keine operierten.

»Oh mein Gott, Rosemary!«, sagte Lucinda und hielt sich die Hand vor den Mund.

»Oh, Süße, warum hast du denn nichts gesagt? Was für eine Last das gewesen sein muss«, sagte Jennifer, stand von ihrem Stuhl auf und ging vor Rosemary auf die Knie, um sie zu umarmen.

»Ich wusste nicht, wie«, sagte Rosemary jetzt und versuchte, durch ihre Tränen zu lächeln.

»Das tut mir so unendlich leid«, ließ Michelle sie wissen. »Wann ist das denn geschehen? Hattest du etwa …?«

»Dafür sollte ich wohl erst mal ausholen«, sagte Rosemary und zog ihr Oberteil wieder an. »Vor knapp drei Jahren hatte ich zum ersten Mal einen Tumor in der Brust …«

Vor knapp drei Jahren? Michelle fasste sich ans Herz. So

lange hatte Rosemary schon damit zu kämpfen? Und all die Zeit war sie allein mit ihrem Kummer gewesen?

»Er war gutartig und wurde frühzeitig entdeckt«, fuhr sie fort. »Und er konnte entfernt werden, ohne Schaden anzurichten. Doch seitdem haben sich zwei weitere Knoten entwickelt, und mein Arzt, Dr. Fisher, hat Untersuchungen angestellt und mir prophezeit, dass die Wahrscheinlichkeit, an bösartigem Brustkrebs zu erkranken, bei mir bei fünfundachtzig Prozent liegt. Meine Mutter hatte Brustkrebs und ist daran gestorben, das wisst ihr.« Sie atmete tief durch, und ihre Augen wurden wieder feucht. »Ich habe also einen Entschluss gefasst und mich dazu durchgerungen, mir meine Brüste abnehmen zu lassen. Das war vor zwei Monaten.«

»So wie …«, sagte Jennifer, und sie alle dachten wohl an dieselbe Schauspielerin, die vor einer Weile mit einem ebensolchen Fall Schlagzeilen gemacht hatte.

Rosemary nickte. »Ja. Ich stehe damit nicht allein da. Ich kenne inzwischen drei andere Frauen, die sich aus diesem Grund die Brüste haben entfernen lassen.«

»Aber … bekommst du denn neue Brüste?«, fragte Lucinda. »Man kann sie doch wiederherrichten lassen, oder? Das habe ich zumindest gelesen.«

»Ja, das kann man, und das werde ich. Eigentlich war die Rekonstruktion direkt im Anschluss an die Amputation geplant, doch dann gab es leider Komplikationen, ein Blutgefäß wurde beschädigt, und sie hatten Mühe, die Blutung zu stoppen. Deshalb musste ich eine Weile warten. Am Donnerstag ist aber bereits mein Termin, und ich muss gestehen, ich habe eine Scheißangst davor.«

»Oh, Liebes«, sagte Michelle und hielt die Hand ihrer Freundin ganz fest. »Wenn ich das gewusst hätte. Wenn wir das gewusst hätten ... Dann wären wir doch viel sensibler mit dir umgegangen, wären nicht schwimmen gegangen und so weiter.«

»Deshalb bist du nicht mit ins Wasser gegangen, hm?«, meinte Jennifer.

»Ja, und deshalb trage ich die ganze Zeit weite Sachen. Aber nicht mehr lange, hoffe ich.«

Michelle stiegen nun ebenfalls Tränen auf. Rosemary war so tapfer, sie war wirklich ein Vorbild für alle Frauen.

»Es werden aber Narben bleiben, oder?«, wollte Jennifer wissen.

»Ja, aber das ist mir egal. Die Hauptsache ist, dass ich gesund bleibe und lange lebe, für Jeannie und Edward.«

Jetzt schnürte sich Michelles Brust endgültig zu. Wie groß musste die Liebe zwischen Rosemary und Edward sein? Sie selbst dagegen hatte Russel in letzter Zeit oft sogar den Tod gewünscht. Keinen langsamen und qualvollen, nein, so gemein war sie nicht. Sie wollte nicht, dass er leidet, wie sie die letzten dreizehn Jahre gelitten hatte, sie wollte einfach nur, dass ihm eine Abrissbirne an den Kopf knallte und er auf der Stelle tot war. Oder dass er in ein tiefes schwarzes Loch fiel. Andererseits war der Gedanke, dass er mit seinem Wagen in der Wüste stehen blieb und langsam verdurstete, doch irgendwie befriedigend. Während die Geier über ihm flogen und die Kojoten ihm schon auflauerten, konnte er dann in Ruhe darüber nachdenken, wie er ihr Leben versaut hatte. Obwohl, so, wie sie Russel kannte, würde er selbst in seiner Todesstunde noch nicht zugeben, dass er Fehler gemacht hatte.

Aber zurück zu Rosemary. Die Arme saß so mitleidserregend da, dass sie sie am liebsten für immer gehalten hätte. Am liebsten wäre sie mit ihr nach Malibu gefahren und hätte ihr am Donnerstag beigestanden. Sie musste sterben vor Angst, und dabei hatte sie bereits eine Operation hinter sich. Michelle konnte sich das gar nicht vorstellen. Keine Brüste mehr zu haben. Neue zu bekommen. Fremdkörper unter der eigenen Haut zu spüren. Und das nahmen so viele Frauen freiwillig auf sich.

Als könnte Rosemary ihre Gedanken lesen, sagte sie jetzt: »Ha! Verrückt, oder? Ich habe immer gesagt, dass ich mir auf gar keinen Fall jemals die Brüste machen lassen will.«

»Das ist doch aber etwas völlig anderes«, stellte Lucinda klar.

»Ja, ich weiß.«

»Und darf ich fragen, was du jetzt trägst? Was ist das da in deinem BH?«

»Das?« Rosemary hob ihr Oberteil wieder an und holte ein wabbeliges Etwas aus einem ihrer BH-Körbchen. »Silikonkissen. Das ist ein spezieller BH für Patientinnen wie mich, da steckt man die Kissen so rein, seht ihr? Es ist nicht gerade bequem, aber es ist ja nicht für lange«, wiederholte sie wieder, und Michelle hoffte nur, dass bei dem Eingriff alles gut ging. Dass nicht wieder Blutungen auftraten und dass Rosemary beim nächsten Mal, wenn sie aus der Vollnarkose erwachte, keine erneute Enttäuschung erfahren musste. Wie schlimm musste es sein, so einen großen Schritt zu wagen und dann ohne die erhofften neuen Brüste aufzuwachen?

Sie musste an ihre eigenen Narben denken, die auf ihrer Seele und die äußerlichen, die Russel ihr im Laufe der Jahre zugefügt hatte. Und sie hatte es ertragen. Immer wieder ertragen.

Und jetzt war es wohl an der Zeit, dass auch sie endlich redete.

Jennifer ging in die Küche, um den Krug mit der *Orange-on-the-Beach*-Mischung zu holen, und füllte ihnen allen die Gläser auf. Sie war wirklich froh, dass dieser Cocktail nicht auch wieder Alkohol enthielt, denn das, was sie am Tag zuvor getrunken hatte, reichte für die nächsten zehn Jahre.

Das hatte man davon, wenn man seinen Vorsätzen nicht treu blieb.

Da trank sie *einmal* etwas und hatte nicht nur ihren Freund betrogen, sondern hatte auch noch ein unerwünschtes Anhängsel an der Backe, das sie mit Nachrichten bombardierte. Benny Grimes hatte ihr seit heute Morgen bereits acht SMS geschickt. Wie dumm konnte sie gewesen sein, ihm ihre Handynummer zu geben? Zu ihrer Verteidigung musste sie allerdings sagen, dass sie sich daran nicht einmal mehr erinnern konnte.

Ja, der Sex war gut gewesen – das glaubte sie zumindest –, und ja, Benny war ein echt heißer Typ, aber es war eine einmalige Sache gewesen, das musste der Kerl doch endlich kapieren, oder? Vor allem, weil sie ihm nur auf eine einzige seiner Nachrichten geantwortet hatte. Was erwartete er denn? Sie hatte sich am Morgen aus seinem Bett geschlichen und war ohne ein Wort verschwunden, Herrgott! Doch leider war das wohl nicht deutlich genug für ihn gewesen, denn er hatte ihr gleich eine Stunde später geschrieben und sie gefragt, wann sie sich wiedersehen könnten. *Gar nicht*, hatte sie geantwortet, und sie hatte gedacht, dass es das zwischen ihnen gewesen wäre.

Doch jetzt nervte der Kerl sie, und das Schlimme war, dass Daniel morgen nach Bakersfield kommen würde. Da konnte sie es nicht riskieren, dass er etwas von dem einseitigen Kontakt mitbekam. Wenn er von ihrem Seitensprung erführe, wäre er sofort weg, auf Nimmerwiedersehen, das wusste sie mit Sicherheit. Und sie wusste jetzt endlich noch etwas anderes: dass sie Daniel nicht verlieren wollte.

Sie setzte sich nicht zurück auf ihren Stuhl, sondern zog sich am Verandageländer hoch, um darauf Platz zu nehmen. Das hatte sie als Kind schon gerne getan, und Lucindas Mutter hatte sie immer wieder heruntergescheucht. Doch die war jetzt nicht da, und deshalb nahm Jennifer ihre Lieblingsposition ein.

Sie betrachtete Rosemary, konnte noch immer nicht fassen, was sie ihnen erzählt hatte. Was sie ihnen drei Jahre lang vorenthalten hatte. Sie hatte ihnen die unbeschwerten Orangentage nicht verderben wollen, das konnte sie ja verstehen – aber wozu waren Freundinnen dann da?

Als Rosemary ihr Shirt hochgezogen und das Silikonkissen aus dem BH genommen hatte, hatte sie die Narben sehen können und dass ihr die Brustwarzen ebenfalls abgenommen worden waren. Sie hatte einen großen Teil ihrer Weiblichkeit verloren, und das musste schrecklich wehtun. Jennifer kannte sich damit aus, einen Teil von sich selbst zu verlieren. Nur war es bei ihr die Würde gewesen und vielleicht sogar ein Teil ihrer Seele.

»Sag mal, Rosemary?«, wandte sie sich an ihre tapfere Freundin. »Hast du eigentlich auch darüber nachgedacht, dir die Eierstöcke entfernen zu lassen?«

Lucinda starrte sie mit großen Augen an. »Die Eierstöcke? Warum sollte sie denn so was tun?«

»Das ist eine berechtigte Frage«, erklärte Rosemary ihr. »Frauen, die genetisch bedingt krebsanfällig sind und die sich deshalb die Brüste haben amputieren lassen, wird empfohlen, sich auch die Eierstöcke entfernen zu lassen. Und ja, ich habe darüber nachgedacht und werde es wohl in Erwägung ziehen.«

»Aber dann könntest du ja gar keine Kinder mehr bekommen!«, sagte Michelle bedauernd.

»Und genau deshalb warte ich damit, bis Edward und ich unsere Familienplanung abgeschlossen haben. Wir hätten nämlich sehr gerne noch ein zweites Kind«, sagte Rosemary und lächelte sogar wieder.

»Oh, ehrlich? Wie wundervoll«, fand Michelle.

»Ja, eigentlich waren wir sogar schon dabei, jegliche Verhütungsmittel abzusetzen, als im letzten Jahr wieder ein Knoten in der Brust entdeckt wurde. Dann haben wir es erst einmal verschoben.«

»Das tut mir alles so leid für dich«, sagte Lucinda.

»Ja, mir auch«, meinte Jennifer. Ihre Probleme waren dagegen doch gar nichts, oder? Nun, zumindest die, die sie mit Daniel hatte. Er wollte sie heiraten, verdammt, und sie machte ein Riesendrama aus allem.

»Wenn wir schon mal dabei sind, Geheimnisse zu offenbaren …«, kam es nun von Michelle, und sie sah dabei ganz klein aus.

Jennifer betrachtete ihre Freundin besorgt und wartete darauf, dass sie fortfuhr. Da sie aber nicht die richtigen Worte zu finden schien, frage sie behutsam: »Ist Russel dir gegenüber handgreiflich geworden, Liebes?«

Michelle sah zuerst ganz erschrocken aus, doch dann nickte sie und zog ganz langsam den Ärmel ihres Shirts hoch. Zum Vorschein kam ein riesiger Bluterguss in Form von mehreren Streifen, als hätte jemand sie zu fest am Oberarm gepackt.

»Scheiße, der ist ja noch viel größer, als ich dachte!«

Michelle riss die Augen auf. »Als du dachtest? Wie … woher …«, stammelte sie dann.

Lucinda, die ja zum Glück eine von der sensiblen Sorte

war, kam Jennifer zu Hilfe. »Rosemary hat vorhin beim Schwimmen entdeckt, dass du eine Verletzung am Arm hast, und hat ihre Sorge mit uns geteilt, Süße. Und nun musst du uns sagen, was genau passiert ist, ja?«

Jennifers Herz klopfte schneller, denn sie war sich ziemlich sicher, was Michelle passiert war. Sie erkannte die Anzeichen nur zu deutlich. Sie musste sich zwingen, ruhig zu atmen, und griff nach Michelles Hand, um es ihr ein wenig leichter zu machen, ihnen die Wahrheit mitzuteilen. Michelle drückte ihre Hand sogleich und lächelte sie dankbar an. Dann jedoch sah sie zu Boden, wahrscheinlich war es zu schwer, jetzt irgendwem in die Augen zu sehen. Und schließlich begann sie zu erzählen.

»Das war Russel. Und es ist nicht das erste Mal, dass das passiert ist. Er ist … schon seit einer ganzen Weile so … so wütend. Und oft lässt er es leider an mir aus.«

Am liebsten wäre Jennifer aufgesprungen und wild fluchend durch die Gegend gestapft, um ihrem Ärger Ausdruck zu verleihen. Denn wenn es darum ging, dass Männer Frauen schlugen – oder kleine Mädchen –, kam es über sie, und sie konnte sich überhaupt nicht mehr beherrschen. Doch sie wusste, dass es in dieser Situation das Falsche gewesen wäre. Michelle brauchte jetzt Unterstützung, brauchte Freundinnen, die ihr behutsam zur Seite standen, und deshalb nahm sie sie in den Arm und sagte ihr, dass sie das nicht verdient hatte. Und dass sie wusste, wie sie sich fühlte.

»Ich finde es sehr mutig, dass du dich uns mitteilst«, sagte Rosemary und legte Michelle eine Hand auf den Rücken. »Wir werden dir helfen, da rauszukommen, das verspreche ich dir.«

»Ach, ich hätte gar nichts sagen sollen«, meinte Michelle

und löste sich aus der Umarmung mit Jennifer. Plötzlich wirkte sie total abweisend.

»Doch, natürlich«, widersprach Lucinda sofort. »Es war richtig, dass du das getan hast. Wir wussten ja, dass du deine Probleme mit Russel hast, aber das ... Seit wann ist er denn schon so grob zu dir?«

Michelle zuckte die Achseln. Jennifer glaubte schon, sie würde gar nichts mehr offenbaren, doch dann sagte sie: »Schon eine ganze Weile. Erst ist es nur mal ab und zu passiert. Aus Versehen, versteht ihr?«

Jennifer platzte fast der Kragen. Aus Versehen? So etwas passierte nicht aus Versehen! Hatte Russel ihr das etwa eingeredet? Sie stand auf und ging zum Verandageländer, sah hinaus in die Weite der Orangenhaine. Sie schüttelte den Kopf. Russel! Dieser Mistkerl! Sie mussten ihn unbedingt aufhalten!

»Ich werde dir helfen«, sagte sie und drehte sich entschlossen um. »Ich kenne eine sehr gute Scheidungsanwältin, die dich aus dieser Ehehölle rausholt.«

»Aber meine Kinder«, sagte Michelle sofort. »Russel hat deutlich gemacht, dass er sie mir wegnimmt, sollte ich ihn je verlassen.«

»Das werden wir erst noch sehen!«

»Nein, das kann ich nicht riskieren. Ihr kennt Russel nicht, ihr wisst nicht, wie er sein kann.«

»Ja, und das ist echt traurig, oder? Dass wir den Mann, mit dem du seit zwölf Jahren verheiratet bist, nicht einmal kennen. Dass wir keine Ahnung hatten, was er dir antut.«

»Dreizehn«, sagte Michelle.

»Was?«

»Es sind dreizehn Jahre. So lange sind wir verheiratet.«

»Das sind dreizehn Jahre zu viel, Michelle!« Sie stellte

sich wieder an ihre Seite und legte ihr eine Hand auf die Schulter.

»Ich muss Jenny zustimmen«, sagte Lucinda. »Du kannst so nicht weitermachen. Denk an deine Kinder, was es mit ihnen macht, das mit ansehen zu müssen.«

»Er schlägt mich ja nicht vor ihnen.«

Jennifer konnte nur den Kopf schütteln. »Oh Gott, hör dich selbst an, hör, was du da sagst! Sag uns die Wahrheit, vergreift er sich etwa auch an Charles und Cara?«

Michelle schüttelte den Kopf. »Nein, das hat er noch niemals getan. Das ist ja auch ein Grund, warum ich bei ihm bleibe. Wenn er seine Wut an mir auslassen kann, verschont er wenigstens die Kinder, versteht ihr?«

»Michelle«, kam es nun von Rosemary. »Du bist ein so wundervoller Mensch, du hast so viel Besseres verdient als das. Wir müssen dem wirklich ein Ende bereiten.«

Doch Michelle schüttelte nur wieder den Kopf. »Das ist nicht so leicht, wie ihr euch das vorstellt. Ich kann nicht einfach die Kinder nehmen und gehen. Das würde er nie zulassen. Er würde uns verfolgen, durchs ganze Land, wenn es sein müsste. Und seine Familie ebenso. Die halten alle zusammen, sie sind alle auf seiner Seite, und niemand ist auf meiner.« Michelle sah jetzt so erschöpft aus, dass Jennifer nichts mehr als Mitleid mit ihr empfinden konnte. Auch wenn sie noch immer nicht verstand, wie ihre Freundin sich selbst das nur jahrelang hatte antun können, wusste sie doch, dass Michelle ein ganz anderer Mensch war als sie selbst. Vielleicht war sie einfach nicht so stark.

»Michelle«, sagte sie und sah ihr direkt in die Augen. »*Wir* sind auf deiner Seite. Du hast *uns*! Wir sind immer für dich da und werden dir helfen. Was immer du tust, wir lassen dich nicht allein.«

Nun begann Michelle hemmungslos zu weinen. Sie alle versuchten sie zu trösten, sie in den Arm zu nehmen und ihr gut zuzureden. Doch Lucinda sprach weise Worte, als sie sagte: »Wann immer du bereit bist, ihn zu verlassen, kannst du auf uns zählen.«

Sie erkannten wohl alle, dass der richtige Zeitpunkt noch nicht gekommen war. Michelle musste erst noch Mut schöpfen und an den Punkt kommen, an dem sie selbst aufwachte und verstand, dass sie einen Schlussstrich ziehen musste. Doch jetzt wusste sie wenigstens, dass sie dabei Unterstützung haben würde, und das war doch schon mal viel wert.

Jennifer holte ein Taschentuch hervor und wischte ihr die Tränen ab, dann gab sie ihr einen Kuss auf die Wange. »Ich bin da, Tag und Nacht. Du musst nur nach mir rufen.«

Michelle sah sie dankbar an und schenkte ihr sogar ein kleines Lächeln. »Was würde ich nur ohne euch machen?«, sagte sie.

»Das frag ich mich auch oft«, sagte Rosemary. »Wer wäre ich ohne euch? Wenn ich euch nie gekannt hätte?«

Sie alle wurden einen Moment still und schwelgten wohl alle in Erinnerungen. Dachten an die alten Zeiten.

Jennifer stützte sich wieder aufs Geländer und sah der Sonne dabei zu, wie sie sich langsam dem Horizont näherte. Schon bald würde sie untergehen. Sie hatte die farbenfrohen Sonnenuntergänge in Kalifornien immer geliebt, in Atlanta erschienen sie ihr nicht halb so schön.

Sie seufzte. Jetzt war es wohl an der Zeit, dass auch sie reinen Tisch machte.

»Ja, Mädels, und wenn wir hier schon das Spiel *Was wissen meine besten Freundinnen noch nicht über mich?* spielen, erzähle ich euch gerne auch etwas von mir. Ich gehe wegen meines Arschloch-Dads nicht nur seit Jahren zweimal wöchentlich zur Therapie, ich hatte vor einigen Monaten auch einen Nervenzusammenbruch und habe den halben Winter in einer psychiatrischen Klinik verbracht. Und, ach ja, das war nicht mein erster Zusammenbruch, sondern mein vierter. Und alles wegen *ihm*! Wegen einem Mann, der denkt, er steht über allem und kann sein eigen Fleisch und Blut misshandeln und verletzen, wie es ihm gefällt.«

»Oh, Jenny!«, sagte Lucinda und war sofort bei ihr. »Ich kann gar nicht fassen, welche Dinge wir alle voreinander geheim gehalten haben. Wie konnten wir all das denn nicht sehen?«

»Wie? Na, ich glaube, eben weil wir uns alle mit genügend eigenem Mist herumschlagen müssen, oder?«

»Jennifer, das tut mir ehrlich leid«, sagte ihr Rosemary, kam zu ihr und nahm ihre Hand.

Sie ließ sie kurz gewähren und schüttelte sie dann ab. Sie war nicht der Mensch für Zärtlichkeiten, war es nie gewesen, und das hatte seinen Ursprung hier in Lamont.

»Wisst ihr, genau das ist der Grund, warum ich so kaputt bin. Warum ich jemand Wundervollen wie Daniel nicht an mich ranlassen kann. Warum ich mir mein Glück immer wieder selbst kaputtmache. Meine Therapeutin sagt, ich soll dahin, wo alles angefangen hat. Ich soll mich der Vergangenheit stellen und damit abschließen. Nur dann kann ich endlich Glück und Liebe in meinem Leben zulassen …« Sie atmete einmal tief ein und erzählte ihren Freundinnen von dem Entschluss, den sie gefasst hatte. »Und deshalb werde ich gleich morgen früh als Erstes zu unserem alten Haus fahren und meinen Dad aufsuchen. Mit ihm reden. Ich brauche endlich ein paar Antworten.«

»Ich komme mit dir mit und stehe dir bei«, sagte Rosemary sofort.

»Wir kommen alle mit«, bot Lucinda an.

»Nein. Das muss ich allein machen«, sagte sie. »Ich hoffe, das könnt ihr verstehen.«

Ihre Freundinnen nickten, und eine Weile saßen sie einfach nur schweigend da. Irgendwann sah sie Lucinda jemandem zuwinken und sah in die Richtung. Alejandro ging etwa fünfzig Meter weit entfernt durch die Haine. Sie winkte ebenfalls.

Alejandro …

Mit einem Mal war alles wieder da. Der Sommer vor neunzehn Jahren, der Sommer, der alles verändert hatte. Sie war froh, als Lucinda jetzt die Stille durchbrach: »Wow, das waren wirklich heftige Offenbarungen. Ich glaube, für heute sollten wir es genug sein und das alles erst mal sacken lassen. Ich bin dafür, dass wir jetzt etwas machen, das unsere Laune wieder ein bisschen hebt. Wollen wir *Now and Then – Damals und heute* gucken? So wie früher?«

Jennifer musste lächeln. Was könnte perfekter sein als dieser alte Film aus den Neunzigern, der von vier befreundeten Frauen handelte, die sich an ihre gemeinsame Kindheit zurückerinnerten? Sie hatten den Film schon als Teenager geliebt und immer wieder angesehen. Damals hatten sie sich mit den Gleichaltrigen darin identifizieren können – wer hätte gedacht, dass sie ihn sich viele Jahre später als erwachsene Frauen ansehen würden? Noch immer befreundet, noch immer zusammen.

»Das ist eine ziemlich gute Idee«, sagte sie und hielt Michelle ihre Hand hin, um ihr zu zeigen, dass sie für sie da war. Immer da sein würde. Nichts konnte das je ändern, denn Freundinnen hielten zusammen, was auch kommen mochte.

Kapitel 23

»Ich bestell dann jetzt die Pizza, ja?«, fragte Lucinda und sah in die Runde.

»Jaaa! Pizza«, rief Rosemary freudig aus, als wenn sie seit Jahren keine Pizza mehr gegessen hätte. Und vielleicht hatte sie das ja auch nicht.

»Was wollt ihr draufhaben?«, erkundigte sie sich.

»Alles!«, sagte Michelle.

»Ist mir völlig egal, Hauptsache, Pizza«, meinte Rosemary.

»Bitte keinen Thunfisch, den mag ich nämlich noch immer nicht. Aber gerne Ananas«, kam es von Jennifer.

»Oh ja, Ananas klingt lecker. Und Schinken«, war Michelle dabei.

»Und Champignons«, meinte sie selbst, denn für sie gehörten auf jede Pizza Pilze.

Am Ende entschieden sie sich für zwei große Pizzen, eine mit Schinken, Ananas und Jalapeños und eine mit Brokkoli, Mais und Champignons. Lucinda bereitete frisches Zitruswasser zu und holte die Flasche Wein vom Baker-Gut hervor, das sich in Sonoma befand. Sie hatte den feinen Wein extra für die Orangentage aufbewahrt. Eine Bekannte hatte ihn ihr letztes Weihnachten geschickt, eine Vanillefarmerin namens Cecilia Jones, die sie aus dem Internetforum der

Farmers of California kannte und bei der sie ab und zu ein paar Produkte bestellte. Dann machten sie es sich auf der Couch gemütlich, auch wenn diese eigentlich ein wenig eng für sie alle vier war. Aber das machte gar nichts, sie kuschelten sich halt ein bisschen aneinander.

Nach nicht einmal fünf Minuten klingelte es an der Tür, und Lucinda sah verwundert auf. Das konnte doch noch nicht der Pizzabote sein! Sie begab sich zur Vordertür und musste lächeln. So etwas hatte sie sich schon gedacht.

»Hallo, Craig«, sagte sie.

»Hi, Lucinda. Ich hoffe, ich störe nicht?«

»Wir haben uns gerade eine DVD reingelegt, wir wollen nämlich einen Filmabend machen. Die Pizza kommt auch gleich.«

»Das klingt super«, sagte er, wippte von einem Bein aufs andere und wirkte irgendwie nervös. »Ich will euch auch gar nicht davon abhalten. Ich wollte eigentlich nur schnell das Buch vorbeibringen, über das wir gesprochen hatten. Erinnerst du dich? Du sagtest, du möchtest es dir ausleihen.«

Er hielt ihr eine Ausgabe von *Jenseits von Eden* hin. Ja, über den Steinbeck-Roman hatten sie sich tatsächlich neulich unterhalten, und ja, sie hatte gesagt, dass sie ihn sich gern ausleihen würde, doch hätte das auch locker bis Mittwoch warten können.

Sie nahm ihn Craig ab und grinste. »Danke schön. Möchtest du vielleicht kurz hereinkommen und den anderen Hallo sagen?«, bot sie an. Michelle Hallo sagen, hätte es wohl eher heißen sollen.

»Okay«, sagte er und war schon im Wohnzimmer.

»Hey, Mädels, seht mal! Craig aus der Highschool ist hier und wollte euch kurz begrüßen.«

»Hey, Craig«, rief Rosemary ihm freundlich lächelnd zu.

»Guten Abend, Ladys«, sagte er, und als er Rosemary zu erkennen schien, tat er so, als wäre es überhaupt nichts Besonderes, plötzlich auf einen Hollywoodstar zu stoßen, und auch noch auf einen, der in legeren Joggingsachen auf der Couch deiner besten Freundin saß. Aber vielleicht war es ihm ja auch völlig gleichgültig, er schien auf jeden Fall nur Augen für eine zu haben, und das war nicht Rosemary.

»Ladys?«, wiederholte Jennifer und lachte.

»Oh. Guten Abend«, sagte Michelle und stand auf. Starrte Craig an, wie er sie anstarrte.

Lucinda musste schmunzeln. »Craig bringt mir nur kurz ein Buch vorbei«, erklärte sie und hielt den Roman demonstrativ in die Höhe. »Er ist gleich wieder weg.«

»Wir haben auf Pause gedrückt, damit du nichts vom Film verpasst«, sagte Rosemary. »Es freut mich übrigens, dich mal wiederzusehen, Craig.«

»Die Freude ist ganz meinerseits«, erwiderte er, doch dabei sah er Rosemary nur eine Sekunde lang an und harrte sofort wieder mit seinem Blick auf Michelle.

Oje. Lucinda hätte ihm gegenüber wohl nicht erwähnen sollen, dass Michelles Ehe keine glückliche war. Der Gute sollte sich lieber keine Hoffnungen bei ihr machen, immerhin hatte sie nicht vor, Russel zu verlassen, zumindest nicht so bald. Obwohl es das war, was sie ihr von Herzen wünschte.

Vielleicht eines Tages, Craig, dachte sie, aber nicht heute Abend. Und deshalb schubste sie ihn jetzt aus dem Wohnzimmer und zur Küchentür hinaus auf die Veranda.

»Bye, Ladys!«, rief er den Frauen noch zu. »Einen schönen Abend!« Die drei riefen ihm dasselbe nach. Dann wandte er sich an sie. »Hey, was sollte denn das? Ich konnte mich nicht mal richtig verabschieden.«

»Von Michelle?«, fragte sie flüsternd.

»Was? Ich … äh …«, stotterte er.

»Du bist durchsichtig wie ein Wasserglas. Aber mal ehrlich, Craig, du solltest dir nichts davon versprechen. Sie ist immerhin verheiratet.«

»Und das bedeutet, dass ich sie nicht mögen darf?«, fragte er.

»Entschuldigt bitte«, hörte sie plötzlich Michelle, die zu ihnen getreten war. »Ich wollte dich etwas fragen, Craig. Dürfte ich mir das Buch vielleicht auch ausleihen, wenn Lucinda es durchhat? Sie könnte es mir zuschicken und ich schicke es dann wieder zurück.«

Oh boy, so viel Aufwand wegen eines Buches?

»Du liest gern Steinbeck?«, fragte Craig.

»Bisher noch nicht, aber ich wollte schon immer mal was von ihm lesen.«

»Ich denke, es wird dir gefallen. Und du brauchst es nicht zurückzuschicken, behalte es gerne.« Er lächelte Michelle an.

»Danke schön«, sagte sie und lächelte zurück.

»Okay. Wir müssen leider wieder rein. Danke, dass du vorbeigeschaut hast. Bis Mittwoch!«, sagte sie zu Craig, zog die Verandatür zu und schubste Michelle zurück ins Wohnzimmer.

»Was war denn das?«, fragte Jennifer lachend.

»Das war Craig«, antwortete Lucinda kopfschüttelnd. Michelle sagte gar nichts, doch als sie den Film wieder anschalteten, hatte sie ein breites Grinsen auf ihrem Gesicht, und das galt ganz bestimmt nicht Demi Moore oder Melanie Griffith.

Lucinda musste zugeben, dass sie sich für ihre Freundin freute. Sie hatte ein paar solcher Glücksmomente wahrlich verdient.

Als der Film bereits eine Dreiviertelstunde lief, kam auch endlich die Pizza, und sie schlugen ordentlich zu, denn der lange Tag, das Schwimmen am See und die Sonne hatten sie hungrig gemacht.

»Es gibt ehrlich nichts Besseres als Pizza«, sagte Rosemary und biss herzhaft in ihr Stück, sodass sich der Käse zog. »Ich sollte die viel öfter essen. Scheiß auf die Kalorien!«

»Scheiß auf die Kalorien!«, riefen sie im Einklang.

Die Pizza und der Film brachten ihnen richtig gute Laune, er erinnerte sie an gute alte Zeiten, sie sangen alle Oldies mit, und irgendwann standen Rosemary und Jennifer sogar auf und tanzten durchs Zimmer. Auch Lucinda erhob sich und hielt Michelle ihre Hand hin, als würde sie sie zum Tanzen auffordern. Michelle ergriff sie, und sie hüpften und alberten herum und vergaßen für ein paar Augenblicke, dass sie inzwischen erwachsene Frauen waren. Genau darauf hatte Lucinda sich so gefreut, dem hier hatte sie monatelang entgegengefiebert. Endlich durfte sie mal all ihre Sorgen vergessen und wieder Kind sein. Glücklich sein.

Ihr fiel wieder Rosemarys Instagram-Post ein, und sie schielte auf ihr Handy, das ihr neunzehn neue E-Mails anzeigte. Ach herrje, was hatte sie sich da nur eingebrockt? Wenn das nun alles Bestellungen waren – wie sollte sie die bewältigen?

Aber das war etwas, um das sie sich morgen Gedanken machen konnte. Jetzt wollte sie einfach nur unbeschwert sein. Sie schnappte sich ein weiteres Pizzastück, biss ab und schloss die Augen. Ließ die Geräusche auf sich wirken, das Lachen, den Gesang, die Freude. Das volle Haus. Sie wusste jetzt schon, dass sie das vermissen würde, wenn alle wieder weg waren. Aber daran wollte sie noch gar nicht denken.

Eine Viertelstunde später ließen sie sich alle erschöpft

auf die Couch fallen. Sie waren eben doch keine dreizehn oder vierzehn mehr, ihre Kondition hatte nachgelassen, aber das war okay. Sie waren gestandene Frauen, und sie hatten viel erreicht im Leben, die eine mehr, die andere weniger, aber sie alle konnten etwas vorweisen, auf das sie stolz sein konnten. Jennifer hatte eine großartige Karriere, Rosemary war ein gefeierter Star und hatte eine bezaubernde kleine Familie, Michelle hatte zwei wundervolle Kinder, und Lucinda selbst hatte ihre Farm. Alles war gut, alles war, wie es sein sollte. Und die Dinge, die nicht ganz so perfekt waren, würden sie schon wieder geradebiegen – gemeinsam.

Der Film war zu Ende, und sie schmiegte sich an Michelle, lehnte den Kopf an ihre Schulter.

»Okay, Leute, ich glaube, es kann doch nicht bis morgen warten«, hörte sie plötzlich Jennifer sagen. Ihre Freundin stand auf und sah fest entschlossen aus. »Ich werde jetzt zu ihm fahren.«

»Zu wem?«, fragte Michelle ganz naiv.

»Etwa zu deinem Vater?«, kam es von Rosemary.

»Jetzt?«, entfuhr es ihr selbst. »Aber dazu ist es doch viel zu spät. Es ist bereits dunkel.«

»Es ist gerade mal halb elf, mein Vater schläft noch nicht, glaubt mir.«

»Dann lass aber doch eine von uns mitkommen«, sagte sie. »Ich fahre dich, ja? Reingehen kannst du ja allein.« Sie wollte einfach für ihre Freundin da sein, nachdem sie ihrem Vater gesagt hätte, was auch immer sie gedachte, ihm zu sagen.

Jennifer sah sie auf eine Weise an, die fast flehend wirkte. »Bitte besteh nicht drauf. Ich muss das allein machen, wirklich.«

»Na gut. Aber du weißt, wir sind nicht weit. Wenn du uns brauchst, musst du uns einfach nur anrufen, und wir sind sofort bei dir.«

Jennifer nickte, lief aus dem Haus, und sie hörten sie in ihrem Wagen davonfahren.

»Glaubt ihr, sie packt das allein?«, fragte Rosemary besorgt.

»Ich weiß es wirklich nicht«, entgegnete sie. »Aber wir sollten ihre Wünsche respektieren.«

»Ja, natürlich.« Rosemary kaute auf ihrer Lippe herum. »Du, sag mal, siehst du den Alten eigentlich ab und zu mal?«

Lucinda schüttelte den Kopf. »Nein. Ich halte mich ja nicht unbedingt in Kneipen auf. Vor Jahren bin ich ihm mal im Supermarkt begegnet, da hat er Bier geholt. Ich glaube aber nicht, dass er mich erkannt hat.«

»Ich bin mir nicht mal sicher, ob er Jennifer wiedererkennt«, meinte Rosemary. »Immerhin war er ihre komplette Kindheit lang besoffen.«

Da mischte sich allerdings Michelle sogleich ein. »Also, ich denke schon, dass ein Vater seine Tochter immer wiedererkennt. Egal, was vorgefallen ist. Da besteht doch trotz allem eine Verbindung. Und wenn ich euch meine ehrliche Meinung sagen darf: So mies er damals auch war und obwohl er sicher den Preis für den schlechtesten Vater aller Zeiten verdient hätte, glaube ich dennoch, dass er Jenny tief im Herzen liebt.«

»Dann sollte er das aber endlich mal erkennen«, kam es von Rosemary. »Bevor es zu spät dazu ist.«

Lucinda nickte zustimmend. »Ja. Ich wünsche es ihr sehr. Sie hätte eine Aussprache wirklich verdient. Eine Entschuldigung. Ich weiß, das würde die Vergangenheit nicht ungeschehen machen, aber ich glaube, dass sie dann endlich ihren Frieden finden würde.«

Sie alle schwiegen eine Minute, wie um Jennifer still beizustehen.

Michelle sprach als Erstes wieder. »Hmmm, und was machen wir jetzt?«, fragte sie. »Irgendwie hab ich ja Appetit auf was Süßes. Hast du vielleicht irgendwas da?«

Sie überlegte. »Ich habe noch selbst gemachte Schoko-Orangen-Kekse da und leckeres Orangenblüteneis im Gefrierfach. Soll ich dir etwas davon holen?«

»Ich liebe dich, Lucinda«, war Michelles Antwort, und sie musste lachen.

»Mir auch!«, rief Rosemary ihr hinterher.

Sie befüllte drei kleine Glasschälchen mit Eis und brachte diese zusammen mit der Keksdose ins Wohnzimmer. »Was haltet ihr von noch einem Film?«

»Gerne. Welchen denn?«, fragte Rosemary und ließ sich einen Löffel Eis im Mund zergehen. »Oh wow, das ist göttlich! Du solltest das mit dem Kochbuch wirklich machen, Süße.«

Ja, da hatte sie inzwischen tatsächlich selbst Blut geleckt. Die Idee gefiel ihr besser und besser, und sie war gespannt, ob Jennifer die ihr bekannte Verlegerin wirklich dazu bringen konnte, ihre Rezepte zu veröffentlichen.

»Was haltet ihr davon, wenn wir uns *Grüne Tomaten* ansehen würden? Marias Lieblingsfilm.«

Michelle sah sie traurig an und biss dabei in einen Keks. »Das ist eine schöne Idee. Leg ihn rein.«

Das tat sie sogleich, und kurz darauf sahen sie der kleinen Idgie Threadgoode dabei zu, wie sie auf der Brücke stand und ihren Bruder dabei beobachtete, wie er die Gleise entlanglief, dem Hut hinterherlief, der seiner Freundin

Ruth davongeweht war. Sein Schuh blieb stecken, und wie die Geschichte ausging, wussten sie ja alle. Und sie alle hielten sich die Augen zu, als der Zug näher kam …

»Habt ihr das auch gehört?«, fragte Michelle und schreckte auf.

»Das war nur im Film«, war Lucinda sich sicher. Doch dann hörte sie auch etwas, und es kam von draußen. »Sicher nur ein Opossum, das die Mülltonne umgekippt hat oder so. Das ist schon öfter passiert.«

Nun hörten sie jedoch jemanden rufen, laut rufen, und Michelle sah so aus, als würde ihr das Blut in den Adern gefrieren.

Michelle hatte es vermutet, hatte geahnt, dass Russel ihr Ärger machen würde. Dass er das mit dem Telefonat nicht so einfach auf sich sitzen lassen würde. Doch dass er sich auf den weiten Weg nach Kalifornien machen würde, nur um sie zur Rede zu stellen, sie zu überprüfen oder weiß der Teufel was, damit hatte sie im Leben nicht gerechnet. Denn Russel flog nie! Er hasste es zu fliegen, war seit Jahren in kein Flugzeug mehr gestiegen, und er musste wirklich wütend sein, wenn er es jetzt getan hatte.

Sie spürte, wie sie am ganzen Leib zitterte. Dennoch stand sie auf und ging durch die Küchentür auf die Veranda. Russel stand da, mitten in Lucindas Garten, und starrte sie wutentbrannt an.

»Komm sofort her zu mir!«, schrie er sie an.

»Was tust du denn hier, Russel?«, rief sie zurück, ohne sich jedoch von der Stelle zu rühren.

»Komm her, hab ich gesagt! Ich bin hier, um dich nach Hause zu holen, was denkst du denn?«

Sie hatte Angst, sie hatte schreckliche Angst. Und trotzdem war sie stark und entgegnete mutig: »Was ist nur in dich gefahren? Warum kommst du den ganzen Weg aus Texas her? Warum darf ich nicht ein Wochenende im Jahr Spaß mit meinen Freundinnen haben?« Als sie die Worte aussprach, entdeckte sie, dass Lucinda und Rosemary hinter ihr in der Tür standen, wie um ihr Deckung zu geben. Keine von beiden sagte jedoch ein Wort. Noch nicht.

»Spaß haben? Ha! Dass ich nicht lache. Spaß haben!«, sagte Russel gehässig. Obwohl es bereits dunkel war, konnte sie erkennen, wie rot sein Gesicht war. Das Licht im Haus fiel gerade so hell auf ihn, dass jeder sehen konnte, wie er sich lächerlich machte. Wie er *sie* lächerlich machte. Und da ihr die ganze Sache unglaublich peinlich war, ging sie jetzt doch auf ihn zu.

»Russel, vertraust du mir etwa nicht? Wir tun hier nichts Verbotenes. Wir machen nichts als Marmelade kochen und Filme anschauen.«

»Ich weiß genau, wann du lügst, Michelle!«, sagte er, und er sprach ihren Namen so aus, als wäre er ein ausgespuckter Kaugummi, der unter seinen Füßen klebte. »Denk dran, du kannst mich nicht bescheißen. Ich bin dein Ehemann! Ich kenne dich besser als jeder andere.«

»Ach ja? Tust du das? Wenn dem so wäre, dann wüsstest du aber, wie viel mir meine Freundinnen bedeuten. Dann würdest du mir das nicht wegnehmen wollen. Würdest mich nicht vor ihnen blamieren.«

»*Ich* blamiere *dich*? Hast du eine Ahnung, wie ich mich fühle, wenn du hinter meinem Rücken mit anderen Männern rummachst und dabei wahrscheinlich auch noch über mich lachst?«

»Welche anderen Männer denn nur, Russel? Hier sind weit und breit keine anderen Männer.«

»Ich hab sie doch genau gehört, die Männerstimme im Hintergrund, als wir telefoniert haben. Hör endlich auf, mich anzulügen, und gib zu, dass du einen anderen hast. Dass du deswegen jedes Jahr herkommst.«

Sie seufzte verzweifelt. »Da ist kein anderer, wenn ich es dir doch sage. Das vorhin war nur Alejandro, er hilft Lucinda auf der Farm. Er ist schon alt, ich kenne ihn seit meiner Kindheit.« Dass er mit fünfzig eigentlich gar nicht so alt war, ließ sie lieber außen vor. Cara hatte Johnny Depp neulich »steinalt« genannt – alt war also relativ, oder?

»Schöne Geschichte hast du dir da ausgedacht. Wo ist er, hm? Sag es mir!« Russel sah fuchsteufelswild aus und blickte sich um, lief zum Haus und sah durch die Fenster, und er schien jetzt erst ihre Freundinnen zu entdecken. Er ging ein paar Schritte auf die beiden zu. »Und ihr! Was denkt ihr euch dabei, meine Frau auf Abwege zu leiten, ihr Schlampen?«

»Russel, du vergreifst dich im Ton«, sagte Lucinda und trat ein paar Schritte näher, bis sie die Verandastufen erreichte. Von dort sah sie auf ihn herab und sagte: »Du solltest deiner Frau wirklich mehr vertrauen. Sie ist die treuste Seele, die ich kenne.«

»Ist mir egal, was du sagst. Ich will nicht, dass sie weiter herkommt. Das war das letzte Mal, habt ihr verstanden? Und jetzt geh deinen Koffer packen, Michelle, und mach zügig.«

Sie starrte Russel an. Das konnte er doch nicht wirklich von ihr verlangen, oder? Sie sollte ihren Koffer packen? Sollte jetzt mit ihm mitkommen, abreisen mit dem Wissen, dass sie ihre Freundinnen nie wiedersehen würde?

»Nein, Russel, das mache ich nicht.« Sie nahm all ihren Mut zusammen. »Such dir ein Hotel in der Stadt, und morgen fliege ich gemeinsam mit dir zurück. Morgen. Wie geplant.«

Jetzt begann Russel wie irre zu lachen, im nächsten Moment hatte sie seine Hand im Gesicht.

»Du willst mir sagen, was ich zu tun habe? Wer hat das Sagen in unserer Beziehung, hä?«, schrie er, brüllte er und fasste sie grob am Arm. Er schleifte sie mit sich. »Gut, dann regeln wir das eben anders. Du setzt dich jetzt in den Mietwagen, und ich gehe deine Sachen holen.« Er zerrte an ihr und tat ihr weh, und sie versuchte, sich loszureißen, was ihr auch gelang.

Sie lief in Richtung ihrer Freundinnen, die die Stufen heruntergerannt kamen, und hoffte, sie würden sie beschützen. Nie hatte sie gewollt, dass sie so etwas mit ansehen mussten. Immer hatte sie versucht, all das vor ihnen zu verstecken. Doch jetzt kannten sie die ganze Wahrheit.

Das war ihr Leben.

Schnaubend kam Russel ihr hinterhergestapft und packte sie erneut. Umfasste sie und zog sie mit sich.

»Ich rufe jetzt die Polizei«, schrie Lucinda und rannte ins Haus.

Rosemary starrte sie nur schockiert an. Starrte Russel an und sagte dann: »Was bist du nur für ein Monster? Wie konnte Michelle es nur all die Jahre mit dir aushalten? Komm, Michelle, bei uns bist du sicher. Lucinda ruft die Polizei.«

Russel sah auf, als hätte er es jetzt erst begriffen. »Na, soll sie doch!«, schnaubte er. Für einen Moment lockerte sich sein Griff, und Michelle konnte sich von ihm befreien. Sie lief zu Rosemary, die sich schützend vor sie stellte.

Russel lachte wieder und begann, Rosemary zu schubsen. Nur leicht, aber doch so viel, dass er sie einschüchterte.

»Gib. Mir. Meine. Frau«, sagte er und gab ihrer zierlichen Freundin, die sich erneut vor sie stellte, nun doch einen heftigeren Stoß. Sie torkelte und verlor das Gleichgewicht. Im nächsten Moment saß sie auf dem Boden. Und plötzlich war auch Russel am Boden, nachdem ein dumpfer Schlag erklungen war.

Michelle starrte ihren Mann an, der bewegungslos dalag, und dann sah sie in ein anderes Gesicht. In das von Alejandro, der noch immer den großen Stein hielt, mit dem er Russel niedergeschlagen hatte. Er stand da und hatte diesen Ausdruck in den Augen, den sie schon einmal gesehen hatten. Und das war neunzehn Jahre her …

Kapitel 24

August 2000

Der Schrei hallte noch immer in ihren Ohren. Er war so angsteinflößend gewesen, dass Lucinda sich sicher war, er würde sie in ihren Albträumen verfolgen, auch wenn sie noch gar nicht wusste, wo er herrührte.

Sie sah ihre Freundinnen an, eine nach der anderen, und sie alle wirkten genauso erschrocken wie sie.

»Was war das?«, wagte Jennifer es, als Erste zu fragen.

»Meine Mom«, war Lucinda sich sicher. Sie hätte die Stimme ihrer Mutter unter Tausenden erkannt, auch wenn sie sie zuvor noch nie in solch einer schrillen Tonlage gehört hatte.

Es musste etwas Grausames passiert sein.

Sie lief los, in die Richtung, aus der der Schrei gekommen war.

»Warte, Lucinda!«, rief Jennifer ihr hinterher. Dann vernahm sie, dass ihre Freundinnen ihr folgten. Im Unterbewusstsein. Sie selbst befand sich nämlich in einem tranceartigen Zustand. Sie bemerkte erst, dass sie rannte, dass ihre Füße sie befehlslos davontrugen, als sie in der Ferne ihren Vater entdeckte, der wie erstarrt dastand und auf etwas blickte, das am Boden lag.

Dann entdeckte sie ihre Mutter, auf der Erde, inmitten

eines Orangenhains, wie sie sich verzweifelt weinend über etwas beugte.

Sie trat näher. Ihr Herz pochte so schnell, dass sie glaubte, es würde versagen, würde herausspringen – und dann blieb es stehen.

Maria.

Ihre Schwester lag am Boden. Leblos. Engelsgleich. So blass, wie man sich einen Menschen nur vorstellen konnte. Alle Farbe war aus ihrem Gesicht gewichen, ihre Lippen waren so trocken wie die kalifornische Hochsommer-Erde, auf der sie lag. Ihr seidenweiches Haar war in langen Strähnen um ihren Kopf herum ausgebreitet.

Ihr Anblick ließ keinen Zweifel: Sie war tot.

Lucinda war, als würde sie mit ihr sterben. In diesem Moment und für immer. Sie wusste nicht, was mit ihrer Schwester passiert war, aber sie wusste nur zu gut, dass sie nie wieder mit ihr würde sprechen können, sich nie wieder über Jungs unterhalten, sich nie wieder einen Ratschlag bei ihr holen.

Und das Schlimmste von allem: Sie würde nie die Gelegenheit haben, sich bei ihr zu entschuldigen. Sie waren im Streit auseinandergegangen, eine Tatsache, die, das wusste Lucinda bereits in diesem Augenblick, sie ihr Leben lang verfolgen würde.

Sie starrte das leblose Mädchen an, das ihre Schwester gewesen war. Das Mädchen, das so wundervolle Zukunftspläne geschmiedet hatte, die sie nun niemals wahr werden lassen konnte. Einerseits wollte sie zu ihr hinlaufen, sich über sie schmeißen, sie beschützen vor der heißen Sonne, den Insekten und den Blicken der anderen, doch andererseits wollte sie ihr nicht zu nahe kommen. Konnte es nicht. Konnte sich das nicht auch noch aus der Nähe ansehen, konnte

Maria nicht berühren wie ihre Mutter, die ihre leblosen Hände hielt und die ihr Gesicht wieder und wieder küsste.

Auch das würde sie in ihren Albträumen verfolgen.

Sie sah ihre Mutter weinen, vor und zurück schwanken, jammern, erbärmliche Laute von sich geben. Sie sah ihren Vater, der noch immer wie erstarrt dastand und nicht zu glauben schien, was er direkt vor Augen hatte. Und sie sah Alejandro, den Erntehelfer, der nie ein Wort sprach, wie er etwa dreißig Meter weitab stand und auf das Geschehen starrte. Und selbst aus dieser Entfernung machte sein Blick ihr eine Höllenangst. Denn er wirkte so, als wisse er genau, was geschehen war.

Sie musste ihre Augen schließen und ein paarmal tief durchatmen. Ihr war schwindlig, und sie wollte in die Knie gehen, weil sie das Gefühl hatte, den Halt zu verlieren.

Doch es war komisch, ihre Beine waren plötzlich wie aus Stein. Ihr ganzer Körper war es. Sie konnte sich weder vorwärts noch rückwärts bewegen, ja, sie konnte sich nicht einmal umdrehen, um zu sehen, ob ihre Freundinnen hinter ihr standen. An ihrer Seite waren. Bei ihr waren.

Nun wurde ihr Vater sich ihrer Anwesenheit bewusst, und er kam schnellen Schrittes herübergelaufen. »Macht, dass ihr hier wegkommt, Mädchen«, sagte er mit strenger Stimme. »Los! Geht!« Er sammelte sie ein und brachte sie ans andere Ende der Farm, vors Haus, zog Lucinda kurz an sich und dann lief er hinein, wohl um die Polizei zu rufen. Doch er kam weder zu ihnen zurück, noch ging er zurück zu Maria und ihrer Mutter, stattdessen blickte er sich um, entdeckte Alejandro in der Ferne und ging auf ihn zu.

»Oh, Lucinda, es tut mir so leid«, hörte sie eine Stimme, die vielleicht von Rosemary kam. Und sie hörte Schluchzen und Weinen.

»Meine Schwester ist tot« war alles, was sie hervorbringen konnte. Und noch immer verließ keine Träne ihre Augen.

Die Polizei kam. Die Forensiker kamen. Der Leichenwagen kam. Und die ganze Zeit saßen Lucinda und ihre Freundinnen auf der Veranda und sahen sich das Spektakel an, das sie normalerweise aufregend und spannend gefunden hätten, wären sie nicht selbst betroffen gewesen.

Sheriff Hunter und zwei seiner Officers gingen herum, schnüffelten herum, stellten jede Menge Fragen, wandten sich an Lucindas Eltern, an Onkel Miguel und die Erntehelfer. Alejandro sah sie an diesem Tag nicht mehr, doch er verkroch sich wahrscheinlich in seinem Schuppen, wie er es die meiste Zeit tat, wenn er nicht auf dem Feld war und Orangen pflückte. Er war ihr schon immer suspekt vorgekommen, und sie plante bereits, das den Polizisten gegenüber anzusprechen, doch dann kam es anders.

Der Sheriff persönlich kam zu ihnen, um sie zu befragen, natürlich in Anwesenheit ihrer aller Eltern, ausgenommen Jennifers Vater, der nicht aufzufinden war. Und die Mädchen sagten ihm, was sie wussten. Als Sheriff Hunter jedoch fragte, ob sie irgendetwas oder irgendjemand Auffälliges gesehen hätten, sah Lucinda, wie ihr Dad leicht den Kopf schüttelte, und sie verneinte die Frage. Ihre Freundinnen sagten ebenfalls kein Wort, doch wusste sie nicht, ob aus Angst oder weil sie Alejandro gar nicht gesehen hatten.

»Es muss hart für euch gewesen sein«, sagte Sheriff Hunter, ein netter Mann Mitte dreißig mit dem typischen Sheriffhut, letztlich. »Ihr dürft jetzt nach Hause gehen. Ruht euch aus, versucht, die Dinge zu verarbeiten. Und wenn euch doch noch etwas einfällt, egal was, und wenn es nur eine winzige Kleinigkeit ist, dann meldet euch bei mir, ja?«

Er verteilte Visitenkarten und entließ Rosemary und Michelle. Jennifer, die er ohne einen Sorgeberechtigten nicht hatte befragen dürfen, fuhr er höchstpersönlich nach Hause.

Später rief Jennifer sie an und sagte ihr, dass ihr Vater besoffen im Bett gelegen hätte, als sie eingetroffen waren. Er war gerade erst von seiner Sauftour nach Hause gekommen und hatte ihr verweigert, dass sie aussagte. Sheriff Hunter hatte sie gefragt, ob bei ihr zu Hause alles in Ordnung sei, und sie hatte ihm gesagt, dass ihr Dad eine schwere Zeit durchmache, weil ihre Mutter gestorben sei. Sonst wäre aber alles gut. Dass ihre Mom bereits zwölf Jahre zuvor gestorben war, erwähnte sie nicht.

Lucinda hörte Jennifer zwar reden, aber auch das kam ihr noch immer vor wie in einem Traum. Die Worte kamen zwar bei ihr an, doch sie drangen nicht zu ihrem Gehirn durch. Das konnte nur immer und immer wieder das Bild von Maria aufrufen, wie sie dalag in einem Fächer aus dunklen Haaren, das Gesicht so blass. Und dann fiel ihr etwas ein.

Maria hatte ihre Kette nicht getragen!

Die zierliche goldene Kette mit dem Herzanhänger, das Familienerbstück, das ihr so viel bedeutet hatte, hatte Maria niemals abgenommen. Sie hätte sie nie freiwillig abgelegt, das wusste Lucinda mit Sicherheit!

Das musste also bedeuten, dass ihr Mörder sie hatte, oder?

Sie stand von ihrem Bett auf, suchte die Visitenkarte heraus und wählte die Nummer des Sheriffs.

»Ich habe mich an etwas erinnert«, sagte sie und erzählte ihm von der Kette.

Kapitel 25

Lucinda hatte Sheriff Hunter angerufen, der versprochen hatte, sofort vorbeizukommen. Sie hoffte, er würde Russel mit nehmen und ihn ins Gefängnis sperren, wo er hingehörte.

In ihrem ganzen Leben hatte sie kein solches Verhalten mit angesehen. Der Mistkerl hatte sich aufgeführt wie ein Tier, ein brutales Raubtier, alle Menschlichkeit war von ihm gewichen. Wie er Michelle gepackt und mit sich gezerrt hatte … es überkam sie noch immer ein Schauder, wenn sie daran dachte.

Schnell eilte sie zurück nach draußen und hoffte, die Erwähnung der Polizei hatte Russel abgeschreckt. Sie konnte nur beten, dass er Michelle nicht noch mehr wehgetan hatte.

Kurz bevor sie die Tür erreichte, machte sie noch einmal kehrt, um den Baseballschläger aus dem Garderobenschrank zu holen, den sie dort für Notfälle aufbewahrte und gehofft hatte, niemals zu brauchen.

Doch dann stand sie auf der Veranda, und ihr fiel die Kinnlade herunter.

Was war passiert?

Sie war keine drei Minuten weg gewesen, und jetzt lag Russel am Boden und sah wie tot aus. Und Alejandro stand über ihm, mit hängenden Schultern, einen blutigen Stein in den Händen, der in etwa so groß war wie ein Football.

»Oh Gott, was ist geschehen?«, fragte sie, überwältigt von Angst und Schrecken. Sie fürchtete sich nicht davor, was mit Russel war. Sollte er doch in der Hölle schmoren. Nein, viel mehr hatte sie Angst davor, was mit Alejandro geschehen würde, wenn Sheriff Hunter hier eintraf und ihn entdeckte, mit Blutspritzern im Gesicht und einem riesigen Stein, der eventuell sogar eine Mordwaffe war.

»Er war so grob zu mir, und dann hat er Rosemary auf den Boden geschubst, und plötzlich war Alejandro da und hat uns gerettet«, erzählte Michelle ihr in einer schnellen Zusammenfassung. Sie alle wussten, dass ihnen die Zeit davonlief.

»Geht es dir gut?«, fragte sie Rosemary schockiert. Immerhin hatte die Arme gerade gesundheitliche Probleme.

»Ich bin okay.«

»Und du?«, wandte sie sich an Michelle.

Die nickte nur und konnte den Blick nicht von Russel abwenden. Wie sie alle.

»Ist er tot?«, stellte Rosemary die alles entscheidende Frage.

Lucinda warf den Baseballschläger beiseite, ging in die Hocke und befühlte seinen Hals. »Ich fühle einen Puls. Er lebt«, sagte sie erleichtert. Dann stand sie wieder auf und sah Alejandro an, der noch immer diesen Ausdruck in den Augen hatte. Es war pure Angst, das wusste sie nun. »Gib mir den«, sagte sie und entriss ihm den Stein, der schwerer war, als sie gedacht hatte. Sie wischte ihn mit ihrem T-Shirt ab, wischte nicht das Blut weg, sondern die Fingerabdrücke. »Geh, Alejandro! Versteck dich in deiner Hütte und komm heute nicht mehr heraus.«

Alejandro rührte sich nicht vom Fleck. Er sah sie verwirrt an. »Aber … die Polizei. Ich habe doch …«

»Du hast gar nichts. *Ich* habe das getan. Okay?« Sie sah nacheinander alle an und stellte sicher, dass sie verstanden. Erst als alle genickt hatten, nickte auch sie. »Es war Notwehr. Ich musste es tun. Und nun geh endlich, Alejandro«, sagte sie nun weniger harsch. Sie wollte doch nur, dass er in Sicherheit war.

»Danke«, war alles, was er sagte, dann drehte er sich um die eigene Achse und ging.

»Also, die Story ist die«, dachte sie sich schnell aus. »Alles ist genau so geschehen, wie es in Wirklichkeit war, nur dass wir Alejandro da raushalten. Russel kam hier wutentbrannt an und wollte Michelle wegschleifen. Ich lief ins Haus, um die Polizei anzurufen. Als ich rauskam, hatte er gerade Rosemary auf den Boden geschubst, und in meiner Panik griff ich nach dem Stein hier und schlug ihn Russel von hinten an den Kopf. Okay?«

Rosemary und Michelle sahen noch immer aus, als könnten sie das alles gar nicht glauben.

»Okay?«, wiederholte sie eindringlich.

»Okay«, erwiderten beide, und dann hörten sie auch schon die Sirene.

Kapitel 26

»Es war genau so, wie sie gesagt hat«, bestätigte Rosemary Lucindas Aussage.

Sheriff Hunter sah sie mit zusammengekniffenen Augen an. Der Mann war alt geworden, er hatte graues Haar und viele tiefe Furchen im Gesicht. Wahrscheinlich tut diese Art von Beruf das mit einem, dachte sie. Was der arme Mann tagtäglich mit ansehen muss …

»Sie sagen also, dass Lucinda ins Haus gelaufen ist, um mich anzurufen, und dass sie Mr. Marshall dann von hinten niedergeschlagen hat?«

Sie nickte. Nickte viel zu euphorisch und hielt sofort ihren Kopf still. »Genau.«

Sie hoffte so, dass der Sheriff ihr nicht ansah, dass sie log. Sie war eine gute Schauspielerin, aber das hier war die brutale Realität!

Sie musste an den Baseballschläger denken, den sie aufgehoben und eilig zurück ins Haus gebracht hatte, bevor die Polizei eintraf. Denn wieso hätte Lucinda Russel mit einem Stein niederschlagen sollen, wenn sie doch einen Baseballschläger dabeihatte, mit dem das genauso gut gegangen wäre?

»Aber hat Mr. Marshall sie denn nicht kommen sehen? Mit dem Stein?«, wollte Sheriff Hunter jetzt wissen.

»Sie kam doch von hinten an ihn heran«, wiederholte sie.

»Ich verstehe. Nur eins ist mir noch nicht klar. Lucinda muss doch über die Veranda zurückgekommen und um Sie alle herumgegangen sein, bevor sie den Stein dort aufheben konnte.« Er deutete zur Seite des Hauses, wo um eines der Blumenbeete einige Steine dieser Größenordnung lagen. Zur Dekoration. Wer hätte gedacht, dass sie einmal zu so etwas nützlich sein würden?

»Sie vergessen eines«, sagte Rosemary. »Das Haus hat zwei Eingänge.«

»Lucinda sagt aber, sie sei nicht durch den Vordereingang, sondern durch die Tür zurückgekommen, die zur Küche führt. Die da! Dieselbe Tür, durch die sie rein ist.«

»Oh. Hm. Das kann schon sein. Wissen Sie, ehrlich gesagt habe ich das im Eifer des Gefechts gar nicht so richtig mitbekommen. Ich lag schließlich am Boden und so.«

»Ja, richtig. Möchten Sie ebenfalls ins Krankenhaus gebracht werden, Mrs. Steen?«, fragte er.

»Das wird nicht nötig sein, danke.«

»Gut«, sagte der Sheriff nüchtern. »Dann lassen Sie sich wenigstens von den Sanitätern durchchecken, wenn sie mit Mrs. Marshall fertig sind.«

Sie sah hinüber zum Krankenwagen, in dem Michelle saß und gerade untersucht wurde. Ein zweiter Wagen hatte Russel bereits mit lauter Sirene davongefahren.

»Okay, das werde ich machen«, sagte sie und lächelte.

»Vielleicht bringt Mr. Marshalls Sicht der Dinge mehr Licht ins Dunkel, wenn er aufwacht und seine Aussage machen kann.«

»Sie wollen damit doch wohl nicht andeuten, dass Sie ihm mehr Glauben schenken wollen als uns, oder?«, fragte Rosemary und stemmte die Hände in die Hüften.

»Selbstverständlich nicht. Ich bin mir nur noch nicht ganz im Klaren darüber, wie die zierliche Lucinda einen Stein dieses Gewichts so weit hochheben und mit solch einer Wucht zuhauen konnte. Mr. Marshall ist immerhin weit größer als sie.« Oh ja, Russel war ein Riese, ein großer, schwerer Koloss.

»Oh, Lucinda ist sehr stark«, ließ sie ihn wissen. »Und Angst und Wut und ein ausgeprägter Beschützerinstinkt können Berge versetzen.«

»Und das hat Lucinda getan? Sie beschützt?«

»Michelle in erster Linie. Sehen Sie sich ihre Blutergüsse an. Einige davon hatte sie schon, bevor Russel hier aufgetaucht ist. Er ist ein gewalttätiger Dreckskerl, und wenn Sie ihn auf freien Fuß setzen und wieder zu seiner Familie zurückkehren lassen, sind Sie nicht bei Sinnen.«

»Achten Sie bitte auf Ihre Wortwahl, Mrs. Steen.«

»Entschuldigen Sie. Ich wollte Sie nur darauf aufmerksam machen, dass Sie dann mitschuldig sind, wenn Michelle irgendwann noch Schlimmeres passiert«, sagte sie nun mit etwas ruhigerer Stimme. »Ich habe wirklich Angst um sie.«

Der Sheriff sah sie eingehend an und nickte schließlich. »Wir werden uns mit den Behörden in Austin in Verbindung setzen und sehen, ob Mr. Marshall dort bereits auffällig geworden ist.«

»Ist er nicht. Zumindest nicht, was Michelle betrifft.«

»Sie hat ihn nie angezeigt?«

»Nein. Aus Furcht. Aber Sie können ja ihre Krankenakte einsehen. Da sollte alles drinstehen, was er ihr je angetan hat.«

»Vielen Dank für den Hinweis. Das werden wir tun.«

»Okay. Gut.« Damit war sie zufrieden. Das würde doch sicher beweisen, wie böse Russel wirklich war, oder?

»Ähem«, räusperte sich Sheriff Hunter nun. »Wenn ich noch etwas anmerken dürfte … Ich fand Sie wirklich außergewöhnlich gut in *Roter Himmel über Phoenix*.«

Ehrlich? In solch einem Moment? Sie war wohl niemals einfach nur ein normaler Mensch, oder? Nicht einmal in einer Situation, in der sie den Tod vor Augen gehabt hatte.

»Danke schön«, sagte sie trotz allem und lächelte. Der Sheriff konnte ja auch nichts für die Umstände. Eigentlich war er sogar sehr freundlich.

Jetzt blickte er jedoch zum anderen Ende des Grundstücks hin. Alejandros Schuppen war von hier aus nicht zu erkennen, doch der Sheriff wusste so gut wie sie, dass er sich dort hinten befand. Man konnte nicht zwanzig Jahre unsichtbar bleiben. Allerdings duldete Sheriff Hunter den stillen Mexikaner, der noch nie einer Fliege etwas zu Leide getan hatte, das wusste sie von Lucinda. Rosemary fand das wirklich nobel von ihm.

»Und Sie sind sich sicher, dass sonst niemand hier war?«, wollte er jetzt doch wissen.

»Ganz sicher«, bestätigte sie.

Er kniff wieder die Augen zusammen, was er zu tun schien, wenn er nachdachte. »Na gut«, sagte er dann, als wolle er ihr glauben, auch wenn er nicht zu hundert Prozent überzeugt war. »Das war's vorerst.«

Er drehte sich um und ging auf Michelle zu, die er wohl als Nächstes befragen würde. Und Rosemary hoffte nur, dass sie genauso standhaft sein möge.

Michelle sah Sheriff Hunter auf sich zukommen und spürte, wie ihre Beine vor Angst zitterten. Sie saß noch auf der Krankenbare im Krankenwagen und wurde verarztet. Ihre Schulter war zum wohl fünftausendsten Mal ausgerenkt gewesen, diesmal hatte sie es nicht einmal richtig mitbekommen. War es, weil man sich irgendwann an alles gewöhnte, sogar an physische Schmerzen, oder war es, weil sie noch immer so schockiert war, dass sie nichts anderes wahrnahm?

Sie konnte das alles noch immer gar nicht fassen. Dass Russel hier aufgetaucht war. Dass Alejandro ihn niedergeschlagen hatte. Dass er jetzt im Krankenhaus war, und zwar bewusstlos.

Er hatte es verdient, das hatte er wirklich. Sie war froh, dass ihn endlich jemand aufgehalten hatte. Aber für wie lange? Wenn er erst einmal wieder bei Kräften war, würde er erst richtig wütend sein und es ja doch wieder an ihr auslassen, oder?

Und damit das nicht passierte, musste sie unbedingt etwas tun! Jetzt!

Als Sheriff Hunter sie nun also ansah und sie bat, ihre Sicht der Dinge zu schildern, erzählte sie ihm nicht nur, was an diesem Abend passiert war, sondern alles, was die letzten dreizehn Jahre gewesen war. Sie konnte überhaupt nicht mehr aufhören zu reden, und sie wusste, dass Russel bei alldem nicht gut wegkam.

Sheriff Hunter nickte und wandte sich daraufhin an den Sanitäter. »Was genau konnten Sie bei Mrs. Marshall diagnostizieren?«

»Ausgerenkte Schulter, Hämatome an Oberarmen, Rücken und Brüsten, verstauchter kleiner Finger an der linken Hand, wie es aussieht«, ratterte er herunter.

Oh, von dem verstauchten kleinen Finger hatte sie ebenfalls noch gar nichts mitbekommen. Er tat weh, ja, aber irgendwas tat doch immer weh. Sie fragte sich, ob Russel ihn ihr heute verstaucht hatte oder letzte Woche, als er ihr eine gelangt hatte, weil sie Cara erlaubt hatte, bis um neun Uhr draußen zu bleiben, und sie sich die Hand abwehrend vors Gesicht gehalten hatte.

»Das sind aber nur die äußeren Anzeichen. Für präzisere Untersuchungen müsste ich Mrs. Marshall mit ins Krankenhaus nehmen«, fuhr der Sanitäter fort.

»Dann tun Sie das.«

»Ich kann nicht ins Krankenhaus!«, rief sie schockiert. »Ich muss zurück zu meinen Kindern. Heute Abend geht mein Flieger.« Es war bereits nach Mitternacht.

»Sie sollen doch nicht im Krankenhaus bleiben, sondern nur einmal gründlich durchgecheckt werden«, beschwichtigte der Sheriff sie.

Ach so. Okay. Das war wohl in Ordnung. Solange sie wie geplant nach Hause konnte, war es gut, auch wenn sie leider wertvolle Zeit mit ihren Freundinnen versäumen würde. Doch für unbeschwerte Momente war es wahrscheinlich eh zu spät.

Vielleicht war es ja sogar gut, nach diesem Vorfall richtig durchgecheckt zu werden. Vielleicht konnte die örtliche Polizei auf diese Weise davon überzeugt werden, wie grauenvoll Russel war, und vielleicht würde er sogar endlich weggesperrt werden. Das hätte er schon so lange sollen, und sie hätte es bewirken können. Nur hatte sie jahrelang die Angst gepackt, denn selbst wenn er ins Gefängnis käme, was sie noch immer bezweifelte, würde er da nicht auf ewig bleiben. Und was blühte ihr, wenn er wieder herauskam?

Doch jetzt, mit ihren Freundinnen an ihrer Seite, die sie beschützten und sich für sie einsetzten, war sie zum ersten Mal mutig. Egal, was kommen würde, es wäre auf jeden Fall besser als das Leben, das sie seit Jahren an Russels Seite führte.

»Er ist ein böser Mann«, sagte sie Sheriff Hunter nun. »Und ich kann nicht bei ihm bleiben. Wenn Sie ihn nicht von mir fernhalten, muss ich einen anderen Ausweg finden.«

Sie war froh, aufgewacht zu sein. Endlich aufgewacht zu sein. Vielleicht hatte es all das benötigt, um endlich den Mut zu finden, doch sie war dankbar. Vor allem Alejandro, der das in die Hand genommen hatte, was sie nicht konnte, und ihren Freundinnen, die ihr diesen Mut zugesprochen hatten, der sie endlich erreicht hatte. Ja, sie fühlte etwas, das sie lange nicht gefühlt hatte, und das war Stolz.

Sheriff Hunter sah sie nun auf eine Weise an, die fast mitleidig wirkte. »Haben Sie denn keinen Ort, wo Sie mit Ihren Kindern hinkönnen?«, fragte er.

Sie sah zu Lucinda, die auf der Verandatreppe saß, seit sie als Erstes verhört worden war, und zu der sich nun Rosemary gesellt hatte. Es gäbe da schon einen Ort ... Aber das würde bedeuten, ihre Kinder aus allem rauszureißen, was sie kannten, und ein komplett neues Leben zu beginnen. Ob sie dazu bereit waren?

Ihre Kinder!

Ihr fiel plötzlich ein, dass sie ja bei ihrer Schwiegermutter waren! Würde diese von den Vorfällen hier erfahren, ehe Michelle zurück zu Hause war, würde sie Cara und Charles sicher sofort wegschaffen. Weg von ihr! Sie war schon immer auf Russels Seite gewesen, und Michelle konnte sich gut vorstellen, dass die beiden einen Notfallplan ausgeheckt hatten.

»Oh nein!«, sagte sie und sprang auf. »Sheriff Hunter, darf ich den Staat verlassen?«, fragte sie. »Ohne weiter untersucht zu werden?«

»Die Entscheidung liegt ganz bei Ihnen, Sie sind ja keine

Verdächtige. Allerdings komme ich sicher noch auf Sie zurück wegen weiterer Fragen, aber das geht auch telefonisch. Wo wollen Sie denn hin?«

»Ich muss zu meinen Kindern!«

Lucinda und Rosemary schienen mitbekommen zu haben, dass sie in großer Sorge war, denn beide waren sofort bei ihr.

»Was ist los, Michelle?«, fragte Lucinda.

»Cara und Charles. Sie sind bei Evelyn!«

»Oh Shit!«

»Befürchtest du, sie könnte mit ihnen abhauen?«, fragte Rosemary, und Sheriff Hunter wurde hellhörig.

»Wer ist Evelyn, und warum sollte sie mit Ihren Kindern abhauen wollen?«

»Sie ist ihre Schwiegermutter, und sie ist genauso böse wie Russel«, informierte Lucinda ihn. »Chuck, du musst etwas tun!«

»Was soll ich denn tun?«

»Ich weiß nicht, lass die Kinder einfliegen oder was auch immer.«

»Nein, alles gut. Solange Evelyn nicht darüber Bescheid weiß, was mit ihrem Sohn passiert ist, wird sie nichts machen«, war Michelle sich sicher. »Sie darf es nur nicht erfahren, bevor ich zurück zu Hause bin.«

»Sie weiß doch aber, dass er hier ist, oder? Wenn sie nun nichts von ihm hört …« Rosemary sah mehr als besorgt aus.

»Deshalb muss ich so schnell wie möglich fliegen. Ich kann nicht bis heute Abend warten!«

»Ich buche dir sofort einen Flug«, sagte Lucinda und tippte etwas in ihr Handy.

»Wir können einen Beamten zum Flughafen in Austin

schicken, der Sie bei Ihrer Ankunft empfängt und nach Hause fährt«, schlug Sheriff Hunter vor. »Würde das helfen?«

»Das wäre eine große Hilfe«, sagte Michelle dankbar.

»Der nächstmögliche freie Flug geht vormittags um zehn, und er ist leider mit Zwischenstopp«, ließ Lucinda sie bereits wissen.

»Früher gibt es nichts?«

»Leider nicht.«

»Check die erste Klasse«, sagte Rosemary.

»Oh, da hab ich nicht nachgesehen … Ja, hier, um acht Uhr fünfzig, nonstop. Das kostet aber einiges.«

»Buch ihn, bitte. Egal, wie viel es kostet. Ich zahl dir jeden Cent zurück!«, sagte Michelle sofort.

Das machte mehrere Stunden aus. Stunden, die alles entscheidend sein konnten.

»Mach dir wegen des Preises keine Sorgen«, meinte Rosemary. »Der Flug geht auf mich.«

Die Großzügigkeit ihrer Freundin rührte sie sehr, und sie sah ihr direkt in die Augen. »Ich danke dir.«

»Nichts zu danken. Wir Mütter müssen zusammenhalten. Wenn ich einen Privatjet oder einen Helikopter oder so was besäße, würde ich den sofort hierher ordern.«

»Gut. Dann kommt Mrs. Marshall wann in Austin an?«, fragte Sheriff Hunter Lucinda.

»Sie landet um dreizehn Uhr fünfundvierzig.«

Der blöde Zeitunterschied! Der Flug an sich dauerte nur drei Stunden, aber man durfte natürlich nicht vergessen, dass Texas in einer anderen Zeitzone lag, die Kalifornien um zwei Stunden trennte.

Egal! Michelle würde am Nachmittag zu Hause sein statt erst wie geplant um elf Uhr abends. Sie konnte nur hoffen, dass Evelyn bis dahin ruhig blieb.

»Dann versprechen Sie mir aber eines«, sagte Sheriff Hunter jetzt. »Lassen Sie sich in Austin noch einmal gründlich von einem Arzt untersuchen. Nicht, dass etwas übersehen wurde.«

»Okay, ich verspreche es.«

»Und lassen Sie mir den Bericht zukommen, ja?«

Sie nickte.

»Lucinda, ich muss dich jetzt leider bitten, mich aufs Revier zu begleiten.«

»Oh Gott, bin ich etwa festgenommen?«, fragte ihre Freundin mit ängstlicher Stimme.

»Es war Notwehr, Sheriff, das haben wir alle Ihnen erzählt«, mischte Rosemary sich ein.

Und auch Michelle meldete sich schnell zu Wort: »Lucinda hat mich gerettet, Sheriff. Bitte sperren Sie sie dafür nicht ein.«

»Das habe ich gar nicht vor. Lucinda muss aber eine ausführliche Aussage zu Protokoll geben. Ihr Mann ist noch immer nicht außer Lebensgefahr.«

Bei diesen Worten wurde Michelle ganz mulmig. »Ich fahre mit«, sagte sie, weil sie ihre Freundin in dieser Situation auf keinen Fall allein lassen wollte.

»Ich ebenfalls«, beschloss Rosemary.

Michelle wurde noch schnell der kleine Finger verbunden, und dann zwängten sie sich zu dritt auf die Rückbank des Polizeiautos. So hatte sich bestimmt keine von ihnen die diesjährigen Orangentage vorgestellt. Aber es kam ja meistens anders als geplant. Kurz musste Michelle an Jennifer denken, und sie hoffte nur, dass wenigstens bei ihr alles so lief, wie sie es sich vorgestellt hatte.

Kapitel 27

Jennifer saß seit gut einer Stunde in ihrem Wagen vor dem Haus ihres Vaters. Dem Haus, in dem sie aufgewachsen war, dem Haus, in dem sie so viel Leid erfahren hatte.

Heute Michelles Bluterguss zu sehen hatte so viel in ihr ausgelöst. Sie war fest entschlossen, ihrer Vergangenheit endlich ins Gesicht zu sehen, und das nicht nur in den Therapiestunden, in denen sie Dr. Robinson davon erzählte, was sie als Kind empfunden, wie verlassen sie sich gefühlt hatte. Nein, sie musste endlich demjenigen ins Gesicht sehen, der all das verursacht hatte, und das konnte nicht bis morgen warten.

Und doch brauchte es achtundsechzig lange Minuten, bis sie den Mut zusammengenommen hatte, aus dem Auto zu steigen. Dann aber ging sie heroisch auf das alte Haus zu, das inzwischen so schief aussah, dass man denken konnte, der nächste Windzug würde es umwehen. Es brannte kein Licht im Haus, aber das verwunderte sie nicht. Womöglich war Bennet Collins noch auf Sauftour, ja, vielleicht würde er sogar erst in den frühen Morgenstunden heimkommen. Doch das machte gar nichts, denn das würde ihr Zeit geben, alles auf sich wirken zu lassen und sich wieder in ihre Kindheit zu versetzen. Und sie wusste, dass genau das nötig war, um sich ihm zu stellen.

Sie hob den verrotteten Porzellanfrosch an, der noch immer an derselben Stelle stand, und hob den Ersatzschlüssel auf, der wie gewohnt darunter lag. Ganz, als würde er all die Jahre nur darauf gewartet haben, dass sie ihn hervorholte.

Sie stieg die vier hölzernen Stufen hinauf und musste zwanzigmal tief ein- und ausatmen, bevor sie dazu bereit war, den Schlüssel ins Schloss zu stecken. Zu ihrer Überraschung war die Tür aber überhaupt nicht abgeschlossen. Und als sie das Haus betrat, sah sie im Licht der Straßenlampe, dass es leergeräumt war.

Ihr Vater war fort? Wo war er denn hin? Hatte er etwas angestellt und war vor den Hütern des Gesetzes geflohen? Saß er im Gefängnis? Oder hatte er womöglich sogar eine Frau gefunden, die seine Ausbrüche ertrug, hatte wieder geheiratet und war weggezogen?

Sie betätigte den Lichtschalter, doch der Strom schien abgestellt zu sein. Deshalb schaltete sie die Taschenlampe auf ihrem Handy ein und war überrascht beim Anblick des leeren Wohnraumes, den sie so groß und grauenvoll in Erinnerung hatte, der aber in Wirklichkeit viel kleiner war und überhaupt nicht mehr furchteinflößend. Es waren einfach vier Wände, und darin befand sich gar nichts. Nicht mehr.

Sie ging durch die anderen Zimmer und fand heraus, dass alle leer waren. Nicht ein einziges Überbleibsel, gar nichts, das an Bennet erinnerte. Und sie musste gestehen, dass sie enttäuscht war. Ja, beinahe verzweifelt.

Wie sollte sie ihn denn jetzt zur Rede stellen? Wie sollte sie Erlösung finden?

»Jenny?«, hörte sie plötzlich eine Stimme und drehte sich erschrocken um.

Vor ihr stand im Dämmerlicht Mrs. Blunt, die Nachbarin, die schon seit bestimmt vierzig Jahren nebenan wohnte. Bei ihr hatte sie oft Trost gefunden, und manchmal etwas zu essen, wenn ihr Vater wieder einmal spurlos verschwunden war. Sie hatte ihr damals auch hundert Dollar mit auf den Weg gegeben, als sie fortgegangen war. Doch Hilfe gerufen hatte sie in all den Jahren nie.

»Mrs. Blunt!«, sagte sie und starrte die Frau an, die noch genauso aussah wie früher, nur dass ihr Haar jetzt weiß war. Sie war sicher Mitte siebzig. Sie hielt eine Laterne in der Hand, die den Raum erhellte. Ihr altes Kinderzimmer.

»Ich hatte mir gleich gedacht, dass du es bist«, sagte Mrs. Blunt.

»Wissen Sie, wo mein Vater ist?«, fragte sie ohne unnötigen Smalltalk.

Mrs. Blunt sah sie auf eine Weise an, die sie nicht verstand. Dann sagte sie: »Ja, weißt du es denn noch nicht?«

»Was?«

»Er ist vor zwei Monaten gestorben.«

Ihr Herz wollte stehenbleiben. Ihre Beine wollten versagen. Doch das würde sie nicht zulassen, nicht wegen ihm!

»Er ist tot?«, schaffte sie es irgendwie zu fragen, doch ihre Stimme hörte sich nicht an wie ihre.

Die Nachbarin nickte und kam ein paar Schritte auf sie zu. »Ich dachte, man hätte dich informiert.«

»Er hatte meine Kontaktdaten nicht. Ich habe mich nie wieder bei ihm gemeldet, nachdem ich damals fortgegangen bin.«

»Oh« war alles, was Mrs. Blunt sagte.

»Woran ist er denn gestorben?«, wollte sie wissen, *musste* sie wissen.

»Leberversagen.«

»Ein gebührendes Ende für einen Säufer«, sagte sie gehässig.

»Ja, vielleicht.«

»Seit zwei Monaten ist er schon tot?«, fragte sie noch einmal nach. Wenn dem so war, wieso hatte Lucinda denn gar nichts davon mitbekommen? Sie hätte es ihr doch erzählt, wenn sie es gewusst hätte, oder? »Hat es denn nicht in der Zeitung gestanden? Gab es keinen Nachruf? Keine Beerdigungsanzeige?«

»Wer hätte die aufsetzen sollen?«, meinte Mrs. Blunt. »Nein, es gab nichts dergleichen. Auch keine Beerdigung. Er wurde anonym bestattet, die Stadt hat wohl die Kosten übernommen.«

Sie schüttelte den Kopf, konnte es noch immer nicht fassen. Konnte nicht glauben, dass es das gewesen sein sollte. Als sie damals von ihm ging, hatte sie zwar so weit weg wie möglich gewollt, aber dass sie ihn niemals wiedersehen würde … war nun doch ein Schock.

Wäre sie nur zwei Monate früher gekommen. Wäre sie letztes Jahr gekommen oder im Jahr davor. Doch es war zu spät und sinnlos, darüber nachzugrübeln.

»Wer hat das Haus so schnell leergeräumt?«, fragte sie.

»Das war auch die Stadt. Dein Vater hatte Schulden bei einer Menge Leute, das Grundstück wurde verkauft, und das Haus soll nächste Woche abgerissen werden. Sie wollen hier wohl einen Wohnkomplex bauen. Aber wenn du Anspruch darauf erheben möchtest, ginge das vielleicht, wenn du …«

»Ich will es nicht«, stellte sie klar.

»Das habe ich auch nicht erwartet.«

»Tut mir leid, das mit dem Bau des Wohnkomplexes. Es wird bestimmt eine Menge Lärm geben.«

»Dir tut es …?« Mrs. Blunt versagte die Stimme, und ihr stiegen Tränen in die Augen. »Mir tut es leid, Jenny. Oh, wenn du wüsstest, wie leid es mir tut.«

»Dass mein Vater tot ist?«

»Dass du jetzt ganz allein auf der Welt bist.«

»Ich bin nicht allein«, ließ sie sie wissen und dachte dabei an ihre Freundinnen.

»Du weißt, wie ich es meine. Außerdem tut mir leid, wie du aufwachsen musstest. So sollte kein Kind aufwachsen müssen.«

»Warum haben Sie es dann einfach mit angesehen? Sie hätten helfen können!«, sagte sie ihr das Offensichtliche.

»Ich weiß. Und das hätte ich. Damals dachte ich nur, lieber bei einem Alkoholiker als Vater aufwachsen als ganz ohne Eltern. Ich habe wohl falsch gedacht.«

»Das haben Sie wohl«, sagte Jennifer, doch dann musste sie daran denken, dass sie, wenn sie in ein Heim oder zu Pflegeeltern gekommen wäre, von Lucinda, Rosemary und Michelle getrennt worden wäre. Und da Mrs. Blunt die Reue anzusehen war, sagte sie ihr: »Ich mache Ihnen keinen Vorwurf. Ich hätte ja auch selbst etwas unternehmen können, als ich alt genug war.«

»Er war dein Vater, und du hast ihn geliebt«, erinnerte Mrs. Blunt sie.

Hatte sie das? Ihn geliebt? Sie war sich da überhaupt nicht sicher. Denn gerade empfand sie keine Trauer, ganz im Gegenteil. Was sie empfand, war beinahe so etwas wie Erleichterung.

»Ich werde jetzt gehen«, sagte sie und ging an Mrs. Blunt vorbei aus dem Raum. »Danke für Ihre ehrlichen Worte.«

»Wenn ich irgendetwas für dich tun kann?«

»Ich bin okay«, sagte sie. Und das war sie wirklich.

Beim Rausgehen entdeckte sie dank Mrs. Blunts Lampe etwas, das sie mit ihrem Handylicht vorher nicht gesehen hatte. Er hing immer noch da, der Beweis für ihre Narben.

Das einzige Überbleibsel einer Kindheit, die keine gewesen war.

Sie griff danach und zog ihn vom Haken, nahm ihn mit nach draußen, warf ihn auf die Rückbank ihres Autos und stieg ein.

»Grüßen Sie Ihren Mann von mir«, sagte sie.

»Jerry ist schon vor einigen Jahren von uns gegangen.«

»Das tut mir sehr leid«, sagte sie und meinte es so. Sie erinnerte sich daran, wie Jerry Blunt immer den Kopf geschüttelt hatte, wenn er ihren Vater betrunken nach Hause torkeln gesehen hatte.

»Das ist das Leben«, meinte Mrs. Blunt nur und ging zu ihrem Haus zurück. Auf der Veranda blieb sie stehen, blickte sich noch einmal zu ihr um und winkte ihr nach.

Jennifer fuhr davon, bei sich das Einzige, was ihr von ihrem Vater geblieben war, und sie wusste schon genau, was sie damit machen würde.

Als sie zurück zur Orangenfarm kam, brannte noch Licht im Haus. Sie konnte allerdings keine ihrer Freundinnen finden, weder im Wohnzimmer vor dem Fernseher noch in der Küche oder den Schlafzimmern. Sie durchstreifte das ganze Haus, umrundete es auf der Veranda und sah im Garten nach, doch keine Spur von Lucinda, Michelle oder Rosemary. Dann suchte sie nach einer Nachricht, ebenfalls erfolglos.

Sie setzte sich auf die Hollywoodschaukel und fragte sich, wo sie nur alle waren. Es war doch bereits kurz vor eins in der Nacht! Ob sie im Dunkeln noch einen Spaziergang machten? Ob Craig noch einmal aufgetaucht war oder Jonah? Ob in der Stadt wieder ein Bluegrass-Fest stattfand?

Sie atmete die frische Luft ein, und nun überkam es sie doch. Ihr Vater war tot. Sie würde ihm niemals sagen können, was sie ihm hätte sagen müssen. Was sie schon so lange auf dem Herzen hatte. Was sie seit Jahren belastete. Wie sollte sie ihren Frieden finden, wenn sie nun gar keinen Schlussstrich ziehen konnte?

Und dann stieg ihr der Duft der Orangen in die Nase, und sie erkannte, dass sie ihren Frieden längst gefunden hatte. Dazu bedurfte es gar keiner Aussprache, dafür musste sie ihn gar nicht noch einmal sehen. Sie hatte bereits erkannt, dass sie einen Neubeginn wollte. Dass sie ihre Vergangenheit nicht mehr ihre Gegenwart bestimmen lassen wollte. Allein dass sie Daniel gebeten hatte, nach Kalifornien, an die Orte ihrer Kindheit, zu kommen, war der Beweis.

Vielleicht hatte es so kommen müssen. Vielleicht waren ihr Vater und sie nicht dazu bestimmt gewesen, sich noch einmal zu sehen. Wenigstens hatte sie das Haus noch einmal sehen und erkennen dürfen, dass es gar nicht mehr so furchteinflößend war. Jetzt konnte sie es sich leer und neutral vorstellen, wenn sie daran dachte. Das war doch ein guter Anfang und guter Gesprächsstoff für die nächste Therapiestunde.

Sie lächelte. Ja, sie war dabei, ihr Leben endlich selbst in die Hand zu nehmen. Sie war sich klar, dass es sicher nicht leicht werden würde, aber sie wollte es in Angriff nehmen. Einen Schritt nach dem andern.

Ihr Handy piepte. Sie hatte eine Nachricht von Lucinda bekommen. Und als sie sie las, blieb ihr zum zweiten Mal an diesem Abend das Herz stehen.

Sind auf dem Polizeirevier. Russel ist plötzlich aufgetaucht. Alles Weitere erkläre ich dir später. Du musst nicht kommen, du bist nach dem Gespräch mit deinem Vater sicher aufgewühlt. Bleib im Haus und ruh dich aus. Wir sehen uns morgen früh.

Was, verdammt noch mal, war passiert, während sie weg gewesen war? Was meinte Lucinda damit, dass Russel aufgetaucht war? Etwa auf der Farm? Und warum waren ihre Freundinnen auf dem Polizeirevier? Was hatte Russel gemacht? Oh Gott, sie hoffte nur, er hatte Michelle nichts angetan. Wenn dem so wäre, würde sie den Mistkerl umbringen!

Und was zum Teufel meinte Lucinda damit, dass sie ruhig im Haus bleiben sollte? Kannte sie sie denn so wenig?

Sie sprintete zu ihrem Wagen, setzte sich auf den Fahrersitz und steckte den Schlüssel ins Zündschloss. Sie würde ihre Freundinnen auf keinen Fall alleinlassen. Vor allem nicht in solch einer Situation.

Oh, wenn sie doch nur wüsste, was passiert war.

Kapitel 28

Rosemary saß auf einem unbequemen blauen Plastikstuhl vor dem Verhörraum und wartete auf Lucinda, die bereits seit einer Stunde befragt wurde. Ihr hatten sie auch noch ein paar Fragen gestellt, und Michelle hatten sie mit in ein anderes Zimmer genommen, wo sie endlich Anzeige gegen ihren gewalttätigen Ehemann erstatten wollte. Das einzig Richtige, das sie tun konnte, fand Rosemary und war sehr stolz auf sie.

Sie war traurig, dass ihre Orangentage so abrupt geendet hatten. Michelle würde bereits in wenigen Stunden abreisen, und sie wären nur noch zu dritt. Dass sie weiterhin unbeschwerte Stunden haben konnten, bezweifelte sie sehr, und dabei hätte sie die so gebraucht. Aber das hier war wichtiger. Dass Michelle sich aus Russels Fängen befreite, hatte höchste Priorität.

Sheriff Hunter hatte ihr erzählt, dass Russel inzwischen das Bewusstsein erlangt hatte, dass sie aber keine Angst vor ihm haben mussten, da er an einem schlimmen Schädeltrauma litt und so bald nicht aus dem Bett würde aufstehen dürfen. Außerdem wurde er Tag und Nacht von einem Polizisten bewacht, den sie vor seiner Tür positioniert hatten. Rosemary war sich sicher, dass diese Maßnahme nur stattfand, weil sich ihre Anwältin inzwischen eingeschaltet und die örtlichen Behörden daran erinnert hatte, wen Russel Marshall da angegriffen hatte. Nämlich eine berühmte Persönlichkeit, der auf gar keinen Fall erneut etwas passieren durfte. Und falls dem doch so sein sollte, würden sie große Schwierigkeiten bekommen.

Es tat Rosemary leid, dass wegen ihr so viel mehr Aufhebens gemacht wurde, dabei war Michelle doch diejenige, die in erster Linie beschützt werden musste. Doch andererseits war sie einfach nur froh, dass dafür gesorgt war, dass Russel keinen Schaden mehr anrichten konnte, egal auf welche Art und Weise.

Als sie Sheriff Hunter vor einer Weile auf Michelles Kinder angesprochen und gefragt hatte, wie man Russel davon abhalten könnte, seine Mutter zu kontaktieren, hatte er ihr versichert, man habe Russel sein Handy abgenommen und würde ihn auch nicht anderweitig telefonieren lassen.

Das beruhigte sie zwar ein wenig, und doch machte sie sich ihre Gedanken. Was, wenn Evelyn nun versuchte, Russel zu erreichen, und er nicht an sein Handy ging? Was, wenn sie Verdacht schöpfte, dass etwas passiert war? Dass Russel verhindert war? Man konnte sein Handy natürlich auch verlieren, aber in dem Fall gab es immer noch öffentliche Telefone, über die man sich bei seiner Mutter melden könnte, besonders wenn diese wahrscheinlich sehnlichst auf einen Anruf wartete.

Sie fragte sich, warum Russel und Evelyn Michelle nur so verabscheuten. Sie hatte doch nie irgendwas anderes getan, als eine aufopfernde Ehefrau und Mutter zu sein. Sie hatte all ihre eigenen Träume und Ziele aufgegeben, damit Russel zufrieden war. Rosemary hätte das nie für einen Mann getan, für irgendeinen Mann, nicht einmal für Edward. Aber der würde von ihr auch niemals verlangen, dass sie nur noch dafür lebte, um seine Bedürfnisse zu stillen.

Arme Michelle. Sie konnte nur hoffen, dass es jetzt endlich alles vorbei war und sie irgendwo ein neues Leben anfangen konnte, weit weg von den Marshalls, die es ihr kaputtgemacht hatten. Jeder Mensch hatte es doch verdient, glücklich zu sein, und Michelle ganz besonders. Und jeder Mensch hatte eine zweite Chance verdient. Wunderbare neue Möglichkeiten. Und vielleicht ja doch noch die wahre Liebe.

Sie musste an Craig denken und konnte nicht anders, als zu lächeln. Wer wusste schon, was die Zukunft brachte? Er war alleinerziehender Vater, hatte Lucinda erzählt, und Michelle würde von nun an eine alleinerziehende Mutter sein. Was könnte perfekter passen?

»Oh Gott, Sind Sie etwa …«, hörte sie es zum wohl zwanzigsten Mal, seit sie aufs Polizeirevier gekommen waren, und blickte auf. Leider war ihr nach diesem Abend so gar nicht zum Lächeln zumute, dennoch versuchte sie, sich ein kleines abzuringen.

»Ja, die bin ich«, antwortete sie der jungen Polizeibeamtin, die mit zwei Kaffeebechern to go den Gang entlangkam. Sie war groß und schlank und hatte ihr langes blondes Haar zu einem hohen Pferdeschwanz gebunden. Sie könnte glatt die Rolle einer Polizistin in einem Film übernehmen, dachte Rosemary.

Die junge Frau strahlte begeistert. »Das gibt's ja nicht. Was machen Sie denn hier? Kann ich irgendetwas für Sie tun? Brauchen Sie was? Einen Kaffee oder irgendwas sonst?«

»Ein Kaffee wäre wirklich nicht schlecht, danke.«

»Nehmen Sie meinen«, sagte die Polizistin sofort und reichte ihr einen der Becher.

»Danke, das ist wirklich nett.« Sie trank einen Schluck und ließ die heiße Flüssigkeit ihre Kehle hinunterlaufen. Hoffentlich würde ihr das helfen, die Nacht durchzustehen.

»Entschuldigen Sie bitte, ich weiß, das ist wahrscheinlich total … ähm … dürfte ich Sie vielleicht bitten …«

»Ein Selfie zu machen?«, fragte sie und stand auf. »Na klar, warum nicht?« Die junge Frau war nett, und sie hatte ihr immerhin Kaffee geschenkt. Außerdem war sie sich sicher, dass die Geschehnisse sowieso nicht lange geheim bleiben würden. Spätestens in zwei, drei Tagen würde in allen Zeitungen stehen und in allen sozialen Medien bekannt gegeben werden, dass sie Teil eines gewalttätigen Ehedramas gewesen war. Wahrscheinlich würde die Presse alles auch noch unnötig aufbauschen und am Ende sie als Täterin hinstellen. Als Ehebrecherin, wegen der der Streit eskaliert war oder so ähnlich. Ja, so war es immer. Da konnte sie doch wenigstens gut aussehen bei allem, oder?

Sie lächelte in die Handykamera der Polizistin und wusste jetzt schon, dass diese das Foto an ihre Freundinnen weiterschicken würde, und die würden es an ihre Freunde weiterschicken, an ihre Familien, und irgendwo würde ein Journalist oder ein Blogger darunter sein oder einfach jemand Geldgeiles, der das Foto und die dazu passende Story an die Klatschpresse weiterverkaufen würde.

»Darf ich mal sehen?«, bat sie und nickte zustimmend. Ja, das Foto war okay. Ihre Augen waren geöffnet, und ihr Lächeln strahlte. Außerdem sah sie für zwei Uhr morgens gar nicht mal so übel aus, die teuren Cremes und der Augen-Concealer machten sich bezahlt.

»Danke, Mrs. Steen. Vielen Dank«, sagte die Polizistin. »Falls Sie noch irgendetwas benötigen, lassen Sie es mich wissen. Ich bin Officer Gayle, und mein Tisch ist dort vorne.« Sie zeigte auf einen robusten Tisch im Großraumbüro, das um diese Zeit ziemlich leer war. Es war das erste Mal, dass Rosemary auf dem Polizeirevier von Lamont war, und sie war überrascht, dass es so groß war. Hier passierte doch überhaupt nicht viel! Allerdings wusste sie, dass der Sheriff auch für die umliegenden Orte im County zuständig war. Kaffs, die noch kleiner waren als Lamont mit seinen fünfzehntausend Einwohnern.

»Danke, sehr freundlich von Ihnen«, sagte sie, lehnte sich in ihrem Stuhl zurück und schloss die Augen. Sie hoffte, dass Officer Gayle verstehen würde, dass sie einen Moment Ruhe brauchte.

Als sie die Augen wieder öffnete, war die Polizistin weg. Rosemary nahm ihr Smartphone heraus und entschloss sich nun doch, Edward anzurufen. Sie hatte es bisher nicht getan, weil sie ihn nicht mitten in der Nacht wecken und beunruhigen wollte, doch jetzt hielt sie es einfach nicht länger aus, hier allein zu sitzen und sich die Ereignisse der letzten Stunden immer und immer wieder durch den Kopf gehen zu lassen. Sie musste dringend mit jemandem sprechen.

Gerade, als sie den Anrufknopf drücken wollte, kam Jennifer hereingestürmt. Sie war noch nie so froh gewesen, sie zu sehen.

»Rosemary!«, sagte sie. »Endlich! Ich versuche schon seit einer Stunde, zu euch zu gelangen, aber sie haben mich nicht reingelassen. Erst als ich sagte, ich wäre Lucindas Anwältin, hat man mir den Zutritt genehmigt.«

»Guter Trick. Und das mit der Anwältin war ja nicht mal gelogen. Wirst du sie denn wirklich vertreten, falls sie einen Rechtsbeistand braucht?«

»Erzähl mir bitte erst mal, was überhaupt passiert ist. Und lass dabei nichts aus, ja?«

»Okay«, sagte sie und begann zu erzählen.

Lucinda konnte für nichts garantieren. Wenn der unfreundliche Sergeant sie noch einmal danach fragen würde, ob außer ihr, Rosemary und Michelle auch wirklich niemand sonst anwesend gewesen war, würde sie ihm an den Kragen gehen.

»Sergeant Cosco, ich habe es Ihnen doch bereits eine Million Mal erklärt. Es war sonst keiner da. Niemand sonst war beteiligt. Ich allein habe den Stein aufgehoben und Russel damit niedergeschlagen, weil ich Angst um das Leben meiner besten Freundin hatte. Ich habe in Notwehr gehandelt, das können Michelle und Rosemary Ihnen bestätigen. Sehen Sie sich Michelles Verletzungen an. Ihr ganzer Körper ist mit Blutergüssen übersät, außerdem hat sie eine ausgerenkte Schulter und einen verstauchten Finger, wenn ich mich nicht irre. Oder?«

Sie sah den älteren Mann mit dem grauen Schnurrbart an, der nur ausdruckslos zurückblickte.

»Und außerdem hat er Rosemary, besser bekannt als Rose Steen, geschubst und verletzt. Sie ist eine berühmte Persönlichkeit! Nun stellen Sie sich mal vor, sie könnte ihren nächsten Film nicht drehen, weil sie äußerlich so angeschlagen wäre. Wissen Sie eigentlich, wie fatal das wäre? Es geht da um Millionen!«, sagte sie mit übertriebenem Entsetzen.

Immer noch blickte Sergeant Cosco stumpf drein. Sie hoffte nur, er würde ihr endlich glauben und sie entlassen. Es war ja nicht so, dass Russel tot war. Er würde sicher wieder werden, so sturköpfig, wie er war. Daran hatte sie überhaupt keinen Zweifel.

»Miss Gordon«, sagte er und sah sie streng an. »Wir genehmigen hier niemandem eine spezielle Behandlung aufgrund irgendeines Status.« Ja, das sagte er, doch sie konnte von seinen Augen ablesen, dass er deshalb doch besorgt war.

»Okay, alles klar. War's das jetzt? Darf ich endlich gehen? Sie wissen doch, wo Sie mich finden, falls noch was ist.«

Sergeant Cosco sah ihr in die Augen und schien zu überlegen. Dann erhob er sich und sagte: »Gut, Sie können nach Hause gehen. Aber verlassen Sie den Staat nicht, bis wir wissen, ob gegen Sie Anklage erhoben wird.«

»Das habe ich nicht vor.«

»Gut.« Oh Mann, der Typ schien wohl nicht zu verstehen, dass gar nichts gut war. Alles, was sie gerade wollte, war, nach Michelle zu sehen. Sich vergewissern, dass sie in Ordnung war.

»Danke, Sergeant«, sagte sie und ließ sich von ihm aus dem Verhörraum bringen.

Draußen saßen Rosemary und Jennifer und sahen sie besorgt an.

»Ich kann erst mal nach Hause gehen«, ließ sie sie wissen. »Wo ist Michelle?«

»Hier bin ich!«, hörte sie es und drehte sich um. Und da stand Michelle und sah so tapfer aus. Sie fiel ihr um den Hals.

»Aua«, sagte ihre Freundin.

»Entschuldige, ich wollte dir nicht wehtun.«

»Ach, das war doch gar nichts«, sagte Michelle und drückte sie. Dabei nahm sie wohl gerne weitere Schmerzen in Kauf. »Danke«, flüsterte sie ihr ins Ohr. »Für alles.«

Lucinda löste sich von ihr und lächelte sie an. »Keine Ursache«, flüsterte sie zurück. Dann sagte sie lauter, sodass alle es hören konnten. »Kommt, lasst uns gehen. Es ist bereits … « Sie sah auf ihr Handy. »Oh Gott, schon fast drei. Wir werden heute Nacht überhaupt keinen Schlaf finden.« Michelle würde immerhin schon gegen halb sechs aufbrechen müssen, um rechtzeitig zum LAX Airport in Los Angeles zu kommen.

»Ich glaube eh nicht, dass ich nach alldem schlafen könnte«, sagte Michelle.

»Möchtest du ins Krankenhaus?«, fragte Jennifer sie. »Nach Russel sehen?«

»Nein danke, ich verzichte«, entgegnete Michelle gleich.

»Wie geht es Russel? Habt ihr was zu seinem Zustand gehört?«, erkundigte sich Lucinda.

»Er ist wieder bei Bewusstsein und außer Lebensgefahr«, ließ Rosemary sie wissen.

»Oh«, machte Michelle, die das anscheinend ebenfalls noch nicht wusste. Man hätte fast denken können, sie sei ein wenig enttäuscht.

Aber es war besser so für alle, besonders für Alejandro. Und genau zu dem musste sie jetzt unbedingt, sie hatte ihm etwas Wichtiges zu sagen.

Als sie in Jennifers Leihwagen zur Plantage zurückfuhren, waren sie alle still. Keine sagte ein Wort, bis sie aus dem Auto stiegen.

»Ich will dann mal meine Sachen packen«, sagte Michelle. »Und duschen nach all den Untersuchungen.«

»Ich helfe dir beim Packen«, sagte Rosemary und ging mit ihr mit.

»Ich muss kurz was erledigen«, sagte Lucinda.

»Gehst du zu Alejandro?«, fragte Michelle, die sie einfach zu gut kannte.

Sie nickte. »Ich muss einfach.«

»Richtest du ihm bitte etwas von mir aus? Sag ihm, dass ich ihm auf ewig dankbar sein und nur auf den Tag warten werde, an dem ich mich irgendwie bei ihm revanchieren kann.«

Lucinda nickte. Das würde sie ihm gerne ausrichten.

»Okay, dann mache ich Frühstück«, beschloss Jennifer und ging in die Küche.

Lucinda durchquerte mithilfe einer alten Gaslaterne den Garten, ging durch die Orangenhaine bis ans Ende des Grundstücks und klopfte an die Tür. Da noch Licht an war, war sie sich sicher, dass er nicht schlief. Wer könnte nach solch einem Abend auch schlafen?

»Lucinda«, sagte er, nachdem er ihr geöffnet hatte. »Wie geht es deiner Freundin?«

»Michelle? Ihr geht es gut. Dank dir.« Sie lächelte ihn an. »Deshalb bin ich hier. Ich wollte dir im Namen von uns allen Danke sagen. Was du da getan hast … war so mutig. Wahrscheinlich hast du Michelle das Leben gerettet. Sie lässt dir übrigens ausrichten, dass sie dir etwas schuldig ist und sich gerne revanchieren würde.«

Alejandro schüttelte den Kopf. »Nein, nein«, sagte er. »Sie ist mir nichts schuldig. Der Kerl hatte es verdient.«

Sie sah den Mann an, dessen Haare inzwischen so grau geworden waren. Er sah so gealtert aus, und doch sah sie in seinen Augen noch immer das lodernde Feuer von damals …

Kapitel 29

September 2000

»Er muss doch etwas damit zu tun haben, oder?«, sagte Jennifer zum wohl hundertsten Mal seit dem Mord an Maria. Sie kletterte mal wieder auf einem Orangenbaum herum und suchte nach Früchten, die bei der Ernte übersehen worden waren.

Es war Anfang September, die Erntezeit war vorbei, und es war Lucinda so vorgekommen, als wenn mit den letzten Orangen auch das letzte bisschen Hoffnung verschwunden war. Hoffnung, denjenigen zu finden, der verantwortlich war für den Verlust ihrer Schwester, die Trauer ihrer Eltern und die Albträume, die Lucinda jede Nacht mit solcher Wucht packten, dass sie schweißgebadet aufwachte. Dann lag sie lange wach und weinte, weinte um ihre verlorene Schwester, die von ihr gerissen worden war. Die sie nicht mehr um Verzeihung bitten konnte. Doch sie war sich sicher, dass sie ihr den Streit nicht nachgetragen hatte. Sie waren Schwestern gewesen, da war es ganz normal, dass sie nicht immer einer Meinung waren.

Noch immer musste sie allerdings an Marias Worte denken, und sie verbrachte ihre Tage damit, darüber nachzugrübeln, wer nur Marias heimlicher Schwarm gewesen sein könnte. Inzwischen war sie sich ziemlich sicher, dass es kein gewöhnlicher Junge war, dass er etwas an sich gehabt haben musste, das sie dazu bewogen hatte, seinen Namen nicht preiszugeben. Oh, hätte sie ihn ihr doch verraten, dann hätte sie wenigstens einen Anhaltspunkt. Doch alles, was sie bisher herausgefunden hatte, war, dass Maria ihre über alles geliebte Kette an ihrem Todestag nicht getragen hatte. Zwar hatte sie das gleich Sheriff Hunter mitgeteilt, doch bisher hatte ihnen dieser Hinweis absolut überhaupt nichts genützt.

Die Kette war nicht wiederaufgefunden worden, obwohl die Polizei das ganze Grundstück abgesucht hatte. Es waren nachher sogar noch ein paar Detectives aus Bakersfield dazugekommen, die den Fall offiziell übernommen hatten. Auch sie hatten noch mal jeden vernommen, und Lucinda hatte gehört, dass sie sich nach dem alten Schuppen und den Möbeln darin erkundigt hatten. Ihr Vater hatte ihnen allerdings gesagt, dass der Schuppen ihm lediglich ab und zu als Nachtlager diene, wenn seine Frau ihn nach einem Streit mal wieder aus dem Bett geworfen hatte. Dabei hatte er gelacht, und die Detectives hatten mitgelacht. Lucinda aber hatte in ihrem ganzen Leben nicht ein einziges Mal mitbekommen, dass ihr Dad nicht in seinem eigenen Bett an der Seite ihrer Mutter geschlafen hätte.

»Ich glaube auch, dass Alejandro Marias Mörder sein könnte«, meinte Rosemary, die sich in diesem Sommer viele alte Kriminalfilme mit ihrer Grandma Tippi angesehen hatte. Die besaß nämlich die komplette Hitchcock-Kollektion auf Video.

»Mir ist er ja auch immer schon unheimlich vorgekommen«, steuerte Michelle bei.

»Leute, ihr glaubt doch nicht im Ernst, dass Alejandro eines Mordes fähig wäre, oder?«, sagte Lucinda. »Meine Schwester wurde erdrosselt!«

»Ja, und? Warum nicht?«, fragte Jennifer.

»Weil ich es nicht glaube. Er ist vielleicht still und sogar ein bisschen unheimlich, aber er ist immer nett zu Maria und mir gewesen. Er hat Maria sogar immer besonders freundlich angelächelt, und ich hab ein paarmal gesehen, wie sie sich unterhalten haben.« Sie streichelte die Katze Idgie, die sich kurz mal von ihren Jungen getrennt hatte, um sie trösten zu kommen. Als würde sie spüren, wie sehr sie ein paar Kuscheleinheiten brauchte.

»Hey, da haben wir doch das Motiv!«, meinte Rosemary. »Er war in sie verliebt, und sie hat seine Liebe nicht erwidert!«

»Und warum sollte man jemanden töten, den man liebt? Das ergibt doch keinen Sinn!«

»Menschen tun die verrücktesten Dinge aus Liebe«, wusste Rosemary. »In *Vertigo* …«

»Du guckst eindeutig zu viele Filme, Rosemary! Das echte Leben ist nicht so.«

»Und doch ist hier ein Mord geschehen, oder?«, sagte Jennifer. »Ich bin dafür, dass wir da mal nachforschen. Ich meine, er ist am Tag von Marias Tod verschwunden, oder? Der ist doch nicht ohne Grund abgehauen.«

»Ich bin auch dafür«, meinte Rosemary. »Lasst uns doch einfach mal in seiner Hütte nachsehen, ob wir irgendwas finden.«

»Das ist Einbruch!«, sagte Lucinda schockiert.

»Ist doch egal. Wenn wir etwas finden, war es das wert, oder?« Jennifer sah sie herausfordernd an.

»Und wenn nicht?«

»Dann war es wenigstens ein Versuch. Wir können doch nicht einfach dumm rumsitzen, während der Killer noch auf freiem Fuß ist. Was, wenn er wiederkommt und noch mal zuschlägt? Beim nächsten Mal könnte es dich treffen!«

Jennifer wartete nicht ab, ob sie noch etwas zu entgegnen hatte, sondern stolzierte davon. Rosemary folgte ihr, ohne zu zögern. Und Michelle sah sie nur kurz an, zuckte die Schultern und ging ebenfalls hinterher.

Lucinda seufzte. Okay, den Versuch war es wohl wert. »Wartet!«, rief sie und lief ihren Freundinnen nach.

Alejandros Schuppen war verschlossen, doch Lucinda wusste, wo ihr Dad einen Ersatzschlüssel aufbewahrte. Sie ging ihn schnell holen, und im Nullkommanichts waren sie in Alejandros vier Wänden, wo es so erbärmlich aussah, dass Lucinda gleich eine heftige Traurigkeit überfiel. Hier gab es nämlich weder einen Fernseher noch einen Kühlschrank noch irgendwelche persönlichen Dinge wie Bilder an den Wänden. Auf dem Bett lag eine dünne braune Wolldecke, die total kratzig aussah.

»Oh mein Gott, seht mal, was ich gefunden habe!«, hörte sie Michelle mit ängstlicher Stimme sagen und drehte sich um. »Ist das nicht Marias Strickjacke?« Ihre Freundin nahm eine grüne Jacke von der Stuhllehne und hielt sie hoch.

Lucinda blieb das Herz stehen. Sie entriss Michelle das Kleidungsstück und musste es gar nicht genauer betrachten, da sie bereits wusste, dass es Marias war. Es handelte sich dabei um eine alte ausrangierte Jacke ihres Dads, Maria hatte sie für sich beansprucht und oft getragen, obwohl sie ihr viel zu groß gewesen war. Sie roch noch immer nach ihrem Parfum. CK One – sie hatte den Duft geliebt!

»Ich kann es nicht glauben«, sagte sie, und Tränen stiegen ihr in die Augen. All die Zeit war sie so tapfer gewesen und hatte nicht vor ihren Freundinnen geweint. Sie bewahrte sich ihre Tränen für die Beerdigung auf, die noch immer nicht hatte stattfinden können, weil Marias Leiche noch nicht freigegeben worden war. Doch jetzt konnte sie es kaum mehr verhindern und ließ den Tränen freien Lauf.

Michelle legte einen Arm um ihre Schulter, um sie zu trösten. Rosemary reichte ihr ein Taschentuch.

»Scheiße, ich wusste es doch!«, rief Jennifer, und Michelle machte: »Pssst! Sonst hört uns noch jemand!«

Jennifer wurde zwar still, doch jetzt war sie erst richtig in Fahrt. Sie öffnete alle Schränke und Schubladen und suchte nach Beweisen. Und sie wurde richtig wütend, weil sie nichts fand. Mit voller Wucht trat sie gegen den einzigen Stuhl im Raum, der geräuschvoll umkippte.

Rosemary, die gedankenverloren dastand und wahrscheinlich an alte Hitchcock-Filme dachte, legte sich die Hand ans Kinn und begann zu nicken, als hätte sich ihr irgendetwas offenbart. Dann fing sie an, nach Geheimverstecken zu suchen, in Schubladen, unterm Tisch, im Lampenschirm, hinter Schränken, unterm Bett. Die anderen konnten ihr nur stirnrunzelnd zusehen, als sie sich nun auch noch flach auf den Boden legte und auf verschiedene Holzdielen klopfte.

»Wartet! Ich glaub, ich hab da was!«, rief sie plötzlich aus und verschwand noch weiter unter dem Bett, sodass nur noch ihre Füße herausguckten.

»Komm da raus, Rosie«, meinte Jennifer. »Wir können das Bett doch einfach beiseiteschieben.«

Gesagt, getan. Im Nu war das Bett aus dem Weg geräumt, und Rosemary suchte schnell nach einem Gegenstand, mit dem sie eine der Dielen anheben konnte, die an einer Ecke nur ein winziges bisschen hochstand. Mit einem Hebel aus der Werkzeugkiste, die noch immer auf einem der Regale stand, gelang es ihr, und sie lächelte breit, da sie nämlich recht gehabt hatte. Unter der Diele gab es einen Hohlraum, ein Geheimversteck, in dem sich eine metallene kleine Kiste befand.

»Dumme Cops! Wie sollen sie Marias Mörder finden, wenn sie nicht mal das hier entdeckt haben? Gut gemacht, Rosie!«, lobte Jennifer, holte die Kiste hervor und öffnete sie. Obenauf lag ein altes, zerknittertes Foto, das einen jüngeren Alejandro mit einem Latino-Paar und einem kleinen Mädchen zeigte, vielleicht seiner Familie. Jennifer nahm es heraus und warf es auf den hölzernen Tisch, der so morsch aussah, dass Lucinda sich wunderte, wie er noch aufrecht stehen konnte.

»Was ist da noch drin?«, wollte Michelle wissen und lugte über Jennifers Schulter.

»Briefe, wie es aussieht«, antwortete diese und holte einen ganzen Stapel hervor. Sie zog einen aus seinem Umschlag, überflog die Zeilen und erstarrte. Sie ließ sich aufs Bett sacken und sagte: »Das ist ein Brief von Maria. Die sind alle von Maria. Es sind Liebesbriefe.«

»Was?« Lucinda wollte ihrer Freundin nicht glauben. Doch diese hielt ihr die Briefe entgegen, und sie überzeugte sich selbst.

Jennifer hatte recht! Die Zeilen waren in Marias Handschrift geschrieben und mit ihrem Namen unterzeichnet. Ihr Spanisch war zwar nicht schlecht, doch sie konnte sich gerade nicht konzentrieren, deshalb bat sie Rosemary: »Kannst du das für mich übersetzen?«

Rosemary nahm einen der Briefe an sich und tat ihr den Gefallen.

»Lieber Alejandro, wie sehr du mir fehlst. Immer wieder muss ich an unsere gemeinsamen Stunden am See denken, und immer wieder kommen mir unsere Küsse in den Sinn.« Rosemary blickte auf und presste die Lippen fest aufeinander. »Soll ich weitermachen?«

Lucinda nickte. Sie musste alles wissen, *alles*!

»Ich habe meinem Vater gesagt, dass ich es mir anders überlegt habe und nicht mehr nach Berkeley gehen will. Er war so sauer. Aber ich habe ihm gesagt, dass ich nicht so weit fortgehen kann, weil ich dich liebe. Ich glaube, er wird bald zu dir kommen, also sei bereit, und bitte stehe zu unserer Liebe, wie ich es getan habe. Alejandro, ich kann nicht mehr ohne dich leben, und es – macht mich krank, heißt das, glaube ich –, dass ich Lucinda nichts von uns sagen kann. Aber sie würde es nicht verstehen, und ich muss warten, bis sicher ist, dass wir eine gemeinsame Zukunft haben. Bitte … gedulde dich noch ein bisschen. Ich werde einen Weg finden. In ewiger Liebe, deine Maria.«

Lucinda starrte auf Marias Strickjacke, die sie noch immer hielt. »Maria und Alejandro?«, sagte sie ungläubig.

»What the fuck?«, kam es von Jennifer.

»Ich bin sprachlos!«, meinte Rosemary.

»Sie haben sich geliebt«, sagte Michelle. »Das ist so romantisch. Armer, armer Alejandro.«

»Und wo ist Alejandro?«, fragte Jennifer. »Wieso ist er abgehauen, wenn er Maria doch gar nichts getan hat?«

»Er ist doch illegal hier«, erinnerte Lucinda ihre Freundin. »Er konnte der Polizei die Wahrheit nicht sagen. Wahrscheinlich ist er aus Angst geflohen.«

»Er muss ganz schön in Eile gewesen sein, wenn er die Briefe zurückgelassen hat«, sagte Rosemary.

Sie hörten ein Geräusch, und als Nächstes öffnete sich die Tür, und Lucindas Vater trat ein. Und so, wie er sie alle anblickte, war sie sich sicher, dass er schon eine Weile draußen gestanden und ihnen zugehört haben musste.

»Ihr habt es nun also herausgefunden, hm?«, sagte er und sah Lucinda herzzerreißend an.

»Du wusstest es die ganze Zeit?«, fragte sie, obwohl sie die Antwort ja schon kannte.

Ihr Dad nickte. »Ja. Es muss gewesen sein, kurz nachdem Maria ihm diesen Brief geschrieben hatte, dass ich zu ihm gegangen bin. Ich wollte ihn zur Rede stellen, wollte ihm sagen, dass er Maria nicht davon abhalten solle, aufs College zu gehen. Dass er ihr nicht die Möglichkeiten nehmen solle, die ihr offenstünden. Doch er sagte mir, dass er das gar nicht wolle. Dass er die vier Jahre auf sie warten würde, doch dass er sie eines Tages heiraten wolle. An diesem Tag bat er mich um die Hand meiner Tochter.«

»Hast du Ja gesagt?«, fragte Lucinda.

»Das habe ich. Denn ich habe die Liebe in seinen Augen gesehen, die er für Maria empfand. Ich habe zugestimmt, aber nur unter der Bedingung, dass Maria erst einmal nach Berkeley ging. Danach könnten sie heiraten, und Alejandro würde durch sie sogar eine Aufenthaltsgenehmigung bekommen und in den USA bleiben können.«

»Wahrscheinlich wollte er sie nur deswegen heiraten«, sagte Jennifer gehässig.

»Nein!« Ihr Dad sah ihre Freundin ernst an. »Er hat sie geliebt. Er hätte alles für sie getan.« Er musste einmal tief durchatmen, und dann sprach er mit zitternder Stimme weiter. »Bevor er ihr den Antrag machen konnte, wurde sie tot aufgefunden. Und es gibt da noch etwas, das ihr nicht wisst … Maria war schwanger. Es wurde bei der Obduktion festgestellt.« Jetzt liefen ihrem Vater selbst Tränen die Wangen hinunter, und Lucinda fiel ihm um den Hals.

»Oh nein, arme Maria«, schluchzte sie, und zusammen weinten sie eine Weile. »Hat sie es gewusst?«, fragte sie dann.

»Das weiß nur der liebe Gott«, antwortete ihr Vater.

Als sie sich voneinander lösten, sah sie, dass auch ihre Freundinnen schwer mitgenommen waren von dieser Offenbarung.

»Ich möchte euch um einen großen Gefallen bitten«, wandte Hank sich nun an sie alle. »Erwähnt der Polizei gegenüber nichts von Alejandro. Ich habe ihn fortgeschafft und werde ihn hierher zurückholen, wenn der Zeitpunkt gekommen ist. Kann ich auf euch zählen?«

Er sah sie alle der Reihe nach an. Michelle nickte als Erste, und die anderen taten es ihr gleich.

»Danke«, sagte Hank. »Das werde ich euch nie vergessen. Und nun kommt, gehen wir ein paar Orangen pflücken.«

»Es sind keine mehr an den Bäumen«, erinnerte ihn Jennifer, die den Stuhl aufhob, während die anderen die Kiste mit den Briefen wieder in ihr Versteck legten und das Bett an seinen Platz zurückschoben.

»Ich weiß, wo noch welche hängen«, sagte er augenzwinkernd und wartete ab, bis sie alle den Schuppen verlassen hatten. Er zog die Tür hinter sich zu und drehte den Schlüssel einmal um.

Lucinda sah, wie ihr Dad für einen Moment die Augen schloss und dann lächelte. Er legte den Arm um ihre Schulter, und sie nahm wahr, wie ein anderes Gefühl die Traurigkeit ein wenig verdrängte. Es war Gewissheit. Die Gewissheit, dass Alejandro nicht der Mörder war, die Gewissheit, dass Maria die Liebe hatte erleben dürfen, bevor sie gestorben war. Und es war die Gewissheit, sich auf ihre Freundinnen verlassen zu können, egal, was komme. Sie alle teilten jetzt ein Geheimnis, und das war so gewaltig und so tragisch und doch so wundervoll, dass es sie noch lange nicht loslassen würde, das wusste Lucinda schon jetzt. Vielleicht würde es für immer ein Teil von ihnen sein und sie für den Rest ihres Lebens begleiten.

Einige Dinge würden zwar ungewiss bleiben, doch sie konnte jetzt damit abschließen, nach Antworten zu suchen, und endlich ihre Trauer zulassen.

Sie zog sich Marias Strickjacke über und sog ihren Duft tief ein. Und auch Maria würde für immer ein Teil von ihr sein.

Kapitel 30

»Wie auch immer … Danke«, wiederholte Lucinda und sah Alejandro in die Augen. »Und ich wollte dich wissen lassen, dass du keine Angst vor der Polizei zu haben brauchst. Ich habe alle Schuld auf mich genommen.«

Alejandro blickte sie beunruhigt an. »Das hättest du nicht tun müssen.«

»Oh doch, natürlich. Was hätte ich denn sonst sagen sollen? Dass du es warst? Sie hätten dich sofort eingesperrt und wahrscheinlich zurück nach Mexiko geschickt.« Die Situation kam ihr schmerzhaft bekannt vor.

Alejandro schien es genauso zu gehen, denn er fragte sogleich: »Soll ich wieder verschwinden? Für eine Weile?«

»Nein«, versicherte sie ihm gleich. »Ich glaube nicht, dass das nötig sein wird. Russel, der Mann, den du niedergeschlagen hast, ist nicht tot. Er ist nur verletzt und bereits wieder bei Bewusstsein. Auch bin ich mir ziemlich sicher, dass er keine Anzeige erstatten wird, weil er sonst nämlich selbst große Probleme bekommen wird. Mach dir also keine Sorgen, okay?«

»Okay«, sagte Alejandro.

Sie sah ihm in die Augen. »Darf ich dich etwas fragen? Das habe ich dich schon lange fragen wollen.«

Er nickte nur.

»Hast du gewusst, dass Maria schwanger war?«, sprach sie die Worte endlich aus.

Alejandro schien die Luft anzuhalten, und sie starrte auf eine Stelle in seinem Bart, die noch schwarz geblieben war zwischen all dem Grau.

»Ich habe es gewusst«, sagte er schließlich, seine Stimme von Trauer erfüllt. Und nun war Lucinda dran mit Nicken, denn das war alles, was sie gerade tun konnte. Zu schmerzlich waren die Erinnerungen, die wieder hochkamen.

»Danke für alles, Alejandro«, sagte sie schließlich. »Danke, dass du meine Schwester so geliebt hast.« Das hatte sie ihm noch nie gesagt, doch in diesem Moment schien es das Richtige zu sein.

Sie nahm wahr, wie Alejandros Augen glasig wurden. Eine kleine Träne lief seine Wange hinunter. »Ich habe nie aufgehört, sie zu lieben«, sagte er mit gebrochener Stimme.

»Ich weiß«, erwiderte sie, griff nach seiner Hand und drückte sie, um ihm zu zeigen, dass er nicht allein mit seinen Gefühlen war. »Du solltest versuchen, noch ein bisschen zu schlafen«, sagte sie ihm. »Und falls du morgen erst mittags damit anfangen möchtest, Orangen zu pflücken, ist das auch in Ordnung.«

»Danke«, sagte er und sah ihr nach, als sie zurück in Richtung ihres Hauses ging. Als sie sich vor der Biegung noch einmal umdrehte, stand er noch immer in der Tür.

Wie einsam er doch sein muss, dachte sie. Er hatte nach Maria nie wieder die Liebe gefunden und hatte wahrscheinlich nicht einmal danach gesucht. Welch ein trostloses Leben. Aber vielleicht war es genau das Leben, welches er führen wollte.

Als sie von der Veranda aus die Küche betrat, stieg Lucinda

ein wohliger Duft in die Nase. Es roch nach Pfannkuchen, die sie schon ewig nicht gegessen hatte. Einfach, weil es ihr zu aufwendig war, für sich allein welche zu machen.

»Wow, was hast du denn da gezaubert?«, fragte sie Jennifer, die gerade mit dem Pfannenwender zwei weitere Pancakes auf den Stapel häufte.

»Ich mache oft Pancakes, wenn ich deprimiert bin«, war alles, was sie sagte. Sie machte ein paar Schranktüren auf.

»Falls du den Sirup suchst, der ist über der Spüle im Hängeschrank. Linke Tür«, ließ sie sie wissen.

Jennifer nahm die Flasche Ahornsirup heraus, und Lucinda holte Teller und Besteck hervor, außerdem Butter und die leckere Orangenmarmelade, die man sicher auch gut auf Pancakes essen konnte. Ja, sie verstand, warum Jennifer deprimiert war. Die Vorfälle waren ja auch nicht so einfach zu verkraften, und auch wenn sie nicht dabei gewesen war, machte sie sich sicher genauso große Sorgen um Michelle wie der Rest von ihnen. Und dass das schöne Wochenende hinüber war, war noch das i-Tüpfelchen, das einen einfach nur heulen lassen wollte.

»Wie geht es Alejandro?«, erkundigte sich Jennifer.

»Er ist okay. Ich glaube, er hatte Angst, dass man ihn holt und einsperrt. Die Sorgen hab ich ihm aber gleich genommen.«

»Das war sehr heldenhaft von dir, die Schuld auf dich zu nehmen.«

»Ich bin es ihm schuldig. Noch viel mehr als das.«

»Ja. Wahrscheinlich.«

»Wo sind denn Michelle und Rosemary? Noch am Packen?« Sie sah auf die Uhr, es war bereits halb fünf. Sie hatten gerade noch eine Stunde zusammen.

»Ich glaube schon.«

Jetzt war Lucinda plötzlich so nach Weinen zumute, dass sie sich abwenden musste. »Ich geh mal hoch und sehe nach ihnen«, murmelte sie und stieg die Treppe hinauf ins erste Stockwerk.

»Ich wünschte, ich könnte mit dir kommen und dir beistehen«, sagte Rosemary zu Michelle, die ihre letzten Sachen in den Koffer packte. Vier Marmeladengläser und ihre angebrochene Tüte Orangenbonbons.

»Du musst jetzt an deine Gesundheit denken, das ist das Allerwichtigste«, erwiderte Michelle und sah sie liebevoll an. »Ihr alle habt heute so viel für mich getan. Ich bin euch unendlich dankbar.«

»Ich hoffe nur, dass Russel dich jetzt auch wirklich in Ruhe lässt. Was hast du eigentlich vor, wenn du zurück in Austin bist?«, fragte sie.

»Ich habe ehrlich keine Ahnung. Zuallererst meine Schwiegermutter rausschmeißen, würde ich sagen. Und danach muss ich mir überlegen, wie ich mir ein neues Leben mit meinen Kindern aufbauen kann. Ohne Russel.«

»Es wird bestimmt nicht einfach, aber ihr werdet es schaffen«, sprach sie ihr Mut zu.

»Und was, wenn Russel wieder auftaucht? Er wird ja nicht ewig im Krankenhaus bleiben. Und ob sie ihn wirklich einsperren werden, das bezweifle ich auch noch.«

Darüber hatte Rosemary auch schon nachgedacht. Dass, selbst wenn sie Anklage gegen Russel erhoben, er doch sicher auf Kaution rauskommen und Michelle und die Kinder aufsuchen würde. Wenn das passierte, war Michelle nicht sicher. So, wie er gestern Abend schon drauf gewesen war! Jetzt war er sicher noch viel wütender. Wie konnte man Michelle und ihre Kinder nur schützen?

»Du, darf ich dich was fragen?«

»Was denn?«, wollte Michelle wissen.

»Schlägt er deine Kinder wirklich nicht?«, fragte sie behutsam.

Michelle wurde ganz still, zog den Reißverschluss ihres Koffers zu und hob ihn vom Bett. Sie stellte ihn neben ihren Füßen ab, schüttelte den Kopf und sagte: »Er ist zwar nicht der Vater des Jahres, und er schreit auch sie manchmal an und gibt ihnen heftige Strafen, wenn sie sich ihm widersetzen, aber gewalttätig wurde er den Kindern gegenüber zum Glück noch nie. Das lässt er allein an mir aus.«

Obwohl sie sich wieder einmal fragte, wieso Michelle so lange bei Russel geblieben war, wenn er ihnen all das angetan hatte, sagte sie doch kein Wort darüber. Michelle fühlte sich elend genug, da musste man nicht auch noch drauf herumhacken.

»Du musst mir versprechen, dich von ihm zu trennen. Egal, was er *dir* verspricht. Egal, womit er dir droht. Denk dran, dass nichts schlimmer sein kann als das Leben, das du an seiner Seite führst.«

Michelle sah sie mit Mut in den Augen an und sagte: »Ich verspreche es.«

»Dann bin ich beruhigt und kann dich guten Gewissens gehen lassen. Hast du alles?«

»Ich denke ja. Nun, da gibt es noch eine Sache.« Michelle sah plötzlich ganz verlegen aus. »Ich frag dich nicht gern, aber ich hab daheim nicht mehr als hundert Dollar, die ich beiseitelegen konnte …«

… und ohne Geld kam Michelle mit ihren Kindern nicht weit.

»Oh Gott, Liebes, dass ich das nicht selbst angeboten habe … Ich werde dir eine meiner Kreditkarten mitgeben, ja? Du kannst sie so oft benutzen, wie du sie brauchst. Und keine falsche Bescheidenheit, bitte.«

»Aber ich kann doch nicht …«

»Doch, du kannst, und du wirst. Ich bestehe darauf.« Sie berührte sachte Michelles Arm. »Ich kann es mir leisten, Süße. Und du bist mir sowieso viel mehr wert als alles, was ich auf meinem Bankkonto habe.«

Michelle hatte Tränen in den Augen und drückte sie fest. »Danke, Rosemary. Das werde ich dir nie vergessen.«

»Ich will nur, dass du da heil rauskommst und dass du endlich das Leben führen kannst, das du verdienst.«

»Du bist ein Engel auf Erden.«

Sie winkte ab, lächelte ihre Freundin ermutigend an und sagte: »Okay, dann lass uns runtergehen und die letzten Minuten zu viert genießen.« Sie hielt ihr ihre Hand hin.

Michelle jedoch zog sie noch einmal an sich und umarmte sie fest. »Pass du auch auf dich auf, ja? Versprich mir, dass du nie wieder vor uns verheimlichst, wenn du krank bist oder es dir auf andere Weise schlecht geht.«

»Versprochen.«

Sie hielten einander in den Armen, als Lucinda ihren Kopf ins Zimmer steckte.

»Störe ich?«, fragte sie.

»Nein«, sagte Rosemary ihr, doch Michelle löste sich noch immer nicht von ihr.

»Darf ich mitmachen?«, fragte Lucinda. »Ich glaube, ich brauche auch ganz dringend eine Umarmung.«

Rosemary und Michelle hielten Lucinda beide einen offenen Arm entgegen, in den sie sich fallen ließ. Und so standen sie bestimmt fünf Minuten da, bevor sie endlich runtergingen.

»Seht mal, Jennifer hat uns Pancakes gemacht«, ließ

Lucinda sie wissen, und obwohl sie überhaupt keinen Appetit verspürte, lächelte Rosemary und setzte sich an den Tisch, auf dem sich in der Mitte ein riesiger Stapel Pancakes türmte.

Jennifer setzte sich ebenfalls, nahm sich drei Pancakes, legte sie übereinander und schüttete einen Schwall Ahornsirup darüber.

Rosemary nahm sich lediglich einen Pfannkuchen und ließ sich von Lucinda Orangensaft einschenken.

Als sie alle saßen und aßen, meinte Lucinda plötzlich: »Oh, Jenny, bei all dem Trubel hab ich ganz vergessen zu fragen, wie es mit deinem Vater gelaufen ist. War er da? Konntet ihr reden?«

Jennifer legte die Gabel ab und starrte auf ihren Teller. »Er ist tot«, sagte sie, und für einen Moment glaubte Rosemary schon, ihre Freundin meinte es im übertragenen Sinne. Doch so niedergeschmettert, wie sie plötzlich aussah, schien sie es tatsächlich wörtlich zu meinen.

»Dein Vater ist wirklich tot?«, fragte sie dennoch nach, und Jennifer nickte.

»Oh, Jenny, das tut mir so leid«, sagte Michelle gleich, erhob sich von ihrem Platz und legte ihre Arme von hinten um Jennifer.

Lucinda griff nach ihrer Hand, und Rosemary wollte gerade aufstehen, um ebenfalls zu ihr rüberzugehen, als sie sah, wie Jennifer ihre Freundinnen abschüttelte.

»Ihr braucht mich nicht zu bemuttern. Oder zu bemitleiden. Ehrlich nicht. Michelle ist hier diejenige, um die wir uns alle im Moment Sorgen machen müssen.«

»Und das tun wir«, sagte Lucinda. »Aber du hast gerade erfahren, dass dein Vater gestorben ist. Das ist echt traurig, vor allem, weil ihr euch nun nicht aussprechen konntet.«

Jennifer zuckte die Schultern. »Es hat wohl einfach nicht sein sollen.«

»Wie hast du überhaupt davon erfahren?«, erkundigte sich Lucinda. »Ich meine, hätte ich nicht davon hören sollen, dass er verstorben ist? Immerhin leben wir im selben Ort.«

»Lamont ist kein Dorf, Lucinda, da ist es nicht außergewöhnlich, dass man nicht alles über jeden hört. Außerdem hatte mein Dad keine Freunde, die es hätten herumerzählen können, zumindest hatte er früher keine, und ich glaube nicht, dass sich das geändert hat. Es hat auch keinen Nachruf in der Zeitung oder so etwas gegeben. Mrs. Blunt hat mir all das erzählt. Erinnert ihr euch an sie?«

Rosemary nickte. Ja, das tat sie. Jennifers Nachbarin hatte einmal jeder von ihnen einen Schokoladenweihnachtsmann geschenkt. Rosemary hatte sie sehr nett gefunden.

»Wann ist er denn verschieden?«, fragte sie.

»Wohl schon vor zwei Monaten.«

»Dann war die Beerdigung sicher auch schon, oder?«, fragte Michelle.

»Es gab nicht mal eine richtige Beerdigung.«

»Bist du traurig, dass du nicht Abschied nehmen konntest?«, wollte Lucinda wissen.

»Ich bin nur traurig, dass ich ihn nicht noch ein letztes Mal gesehen habe. Ich hätte ihm gerne gesagt, dass er mir mein ganzes Leben verdorben hat. Und ehrlich gesagt, hätte ich ihm auch gerne verziehen. Egal, wie er zu mir war. Einfach, um nochmal ganz neu anfangen zu können.«

»Aber das kannst du doch auch so, Süße. Jeder Tag könnte ein Neuanfang sein«, sagte Rosemary ihr.

»Vielleicht, ja. Michelle, wie viel Zeit hast du noch?«

»Da Sonntag und um diese Zeit bestimmt nicht allzu viel

Verkehr auf den Straßen ist, denke ich, dass es reicht, um Viertel vor sechs loszufahren.«

»Ich möchte euch gerne um etwas bitten. Wir hatten doch damals dieses Feuerritual …«

»Willst du etwa wieder ein Feuer machen?«, fragte Lucinda.

Jennifer nickte. »Ich würde gerne etwas hineinwerfen und mir etwas wünschen. Damit ich die Vergangenheit endlich ruhen lassen kann.«

»Das ist wirklich verrückt«, sagte Michelle. »Ich habe nämlich genau dasselbe gedacht. Dass auch ich gern etwas ins Feuer werfen würde.«

»Na, dann machen wir es doch einfach«, beschloss Lucinda und sah zur Küchenuhr. Es war zehn nach fünf. »Wir haben nicht mehr viel Zeit. Lasst alles stehen! Michelle, schnapp dir deinen Koffer und lade ihn schon mal in den Wagen. Rosemary, würdest du ihr dabei helfen? Jennifer, komm du mit mir, wir suchen eine Tonne oder so was Ähnliches. Wir treffen uns in fünf Minuten an der Scheune!«

Sie alle sprangen auf und liefen wie die Hühner wild herum, um ihre Aufgaben zu erledigen. Und Rosemary konnte dabei nur lächeln. Das war genau das, was sie brauchten. Als wunderbaren Abschluss dieser gemeinsamen Orangentage. Und sie hoffte aus der Tiefe ihres Herzens, dass alles gut werden würde und es nicht ihre letzten sein würden.

Kapitel 31

Michelle starrte auf das Feuer in der Tonne, das langsam begann, Gestalt anzunehmen. Seine Wärme breitete sich aus, seine roten Finger wurden immer gieriger und verlangten nach Dingen, die es auffressen und für immer vernichten konnte.

Wie lange hatte sie auf diesen Moment gewartet, wie sehr sich gewünscht, tun zu können, was sie jetzt im Begriff war zu vollziehen.

Sie nahm ihren Ehering vom Finger und behielt ihn noch eine kleine Weile in der Hand. Verabschiedete sich innerlich von dem Leben, das sie die letzten dreizehn Jahre geführt hatte. Sagte Goodbye zu Russel mit seinen harschen Worten, den Schlägen und der Macht, mit denen er viel zu lange über sie bestimmt hatte. Der Lieblosigkeit, die sie kaputtgemacht hatte, Tag für Tag ein bisschen mehr.

Das alles war jetzt wirklich vorbei, es gab kein Zurück mehr. Obwohl sie die letzten sieben Jahre in Folge hier auf der Orangenfarm gewesen war, hatte dieses Wochenende doch etwas bewirkt. Es war anders gewesen. Alles war anders gewesen. Sie konnte gar nicht genau sagen, was es war – dass sie sich ihren Freundinnen endlich anvertraut hatte, der wunderbare Zuspruch, den sie erhalten hatte, oder die Tatsache, dass Russel tatsächlich hier aufgetaucht war und ihr auch noch das letzte bisschen Würde genommen hatte –, doch sie war endlich aufgewacht, wusste, dass sie nicht zurück nach Austin gehen konnte. Nicht mehr mit Russel zusammenbleiben konnte. Und das war eine Einsicht, die sie zwar innerlich schon sehr lange begleitete, die sie sich nun aber auch endlich trauen wollte umzusetzen.

Sie sah zu ihren Freundinnen, die im Morgengrauen um die Tonne herum standen, die Lucinda und Jennifer auf die Schnelle gefunden und mit dem Laub und den alten Ästen aus den großen Behältern hinter der Scheune befüllt hatten. Sie betrachtete jede Einzelne von ihnen und verspürte eine Dankbarkeit wie nie zuvor. Was diese drei Frauen an diesem Wochenende für sie getan hatten, war einfach so unglaublich, dass es noch eine sehr lange Zeit ihr Herz erwärmen würde.

Als Rosemary jetzt vortrat, Mut und Tapferkeit in den Augen, wusste sie es endlich. Wusste, was den Ausschlag gegeben, was das Fass zum Überlaufen gebracht hatte. Was sie dazu veranlasst hatte, der Polizei endlich alles zu erzählen, was ihr Mann ihr jahrelang angetan hatte. Was ihr die Kraft gegeben hatte, ihre Narben zu zeigen. Russel hatte sich an Rosemary vergriffen! An einem der Menschen, die ihr am liebsten auf der Welt waren. Damit war er zu weit gegangen. Damit hatte er nicht nur sie verletzt, sondern jemanden, der absolut nichts zu tun hatte mit ihrer kaputten Ehe. Er hatte eine Grenze überschritten, und das würde sie jetzt ebenfalls tun. Sie würde einen Schlussstrich ziehen und die Grenze zur Freiheit überschreiten. Endlich. Und nichts und niemand konnte sie davon abhalten.

Sie sah jetzt Rosemary dabei zu, wie sie mit einer Hand in ihren Ausschnitt griff und eines der Silikonkissen herausholte, die seit der Amputation ihrer Brüste ein Teil von ihr waren. Sie holte das zweite ebenfalls hervor, hielt beide in den Händen und sagte: »Ich wünsche mir, dass ich wieder ganz gesund werde. Dass ich diese verdammten Tumore endlich besiegt habe und mich für immer von ihnen verabschieden kann.« Sie warf die Kissen nacheinander ins Feuer, dass es Funken sprühte. Dann trat sie die zwei Schritte zurück und stellte sich wieder an ihren Platz im Kreis.

Michelle hatte einen Kloß im Hals. Wie unglaublich Rosemary doch war. Was für eine selbstbewusste, starke Frau, die sich so leicht nicht kleinkriegen ließ. Sie war unglaublich stolz auf sie und griff nun nach ihrer Hand, um sie zu drücken.

»Du wirst es schaffen«, sagte sie ihr. »Alles wird gut.«

Rosemary drehte ihr den Kopf zu und lächelte mit Tränen in den Augen. Sie nickte zuversichtlich, und Michelle tat es ihr gleich.

Als Nächstes trat Lucinda an die Tonne. Sie warf wie damals ein paar Orangen ins Feuer, diesmal die mit den grünen Flecken, die es ihr dieses Jahr besonders schwer machten, über die Runden zu kommen.

»Ich wünsche mir, dass ein Wunder geschieht und ich die Farm irgendwie halten kann. Sie ist doch mein Leben, ich will hier nicht weg. Ich wüsste nämlich gar nicht, wo ich hinsollte oder was ich tun sollte, wenn ich keine Orangen mehr anbauen könnte.« Sie hatte doch immer davon geträumt, auf der Farm alt zu werden. Diese Orangenträume wollte sie einfach noch nicht aufgeben.

»Ich bin da ganz zuversichtlich, dass du wieder aus der Misere rauskommst«, sagte Rosemary. »Wir haben den Stein doch bereits ins Rollen gebracht. Du darfst nur den Glauben nicht verlieren.«

»Und sobald ich zurück in Atlanta bin, rufe ich die Verlegerin an, von der ich dir erzählt habe«, sagte Jennifer. »Du wirst die Farm nicht verlieren, das verspreche ich dir.«

Lucinda lächelte leicht. »Euer Wort in Gottes Ohr. Dann werde ich mich jetzt auf euch und eure Hilfe verlassen. Alles andere habe ich ja schon versucht.«

»Ganz genau. Verlass dich auf uns. Wozu sind Freundinnen denn sonst da?«, meinte Jennifer, und Rosemary stimmte nickend zu.

Michelle hoffte so, dass ihre beiden erfolgreichen Freundinnen recht hatten. Hoffte, dass die Orangenfarm wirklich noch zu retten war. Denn sie hatte vor, nun, da sie endlich frei sein würde, sehr oft herzukommen und Zeit mit Lucinda zu verbringen. Sie würde die Kinder mitbringen, die Lucinda seit Jahren nicht gesehen hatte. Und vielleicht konnte sie ihr sogar helfen.

»Wer will als Nächstes?«, fragte Rosemary.

»Ich!«, sagte Jennifer, und sie holte etwas hervor, das wie ein Striemen aussah. Bei näherem Betrachten erkannte Michelle, was es wirklich war, und ihr stockte der Atem.

Es war ein Gürtel.

Sie wusste, dass Jennifers Vater sie oft mit einem Gürtel geschlagen hatte, als sie noch ein Kind war. Russel hatte zwar nie nach einem Gürtel gegriffen, aber Michelle konnte die Schmerzen richtig spüren, die er verursacht hatte. Und sie konnte die Narben fühlen, die er hinterlassen hatte.

Alle waren still, es war so ruhig, dass man die ersten Vögel zwitschern hören konnte, und als Jennifer den Gürtel jetzt ins Feuer warf, konnten sie sie schluchzen hören.

Sie sagte nichts, stand nur weinend an der Tonne und starrte ins Feuer. Keiner wagte es, zu ihr zu gehen. Es war ihre Art zu trauern. Bisher hatte sie ja keine Träne für ihren toten Vater vergossen, und sie wollten sie bei ihrem Abschiedsritual nicht stören.

Nach ein paar Minuten sagte Jennifer: »Ich wünsche mir nur, das alles jetzt hinter mir lassen und endlich die Liebe zulassen zu können.«

»Das ist ein wirklich schöner Wunsch«, sagte Michelle ihr.

Jennifer lächelte zufrieden, und sie sah plötzlich ganz anders, viel leichter aus, als wäre gerade eine ungeheuer schwere Last von ihr abgefallen.

Michelle wusste, dass sie nicht mehr viel Zeit hatten, dass sie sich eigentlich schon auf den Weg zum Flughafen machen müsste. Doch das hier war wichtig, es war nötig für einen Neuanfang, und sie würde auch überhaupt nicht lange brauchen.

Sie trat vor und öffnete endlich ihre Hand, in der sich ihr Ehering befand. Sie hatte ihn so fest umfasst, dass er Abdrücke hinterlassen hatte, und er fühlte sich nur noch an wie ein Stück Dreck. Wie das Überbleibsel eines Schiffsuntergangs, das noch immer an der Wasseroberfläche schwamm, wenn es doch ruhig mit allem anderen untergehen konnte.

»Ich wünsche mir einen Neuanfang. Ich wünsche mir, dass meine Kinder und ich endlich ein unbeschwertes und glückliches Leben führen können«, sagte sie und warf den Ring, den sie in den letzten dreizehn Jahren kein einziges Mal vom Finger genommen hatte, ohne Bedauern ins Feuer. Die Erleichterung, die sie verspürte, war nicht zu beschreiben. Sie fühlte sich fast wie neugeboren, als stünden ihr alle Möglichkeiten offen.

Ja, die Menschen hatten tatsächlich eine zweite Chance verdient. Sie alle vier hatten das. Und Michelle hoffte und betete, dass sie sie auch bekommen würden. Es konnte doch nur besser werden, es konnte doch nur Sonnenschein für sie alle geben. Und Orangen. Jedes Jahr wieder Orangen.

Sie atmete tief durch. »Mädels, so leid es mir tut, aber ich glaube, ich muss los. Nicht, dass ich noch meinen teuren Erste-Klasse-Flug verpasse, den Rosemary mir gegönnt hat.«

»Ja klar, mach, dass du loskommst!«, rief Lucinda. »Auf in ein neues Leben!«

Gemeinsam liefen sie zurück in Richtung Auto, das schon beladen und abfahrbereit war. Jennifer legte ihr einen Arm um die Schultern. »Wenn du doch noch rechtlichen Beistand brauchen solltest, melde dich bitte sofort bei mir, ja?«

»Okay.«

Rosemary nahm ihre Hand. Rosemary, die so großzügig gewesen war und ihr eine Kreditkarte gegeben hatte, die ihr so unglaublich weiterhelfen würde. Rosemary, die einer der gütigsten Menschen war, die sie kannte. Sie sah jetzt, so ganz ohne Brüste, noch viel zierlicher aus. Doch noch immer genauso schön wie sonst. Nichts könnte ihrer Schönheit je einen Abbruch tun.

»Ich drücke dir ganz doll die Daumen, dass du rechtzeitig nach Hause kommst und die Kinder aus den Fängen deiner Schwiegermutter befreien kannst. Pack einfach eure Sachen, nur das, was wichtig ist, das andere brauchst du nicht, und geh. Fang irgendwo ganz neu an. Und werde endlich glücklich, ja?«

Sie nickte, schon wieder war ihre Kehle wie zugeschnürt. Sie wusste, all das war einfacher gesagt als getan, doch sie wollte wirklich versuchen, sich Rosemarys Rat zu Herzen zu nehmen.

»Ich werde mein Glück suchen und hoffentlich auch finden«, sagte sie. Doch im Innern wusste sie, dass allein schon Russels Abwesenheit Glück versprach. Sie hoffte nur, dass er sie auch gehen lassen, endlich frei sein lassen würde und jetzt nicht erst recht anfangen würde, ihr Probleme zu bereiten.

Sie blieb vor dem Mietwagen stehen, den sie am Flughafen wieder abgeben würde, und sah ihre Freundinnen dankbar an.

»Was würde ich nur ohne euch tun?«, sagte sie, und nun flossen doch die Tränen, und zwar nicht nur ihre. Sie alle weinten und fielen sich in die Arme und hofften so, dass alles gut werden würde.

»Pass auf dich auf, Liebes«, sagte Lucinda zu ihr.

»Melde dich, sobald du mit deinen Kindern in Sicherheit bist«, sagte Jennifer.

»Wir denken die ganze Zeit an dich«, meinte Rosemary und strich ihr über die Wange. »Du bist nicht allein.«

»Das weiß ich, und ich danke euch dafür«, sagte sie, setzte sich ins Auto und zog die Tür zu. Es war bereits 05:57 Uhr, sie musste sich sputen.

Doch bevor sie abfahren konnte, klopfte Lucinda noch ans Fahrerfenster. Michelle öffnete es.

»Es tut mir leid, dass ich dich so lange nicht besucht habe«, sagte ihre Freundin. »Das wird sich ändern. Ich werde kommen und endlich deine wunderbaren Kinder richtig kennenlernen und dir bei allem helfen, wo du Hilfe brauchst, ja?«

Wieder stiegen ihr Tränen in die Augen. Sie nickte und lächelte und fuhr endlich ab.

Im Rückspiegel sah sie, dass ihre Freundinnen ihr nachwinkten, und sie streckte ebenfalls ihre Hand durchs offene Fenster und winkte.

Sie wusste nicht, wann sie Lucinda, Rosemary und Jennifer wiedersehen würde. Wusste nicht, was die nächsten Tage, Wochen und Monate für sie alle bereithielten. Keine von ihnen würde es leicht haben, das stand fest, doch sie würden im Herzen beieinander sein und sich gegenseitig Kraft senden. Und in einem Jahr, wenn wieder die Orangentage anstanden, würde vielleicht alles gut sein und so, wie es immer hätte sein sollen. Vielleicht würde sie sogar Charles und Cara mitbringen können, denn eine Schwiegermutter zum Babysitten würde sie dann nicht mehr haben und auch nicht wollen. Die Regeln wurden ja langsam sowieso gelockert, was Daniels Besuch deutlich machte. Da hätte vielleicht niemand etwas dagegen, wenn auch mal Kinder dabei wären.

Wenn Lucinda die Orangenfarm nächstes Jahr im Juli noch haben würde …

Als Michelle an dem Platz entlangfuhr, wo gestern der Markt stattgefunden hatte, musste sie kurz an Craig denken. Wie schade, dass sie ihn nicht noch einmal gesehen hatte. Aber sie hatte sein Buch im Gepäck, das Lucinda ihr überlassen hatte, und im nächsten Sommer, das nahm sie sich fest vor, würde sie ihm erzählen, wie es ihr gefallen hatte.

Kapitel 32

Jennifer sah Michelle nach und konnte ihre Sorge nicht verstecken. Ihre Freundin hatte einen schweren Schritt vor sich, und sie hoffte nur, dass sie ihn auch wirklich gehen würde.

»Glaubt ihr, sie zieht es tatsächlich durch?«, fragte sie Rosemary und Lucinda. Letztere sah ebenfalls besorgt aus, doch Rosemary sagte: »Sie schafft das, davon bin ich fest überzeugt.«

»Was macht dich da so sicher?«, wollte sie wissen.

»In ihren Augen habe ich etwas gesehen, das man nur mit Überlebenswillen beschreiben kann. Denselben Blick sehe ich jeden Morgen im Spiegel.«

»Ach, Süße«, sagte Lucinda. »Du bist so tapfer. Ihr seid alle so tapfer. Und ich jammere wegen meiner Farm, obwohl Gesundheit und Freiheit doch viel wichtiger sind.«

»Die Farm ist dein Leben, ich verstehe das gut«, sagte Jennifer. »Und du brauchst da auch gar kein schlechtes Gewissen zu haben.«

»Finde ich auch«, stimmte Rosemary ihr zu. »Ich denke sogar, dass das Leben auf der Farm doch deine ganz eigene Art ist, gesund und frei zu sein. Das darf man dir nicht nehmen. Und deshalb sollten wir nicht den ganzen Tag herumsitzen und besorgt auf einen Anruf von Michelle warten, sondern die Zeit nutzen. Ich würde vorschlagen, wir fangen heute schon mal damit an, deine Bonbons herzustellen, denn du wirst eine ganze Menge davon brauchen.«

»Ich glaube nicht, dass ich da mitmachen kann«, ließ Jennifer ihre Freundinnen schnell wissen, als ihr Daniels Nachricht einfiel, die er ihr am späten Abend noch geschickt hatte. Sie hatte sie erst auf dem Polizeirevier bemerkt und ihm nur kurz und knapp geantwortet, dass er sich melden sollte, sobald er gelandet war. Sie hatte ihm nicht per SMS von dem Tod ihres Vaters oder dem Vorfall mit Russel erzählen wollen, dafür war später genug Zeit. »Daniel kommt doch heute her. Er hat mir gestern Abend noch die Infos zu seinem Flug geschickt, er landet gegen halb zehn in L. A.«

»Willst du ihn abholen fahren?«, erkundigte sich Lucinda.

»Ich würde es gerne, ich hatte sogar überlegt, mit Michelle mitzufahren, aber ich bin todmüde und sollte mich wenigstens zwei, drei Stunden hinlegen, bevor Daniel kommt. Ich würde ihm gern die Gegend zeigen.« Und das konnte sie unmöglich tun, wenn ihr vor Müdigkeit die Augen fast zufielen.

»Das klingt wundervoll.« Rosemary lächelte sie an. »Du wirst ihn doch auch zur Orangenfarm bringen und uns vorstellen, oder?«

»Hmmm … nur, wenn ihr lieb seid«, antwortete sie mit einem Augenzwinkern.

»Sind wir das nicht immer?«, fragte Lucinda und grinste.

»Ihr müsst mir versprechen, kein dummes Zeug zu erzählen, keine peinlichen Anekdoten aus unserer Kindheit.« Sie wussten nämlich alle, dass es da eine ganze Menge von gab.

»Würden wir nie wagen«, erwiderte Lucinda.

»Sag mal, Jenny, ihr seid doch bereits seit mehreren Jahren zusammen, oder? Kennt Daniel da nicht sowieso schon alle Peinlichkeiten?«, wollte Rosemary wissen.

Sie schüttelte den Kopf. »Nein, das ist es ja. Bei uns ist es nämlich immer noch so, dass wir uns wie frisch zusammengekommen verhalten. Ist ja quasi auch so. Ich kann gar nicht mehr zählen, wie oft wir schon getrennt waren und doch immer wieder zusammengekommen sind. Acht- bis zehnmal wird es gewesen sein.«

»Weil ihr einfach nicht ohne einander könnt, weil ihr füreinander geschaffen seid«, sagte Lucinda mit glänzenden Augen.

»Wie romantisch!«, schwärmte auch Rosemary.

»Ja, oder? Wie der Topf und sein Deckel«, meinte Lucinda.

»Wie die Pizza und ihr Käse …«

»Wie die Blumen und die Bienen …«

»Ach, nun hört schon auf, ihr dummen Hühner! Genau das meine ich!«, schimpfte Jennifer, und sie alle mussten lachen. »Macht das in Gegenwart von Daniel nicht, okay?« Sie presste die Lippen aufeinander. »Wisst ihr, wenn ich morgens neben ihm aufwache, schleiche ich mich immer ins Bad, putze mir die Zähne, kämme mir die Haare und lege ein wenig Lipgloss auf, bevor ich mich zurück ins Bett lege.«

Lucinda lachte. »Und das kommt ihm nicht komisch vor?«

»Ach. Männer …«, sagte sie und rollte die Augen. »Die haben doch keine Ahnung.«

»Und das machst du auch nach vier Jahren noch?«, fragte Rosemary überrascht.

»Wie gesagt, wir waren nicht die ganze Zeit zusammen.

Und übernachten tun wir nur selten beieinander, wir sind doch beide so beschäftigt.« Sie konnten froh sein, wenn sie überhaupt einmal in der Woche die Zeit für ein Date fanden. Schnelle Mittagessen im Diner an der Ecke nicht mitgezählt.

»Ich bin wirklich gespannt auf ihn«, sagte Lucinda. »Er muss etwas ganz Besonderes sein, wenn er so vehement an dir festhält und dich nicht aufgibt.«

Ja, da hatte ihre Freundin recht. Das dachte Jennifer auch sehr oft. Bei ihrer kranken Vergangenheit und all ihren Macken war es ein Wunder, dass er nicht längst die Nase voll von ihr hatte. Er wusste zwar, dass sie zweimal die Woche zur Therapie ging, aber das war unter Workaholics nichts Außergewöhnliches, die meisten waren einem Burnout nahe. Den wahren Grund hatte sie Daniel nie verraten. Und dass die Narben auf ihrem Rücken nicht ausschließlich daher stammten, dass sie als Kind so ein Wildfang gewesen war, der gerne mal auf Bäume kletterte.

Doch heute, heute würde sie endlich damit Schluss machen. Mit den Lügen und den Heimlichkeiten, mit den vagen Andeutungen, die Daniel zwar beschwichtigen sollten, die aber nie viel mehr verrieten, als dass sie in Kalifornien aufgewachsen war und wunderbare Freundinnen gehabt hatte. Wenigstens das war die Wahrheit gewesen. Und doch hatte sie Daniel die jährlichen Treffen auf der Farm verheimlicht, ihre Orangentage. Gerade wusste sie nicht einmal mehr, warum sie das überhaupt getan hatte, wahrscheinlich auch wieder nur aus Angst, er könnte Genaueres wissen wollen. Dann hätte sie ihm erzählen müssen, wie sehr Lucinda, Rosemary und Michelle ihr in schweren Zeiten geholfen hatten, also hatte sie lieber gar nichts gesagt.

Daniel. Er war wunderbar, da hatten ihre Freundinnen

recht. Er war immer für sie da, wenn sie ihn brauchte. Und sei es mitten in der Nacht, wenn sie wieder einmal aus einem Albtraum hochgeschreckt war und ihn anrief, weil sie nicht allein sein wollte. War es bei Weihnachtsfeiern der Kanzlei oder auf Hochzeiten von Kollegen, wenn sie niemand anderen hatte, der sie begleiten konnte. Letztes Jahr im Dezember hatten sie sich nach einem Streit sogar wieder einmal getrennt gehabt, und Daniel war trotzdem wie versprochen auf die winterliche Hochzeitsfeier von Mary Russo mitgekommen. Er hatte mit Jennifer getanzt, ihr sogar die letzten frittierten Shrimps vom Büfett überlassen. Ja, Daniel war ein Schatz, und er hatte es verdient, die Wahrheit zu erfahren.

»Ich glaube, ihr werdet Daniel mögen«, sagte sie jetzt zu ihren Freundinnen. »Und er euch sowieso.«

»Super, dann haben wir ja heute einiges vor«, meinte Lucinda. »Lasst uns jetzt aber wirklich versuchen, noch ein bisschen zu schlafen. Es war eine lange, harte Nacht.«

»Oh ja«, war sie mit ihr einer Meinung. »Ich hab das Gefühl, jeden Moment umzukippen.«

»Macht doch nichts, schlaf halt bei den Orangenbäumen, es wäre nicht das erste Mal.« Lucinda lächelte sie an.

Ja, das stimmte. Früher, wenn sie etwas angestellt und zu große Angst davor gehabt hatte, nach Hause zu gehen, oder wenn ihr Vater tagelang weg gewesen war und sie sich einsam gefühlt hatte, hatte sie, meistens mit Lucinda oder einer der anderen zusammen, oft zwischen den Bäumen geschlafen. Sie hatte sich einfach in ihrem alten Schlafsack unter den Sternenhimmel gelegt und dafür gebetet, dass ihr Vater sich ändern würde. Dass er aufhören würde zu trinken. Manchmal hatte sie sich sogar gewünscht, dass er tot umfiel. Und jetzt war es wirklich passiert.

Er hatte es sich selbst zuzuschreiben. Jennifer fragte sich, wie seine Leber überhaupt so lange hatte mitmachen können bei den Unmengen von Alkohol. Wenn sie ehrlich war, hatte sie aber nicht damit gerechnet, dass Bennet Collins an etwas Banalem wie Leberversagen sterben würde. Viel mehr hatte sie geglaubt, dass ihn einer seiner Gläubiger zu Tode prügelt. Sie konnte sich gut daran erinnern, dass er oftmals total zermatscht nach Hause gekommen war. Und dass er ein Schwein nach dem anderen hergab, um damit seine Schulden zurückzuzahlen.

Sie schüttelte den Kopf. Ach, im Grunde war es gar nicht wichtig, woran er letztlich gestorben war. Er war tot, und auch wenn ein Teil von ihr trauerte, nicht um den Mann, der er gewesen war, sondern um den Mann, der er hätte sein können, war es wohl genau so, wie es sein sollte. Vielleicht hätte ein Wiedersehen sie viel zu sehr aufgewühlt. Vielleicht hätte ein Gespräch alles nur verschlimmert. Hätte ihr Vater seine Taten bereut, hätte er sich auf die Suche nach ihr machen können, und das hatte er schließlich nicht getan.

Sie musste sich endlich damit abfinden, dass er niemals das hätte sein können, was sie brauchte. Und dass sie die heile Familie, die ihre Freundinnen als Kinder hatten und die sie sich auch immer gewünscht hatte, niemals haben würde. Es war eben nicht jeder dazu bestimmt, eine heile Welt zu haben. Sie musste anfangen, die Dinge anders zu betrachten. Sollte die Dinge sehen, die sie hatte und die gut waren in ihrem Leben. Ihr Beruf, den sie mit Freude ausübte, ihre schicke Wohnung, in die sie nach einem langen Arbeitstag gern nach Hause kam, ihre Freundinnen, die es geschafft hatten, dass sie trotz allem gern an ihre Kindheit zurückdachte, und die sie Kalifornien dennoch ihre Heimat nennen ließen. Die nach all den Jahren immer noch für sie da waren und ihr die besten Freundinnen waren, die man sich nur wünschen konnte. Und natürlich Daniel, den Mann an ihrer Seite, der sie liebte, trotz allem oder gerade wegen allem. Sie war der Mensch, der sie war, aus vielerlei Gründen, aber der Hauptgrund war wohl, dass sie schon früh lernen musste, sich auf sich selbst zu verlassen, und wahrscheinlich hatte das sie zu der selbstbewussten, starken Frau gemacht, die sie heute war.

Nur manchmal … manchmal würde sie sich halt auch gerne auf jemand anderen verlassen. Sich fallen lassen. Und da kam ihr nur einer in den Sinn, von dem sie sich auffangen lassen wollte.

Sie musste lächeln, als sie neben Lucinda und Rosemary zurück ins Haus ging.

»Du strahlst ja so«, sagte Lucinda. »Oh Gott, malst du dir etwa aus, was du alles mit Daniel anstellst, wenn er später eintrifft?«

»Hey, Lucy! Das war jetzt ein Spruch, der von mir hätte kommen können. Ich bin stolz auf dich!« Sie grinste und wunderte sich darüber, dass sie trotz all der Tragik noch herumalbern konnten. Aber so waren die Menschen wohl geschaffen. Würden sie bei all der Trauer nur noch weinen, würden sie wahrscheinlich sehr schnell eingehen. »Und du hast recht, ich habe mir soeben vorgestellt, was ich heute mit Daniel machen werde. Es ist aber keinesfalls versaut.«

»Wirst du ihm auch dein Elternhaus zeigen?«, fragte Rosemary.

»Das weiß ich ehrlich gesagt noch nicht. Ich werde sehen, wohin uns das Schicksal führt.«

»Wie lange habt ihr vor, noch zu bleiben?«

»Ich fliege wie geplant heute Abend um acht, und Daniel

hat glücklicherweise auch noch einen Platz im selben Flugzeug ergattert.«

»Ich bin so traurig, dass ihr alle schon geht«, sagte Lucinda und zog die Mundwinkel nach unten.

»Ich würde ja auch gern länger bleiben, aber das ist leider nicht möglich. Was ich dir aber versprechen kann, ist, dass nicht wieder ein ganzes Jahr vergehen wird, bis ich das nächste Mal herkomme.« Seit sie vom Tod ihres Vaters erfahren hatte, fühlte sie sich irgendwie viel freier und besser bei dem Gedanken, ihre alte Heimat zu besuchen.

»Und vergiss nicht, dass ich ja noch ein bisschen bleiben werde«, erinnerte Rosemary sie.

»Ja, stimmt, und das macht mich sehr glücklich.« Lucinda umarmte Rosemary, und sie winkte Jennifer herbei, damit sie sich in die Umarmung mit einbrachte. So standen sie ein paar Minuten da und verarbeiteten die schrecklichen Ereignisse der letzten zwölf Stunden, bevor sie alle die Treppe hochgingen, um sich noch für eine Weile aufs Ohr zu hauen, bevor ein weiterer Orangentag begann.

Kapitel 33

Rosemary schaffte es einfach nicht einzuschlafen. Zwar döste sie hin und wieder für ein paar Minuten ein, doch an tiefen Schlaf war nicht zu denken, machte sie sich doch die ganze Zeit Sorgen um Michelle.

Also stieg sie um halb zehn aus dem Bett und ging duschen. Heute allerdings ließ sie beim Anziehen die Silikonkissen weg. Dass sie sie ins Feuer geworfen hatte, war etwas so Bedeutendes gewesen, bedeutend für ihr Ego und für ihren Lebensgeist. Sie hatte zwar noch weitere solcher Kissen im Koffer, nur für den Fall, dass eins kaputtgehen sollte, doch die hätte sie genauso gut in die lodernde Tonne werfen können. Denn sie brauchte sie nicht mehr. Schon ganz bald würde sie wieder eigene Brüste haben, und solange war sie eben der Mensch, der sie jetzt war. Sie fühlte sich nicht weniger als Frau, nur weil ihr ein paar weibliche Rundungen fehlten. Das, was sie als Frau ausmachte, waren doch ganz andere Dinge. Das waren ihr Charakter, ihre Großherzigkeit, ihre Familie, ihre Wünsche und Träume und Hoffnungen. All das hatte der Chirurg ihr nicht nehmen können, als er ihr die Brüste abgenommen hatte. Und er würde ihr mit der erneuten OP nicht mehr geben können als das, was das Publikum von ihr sehen wollte. Doch im Grunde war das nicht wichtig, das erkannte sie jetzt, das hatte sie erkannt, als sie in Michelles Gesicht gesehen hatte, die bei ihrer Abfahrt voller Tatendrang und neuen Mutes war. Sie hatte es in Lucindas Augen erblickt, als sie davon sprach, die Farm retten zu wollen. Und sie hatte es gesehen, als Jennifer entschieden hatte, ihre Vergangenheit endlich ruhen zu lassen. Ihre Freundinnen waren wahre Frauen, tapfere Frauen, deren innere Stärke so viel bedeutungsvoller war, als es das Aussehen je sein könnte. Ja, sie hatte eine Erkenntnis gewonnen und war an diesem Morgen besonders zufrieden mit sich selbst.

Sie ging hinunter in die Küche, setzte Kaffee auf und suchte in Lucindas dickem Ordner nach dem Rezept für die Bonbons, damit sie schon mal anfangen konnte. Doch dann kam ihr der Gedanke, dass die Ereignisse von letzter Nacht vielleicht schon in den Promi-News sein könnten, und da sie auf keinen Fall wollte, dass Edward oder womöglich sogar Jeannie sie dort sahen und sich grundlos sorgten, wollte sie lieber erst einmal zu Hause anrufen, bevor sie weiter an Bonbons dachte.

»Guten Morgen, mein Schatz«, begrüßte Edward sie.

»Guten Morgen. Wie geht es euch?«

»Uns geht es sehr gut, danke. Wir bereiten uns gerade auf einen Tag am Strand vor. Jeannie holt mehr Sandeimer herbei, als wir tragen können.« Er lachte, und Rosemary hätte mit Worten nicht beschreiben können, wie sehr sie die beiden vermisste.

»Ein Tag am Strand hört sich toll an.«

»Ja, wir sind sehr guter Laune heute. Besonders, weil du bald zurückkommst. Und nun erzähl du mal: Wie geht es dir?«

Sie schwieg einen Moment. Er hatte also tatsächlich noch nichts gehört? Konnte es wirklich sein, dass es noch nicht durchgesickert war? Dass das Selfie der jungen Polizistin noch nicht die Runde gemacht hatte?

»Es ist anscheinend noch nicht in den Nachrichten gezeigt worden, hm?«, fragte sie also vorsichtig.

»Was denn?«, erkundigte sich Edward, noch immer fröhlich gestimmt.

»Vielleicht solltest du dich besser setzen«, sagte sie, und sie hörte, wie Edward nach Luft schnappte.

»Was ist passiert?«

»Also, du kennst doch Michelle, oder?«

»Nicht persönlich, nein, nur aus deinen Erzählungen.«

»Ja, also ... an diesem Wochenende sind so einige Geheimnisse ans Licht gekommen. Unter anderem habe ich meinen Freundinnen auch endlich von meiner OP erzählt.«

»Ich finde, das war die richtige Entscheidung, Rosie. Aber was ist denn nun mit Michelle?«

»Michelle hat uns gestanden, dass ihr Mann Russel sie tyrannisiert, sie sogar schlägt ... ja, und gestern am späten Abend ist er plötzlich hier aufgetaucht. Er war rasend eifersüchtig, dachte, sie mache hier sonst was, und wollte sie mit sich zerren.«

»Oh, mein Gott, das ist ja schrecklich.«

»Ja, das war es. Bis Lucinda ihm eins über den Kopf gehauen hat. Mit einem Stein. Und er in die Notaufnahme gekommen ist.« Sie hasste es, Edward anzulügen, aber sie mussten das Geheimnis unbedingt bewahren, damit Alejandro entlastet war.

»Um Himmels willen, Rosie ... das klingt ja nach einem Albtraum. Ist Michelle denn okay? Bist du okay?«

Sie überlegte. Sollte sie ihm erzählen, dass Russel auch ihr gegenüber handgreiflich geworden war? Sie wollte ihm allerdings nicht noch etwas verheimlichen, also sagte sie:

»Ich bin okay. Ich wurde in dem Chaos ebenfalls geschubst, aber mir geht es gut.«

»Etwa von Russel?« Sie hörte die Wut in seiner Stimme, obwohl er so gut wie nie wütend wurde. Edward war ein Lamm, aber wenn es um sie ging, konnte er zum Löwen werden.

»Ja. Aber wie gesagt, er ist jetzt außer Gefecht gesetzt. Er liegt im Krankenhaus und wird von einem Polizisten bewacht. Und wenn er wieder bei Kräften ist, wird er ziemlich sicher angeklagt werden, weil Michelle sich nämlich endlich getraut hat, ihn anzuzeigen.«

»Da hat sie ganz richtig gehandelt. Den Kerl sollten sie wegsperren!« Edward wirkte richtig aufgebracht. »Und du bist wirklich nicht verletzt? Denk dran, dass du am Donnerstag bei vollständiger Gesundheit sein musst.«

»Mir geht es gut, Edward. Aber Michelle nicht, die gleich heute Morgen abgereist ist, um zu ihren Kindern nach Austin zu kommen, wo die nämlich von Russels Mutter betreut werden. Und wenn die etwas von den Ereignissen mitbekommt, könnte das schlimm enden.«

»Was sollte denn im schlimmsten Fall passieren?«

»Sie könnte mit ihren Enkeln über alle Berge sein, bevor Michelle zu Hause ankommt. Deshalb muss ich ganz genau wissen: Stand sicher noch nichts davon in der Zeitung, im Internet, irgendwo?«

»Wie gesagt, ich habe nichts mitbekommen. Sonst hätte ich mich doch längst bei dir gemeldet. Ich dachte ehrlich, ihr habt den Spaß eures Lebens, liegt faul in der Sonne und trinkt Cocktails.«

»Genau das haben wir auch getan, bis Russel aufgetaucht ist und Jennifer erfahren hat, dass ihr Vater gestorben ist.«

»Du meine Güte, was ist denn da bei euch an einem einzigen Wochenende alles passiert?«

»Ich bin selbst noch total geschockt. Und das ist nicht alles. Lucinda steht nämlich kurz vor der Pleite, und nun müssen wir mit vereinten Kräften versuchen, die Farm zu retten. Denn sonst gibt es im nächsten Jahr keine Orangentage mehr.«

»Oh. Deshalb der Instagram-Post? Ich habe mich schon gewundert, warum du plötzlich Werbung für Bonbons machst.«

»Ja. Das ist eine lange Geschichte, die ich dir ausführlicher erzählen werde, wenn ich wieder zurück bin. Und was das anbelangt, möchte ich dich um etwas bitten …«

»Du möchtest länger bleiben?«

»Ja. Wäre das okay? Nur ein, zwei Tage.«

»Natürlich ist das okay, ich war doch derjenige, der dir das vorgeschlagen hat. Und in der jetzigen Situation, wenn wirklich was davon durchsickert, werden dir hier die Paparazzi auflauern, um zu erfahren, inwieweit du in die Sache verwickelt bist.«

»Ja, ich denke, dass das schon sehr bald passieren wird. Ich habe nämlich dummerweise ein Selfie mit einer Polizistin gemacht. Auf dem Revier letzte Nacht.«

»Warum machst du denn so was?«

»Sie war nett. Und ich war müde. Aus irgendeinem Grund hielt ich es zu dem Zeitpunkt für eine gute Idee …«

»Hm … bleib wirklich besser noch dort. Nur auf der Farm kannst du vor der OP noch ein wenig Ruhe finden. Fahr aber nicht nach Bakersfield rein, ja? Halte dich bedeckt.«

»Das werde ich. Ich bin spätestens Dienstagabend wieder zu Hause. Jetzt muss ich aber erst mal Lucinda wieder auf die Beine helfen.«

»Weißt du was? Das liebe ich so an dir, mein Schatz, dass du selbst in der dunkelsten Stunde noch so ein großes Herz für andere hast.«

»Tja, so bin ich halt«, erwiderte sie lächelnd. »Deshalb hast du mich doch geheiratet, oder?«

»Oh, wenn du wüsstest. Da gibt es noch so viel mehr.«

Wie gerne würde sie sich jetzt von Edward umarmen und küssen lassen, wie gern würde sie ihm ins Gesicht sagen, wie sehr sie ihn liebte. Doch das musste warten. Die Orangenbonbons konnten es nicht.

»Ich liebe dich, Baby«, sagte sie stattdessen. »Ich denke die ganze Zeit an dich und auch an Jeannie.«

»Jeannie fragt auch die ganze Zeit nach dir. Willst du sie kurz sprechen?«

Er reichte ihr ihre Tochter, und die erzählte ihr aufgeregt von den Sandburgen, die sie bauen wollte. Als sie sie wieder an Edward zurückreichte, bat Rosemary ihn: »Wärst du so lieb und könntest mir sofort Bescheid sagen, wenn du irgendwas in den News hörst?«

»Aber natürlich.«

»Danke. Ich liebe dich«, sagte sie noch einmal.

»Ich liebe dich auch. Pass bitte gut auf dich auf, ja?«

»Das werde ich. Viel Spaß am Strand!«

Edward legte auf, und Rosemary starrte auf ihr Handy. Sie konnte es kaum glauben, dass wirklich noch nichts an die Öffentlichkeit gelangt war. Also googelte sie sich. Sah auf Instagram nach. Außerdem auf Twitter und auf Facebook. Nichts. Absolut gar nichts. Das war kaum zu fassen. Wäre so etwas in Los Angeles passiert, würde es im Netz vor Meldungen davon nur so wimmeln. Aber das hier war, wie sie des Öfteren einfach vergaß, eben Lamont, ein Ort, wo die Uhren anders tickten und wo sie eben doch nur

Rosemary Stutter war und wahrscheinlich immer bleiben würde.

Trotzdem wollte sie auch unbedingt noch Grandma Tippi anrufen, denn die konnte ja von jedem x-Beliebigen hier in Lamont von dem Vorfall hören. Nachdem sie ihr versichert hatte, dass alles in Ordnung war, und sie ihr versprochen hatte, am Abend zu Besuch zu kommen, legte sie auf und schenkte sich endlich einen Kaffee ein. Damit setzte sie sich an den Tisch und sah sich das Bonbonrezept genauer an. Sie hörte jemanden die Stufen herunterkommen und blickte auf. Es war Lucinda, die sich die Hand vor den Mund hielt, weil sie laut gähnte.

»Hey. Hast du ein bisschen schlafen können?«, fragte ihre Freundin.

»Nicht wirklich. Und du?«

Lucinda schüttelte den Kopf. »Oh, Kaffee, sehr gut.« Sie nahm sich einen Becher aus dem Schrank, füllte sich ein und stellte sich neben Rosemary. »Was machst du da?«, wollte sie wissen.

»Ich suche nach dem Rezept für deine Orangenbonbons.«

»Oh Gott, das ist total verrückt. Ich habe eben mein E-Mail-Postfach geöffnet. Es sind knapp fünfzig Bestellungen eingegangen seit gestern Abend.« Lucinda machte große Augen.

»Nur?« Sie hatte ehrlich gesagt mit mehr gerechnet.

»Nur? Machst du Witze? Ich weiß nicht mal, wie ich die fünfzig bewältigen soll.«

»Ach, das werden wir schon schaffen. Lass uns gleich anfangen. Was brauchen wir?«

Lucinda zählte die Zutaten auf, und sie holten alle herbei und begannen, Orangen auszupressen, diesmal allerdings mit einer elektrischen Saftpresse, die Lucinda aus dem

Schrank hervorkramte. Sie holte eine weitere Kiste Orangen herein, während Rosemary den bereits aufgefangenen Saft siebte und in eine Karaffe füllte. Dann schmolz Lucinda eine Riesenmenge Zucker in einer Pfanne, um ihn zu karamellisieren, und gab den Orangensaft und einige Gewürze dazu. Als alles zu einer zähen Masse eingedickt war, gab sie sie in vorgestanzte Bonbonformen, die niemals ausreichen würden, weshalb sie gleich per Eilexpress noch eine Ladung dazu bestellte.

»Wow, so macht man also Bonbons«, staunte Rosemary.

»So macht man Bonbons«, erwiderte Lucinda.

In dem Moment piepte Rosemarys Handy, und sie las die Nachricht, die Edward ihr geschickt hatte.

Die News haben nun auch Hollywood erreicht, schrieb er und hatte einen Link angehängt, den sie sogleich öffnete. Er stammte von Starnews.com und zeigte ein Foto von ihr, allerdings eins von einer Filmpremiere im Mai, nicht das Selfie mit der Polizistin. Die Schlagzeile lautete: *Rose Steen in brutalen Angriff verwickelt!*

Sie hielt das Display so, dass auch Lucinda mitlesen konnte, die schon ganz neugierig hinschielte. Gemeinsam lasen sie den Artikel.

Hollywoodstar Rose Steen war am Samstagabend in eine Schlägerei in ihrem Heimatort Lamont nahe Bakersfield verwickelt. Wie wir von einem Insider erfahren haben, hat sie die Nacht auf dem Polizeirevier verbracht. Ob sie aber selbst das Opfer war oder nur eine Zeugenaussage machen musste, können wir zum jetzigen Zeitpunkt noch nicht mit Sicherheit bestätigen. Wir halten Sie aber auf dem Laufenden.

Rose Steen hat bereits zwei Golden Globes und vier

Emmys gewonnen, sie spielt seit vierzehn Jahren die Cynthia Cole in der Serie Wild Hearts, *die Sie hier abrufen können …*

»Shit!«, sagte Lucinda.

»Ach, alles gut. Die wissen überhaupt nichts.«

»Na, wenn du meinst.« Lucinda betrachtete sie plötzlich genauer. Dann legte sie sich eine Hand auf den Mund und sah ganz ergriffen aus.

»Was ist denn?«, fragte sie.

»Du hast deine Kissen ja gar nicht drin. Ich weiß, du hast sie symbolisch verbrannt, aber du hast doch sicher noch Ersatz dabei, oder?«

»Ja, aber ich brauche sie nun nicht mehr.«

Lucinda lächelte sie an, und sie sah so viel Stolz im Gesicht ihrer Freundin, dass sie selbst ganz berührt war.

Lucinda bewegte ihre Hand auf sie zu und legte sie sachte auf ihr flaches Dekolleté. Auf ihr Herz, das solch eine Wärme verspürte, dass sie fast platzte vor Dankbarkeit, diese wunderbare Freundin zu haben.

»Du wirst das packen«, flüsterte Lucinda.

Rosemary konnte nur nicken. Sie hoffte es so sehr.

»Und ich werde dich gleich nach der OP besuchen kommen, wenn du das möchtest.«

Sie lächelte tapfer. »Komm mich lieber am Wochenende besuchen, wenn ich wieder zu Hause bin. Dann können wir auf meiner Veranda sitzen und aufs Meer hinausschauen.«

»Das hört sich märchenhaft an.«

Sie nickte erneut. Ja, das tat es. Denn auch wenn das Leben wahrlich kein Märchen war, gab es da immer noch diese kleinen märchenhaften Momente, die es besonders machten. Und dieser Moment war einer davon.

Kapitel 34

Jennifer erwachte von einem Brummen. Als sie die Augen öffnete, erkannte sie, dass es ihr Handy war. Und als sie darauf blickte, erschrak sie. Es zeigte ihr 11:58 Uhr an!

Wie lange hatte sie denn bitte geschlafen? Und warum hatte sie verdammt noch mal vergessen, den Klingelton wieder anzustellen, als sie das Polizeirevier verlassen hatten?

Sie ging ran. »Hallo? Daniel?«

»Hallo, Darling, wie geht es dir?«

»Nicht so gut, ehrlich gesagt. Aber besser, seit ich deine Stimme höre. Hast du schon mal angerufen?«

Daniel lachte. »Schon einige Male. Sag mal, hast du etwa bis gerade geschlafen? Du hörst dich so verschlafen an.«

»Ja, das hab ich tatsächlich. Ich erkläre dir alles, wenn wir uns sehen. Wo bist du?«

»Schon kurz vor Bakersfield. Es war kaum Verkehr. Sag, wo genau muss ich denn jetzt hin? Welche Ausfahrt nehme ich?«

Sie beschrieb ihm den Weg zur Farm und sagte ihm, dass er sie am Tor einsammeln sollte. Sie wolle ihm erst einmal etwas zeigen, bevor sie ihm ihre Freundinnen vorstellte.

»Oh, das hört sich ja mysteriös an«, sagte er.

Sie lächelte, legte auf und sprang schnell unter die Dusche.

Zehn Minuten später verließ sie ihr Zimmer in einem hübschen blassrosa Blümchenkleid und einem locker gedrehten Dutt. Ihr Haar konnte ruhig an der Sonne trocknen. Sie konnte es nicht erwarten, rauszukommen und Daniel zu sehen.

In der Küche entdeckte sie Rosemary und Lucinda, die anscheinend gerade Bonbons herstellten.

»Oh, wir dachten, du wärst schon längst losgefahren«, sagte Lucinda.

»Möchtest du ein Glas Saft oder einen Kaffee?«, fragte Rosemary.

»Keine Zeit, Daniel wartet. Viel Spaß beim Bonbonsmachen! Bis später!«, rief sie ihnen zu und war schon auf der Veranda.

Sie wartete an der Straße, und als sie einen schwarzen Toyota langsamer fahren sah, hüpfte ihr Herz wie wild.

Daniel war hier! In Kalifornien. Ihrer Heimat. Allein das war schon, als würde sie ihm ihr Innerstes offenbaren.

Als er neben ihr anhielt, konnte sie gar nicht anders, als breit zu lächeln. Sie stieg in den Wagen und gab Daniel einen Kuss, der ihnen beiden den Atem raubte.

»Wow! Kalifornien scheint dir gutzutun«, sagte er, heute in einem legeren beigen Outfit, das dunkle Haar mal nicht zurückgegelt. Ein paar Strähnen fielen ihm lässig ins Gesicht.

»Ich freu mich einfach, dass du da bist«, erwiderte sie.

»Ich freu mich auch. Schön ist die Gegend.« Er zeigte ihr sein bezauberndstes Strahlen. »Also, erzählst du mir, wo wir hinfahren?«

»Fahr einfach erst mal die Straße runter, ich weise dir dann den Weg.«

»Okay. Dein Wort ist mir Befehl.« Er gab ihr noch einen Kuss und fuhr los.

Während sie an der Farm vorbeifuhren, erzählte sie Daniel: »Das hier links ist die Orangenplantage meiner Freundin Lucinda. Ich bin schon seit der sechsten Klasse mit ihr befreundet, genauso wie mit Michelle und Rosemary … die du wahrscheinlich eher unter dem Namen Rose Steen kennst.«

Daniel drehte ihr den Kopf zu und starrte sie mit offenem Mund an. »*Die* Rose Steen?«

»Ganz genau.«

»Oh mein Gott, mit ihr bist du zur Schule gegangen? Und noch immer befreundet? Und das hast du nie erwähnt, weil …?«

»Das ist eine sehr lange Geschichte. Und einen Teil davon möchte ich dir heute erzählen. Deshalb fahren wir jetzt auch ein paar Orte meiner Kindheit ab.« Sie sah ihn ein wenig unsicher an. »Wenn du das möchtest.«

»Da fragst du noch?« Er wirkte gerührt. »Das ist alles, was ich wollte, Jen. Dass du mich teilhaben lässt.«

»Das werde ich. Das kann ich endlich«, erwiderte sie, und eine Weile schwiegen sie und ließen den Moment wirken, der ihnen beiden so viel mehr bedeutete. Dann erzählte Jennifer weiter. »Also, die Farm … Dort haben wir unsere Jugendtage verbracht. Da haben wir gepicknickt und Orangen gepflückt, uns Geheimnisse anvertraut und uns mit Jungen getroffen …« Sie grinste und schielte zu Daniel, der schmunzelte. »Und ich habe mich auch oft dort versteckt«, wagte sie die Worte auszusprechen. Jetzt gab es kein Zurück mehr.

»Versteckt? Vor wem?«

»Vor meinem Vater«, sagte sie. »Der alles andere war als ein liebevoller Dad. Aber dazu später mehr.«

Daniel sah wieder zu ihr, das Schmunzeln war verschwunden. »Bist du okay? Es fällt dir sicher nicht leicht, plötzlich mit mir darüber zu sprechen.«

Oh, wie gut er sie kannte. Doch er hatte unrecht. Denn merkwürdigerweise fiel es ihr leicht. In einem Live-Fernsehinterview würde sie nicht darüber reden wollen, aber mit Daniel … Bei ihm fühlte sie sich geborgen, heute mehr denn je. Sie konnte noch immer nicht glauben, dass er den Weg auf sich genommen hatte und extra hergekommen war.

»Ich bin okay. Ehrlich. Du, sag mal, war deine Familie eigentlich sauer, weil du früher abgereist bist?«

»Nein, ganz im Gegenteil. Meine Mom hat das mit dem Heiratsantrag mitbekommen, und sie hat mir gesagt, ich solle ja nie wieder nach Hause kommen ohne meine Braut an meiner Seite. Sie hat mir sogar den Ring ihrer Mutter mitgegeben. Oh Gott, bitte fass das jetzt nicht falsch auf. Das hat nichts zu bedeuten, ich will auf gar keinen Fall, dass du dich bedrängt fühlst.«

»Das tue ich nicht. Alles gut. Du musst hier rechts abbiegen.«

Daniel tat, wie ihm geheißen, und als Nächstes fuhren sie zu ihrer alten Schule.

»Hier bin ich mit meinen Freundinnen zur Schule gegangen«, erzählte sie. »Und in den Diner daneben sind wir oft nach dem Unterricht noch hingegangen und haben uns Pommes und Erdbeermilchshakes geteilt.«

»Das hört sich an wie in diesen alten Filmen«, sagte er lachend. »Es hört sich schön an. Und den Diner gibt es sogar noch?«

»Na klar! Hier in Lamont hat sich so gut wie gar nichts verändert in den letzten zwanzig Jahren.«

»Wie lange warst du denn nicht mehr zu Hause?«, fragte er.

Sie fühlte sich schrecklich, weil er so wenig von ihr wusste. Und weil sie ihn belogen hatte.

»Ich habe dir ja schon erzählt, dass ich auf Lucindas Farm war, und zwar in jedem Sommer seit sieben Jahren, da ist ihr Vater gestorben, und sie hat uns zu sich gebeten. Und danach sind wir einfach immer wieder gekommen. Doch wenn du mit zu Hause mein Elternhaus meinst … Da war ich seit genau sechzehn Jahren nicht mehr, seit ich mit neunzehn meine Sachen gepackt habe und gegangen bin. Nun ja, ich war nicht mehr da bis gestern.« Sie spürte, wie ihr Herz schwer wurde. »Lass uns hinfahren«, sagte sie.

»Du willst mich deinem Vater vorstellen?«, fragte er.

»Nein. Das geht leider nicht mehr. Und wahrscheinlich ist es auch besser so«, entgegnete sie, und Daniel sagte gar nichts. Er hatte schon immer ein Gespür dafür gehabt, wann keine Worte nötig waren.

Sie fuhren zu dem Haus, das Jennifer am Abend zuvor das erste Mal seit so langer Zeit betreten hatte. Sie stiegen aus, blieben jedoch vor dem Haus stehen. Sie konnte es einfach nicht über sich bringen, es noch einmal zu betreten. Stattdessen zeigte sie mit dem Finger auf eines der Fenster.

»Das da war mein Zimmer«, sagte sie. »Es war allerdings ein sehr trostloses Zimmer. Ich hatte nicht sehr viele Sachen als Kind. Eigentlich hatte ich sogar nur das, was meine gutherzigen Freundinnen entbehren konnten und mir schenkten. Einmal hatte ich ein paar Poster von Rockstars zusammengesammelt und an meine Wände gehängt, mein Dad hat sie aber alle abgerissen in einem Anfall von Wut und Alkohol.«

»Er ist ein Trinker?«

»Er war es. Jetzt ist er tot, das habe ich gestern erst erfahren.« Nun traten ihr doch Tränen in die Augen, obwohl sie es nicht wollte.

»Oh, Jen«, sagte Daniel und nahm sie in die Arme, hielt sie fest umschlungen und spendete ihr Geborgenheit. »Das tut mir so schrecklich leid.«

»Das muss es nicht. Er war kein guter Mensch«, erwiderte sie. »Kein guter Vater.«

»Er war der einzige Vater, den du hattest«, sagte Daniel, und das war wahr. So wahr.

»Ja …«

»Was ist mit deiner Mutter?«, wagte er zu fragen. »Du hast mir nie mehr erzählt, als dass du keine Mutter hast.«

»Sie ist schon sehr früh gestorben. Als ich noch ein kleines Mädchen war. An einem angeborenen Herzfehler.«

»Das ist sehr traurig. Was ist mit Großeltern? Tanten, Onkeln?«, wollte er wissen, und bei allen schüttelte sie nur den Kopf. »Dann bist du ganz allein auf der Welt?« Das Mitleid, das in seiner Stimme mitschwang, war kaum zu ertragen.

Sie starrte noch immer auf das Fenster ihres Zimmers. »Ich habe niemanden mehr. Außer natürlich meinen Freundinnen, und die sind sowieso schon immer viel mehr wie eine Familie gewesen als alle anderen.«

»Dann freue ich mich umso mehr, sie kennenzulernen«, sagte Daniel gerade, als Mrs. Blunt aus ihrem Haus kam und ihnen etwas zurief.

»Jenny! Wie froh ich bin, dass du noch einmal hergekommen bist! Warte, ich hab da doch noch was für dich.« Sie lief wieder in ihr Haus hinein und kam mit einem grünen Etwas in der Hand zurück.

»Oh mein Gott, Mr. Croc? Sie haben ihn für mich aufbewahrt?«

»Er war noch im Haus. Als es geräumt wurde, habe ich ihn retten können. Er war das Einzige, das ... es war nicht mehr viel da«, sagte sie gehemmt, und Jennifer wusste, was sie meinte. Ja, das wenige, was ihr Vater je besessen hatte, hatte er schon immer gerne gegen eine Flasche Bier eingetauscht oder zum Erlass seiner Schulden hergegeben. Deshalb hatten sie seit ihrem zwölften Lebensjahr auch keinen Fernseher mehr gehabt.

»Ich bin Ihnen unendlich dankbar«, sagte Jennifer. »Dieses Krokodil ist das einzig Gute aus meiner Kindheit.«

»Ach, Liebes ...«, sagte Mrs. Blunt und strich ihr über den Unterarm. »Sag mal, wer ist denn eigentlich der gutaussehende Mann an deiner Seite?«

Wie gerne hätte sie gesagt »mein Verlobter«, doch das war wohl etwas verfrüht, vor allem, weil sie Daniel das Wichtigste und wahrscheinlich Allesentscheidende noch nicht erzählt hatte.

»Das ist mein Lebensgefährte Daniel«, stellte sie ihn deshalb vor. »Wir arbeiten zusammen in Atlanta. Daniel, das ist Mrs. Blunt.«

Die beiden schüttelten sich die Hand.

»Es scheint eine gute Entscheidung gewesen zu sein, nach Atlanta zu gehen«, sagte ihre frühere Nachbarin lachend.

»Die beste.« Sie strahlte Daniel an und nahm seine Hand. »Ich glaube, wir müssen langsam auch weiter. Vielen Dank noch mal für den hier.« Sie hielt Mr. Croc hoch, den sie zu Hause erst mal in die Waschmaschine stecken musste. Aber er war trotz allem ihr Freund, und sie hatte ihn wieder.

»Wow, das war wirklich viel auf einmal«, sagte Daniel, als sie wieder im Auto saßen. »Was hältst du davon, wenn wir jetzt zu dem Diner fahren und uns eine kleine Stärkung gönnen? Ich habe einen Bärenhunger.«

»Das macht die kalifornische Luft«, sagte sie und zwinkerte ihm zu. »Und eine Stärkung hört sich sehr gut an, wie ich finde. Wollen wir uns Pommes und einen Milchshake teilen?«

»Das klingt ziemlich perfekt in meinen Ohren«, sagte Daniel und fuhr sie zurück in die Vergangenheit.

»Jen, ich kann das alles noch gar nicht glauben. Wie offen du plötzlich bist«, sagte Daniel eine halbe Stunde später und steckte sich ein paar Pommes in den Mund.

»Tja, besser spät als nie, oder?«, sagte sie und sog an dem Strohhalm. Sie wusste nicht, wie lange sie sich keinen Erdbeermilchshake mehr gegönnt hatte. Und dieses alte rote Polster unter ihrem Hintern zu spüren, versetzte sie einmal mehr in wunderbare Jugendtage. »Schmeckt es dir?«, fragte sie.

»Hab noch nie so gute Pommes gegessen.«

»Ich hoffe nur, Lucinda hat nicht wieder aufwendig gekocht und erwartet, dass wir mitessen.«

»Ach, das würde mir auch nichts ausmachen. Bei mir geht immer noch ein bisschen was rein, das weißt du doch.«

Ja, das wusste sie. Es war fast schon erschreckend, wie gut sie einander kannten, zumindest was ihre Macken und Eigenheiten anging. Was Daniels Vergangenheit betraf, kannte sie sich ebenfalls bestens aus, und deshalb fand sie, war es an der Zeit, dass er endlich auch über ihre Bescheid wusste. Und so erzählte sie ihm jetzt von ihren Teenagertagen auf der Farm, von ihrem Vater, von ihren Freundinnen, von den Orangentagen und auch von Russel und Michelle und dem, was sich gestern Abend abgespielt hatte.

»Das klingt ja fürchterlich! Und Michelle ist jetzt auf dem Weg nach Hause zu ihren Kindern?«

»Ja. Ich hoffe so, dass alles gut geht.«

»Wenn sie einen Hüter des Gesetzes bei sich hat, solltest du da keine Bedenken haben.«

»Ich hoffe nur, ihre Schwiegermutter ist nicht längst mit den Kindern abgehauen.«

»Mensch, das klingt ja alles wie im Film. Und apropos … Rose Steen, ich kann es immer noch nicht fassen.«

»Du wirst sie schon ganz bald kennenlernen«, meinte sie, doch dann atmete sie tief ein, um sich für das zu wappnen, was sie Daniel endlich sagen musste. »Falls du mich noch auf die Farm begleiten willst, nachdem du gehört hast, was ich dir jetzt erzähle.«

Daniel sah sie besorgt an. »Erzähl es mir, egal, was es ist.«

Sie schloss die Augen, der Geruch von Frittieröl und der von frisch aufgebrühtem Kaffee mischten sich. »Ich habe eine ganz schlimme Dummheit begangen, und ich bereue sie mehr, als ich jemals irgendetwas bereut habe.«

»Du hast mich betrogen?«, fragte Daniel.

Sie nickte und wagte es, ihn anzusehen. »Es war nur ein einziges Mal. Zu meiner Verteidigung muss ich sagen, dass ich betrunken war und dass …«

»Du trinkst doch nie!«

»Ja, genau aus diesem Grund! Weil ich nicht die Kontrolle über meine Handlungen verlieren möchte. Ich wollte es nicht, Daniel, es tut mir so schrecklich leid.«

Nun musste Daniel ein paarmal tief durchatmen. »Wann war das?«

»Am Freitag«, gestand sie. Nachdem er ihr einen Heiratsantrag gemacht hatte. Sie spürte, wie ihr die Tränen aus den Augen liefen. Sie war so dumm, so dumm gewesen.

»Hast du vor, ihn wiederzusehen?«, wollte Daniel wissen.

»Nein! Niemals, ich schwöre es.«

Eine Weile war es still, und Daniel schien zu grübeln. Sie konnte von den Falten auf seiner Stirn ablesen, dass er mit sich kämpfte. »Na gut«, sagte er endlich. »Wir hatten ja zuvor gestritten und waren sozusagen wieder mal getrennt. Ich denke also, das zählt nicht als richtiger Betrug, oder?«

Sie spürte eine Beklemmung von sich abfallen, die so schwer war wie alle Pommes der Welt. Sie nickte euphorisch. Oh, guter Daniel, versuchte sogar noch in dieser aussichtslosen Lage für »nicht schuldig« zu plädieren. Einen besseren Rechtsbeistand hatte es nie gegeben.

»Ich habe es ernst gemeint, als ich dich gefragt habe, ob du meine Frau werden möchtest, Jennifer. Und ich will dich immer noch heiraten, wenn du das auch willst. Aber du musst mir versprechen, dass du mich nie wieder hintergehst und von nun an vollkommen ehrlich mit mir bist. Etwas anderes kommt für mich nicht infrage.«

»Ich verspreche es«, sagte sie sofort. »Hoch und heilig.«

»Das heißt also was?« Jetzt begriff er anscheinend erst, was sie gerade im Begriff waren zu tun. Er strahlte bis über beide Ohren und sah sie erwartungsvoll an. »Willst du mich etwa heiraten?«

Sie konnte ebenfalls nur strahlen. Überglücklich lehnte sie sich über den Tisch und küsste ihn. »Ja«, rief sie. »Ja, ich will dich heiraten.«

Jennifer vernahm, wie ein paar Gäste und Kellnerinnen applaudierten.

»Pommes und Milchshakes für alle!«, rief Daniel. »Meine Traumfrau will mich heiraten, habt ihr das gehört?«

Der Applaus wurde nur noch lauter, und in den nächsten

Minuten verteilten die Bedienungen Pommes und Milchshakes an alle Gäste, doch davon bekam Jennifer gar nicht viel mit, weil sie noch immer an den Lippen ihres Zukünftigen hing, den sie nie wieder enttäuschen und erst recht nie wieder verlassen wollte. Denn wer den Richtigen gefunden hatte, sollte diesen festhalten und nie wieder loslassen. Außer vielleicht, um eine Orange abzuschälen.

Kapitel 35

Es klopfte an der Tür, und Lucinda konnte Jonah davor ausmachen.

»Herein!«, rief sie ihm vom Küchentresen aus zu und musste lächeln. Denn er hatte doch gesagt, er würde sie nicht mehr stören bei ihrem Frauenwochenende, oder?

Er trat in die Küche. »Ich hab's eben gehört«, sagte er.

»Ich wusste ja gar nicht, dass du die Klatschseiten liest«, erwiderte sie augenzwinkernd, obwohl sich in ihr auch Sorge breitmachte. Denn die News könnten natürlich auch schon Russels Mutter in Austin erreicht haben. Sie war sich nicht sicher, ob die eine Verbindung zwischen Rosemary und Russel herstellen konnte, der ja bisher glücklicherweise nicht namentlich erwähnt worden war. Wusste sie, wer Michelles Freundinnen waren? Dass darunter ein Hollywoodstar war? Rosemary hatte es damals nicht zu Michelles Hochzeit geschafft, weil sie im Ausland gedreht hatte, vom Sehen kannte Evelyn Rosemary also schon mal nicht.

»Das ist nicht lustig, Lucinda. Ich hab's von einem Kumpel erfahren, der bei der Polizei arbeitet. Er hat mir wie nebenbei erzählt, dass Rose Steen auf einer Farm hier in Lamont angegriffen wurde, allerdings wusste er nichts von meiner Verbindung zu dir, dann hätte er mich sicher schon früher informiert.« Er sah zu Rosemary hinüber. »Geht es Ihnen gut?«, fragte er. »Geht es euch allen gut?«

»Uns geht es gut, keine Sorge«, beruhigte Lucinda ihn schnell, und Rosemary nickte zustimmend. Lucinda bot Jonah an, sich zu setzen, und erzählte ihm, was genau passiert war. »Und deshalb musste Michelle leider früher abreisen.«

»Hat dieser Russel sie schwer verletzt?«

»Sie wird es überleben. Er hat sie zuvor schon viel übler verletzt.«

»Scheiße, warum machen manche Männer so was?«, fragte Jonah und schien richtig aufgebracht.

»Weil nicht jeder so lieb ist wie du«, entgegnete sie und merkte, wie ihr Herz ein wenig schneller schlug.

Jonah atmete tief aus und blickte sich um. Jetzt erst schien er zu sehen, womit sie beschäftigt waren.

»Was macht ihr da eigentlich?«, fragte er. »Sind das Bonbons?«

»Du scheinst Rose auf Instagram nicht zu folgen, oder?« Sie grinste ihn an.

Jonah wurde ein wenig verlegen. »Ähm, nein, das tue ich tatsächlich nicht. Ehrlich gesagt bin ich gar nicht bei Instagram.«

»Wie erfrischend!«, kam es von Rosemary.

»Also, die fabelhafte Rose Steen hat auf ihrem Account meine Orangenbonbons gepostet und die Bestellseite angegeben, die Jennifer mir gestern Abend eingerichtet hat. Und jetzt gehe ich in Produktion.«

»Oooh«, machte Jonah, stand auf und trat näher. »Ich kenne deine Bonbons noch gar nicht. Darf ich kosten?«

»Aber natürlich. Die dort auf der Arbeitsplatte müssten schon fest sein. Greif gerne zu.«

Das tat Jonah und sagte sogleich: »Mhmm, lecker! Du wirst bestimmt eine Million Bestellungen reinkriegen.«

»Oh Gott, bitte nicht. Wie sollte ich denn all die Bonbons herstellen?«

»Du müsstest dir wohl Hilfe holen«, sagte er.

»Ein paar Tage habe ich noch Hilfe von Rosemary, aber dann?« Sie dachte wieder an Michelle, die ihr bestimmt mit Begeisterung helfen würde, so gern, wie sie in der Küche stand. Sie sah auf die Uhr. Es war 13:22 Uhr. »Wann soll Michelle landen?«, fragte sie Rosemary.

»Um Viertel vor zwei Atlanta Zeit, nach unserer Zeit also um Viertel vor zwölf.«

»Dann müsste sie bereits in Austin sein, vielleicht sogar schon zu Hause. Ich hoffe nur, es geht alles gut.«

»Wir hätten mit ihr fliegen sollen, oder? Das denke ich schon die ganze Zeit«, sagte Rosemary und wischte sich die Hände an der Schürze ab.

»Ja, das hätten wir. Um ihr beizustehen. Aber jetzt ist es sowieso zu spät dafür, sich Vorwürfe zu machen. Wir können ihr nur noch die Daumen drücken, dass sie die Kinder da rechtzeitig herausholt.«

»Wo herausholt?«, fragte Jonah nach.

»Aus den Fängen ihrer Schwiegermutter, die dieses Wochenende Michelles Kinder hütet. Sie ist fast genauso schlimm wie Russel, hatte nie ein gutes Wort für Michelle übrig und ist immer auf Russels Seite. Wenn sie erfährt, was passiert ist, wird sie vermutlich sofort reagieren und die Kinder wegbringen.«

»Warum sollte sie das tun? Michelle ist doch ihre Mutter.«

»Ja, aber eine schlechte Mutter in Evelyns Augen. Russel hat schon oft gedroht, Michelle die Kinder wegzunehmen, falls sie sich jemals von ihm trennen sollte. Sicher haben er und seine Mutter einen Notfallplan, und wenn das hier kein Notfall ist …«

»Das klingt wie in einem schlechten Thriller«, sagte Jonah.

»Michelles ganzes Leben klingt so.«

»Wenn die Schwiegermutter aber so schlimm ist, wie soll Michelle ihre Kinder denn da überhaupt rausholen? Diese Evelyn wird sie ihr doch nicht einfach so überlassen, vor allem wenn sie vielleicht schon davon gehört hat, dass Russel in Gewahrsam ist.«

»Sie hat polizeilichen Beistand. Sheriff Hunter hat ihr den zugesichert.«

»Na, zum Glück. Dann hoffe ich mit euch, dass alles gut ausgeht.«

»Danke.« Sie betrachtete all die vielen Bleche mit Bonbons und schloss für einen Moment die Augen. »Soll ich uns was zu essen machen? Rosemary, hast du Hunger?«

»Wir sollten vielleicht wirklich etwas essen, um bei Kräften zu bleiben. Jonah, möchten Sie nicht bleiben und uns Gesellschaft leisten?«, wandte ihre Freundin sich an den Mann an ihrer Seite.

»Gern, wenn ich darf?« Er sah zu ihr.

»Ja, natürlich. Worauf habt ihr Lust? Ich könnte uns …« Sie hörten einen Wagen vorfahren. »Das müssen Jennifer und Daniel sein, vielleicht wollen sie auch mitessen«, sagte Lucinda und sah aus dem Fenster. »Scheiße!«

Das durfte doch wohl nicht wahr sein! War das ein verdammtes Déjà-vu, oder was? Russel war in ihrem Garten und stapfte wutentbrannt in Richtung Haus.

Sie warf die Tür auf und trat auf die Veranda. Dabei sah sie gerade noch das Taxi wegfahren.

»Was zur Hölle tust du hier?«

»Ich will zu meiner Frau!«, schrie Russel.

»Wie konntest du aus dem Krankenhaus raus? Wirst du nicht rund um die Uhr bewacht? Das wurde mir zumindest so mitgeteilt.«

»Auch Polizisten müssen mal aufs Klo«, sagte Russel und lachte dumm. »Lass mich ins Haus, ich will Michelle holen!«

Er kam die Treppen hoch und blieb keine zehn Zentimeter vor ihr stehen. Seinen Kopf zierte ein dicker weißer Verband.

»Sie ist nicht hier.«

»Bullshit! Wo sollte sie denn sonst sein?«

Sie verschränkte die Arme vor der Brust und starrte ihn provokativ an. In dem Moment kam Jonah heraus, zog sie sachte zur Seite und stellte sich mutig zwischen sie und Russel.

»Wer ist die Lusche denn?«, lachte er. »Dein Aufpasser?«

»Verziehen Sie sich von diesem Grundstück«, sagte Jonah bestimmt. »Das ist unbefugtes Betreten.«

Russel schubste ihn zur Seite und wollte durch die Tür treten.

»Ich würde das an Ihrer Stelle nicht tun. Hausfriedensbruch. Haben Sie nicht bereits genug Straftaten auf Ihrer Liste?«

Russel drehte sich zu ihm, sein Gesicht war jetzt rot vor Wut. Und da Lucinda nicht wollte, dass Jonah als Nächstes im Krankenhaus landete, sagte sie schnell: »Sie ist da nicht drin! Michelle ist nach Hause gefahren.«

»Nach Hause? Ihr Flug geht doch erst heute Abend«, sagte Russel verwirrt.

»Sie hat einen früheren Flug genommen«, erzählte sie, da

sie sicher war, dass Michelle inzwischen schon bei ihren Kindern sein musste. Es war für Russel eh zu spät, um noch etwas zu unternehmen.

»Wann ist sie geflogen?«, fragte er, und sein Gehirn schien zu rattern.

»Schon heute Morgen«, sagte sie, um ihm deutlich zu machen, dass er keine Chance hatte, noch etwas zu tun.

»Scheiße, Mann! Gib mir deine Autoschlüssel!«

»Das werde ich ganz bestimmt nicht tun«, sagte sie.

»Du blöde Schlampe!«, schrie er sie an, und Jonah stellte sich gleich wieder dazwischen, was Russel nicht im Geringsten davon abhielt, weiter zu schimpfen. »*Dir* sollte ich eine Tracht Prügel verpassen für das, was du mir angetan hast, du dumme Nutte! Und das werde ich eines Tages auch, darauf kannst du dich verlassen.« Er würdigte Jonah eines kurzen Blickes, der ihn wenig zu beeindrucken schien, wie eine Fliege, die einfach nur im Weg war. Dann sah er wieder Lucinda an und sagte: »Jetzt muss ich aber so schnell wie möglich nach Texas und meine Kinder vor dieser Frau retten!«

»*Du* musst sie retten? Dein Kopf scheint mehr abbekommen zu haben als gedacht«, sagte sie gehässig.

»Halt die Klappe und gib mir deine Schlüssel! Sie haben mir meine Sachen weggenommen, ich hab keinen Ausweis, um zu fliegen.«

»Also willst du fahren?«, fragte Lucinda. Bis er in Texas war, war es doch sowieso längst zu spät.

Russel griff nach einem schweren Blumenkübel und hielt ihn, so hoch er konnte. Dabei zitterten seine Arme vor Schwäche. »Gib. Mir. Deine. Autoschlüssel«, brüllte er und betonte dabei jedes Wort.

Lucinda bekam es nun wirklich mit der Angst zu tun,

doch da kam schon wieder unerwartete Hilfe, nämlich von Rosemary! Sie trat aus der Küche und hielt Russel ihre Autoschlüssel hin. »Hier, nehmen Sie meine«, sagte sie. »Sie sind für das Cabrio da.« Sie deutete zu ihrem Wagen.

Russel folgte ihrem Blick, grinste zufrieden, stellte den Kübel wieder ab, schnappte sich die Schlüssel und torkelte davon.

Sobald er weggefahren war, nahm Rosemary ihr Handy zur Hand und machte einen Anruf.

»Ja, hallo? Rose Steen hier, die Hollywoodschauspielerin.« Lucinda wusste, dass sie das nicht aus Arroganz sagte, sondern damit sie ernster genommen wurde. »Mir wurde gerade mein Auto geklaut, von demselben Mann, der mich letzte Nacht brutal angegriffen hat. Ich kann mit Worten gar nicht ausdrücken, wie empört ich darüber bin, dass er aus dem Krankenhaus entfliehen konnte. Wissen Sie eigentlich, welch ein Trauma ich erleide? Ich hoffe doch, Sie werden sofort nach ihm fahnden, ihn endlich hinter Gitter bringen und mir mein zweihunderttausend Dollar teures Cabrio zurückbringen?« Ihre Freundin zwinkerte ihr frech zu. »Gut, das will ich aber auch hoffen.«

»Sie sind einfach unglaublich!«, schwärmte Jonah, als Rosemary aufgelegt hatte.

»Das ist sie«, stimmte Lucinda ihm zu. Kein Wunder, dass Rosemary so viele Preise für ihre Rollen bekommen hatte. Sie war wirklich eine unfassbar gute Schauspielerin.

»So, jetzt hab ich Hunger. Was gibt's zu essen?«, fragte Rosemary und lächelte breit.

»Alles, was du willst«, sagte Lucinda.

»Ich mache ein Bombenchili«, ließ Jonah sie wissen.

»Hört sich großartig an«, erwiderte der Hollywoodstar. »Ich lege mich solange ein bisschen in die Sonne, okay?«

Jonah und sie konnten nur nicken und Rosemary hinterhersehen, wie sie galant die Stufen hinunterging, die Sonnenbrille, die sie zuvor in den Haaren stecken gehabt hatte, richtig positionierte und sich auf eine der Sonnenliegen legte, als wäre sie Marilyn Monroe.

»Wow! Was für eine Frau!«, sagte Jonah.

Lucinda verspürte einen Anflug von Eifersucht. »Verlieb dich bloß nicht in sie, sie hat nämlich schon einen Mann«, sagte sie zu ihm.

Er biss sich auf die Lippe und sah ihr in die Augen. »Das kann gar nicht passieren, ich bin nämlich schon in jemand anderes verliebt.«

»Ah ja? In wen denn?«, wagte sie zu fragen.

»Ich dachte, das wäre klar«, sagte er, trat ganz nah an sie heran und legte seine Lippen auf ihre. Und Lucinda glaubte wieder, mitten im Film zu sein. Diesmal jedoch nicht in einem bösen Thriller, sondern eher in einer dieser Nicholas-Sparks-Verfilmungen, in denen Romantik noch großgeschrieben wurde. Sie wünschte sich, der Kuss würde niemals enden, denn dieser Kuss war gerade alles, was sie brauchte.

Kapitel 36

Michelle saß im Streifenwagen, und eine Mischung aus Angst und Verzweiflung, aber auch aus Vorfreude und Mut hatte sich in ihr ausgebreitet. Bereits im Flugzeug war sie ganz hibbelig gewesen und hatte sogar eine kleine Flasche Sekt getrunken, was sie sonst nie tat, doch sie hatte so dringend etwas für ihre Nerven gebraucht, dass sie alle guten Vorsätze über Bord geworfen hatte.

Am Flughafen in Austin hatte sie bereits ein Polizist erwartet, er hatte sogar ein Schild mit ihrem Namen hochgehalten, so, wie man es immer in diesen Filmen sah, in denen jemand voller Vorfreude auf jemand anderen wartete. Officer Winslow, wie der junge Mann afroamerikanischer Herkunft hieß, sah aber nicht sehr freudig aus, und auch sie selbst war wenig euphorisch. Je mehr sie sich ihrem Stadtteil Crestview genähert hatten, desto unruhiger war sie geworden, und jetzt, da sie ihre Straße entlangfuhren und sie in der Ferne schon das Haus sehen konnte, pochte ihr Herz so schnell, dass es zu zerspringen drohte.

Als sie auf das Haus zugingen, ließ sie vor Nervosität die Schlüssel fallen, die sie gerade mühsam und mit zitternden Fingern aus der Handtasche gekramt hatte. Sie musste einen Moment innehalten und sich zusammenreißen, ein Lächeln aufsetzen für ihre Kinder, und dann war sie bereit.

»Alles okay?«, fragte Officer Winslow noch.

Sie nickte und schloss die Tür auf. »Könnten Sie vielleicht erst mal draußen bleiben? Ich möchte meinen Kindern keine Angst machen.«

»Aber natürlich«, antwortete der Officer und positionierte sich am Hauseingang, bat sie aber, die Tür offen zu lassen, damit er hören konnte, falls sie nach ihm rief.

Michelle betrat das Haus. Zuerst vernahm sie überhaupt keinen Mucks, was sie in Angst und Schrecken versetzte.

War Evelyn etwa schon über alle Berge mit ihren Kindern?

Dann allerdings hörte sie Charles herbeilaufen und »Mommy, Mommy!« rufen, als wäre sie ganze drei Monate weg gewesen statt nur drei Tage.

»Hey, mein Schatz, nicht so stürmisch«, lachte sie, als er sie fast umwarf mit seiner Umarmung.

»Wieso bist du denn schon so früh da?«, fragte er.

»Das ist eine lange Geschichte, und ich werde sie euch später in Ruhe erzählen. Jetzt musst du aber erst mal deine Schwester für mich herholen, tust du das? Ist sie zu Hause?«

»Sie ist in ihrem Zimmer und hört schrecklich schnulzige Musik«, sagte er und verdrehte die Augen. »Ich geh schon und hole sie.«

»Michelle?«, hörte sie Evelyns Stimme, und dann sah sie sie herbeieilen, den vollen Wäschekorb in den Händen. Gut, sie war in der Waschküche gewesen und hatte somit das Polizeiauto nicht vor dem Haus parken gesehen. »Was machst du denn schon hier? Und wo …« Sie blickte sich verwirrt nach allen Seiten um. »Wo ist Russel?«

Puh, noch einmal Glück gehabt, dachte Michelle. Evelyn hatte anscheinend noch nichts von den Ereignissen gehört. Sie starrte sie jetzt mit feurigen Augen an und sah dabei total lächerlich aus in ihrem Blümchenkittel, der so unschuldig wirkte.

»Russel ist noch in Kalifornien«, ließ sie ihre Schwiegermutter wissen. »Nachdem er mich und meine Freundinnen angegriffen hat, ist er jetzt in Polizeigewahrsam.«

»In was?« Sie stellte den Wäschekorb ab und sah sie verdutzt an.

»Eigentlich liegt er sogar im Krankenhaus, denn eine meiner Freundinnen wusste sich zu wehren.« Am liebsten hätte sie hämisch gegrinst, doch sie verkniff es sich lieber.

»Du meine Güte, geht es ihm gut?«, fragte Evelyn, besorgt um ihren jüngsten Sohn. Ihr Ein und Alles.

»Den Umständen entsprechend.«

»Und warum hast du ihn allein gelassen, wenn er im Krankenhaus liegt? Du hättest bei ihm bleiben müssen, dich um ihn kümmern müssen. Ich hätte noch ein paar Tage länger auf die Kinder aufpassen können«, machte Evelyn ihr Vorwürfe.

Sie starrte Evelyn an. Ihre Stirn legte sich in Falten. »Hast du denn gar nicht gehört, was ich dir gerade erzählt habe? Russel liegt nicht im Krankenhaus, weil er einen Blinddarmdurchbruch hatte, sondern weil er wie ein Stier auf uns losgegangen ist. Weil er mich zurück nach Hause schleifen wollte. Weil …«

»Es ist alles wieder mal deine Schuld«, sagte Evelyn böse. »Was musstest du auch wieder wegfahren? So etwas tut eine verheiratete Frau nicht. So etwas tut eine Mutter nicht! Eine gute Mutter würde ihre Kinder nicht allein lassen und …«

»Ach, halt die Klappe, Evelyn!«, sagte sie ihr ins Gesicht, und diese starrte sie überrascht an. »Du hast hier gar nichts zu melden. Nicht mehr. Und du darfst jetzt gerne deine

Sachen packen und mein Haus verlassen. Ich bin ja jetzt wieder da, um zu übernehmen.«

»Du? Dir kann man die Kinder doch nicht allein anvertrauen. Nicht, solange Russel weg ist. Ich werde bleiben. Oder besser noch, ich nehme Cara und Charles solange mit zu mir, bis Russel zurück ist.«

»Meine Kinder bleiben bei mir!«, sagte sie bestimmt, und gerade wollte sie ihrer Schwiegermutter sagen, dass sie hoffte, dass Russel nicht so bald zurückkehrte, als ihre Kinder die Treppe heruntergepoltert kamen.

»Mom!«, rief Cara. »Du bist schon da?«

»Ja, das bin ich, meine Süße. Kommt ihr bitte beide mal zu mir? Ich muss euch etwas Wichtiges sagen.«

Sie ging mit ihnen ins Wohnzimmer und setzte sich auf die Couch. Sie tippte mit beiden Händen auf die Plätze links und rechts neben sich und wartete, bis ihre Kinder saßen.

»Was ist denn, Mom?«, fragte Cara besorgt.

»Also, euer Daddy hat sich leider verletzt und liegt in Kalifornien im Krankenhaus.«

»Oh nein, was hat er denn?«, fragte Charles.

»Was macht Dad denn in Kalifornien?«, fragte Cara verwirrt.

»Er wollte mich besuchen«, sagte sie, um die Geschichte nicht noch schlimmer zu machen, und blickte dabei zu Evelyn, die nur dumm dastand. »Leider kam es zu einem Unfall, und er hat nun eine Kopfverletzung.«

»Armer Dad«, sagte Charles.

»Wann kommt er wieder?«, fragte Cara, und als Michelle ihr sagte, dass sie es nicht wisse, sah sie ihre Tochter aufatmen.

»Er wird gut versorgt, und ich bin mir sicher, dass es ihm

schon bald besser gehen wird«, sagte sie. Dann sah sie ihren Kindern, die ihr das Wichtigste auf der Welt waren, nacheinander in die Augen. Und plötzlich wusste sie, was zu tun war. »Ich möchte euch bitten, dass ihr beide jetzt hoch in eure Zimmer geht und ein paar Sachen einpackt. Nur das Nötigste. Ein paar Klamotten, Spielzeuge, eure Zahnbürsten. Cara, hilf Charles bitte dabei.«

Cara sah sie eingehend an und nickte dann. Sie stand auf und wollte ihren kleinen Bruder mitnehmen, doch der blieb auf der Couch sitzen und sagte: »Wo wollen wir denn hin? Zu Daddy?«

»Nein, nicht zu Daddy. Wir machen nur einen kleinen Ausflug«, sagte sie ihm.

»Ich will aber nicht. Grandma wollte uns heute Hamburger machen.«

»Und das werde ich, kleiner Charles«, sagte Evelyn. Es war überhaupt das Erste, was sie seit einer ganzen Weile sagte. »Eure Mutter scheint den Verstand verloren zu haben. Ihr bleibt natürlich hier, das steht außer Frage.«

»Nein, wir werden fahren«, sagte Michelle vehement und musste aufpassen, dass sie vor ihren Kindern nicht die Beherrschung verlor. »Geht bitte rauf und fangt an, eure Sachen zu packen. Ich komme gleich nach.« Immerhin brauchte sie selbst auch ein paar Dinge, die sie in ihr neues Leben mitnehmen wollte. Und dass sie noch einmal ganz neu anfangen wollte, wusste sie jetzt mit Sicherheit. Denn hier, wo sie so viel Leid erfahren hatte, würde sie niemals glücklich werden können. Mit Evelyn in der Nähe sowieso nicht. Und falls Russel doch freigesprochen werden oder sogar schon ganz bald auf Kaution rauskommen sollte, wollte sie nicht mehr hier sein. Denn sie hatte eine Höllenangst davor, was dann passieren würde.

Sie musste weg, doch Evelyn war da anderer Ansicht. Sie stellte sich den Kindern jetzt in den Weg und hielt Charles an den Schultern fest. »Hiergeblieben, kleiner Mann.«

»Aber Mommy sagt …«

»Deine Mommy ist eine Verrückte, die nicht mehr klar denken kann. Sie will euch eurem Daddy wegnehmen, aber das werde ich nicht zulassen.«

»Aua, Grandma, du tust mir weh!«, jammerte Charles, und Cara starrte ihre Grandma schockiert an.

»Grandma, lass ihn los!«, rief sie.

Und Michelle, die vor Wut kaum noch klar denken konnte und Evelyn am liebsten die Faust ins Gesicht geschlagen hätte, besann sich eines Besseren. Sie würde niemanden schlagen, auch wenn derjenige es noch so verdiente.

»Mrs. Marshall, ist alles in Ordnung? Ich habe Schreie gehört«, vernahm sie plötzlich eine Stimme und sah zur Wohnzimmertür.

Officer Winslow war eingetreten, stellte sich kerzengerade, streckte seine Brust heraus und setzte eine ernste Miene auf. Er sah von ihr zu Evelyn, die sofort die Hände von Charles nahm. Sie schaute total perplex drein, als sie plötzlich einen Cop zwei Meter hinter sich sah.

»Danke, Officer Winslow. Ich denke, ich habe alles unter Kontrolle«, sagte Michelle. »Kinder? Geht ihr bitte nach oben? Ich komme gleich nach«, wiederholte sie.

Cara nahm Charles bei der Hand, und sie verließen das Zimmer, jedoch nicht, ohne den Polizisten in ihrem Wohnzimmer mit offenem Mund anzustarren.

Hätte Michelle öfter mal die Polizei gerufen, wenn Russel sie verprügelt hatte, wären sie diesen Anblick gewohnt gewesen, aber so waren sie doch sehr erstaunt. Genau wie Evelyn, die plötzlich ganz klein aussah.

»Gibt es irgendein Problem?«, fragte Officer Winslow Evelyn.

»Nein, Officer, nein«, sagte sie kleinlaut.

»Sicher?«, wandte er sich an Michelle.

»Ich denke, es ist alles geklärt. Ich werde gleich mit meinen Kindern in mein Auto steigen und fortfahren«, sagte sie. »Wenn Sie vielleicht noch so lange bleiben könnten?«, bat sie ihn.

»Aber natürlich, Mrs. Marshall. Ich warte hier. Gehen Sie ruhig Ihre Sachen packen.« Sie sah, wie der junge Polizist sich gegen den Türrahmen lehnte und ein Bein übers andere schlug. Er musterte Evelyn, und Michelle war sich sicher, dass er sie nicht aus den Augen lassen würde.

Schnell lief sie die Treppe hoch und lugte zuerst in Caras Zimmer. »Es tut mir ehrlich leid, wie das hier gerade abläuft«, sagte sie zu ihrer Ältesten. »Aber es geht leider nicht anders. Ich erkläre dir später alles, ja? Im Moment bitte ich dich einfach nur, mir zu vertrauen.«

Cara sah sie an und nickte. »Verlässt du ihn endlich?«, fragte sie, und Michelle konnte die Hoffnung in den Augen ihrer Tochter sehen.

Sie nickte mit einem Lächeln und bekam ein Lächeln zurück, das ihr in diesem Moment die Welt bedeutete.

Als Nächstes schaute sie bei Charles rein, der beleidigt auf seinem Bett saß. Sie setzte sich zu ihm und strich mit der Hand über sein Haar. »Es tut mir leid, mein Kleiner«, sagte sie.

»Ich bin gar nicht mehr klein«, schimpfte er. »Ich bin schon groß, und ihr könnt mir ruhig sagen, was los ist. Wohin willst du mit uns fahren? Und warum ist der Polizist da?«

Es tat ihr im Herzen weh, wie sehr ihr Sohn litt, und er

hatte ja recht, er war kein Kleinkind mehr, vor dem man alles verheimlichen musste. Im Grunde wusste er doch eh schon alles, oder? Er war ja die letzten Jahre nicht blind durchs Leben gelaufen.

»Wir fahren weg, weil ich euch von eurer Grandma und von eurem Dad wegbringen will«, sagte sie ihm also ehrlich.

»Aber Daddy ist doch gar nicht hier«, entgegnete er.

»Er wird aber wiederkommen.«

»Ich hab Daddy echt lieb, und es ist gemein, wenn wir einfach so wegfahren, ohne ihn zu fragen.«

»Du weißt, dass er Nein sagen würde«, sagte sie sachte.

»Warum tun wir es dann?«, fragte Charles erneut, verschränkte die Arme vor der Brust und sah mit Tränen in den Augen auf seine Füße.

Sie ging nun vor ihm auf die Knie und zwang ihn, sie anzusehen. »Charlie, du sagst, du bist schon ein großer Junge, und da hast du ganz recht, das bist du.« Sie atmete einmal tief ein. »Du weißt, dass Daddy mir wehtut, oder?«

Zuerst wandte er seinen Blick von ihr ab, doch dann sah er ihr in die Augen und nickte.

»Ich möchte nicht, dass er mir weiterhin wehtut, Charlie.« Jetzt hatte auch sie Tränen in den Augen, die sich sogleich einen Weg über ihre Wangen bahnten.

»Das will ich auch nicht«, sagte ihr kleiner neunjähriger Sohn, der plötzlich so erwachsen wirkte. Er wischte ihr mit dem Zeigefinger die Tränen weg. »Alles wird gut, Mommy«, sagte er, obwohl eigentlich sie es zu ihm sagen müsste. »Was soll ich einpacken?«

Er stand auf, holte seinen Rucksack hervor und sah sie fragend an.

Sie ging auf ihn zu und nahm ihn in die Arme. »Ich hab dich so lieb«, sagte sie.

»Ich hab dich auch lieb«, erwiderte er.

Und dann riss sie Schubladen auf und packte so schnell sie konnte alles ein, was ihr wichtig erschien.

Zehn Minuten später kamen sie zu dritt die Treppe herunter und sagten Officer Winslow, dass sie bereit seien zu gehen. Er nickte und nahm ihr ein paar Taschen ab, und Michelle sagte zu ihren Kindern: »Verabschiedet euch von eurer Grandma.«

Beide gaben Evelyn nur eine rasche Umarmung, und in den Augen beider konnte sie sehen, dass sie noch immer nicht fassen konnten, wie ihre Grandma sich verhalten hatte.

Jetzt aber stand Evelyn einfach nur wortlos und besiegt da und wirkte auf einmal gar nicht mehr so furchteinflößend.

Als sie das Wohnzimmer verließen, hörte Michelle ein Handy klingeln. Es war Evelyns Handy, das auf dem Schrank lag, und sie sah sie rangehen, während sie das Haus verließen.

»Rein ins Auto, Kinder. Ich muss noch kurz etwas mit dem Officer besprechen.«

Sie wartete, bis ihre Kinder im Wagen saßen, und wandte sich dann dem Polizisten zu, ihrem heutigen Helden. »Sie können sich gar nicht vorstellen, wie froh ich bin, dass Sie da waren«, sagte sie.

»Ich bin auch der Meinung, das war eine gute Idee. Wer kann schon sagen, inwieweit die Situation sonst noch eskaliert wäre. Sie haben weiß Gott genug durchgemacht.« Er sah sie freundlich an, und sie verspürte nichts als Dankbarkeit. »Natürlich steht es mir nicht zu, Ihnen einen Rat zu geben«, sagte er. »Aber ich an Ihrer Stelle würde so weit wegfahren wie nur möglich.«

»Danke, das werde ich.«

»Ich muss Ihnen noch etwas sagen«, meinte er dann und sah ein wenig betreten aus. »Während Sie im Haus waren … kam eine Meldung rein. Ich wollte Ihnen vorher keine Angst machen, nicht vor den Kindern, aber … Ihr Mann ist aus dem Krankenhaus geflüchtet.«

»Er ist was?« Sie spürte, wie sie kreidebleich wurde.

»Ich bin mir sicher, die Kollegen vor Ort werden ihn schnell aufspüren, machen Sie sich also keine Sorgen, ja?«

»Okay«, sagte sie, obwohl sie sich sehr wohl Sorgen machte. Denn wenn Russel geflohen war, hatte tatsächlich er es sein können, der eben Evelyn angerufen hatte. Wäre das nur eine halbe Stunde früher passiert, hätte Evelyn die Zeit gehabt, mit den Kindern abzuhauen. Doch heute war die Zeit auf Michelles Seite gewesen. Endlich meinte das Schicksal es einmal gut mit ihr. »Officer, ich weiß nicht, ob Sie es mitbekommen haben, aber das Handy meiner Schwiegermutter hat eben geklingelt. Ich weiß, dass sie da nur die Nummern von Russel und mir und einer Handvoll anderer Leute drauf gespeichert hat. Sie benutzt es so gut wie nie.«

»Sie denken, dass Russel sie angerufen hat? Von einem öffentlichen Telefon?«

»Das könnte gut sein, oder?«

»Danke für den Hinweis. Dann werde ich noch einmal hineingehen und hören, ob Mrs. Marshall irgendetwas über den Aufenthaltsort ihres Sohnes weiß.«

Sie nickte und stieg nun endlich zu ihren Kindern ins Auto. Erst jetzt merkte sie, wie ihre Beine zitterten. Da drin im Haus war sie mutig gewesen, doch innerlich hatte sie ihre tiefsten Ängste überwinden müssen. Sie schrieb kurz Lucinda eine Nachricht, ließ sie wissen, dass sie und die Kinder in Sicherheit waren. Dann drehte sie den Zündschlüssel um und schaltete das Radio an. Sie fuhr los und blickte nicht noch einmal zurück. Dieses Leben konnte sie getrost hinter sich lassen, es konnte nur bergauf gehen. Im Moment fühlte sie sich, als könnte sie den Mount Everest besteigen.

»Habt ihr Hunger, Kinder?«, fragte sie. »Ihr wolltet doch so gerne Hamburger essen, oder?«

»Jaaa!«, kam es von der Rückbank.

»Sonst noch irgendwelche Wünsche?«

»Pommes!«, riefen beide. Ihre Kinder liebten Pommes, nur erlaubte Russel sie ihnen nur sehr selten. Aber Russel war jetzt nicht hier.

»Das hört sich gut an. Da bin ich dabei«, sagte sie. »Und wie wäre es mit Milchshakes dazu? Pommes und Milchshakes – das habe ich als Kind immer mit meinen Freundinnen bestellt, wenn wir zusammen essen gegangen sind.«

»Darf ich Schoko?«, fragte Charles.

»Und ich Vanille?«, bat Cara.

»Aber natürlich, alles, was ihr wollt«, sagte sie, denn sie hatte vor, alles wiedergutzumachen, was sie die letzten Jahre verbockt hatte. »Und ich nehme Erdbeere.«

Sie lächelte breit und fuhr den heißen Asphalt entlang, ihr Ziel immer vor Augen, und sie hatte sich in ihrem ganzen Leben nicht so frei und zufrieden gefühlt.

Kapitel 37

Als Jennifer und Daniel die Plantage erreichten, staunte Daniel und sagte: »Wow, Jen, das ist ja wunderschön hier. Jetzt kann ich verstehen, warum du hier so gut abschalten kannst.«

Sie sah zu den Orangenhainen hinüber und zu dem hübschen Haus, das von bunten Blumen eingerahmt war.

»Ja, die Farm war mir schon immer der liebste Ort auf Erden«, erzählte sie, und sie stiegen aus dem Auto. »Komm, ich zeige dir alles. Oh, da ist ja auch schon eine meiner Freundinnen.« Sie deutete auf Rosemary, die sie gerade entdeckt hatte, wie sie sich in der Sonne aalte.

Daniels Augen wurden größer. »Das ist doch Rose Steen, oder? Ich kann immer noch nicht fassen, dass ihr seit über zwanzig Jahren befreundet seid und du das nie erwähnt hast.«

»Ja, ich hatte einige Geheimnisse vor dir, und das tut mir ehrlich leid. Von nun an wird sich das ändern, ich verspreche es.«

Daniel sah zu ihr herunter. Obwohl sie schon groß war, war er mit einem Meter zweiundneunzig noch einen guten Kopf größer. »Jeder Mensch darf ein paar Geheimnisse haben, darum geht es nicht. Die wichtigen Dinge jedoch, die sollte man miteinander teilen.«

»Ja, da hast du völlig recht. Und deshalb werde ich dir jetzt auch meine Freundinnen vorstellen, die mehr so etwas wie Schwestern für mich sind. Komm!« Sie nahm ihn bei der Hand und brachte ihn zu Rosemary, die lächelnd aufblickte.

»Oh, hallo, wen haben wir denn da? Sie müssen Daniel sein.«

»Der bin ich. Ich freue mich, Sie kennenzulernen, Mrs. Steen«, sagte er ein wenig eingeschüchtert, wie alle Männer es waren, wenn sie der großartigen Rose Steen begegneten.

Jennifer musste schmunzeln.

»Die Freude ist ganz meinerseits. Sie können mich übrigens gern Rosemary nennen. Wie war denn eure Sightseeing-Tour? Hat Jennifer Ihnen unser hübsches Lamont gezeigt?«

»Ja, und ich habe sehr viel mehr kennengelernt als nur die Stadt«, gab Daniel preis.

Ja, das hatte er, und Jennifer war froh darüber. So leicht hatte sie sich seit Jahren nicht gefühlt. Nicht, seit sie noch auf Bäume geklettert war.

»Eins fehlt allerdings noch«, sagte sie. »Ich will Daniel auf der Farm herumführen. Nachdem wir Lucinda begrüßt haben, natürlich. Ist sie im Haus?«

Rosemary grinste. »Ist sie. Ich würde da jetzt allerdings nicht reingehen, Jonah ist bei ihr.«

»Oooh, was macht der denn hier?«

»Lange Geschichte.« Rosemary holte aus. »Jonah kam vorbei, weil er natürlich auch schon von dem Vorfall mit Russel gehört hatte und sich erkundigen wollte, wie es …«

»Was? Moment, warte mal! Woher wusste er denn davon?«

»Von einem befreundeten Polizisten. Inzwischen ist es

aber auch überall in den Medien. Das war ja irgendwie klar, ich meine, ich wurde angegriffen, das ist ein gefundenes Fressen für die Presse.« Ihre berühmte Freundin rollte mit den Augen.

»Oh Mann, du Arme, hast auch nie deine Ruhe vor denen. Aber okay, erzähl weiter. Jonah war hier, weil …?«

»Weil er sich erkundigen wollte, ob wir alle in Ordnung sind. Und dann …« Rosemary setzte sich auf und machte eine Spannungspause. »Rate, wer dann schon wieder hier auftauchte!«

»Wer denn?« Craig vielleicht, überlegte sie.

»Na, wer wohl! Russel!«

Sie machte große Augen. »Ich denke, der ist im Krankenhaus und wird von der Polizei bewacht?«

»Das dachten wir auch. Anscheinend konnte er da aber abhauen. Er kam hier an mit einem Riesenverband um den Kopf.«

»Aber wie ist er denn ohne Auto hierhergekommen? Das hat die Polizei doch gestern abgeschleppt, oder?«

»In einem Taxi«, erzählte Rosemary.

Jennifer fragte sich, wo Russel denn das Geld fürs Taxi herhatte. Oder auch Kleidung. Im Krankenhausdress war er hier bestimmt nicht aufgetaucht. Sicher hatte er einen Mitpatienten beklaut, das konnte sie sich bei ihm gut vorstellen.

»Natürlich wollte er wissen, wo Michelle ist« erzählte Rosemary weiter. »Und als Lucinda es ihm gesagt hatte, wollte er sofort hinter ihr her nach Texas. Da sie ihm ja aber seine persönliche Habe abgenommen haben, konnte er nicht fliegen und befahl Lucinda, ihm ihre Autoschlüssel zu geben.«

»Das hat sie doch wohl nicht gemacht, oder?« Sie sah

rüber zu dem alten Pick-up, der an Ort und Stelle stand. Aber Rosemarys schicker Mercedes Roadster fehlte, wie sie nun bemerkte. »Oh Gott, du hast ihm doch nicht etwa dein Cabrio gegeben, oder?«

Rosemary lachte. »Oh doch, das habe ich. Und anschließend habe ich die Cops angerufen und ihn als gestohlen gemeldet. Sie müssten Russel bald schnappen, und dann sperren sie ihn hoffentlich endlich weg.«

»Du bist aber raffiniert«, sagte Jennifer, und als sie zu Daniel sah, erkannte sie, dass auch er beeindruckt wirkte.

Rosemary zuckte mit den Schultern. »Tja, man lernt so einiges, wenn man vierzehn Jahre lang in einer Soap Opera mitspielt.«

»Eine tolle Rolle spielen Sie da übrigens, Rosemary«, sagte Daniel, und Jennifer sah ihn stirnrunzelnd an. War Daniel etwa ein *Wild-Hearts*-Fan? Oh, es gab noch einiges, das es voneinander zu entdecken gab.

»Danke schön, sehr nett.« Rosemary lächelte.

»Hmmm …«, überlegte Jennifer nun. »Ihr habt Russel gesagt, dass Michelle sich auf den Weg nach Hause gemacht hat? Ich hoffe, er hat seine Mutter nicht erreichen können, bevor Michelle eingetroffen ist?«

»Michelle geht es gut«, sagte ihre Freundin. »Sie ist mit ihren Kindern in Sicherheit.«

»Oh Gott, da bin ich aber erleichtert.«

»Hast du etwa noch nichts von ihr gehört? Sie wollte dir doch schreiben.«

Sie holte ihr Handy heraus und entdeckte eine Nachricht von Michelle, in der sie ihr mitteilte, dass alles gutgegangen war. Sie war so damit beschäftigt gewesen, sich mit Daniel zu versöhnen, dass sie ganz vergessen hatte, vorher mal nachzusehen.

»Sie hat mir geschrieben«, sagte sie also. »Ich habe es nur nicht mitbekommen, weil … weil Daniel und ich in dem Diner waren, wo wir früher immer gewesen sind. Erinnerst du dich?«

»Na klar erinnere ich mich. Da haben wir doch immer Pommes gegessen und Erdbeermilchshakes getrunken. Was habt ihr da gemacht?«

»Pommes gegessen und Erdbeermilchshakes getrunken«, sagte sie und grinste breit. »Und uns verlobt.«

Rosemary sprang auf. »Waaaas? Und das erzählst du mir erst jetzt? Wie wundervoll, ich gratuliere!« Sie umarmte sie stürmisch und machte gleich weiter bei Daniel, als würde sie ihn schon ewig kennen.

»Danke schön«, sagte er ein wenig verdutzt.

»Ich freu mich so für euch. Ehrlich, das sind ganz fantastische Neuigkeiten.«

»Das finden wir auch«, erwiderte sie.

»Okay, dann müsst ihr aber doch gleich zu Lucinda gehen. Sie muss das auch sofort erfahren!«

In dem Moment kamen Lucinda und Jonah aus dem Haus. »Was muss ich sofort erfahren?«, fragte ihre Freundin, die eine Schüssel mit ihrer berühmten Orangenbowle in der Hand hielt.

»Dass Daniel und ich uns verlobt haben!«, rief sie ihr entgegen, und Lucinda überreichte Jonah sogleich die Schüssel und kam auf sie zugelaufen, um sie zu umarmen.

»Wie schön, Jenny, ich hab es mir so für dich gewünscht.« Lucinda betrachtete Daniel. »Und Sie müssen Daniel sein.«

Sie stellten einander vor und setzten sich draußen an den Tisch, um zu essen. Jonah holte dazu sein berühmtes Chili und sagte: »Gut, dass ich so viel gemacht habe. Irgendwie hatte ich es im Gefühl, dass wir mehr sein würden als nur drei Personen.«

»Das sieht sehr lecker aus«, sagte Jennifer.

»Und es riecht auch so«, meinte Daniel.

Und dann aßen sie und lachten und erzählten sich Geschichten, und so erlebten sie doch noch einen unbeschwerten letzten gemeinsamen Nachmittag, mit dem keiner mehr gerechnet hatte.

Nach dem Essen begleitete Jonah Lucinda ins Haus und half ihr beim Abwasch.

»Sehr nette Freunde hast du«, sagte er.

»Ich weiß.« Sie lächelte ihn an. »Ich bin sehr wählerisch, was die Menschen angeht, mit denen ich mich abgebe«, sagte sie und grinste.

»Na, dann freue ich mich umso mehr, dass du dich mit mir abgibst.« Er grinste zurück und sagte: »Weißt du, wie gern ich jetzt mit dir allein wäre?«

»Wir sind doch allein«, entgegnete sie.

»Ich meine nicht allein in einem Raum. Ich meine allein allein, verstehst du?«

Oh, sie verstand ihn nur zu gut, und sie wäre ja selbst unglaublich gern ganz allein mit ihm, aber das musste bis morgen warten.

»Kannst du dich noch vierundzwanzig Stunden gedulden?«, fragte sie. »Morgen Abend haben wir unser Date, und da werden wir genug Zeit nur für uns haben.«

»Wenn es sein muss ... Aber *das* darf ich doch jetzt schon tun, oder?« Er zog sie an sich und küsste sie, dass sie sich fühlte wie auf Wolken.

»Oh ja, jederzeit«, antwortete sie, als sie endlich wieder Luft bekam. »Aber jetzt lass uns noch ein bisschen rausgehen. Jennifer reist bald ab, und ich weiß nicht, wie lange es dauert, bis ich sie wiedersehe.«

»Aber natürlich«, sagte Jonah. »Ich will dich keinesfalls von deinen Freunden fernhalten.«

Als sie wieder in den Garten kamen, fanden sie allerdings nur Rosemary vor, die gerade mit ihrer Tochter telefonierte. Sie zeigte mit dem Finger zu den Orangenhainen.

»Jennifer führt Daniel wahrscheinlich ein bisschen auf der Farm herum«, sagte Lucinda zu Jonah. »Wollen wir sie suchen gehen?«

»Klar. Ich hoffe nur, wir ertappen sie nicht bei irgendetwas.« Er grinste frech.

»Oh, das könnte durchaus sein, immerhin sind sie frisch verlobt und schweben sicher auf Wolke sieben.«

Jonah sah ihr in die Augen. »So wie wir?«

»So wie wir«, antwortete sie und schmiegte sich an ihn.

Arm in Arm gingen sie hinüber zu den Orangenfeldern, schlenderten an Bäumen vorbei, pflückten sich ein paar der saftigen Früchte und aßen sie gemeinsam, immer unterbrochen von ein paar Küssen.

»Ich bin ganz klebrig«, lachte Jonah.

»Ich auch. Oh, warte, ich glaube, ich entdecke die beiden da hinten. Siehst du?« Sie gingen rüber zu Jennifer und Daniel, die sie an der Grenze zu den vertrockneten Bäumen ausmachten. »Hey, ihr beiden. Wieso versteckt ihr euch denn?«, fragte sie lachend.

»Das tun wir gar nicht. Ich zeige Daniel nur deine wunderbare Farm, den mir liebsten Ort auf Erden.«

»Und ich hatte gerade eine Idee«, meldete Daniel sich zu Wort. »Denn Jennifer hat recht, dieser Ort ist einfach magisch, und ich dachte mir, dass er doch eigentlich sehr gut geeignet wäre für eine Hochzeit, oder was meint ihr?«

Sie sah Jennifers Augen aufblitzen. Die strahlte Daniel glücklich an und sagte dann zu ihr: »Oh, Lucinda, glaubst du, das wäre möglich? Dass wir die Hochzeit hier abhalten können? Es wird bestimmt nur eine kleine Feier werden, mit nicht mehr als zwanzig, dreißig Gästen.«

»Oh, du kennst meine große Familie noch nicht«, widersprach Daniel sogleich.

»Äh, okay, dann werden es vielleicht doch ein paar mehr.« Jennifer nahm Lucindas Hand in ihre. »Was sagst du? Du würdest mir damit wirklich einen Traum erfüllen.«

Da musste sie überhaupt nicht lange überlegen. »Aber natürlich könnt ihr hier heiraten. Es wäre mir eine Ehre, eure Gastgeberin zu spielen. Wenn die Farm zu dem Zeitpunkt noch steht, versteht sich, und wenn ich bis dahin nicht im Gefängnis gelandet bin.« Sie zwinkerte dem glücklichen Pärchen zu.

»Danke, Lucy, das werde ich dir nie vergessen.«

Daniel sah sie allerdings mit gerunzelter Stirn an. »Warum solltest du im Gefängnis sein?«

»Na, weil ich doch Russel niedergeschlagen habe«, erinnerte sie ihn.

»Das war eindeutig Notwehr. Kein Gericht wird dich deswegen zu einer Haftstrafe verurteilen.«

»Ich hoffe es sehr«, erwiderte sie.

»Da brauchst du dir gar keine Gedanken zu machen. Ich bin seit zwölf Jahren Staatsanwalt, ich weiß, wann man eingesperrt wird und wann nicht.«

»Okay, dann steht der Orangenhochzeit ja nichts mehr im Weg«, sagte sie, obwohl ihre Sorgen nicht ganz aus der Welt geschafft waren. Allerdings wollte sie den beiden ihren Moment gönnen. »Wann wollt ihr denn eigentlich heiraten?«

»Wie wäre es im Frühling?«, fragte Jennifer.

»Das hört sich traumhaft an«, sagte Daniel und küsste sie.

Und auch Lucinda hatte das Bedürfnis, Jonahs Hand zu nehmen und ihn zu küssen. Und der Augenblick war perfekt, bis Lucindas Handy klingelte. Es zeigte ihr Sheriff Hunters Nummer an, und sie biss sich nervös auf die Lippe.

»Ich sollte da rangehen«, sagte sie und wischte übers Display. »Chuck?«

»Hallo, Lucinda. Ich wollte dich nur kurz wissen lassen, dass wir Russel Marshall haben. Er war schon in Ludlow, kurz vor dem Mojave-Reservat. Aber keine Sorge, er ist gestellt und wird jetzt direkt in ein Gefängnis gebracht, wo er sich auf der Krankenstation erholen kann. Er wird sich Austin oder deiner Farm in nächster Zeit nicht mehr nähern, das garantiere ich.«

»Da bin ich erleichtert«, sagte sie und hielt für die anderen den Daumen nach oben.

»Ist Mrs. Steen noch bei dir?«, fragte Sheriff Hunter.

»Ja, ist sie. Möchtest du sie sprechen?«

»Nein, das wird nicht nötig sein. Kannst du ihr bitte ausrichten, dass ihr Auto auf dem Weg zurück zu ihr ist?«

»Das mache ich. Danke, Chuck.«

»Ich tue nur meinen Job, Lucinda. Und du solltest dich zukünftig in Acht nehmen vor Leuten wie Russel Marshall. Mit ihm ist nicht zu spaßen.«

»Das ist mir bewusst. Ich werde vorsichtig sein.«

»Gut. Dann wünsche ich euch noch einen schönen Tag!«

»Danke.« Sie legte auf und sah ihre Freunde an. »Sie haben Russel.«

»Sehr gut«, meinte Jonah.

Jennifer atmete erleichtert aus. »Gott sei Dank.«

»Ich glaube, wir sollten wohl langsam zurückgehen«, meinte Daniel. »Unser Flug geht in dreieinhalb Stunden, und wir könnten in den Feierabendverkehr kommen.«

»Ja, wir sollten besser los«, sagte Jennifer mit Enttäuschung in der Stimme. »Ich komme aber schon ganz bald wieder, versprochen.«

Lucinda sah ihre Freundin an und wurde ebenfalls ganz traurig. Diese Orangentage waren anders gewesen als die vorigen. Sie hatten so viel mit sich gebracht: Kummer und Leid, Offenbarungen und Erkenntnisse, aber auch einen Zusammenhalt, der, wenn möglich, noch gewachsen war.

»Ich werde dich so vermissen«, sagte sie zu ihr.

»Ich werde dich auch schrecklich vermissen.« Jennifer umarmte sie fest, und sie standen eine ganze Weile da, umgeben von den Orangenbäumen, die schon dort gestanden hatten, als sie einander als Kinder gerade kennengelernt hatten.

Und in diesem Moment nahm Lucinda sich etwas ganz fest vor. Sie wollte alles in ihrer Macht Stehende tun, damit diese Bäume auch noch hier sein würden, wenn sie alt waren. Damit sie sich ein Leben lang auf der Farm treffen konnten, Jahr für Jahr, und noch so viele Orangentage haben würden, wie es ihnen möglich war. Und vielleicht würden ja eines Tages ihre Kinder oder sogar Enkelkinder auf diese Bäume klettern, Orangen essen, zwischen den Hainen erste Küsse bekommen oder in schweren Zeiten darunter schlafen. Geborgen und geliebt, bis dass der Tod sie schied.

Kapitel 38

Juli 2001

Fast ein ganzes Jahr war vergangen, und Marias Mörder war nicht gefunden worden.

Lucinda und ihre Freundinnen hatten sich wohl oder übel damit abgefunden, dass sie niemals dahinterkommen würden, was genau in jenem Sommer passiert war. Sie versuchten, ihr Leben so gut es ging weiterzuleben, und doch waren die schrecklichen Schreie und der grausame Anblick der leblosen Maria allgegenwärtig, so, als wäre es erst gestern gewesen.

Die Schrecken jenes Sommertages waren ihre ständigen Begleiter und hatten die Mädchen verändert. Nicht nur hatten sie quasi über Nacht ihre sorglose Kindheit abgelegt und waren erwachsen geworden, sie sahen das Leben auch mit anderen Augen. Wussten die ganz gewöhnlichen Dinge mehr zu schätzen, denn jetzt wussten sie, dass man sie von heute auf morgen verlieren, dass alles aus sein konnte. Ausgelöscht. Für immer.

Die Mordwaffe war nie gefunden worden. Die Polizei vermutete dahinter ein Seil, eines, wie sie auf der Farm benutzt wurden, um die Orangenkisten auf dem Laster festzubinden. Jeder hätte sich daran bedienen können, jeder konnte der Mörder sein.

Noch eine ganze Weile waren immer mal wieder ein paar Cops vorbeigekommen und hatten weitere Fragen gestellt. Hatten Leute von der Spurensicherung mitgebracht, doch die Suche war erfolglos geblieben.

Und irgendwann im Winter war Alejandro dann zurückgekehrt. Lucinda hatte nie erfahren, wo ihr Dad ihn all die Monate untergebracht hatte. Bei einem befreundeten Farmer in irgendeinem Nachbarort, schätzte sie. Sie fragte nicht nach. Seit dem Tag, an dem ihr Vater sie und ihre Freundinnen in Alejandros Schuppen entdeckt und sie gebeten hatte, die Sache ruhen zu lassen, hatte sie keine Fragen mehr gestellt. Sie wusste, sie würde ja doch keine Antworten darauf bekommen.

Als der stille Mexikaner zurück war, wuchs ihr schlechtes Gewissen wieder. Sie verstand nun, wie dumm sie gewesen war, ihn zu beschuldigen. Oft sah sie ihn an der Stelle sitzen, an der Maria aufgefunden worden war, auf der blanken Erde, das Gesicht in den Händen. Wie oft versuchte sie, sich zu entschuldigen, doch sie brachte es einfach nicht über sich. Und so tat sie das Einzige, zu dem sie imstande war. Sie ging zu Alejandro und schenkte ihm etwas von Maria. Ihr Lieblingskissen, das noch immer nach ihrem Parfum duftete und nach ihrem Vanilleshampoo. Alejandro sah sie schmerzerfüllt an und bedankte sich. Und Lucinda stellte sich vor, wie es gewesen wäre, wenn die beiden tatsächlich geheiratet und eine Familie gegründet hätten. Sie wären bestimmt sehr glücklich geworden auf der Farm. Wenn sie ihre Augen schloss, konnte sie die kleinen Kinder zwischen den Orangenbäumen entlanglaufen sehen.

Orangenträume, die nun niemals wahr werden würden.

Mit der Zeit verging der Schmerz, zumindest ein kleines bisschen. Die Albträume quälten Lucinda nicht mehr jede

Nacht, und ein weiteres Schuljahr ging zu Ende. In diesem Sommer waren sie und ihre Freundinnen nicht so unbeschwert wie im letzten Jahr. Sie trafen sich zwar auch in diesen Ferien mit den Jungs auf der Farm und knutschten unter den Bäumen, Rosemary schwärmte noch immer von einer Hollywoodkarriere und Michelle von einem Dasein als Ehefrau und Mutter, doch die Stimmung war eine andere. Eine schwere dunkle Wolke hing über ihnen und wollte sich einfach nicht beiseiteschieben lassen.

An dem Sonntagmorgen, an dem Lucinda in den Hainen neben Jennifer aufwachte, die am Abend zuvor mit einem blauen Auge bei ihr auf der Farm aufgetaucht war, sollte jedoch etwas geschehen, das das Gleichgewicht wiederherstellen würde.

Ihr Vater bat sie, doch bitte kurz zu Onkel Miguel zu laufen, um ihm noch vor seinem Kirchgang die Lieferliste für den folgenden Tag zu bringen, da er wusste, dass Miguel an seinem freien Tag gerne hier und dort unterwegs war, Frauen besuchte und sich auch mal ein paar Gläser Wein genehmigte.

»Tu mir den Gefallen und beeile dich, ja?«, sagte ihr Dad zu ihr.

»Kann Jennifer mitkommen?«, bat sie.

»Ja, natürlich. Warum denn nicht?«

Sie merkte, wie ihr Vater das blaue Auge ihrer Freundin betrachtete, und sagte schnell: »So ein blödes Mädchen hat Jenny gestern eine verpasst, weil sie dachte, sie würde ihr den Freund ausspannen wollen. So ein Unsinn, wo Jenny doch schon seit einem Jahr mit Benny geht.« Sie wusste, sie redete viel zu viel, doch das tat sie ja immer, wenn sie nervös war.

Ihr Vater musterte sie und nickte dann. »Gut, dass ihr euch habt, um aufeinander achtzugeben«, sagte er, und Lucinda fragte sich, ob er wohl etwas ahnte. Ob er die Wahrheit kannte.

Doch um darüber nachzudenken, fehlte die Zeit. Sie mussten sich beeilen und rannten die Straße runter, liefen an dem Orangenstand vorbei, in dem ihre Mom stand und gerade einem Touristenpärchen aus Nevada – das sah sie an ihrem Autonummernschild – frischen Saft verkaufte. Sie bogen um die Ecke, liefen an der alten Scheune vorbei, die vor Jahren gebrannt hatte und niemals wiederaufgebaut worden war, und blieben außer Puste vor Miguels Häuschen stehen. Lucinda klingelte, und in weniger als zehn Sekunden öffnete Onkel Miguel ihr mit einem Lächeln im Gesicht die Tür. Sein Goldzahn funkelte im Sonnenlicht.

»Hallo, ihr Hübschen, was macht ihr denn hier?«

»Dad schickt mich. Ich soll dir das bringen. An der Lieferliste für morgen hat es ein paar Änderungen gegeben, und Dad hat morgen früh einen Checkup beim Arzt. Er wollte sichergehen, dass du sie auch erhältst«, richtete sie ihm aus.

»Oh, na dann sage ich danke. Ich würde euch hereinbitten, aber der Gottesdienst fängt in einer halben Stunde an, und ich muss mir noch die Krawatte binden und die Haare gelen«, sagte er, betrachtete sie allerdings eingehend. »Ihr seid ja völlig außer Atem. Seid ihr gerannt?«

Sie nickte.

»Dann kommt doch trotzdem kurz herein. Holt euch was zu trinken aus der Küche, du weißt ja, wo alles ist.«

Ja, das wusste sie. Seit sie ein kleines Mädchen gewesen war, war sie sicher an die hundert Mal in diesem Haus gewesen.

»Danke, das ist nett. Komm, Jenny«, sagte sie zu ihrer Freundin, die sich noch immer erschöpft auf ihren Oberschenkeln abstützte.

Sie betraten das Haus, und während Miguel ins Schlafzimmer verschwand, gingen sie in die Küche und nahmen sich jede eine Dose Mountain Dew aus dem Kühlschrank.

»Komm, wir setzen uns ins Wohnzimmer. Miguel hat ein Aquarium mit den coolsten Fischen«, sagte sie und zeigte Jennifer ihren Lieblingsfisch, einen roten Strahlenfeuerfisch, dessen weiße Stacheln aussahen, als könnten sie jemanden abstechen. »Der ist sogar giftig«, erzählte sie Jennifer, was Miguel einst ihr erzählt hatte.

»Hat Miguel eigentlich gar keine Frau oder Kinder?«, wollte ihre Freundin wissen.

Lucinda schüttelte den Kopf. »Nein. Er ist Single, seit ich ihn kenne. Ich habe aber ein paarmal mit angehört, wie er vor den anderen Farmarbeitern mit seinen Frauengeschichten geprahlt hat«, flüsterte sie und verdrehte die Augen.

Sie hörten Miguel singen und sahen ihn vom Schlafzimmer ins Bad gehen.

Jennifer lachte und entdeckte ein Bild von ihrer Familie auf der Kommode. Hank, Liliana, Lucinda und Maria, die glücklich beieinander vor ihrem Haus auf der Orangenfarm standen.

»Er ist echt gut mit deinem Dad befreundet, oder?«, fragte sie und ging zu dem Bild rüber. Nahm es in die Hand. Dabei rutschte etwas von der Kommode herunter, das hinter dem Bilderrahmen versteckt gewesen sein musste, und fiel auf den Boden. Jennifer bückte sich und hob es auf, und im nächsten Moment erstarrten sie beide. Denn das, was ihre Freundin in der Hand hielt, war Marias Kette!

»Scheiße!«, flüsterte Jennifer.

»Oh mein Gott!« Lucinda schossen eine Million Gedanken durch den Kopf, und sie konnte sie überhaupt nicht ordnen.

Wenn die Kette hier bei Miguel war, bedeutete das, dass er Maria umgebracht hatte?

Warum sollte er das getan haben?

War das alles vielleicht ein großes Missverständnis? Immerhin hatten sie schon mal einen Unschuldigen in Verdacht gehabt.

Wie sollten sie sich jetzt verhalten?

Die Kette mitnehmen?

Sie hierlassen?

Miguel zur Rede stellen?

Die Polizei rufen?

Er könnte jeden Moment kommen, sie mussten schnell handeln.

Lucinda versuchte, einen klaren Gedanken zu fassen, dann sagte sie: »Leg sie zurück und stell das Bild genau so hin, wie es war.«

Jennifer befolgte ihre Anweisungen, und schon hörten sie Schritte. Sie positionierten sich vor dem Aquarium und faselten irgendwas von Fischen, als Miguel das Wohnzimmer betrat.

»Na, betrachtet ihr meine Lieblinge?«, sagte er.

Lucinda nickte und lächelte, während Jennifer an ihrem Mountain Dew nippte. Sie durften sich jetzt auf keinen Fall auffällig verhalten, damit würden sie alles ruinieren.

»Ich hab Jenny den coolen Strahlenfeuerfisch gezeigt«, sagte sie. »Wir haben uns jeder eine Dose Mountain Dew genommen, ich hoffe, das war okay?«

»Aber sicher«, sagte Miguel. »Tut mir echt leid, aber ich muss jetzt wirklich los.« Er ging zu der Kommode, und Lucinda glaubte schon, er schöpfe Verdacht, weil das Bild vielleicht schief stand oder so, doch er öffnete nur eine der Schubladen, holte zwei Twinkies heraus und gab sie ihnen.

»Danke«, sagten sie beide.

Sie verließen alle zusammen das Haus, und Miguel fragte,

ob er sie an der Farm absetzen sollte. Sie lehnten das Angebot dankend ab mit der Begründung, noch verabredet zu sein und in die andere Richtung zu müssen. Miguel fuhr los, und sie winkten ihm hinterher, als würden sie sich wirklich nur von ihm verabschieden und alles wäre ganz normal. Als hätten sie gerade nicht die wichtigste Entdeckung ihres Lebens gemacht.

Lucinda starrte Jennifer an. »Was sollen wir denn jetzt nur machen?«

»Wir erzählen deinem Dad davon«, sagte sie bestimmt. »Der wird schon wissen, was zu tun ist.«

»Miguel ist sein bester Freund. Es wird ihm das Herz brechen.«

»Manchmal ist das im Leben so. Herzen werden gebrochen«, sagte Jennifer bitter, als wüsste sie genau, wovon sie sprach.

»Okay. Lass uns zu ihm gehen«, sagte sie, und sie machten sich mit hängenden Schultern auf den Weg zurück zur Farm.

Jennifer wickelte ihren Twinkie aus und biss ab.

»Wie kannst du jetzt nur essen?«, fragte sie sie.

»Sorry, aber mein Dad kauft mir nie was Süßes«, sagte ihre Freundin, und Lucinda erinnerte sich wieder daran, dass Jennifers Leben schon immer die Hölle gewesen war, während ihres wenigstens erst seit einem Jahr kaputt war.

Sie reichte ihr ihren Twinkie, weil ihr selbst der Appetit gerade gewaltig vergangen war und sie ganz bestimmt nichts essen wollte, was Miguel ihr gegeben hatte.

Jennifer nahm ihn begierig und legte einen Arm um sie. »Danke. Du bist echt eine gute Freundin.«

»Wegen eines Twinkies?«

»Nein, weil du immer für mich da bist.«

»Du bist meine Freundin. Freunde sind füreinander da«, erinnerte sie sie.

Jennifer gab ihr einen Kuss auf die Wange, und Lucinda lächelte, weil sie so froh war, nicht allein zu sein. Diese Entdeckung gerade nicht allein gemacht zu haben. Das wohl schwerste Gespräch ihres Lebens mit ihrem Vater gleich nicht allein führen zu müssen.

Von Weitem konnten sie schon die Farm sehen, all die vielen Orangenbäume, die an der Straße entlang aufgereiht waren und mehr Früchte trugen als je zuvor. Der Orangenduft wehte ihnen entgegen, und Lucinda schloss für einen Moment die Augen, um sich auf das vorzubereiten, was ihnen allen vielleicht doch noch ein bisschen Frieden verschaffen würde. Und vielleicht würde sich sogar die dunkle Wolke endlich verziehen, und sie konnte, wenn sie an ihre Schwester dachte, statt der Leiche im Orangenfeld wieder die lachende Maria sehen, die ihr von der Veranda aus zuwinkte. Die immer fröhliche Maria, die in ihrem Herzen genau so weiterleben durfte.

Kapitel 39

Rosemary und Lucinda standen an Marias Grab und weinten stille Tränen. In diesem Sommer war der Schmerz vergangener Tage besonders stark, so viele Erinnerungen waren aufgewühlt worden, so viele Träume zerstört.

»Fragst du dich manchmal, was wohl aus ihr geworden wäre?«, stellte Rosemary ihrer Freundin die Frage, die sie sich selbst schon so oft gestellt hatte.

»Jeden Tag«, antwortete diese.

Sie wusste, wie schwer Lucinda es noch immer nahm, dass ihre Schwester ihr Leben nicht hatte voll auskosten können. Was waren schon achtzehn kurze Jahre?

»Glaubst du, sie wäre mit Alejandro glücklich geworden?«

Lucinda nickte. »Das glaube ich mit Bestimmtheit.«

»Hat er sie eigentlich jemals wieder erwähnt?« Im Laufe der Jahre hatten sie sich alle ab und zu mit Alejandro unterhalten, aber niemals über dieses eine schmerzhafte Thema.

Lucinda schüttelte den Kopf. »Nicht, nachdem mein Vater ihm gesagt hat, wer für Marias Tod verantwortlich war. Danach habe ich ihren Namen nie wieder aus seinem Mund gehört.«

Rosemary dachte an den Tag zurück, an dem Lucinda ihrem Vater von ihrer Entdeckung erzählt hatte. Sie war gerade auf der Farm eingetroffen, weil sie an diesem Sonntag zu viert schwimmen gehen wollten. Lucinda und Jennifer hatten Marias Kette bei Miguel gefunden, und Hank war rot angelaufen vor Wut. Er war in seinen Pick-up gestiegen und davongefahren wie ein Irrer. Liliana hatte ihm nur verzweifelt hinterhersehen können.

Später hörten sie, dass Hank nach dem Gottesdienst, mitten auf dem Platz vor der Kirche, auf seinen besten Freund losgegangen war und ihn verprügelt hatte. Miguel soll sich nicht gewehrt haben. Zum Glück war die Polizei schon bald eingetroffen, die Liliana gerufen hatte, und so konnte Schlimmeres verhindert werden. Hank und Miguel waren beide festgenommen worden, Hank hatte jedoch im Gegensatz zu seinem Freund nach wenigen Stunden das Polizeirevier wieder verlassen dürfen. Miguel war eingesperrt, angeklagt und zu dreißig Jahren Haft verurteilt worden. Er hatte weder im Verhörraum noch später vor Gericht ein Wort zu seiner Verteidigung gesagt, doch er hatte Hank einen Brief geschrieben, in dem er ihn um Verzeihung bat und in dem er ihm gestand, selbst in Maria verliebt gewesen zu sein, die ihn aber stets ignoriert hatte. Als Hank sich ihm dann anvertraut und ihn wegen Maria und Alejandro um Rat gefragt hatte, war er innerlich sehr wütend geworden. Denn Alejandro war in seinen Augen nichts als ein dummer Pflücker. Dass Maria sich für jemanden wie ihn entschied, ihn Miguel vorzog, hatte ihn den Verstand verlieren lassen. Und so hatte er Maria in dieser warmen Augustnacht erdrosselt. In dem Moment war er der Meinung gewesen, wenn er seine geliebte Maria nicht haben konnte, sollte niemand sie haben.

Miguel saß noch heute im Gefängnis, sie hatten nach diesem einen Brief nie wieder etwas von ihm gehört oder auch nur einmal seinen Namen laut ausgesprochen. Allerdings konnte man Miguel vielleicht ein wenig anrechnen, dass er Alejandro der Polizei gegenüber nie auch nur mit einem Wort erwähnt hatte und er so wenigstens auf der Farm bleiben konnte. Vielleicht hatte letztlich sogar Miguel erkannt, dass Alejandro bereits genug genommen worden war.

Rosemary legte eine rosa Hortensie auf das Grab, die sie aus Lucindas Garten hatte. Sie erinnerte sich daran, dass Maria diese Blumen sehr gern gehabt hatte. Oft hatte sie sich ein paar davon abgeschnitten und in ihr Zimmer gestellt. Das Zimmer, das Lucinda nach Jahren endlich zu einem weiteren Gästezimmer umgestaltet hatte, damit ihre Freundinnen genügend Platz hatten, wenn sie sie besuchen kamen.

»Bye-bye, Maria, bis zum nächsten Jahr«, sagte Rosemary und hakte sich bei Lucinda ein.

Sie gingen vom Friedhof und zu ihrem Wagen, den die Polizei ihr gestern noch zurückgebracht hatte. Nachdem Jennifer und Daniel auch abgereist waren, hatte sie endlich ihre Grandma Tippi besucht, die sich sehr gefreut hatte, sie zu sehen. Heute Morgen dann hatten Lucinda und sie erneut Orangenbonbons hergestellt, bevor sie zu dem Diner gefahren waren, wo Daniel Jennifer den Antrag gemacht hatte. Ganz offiziell. Sie konnte noch immer nicht glauben, dass ihre Freundin sich verlobt hatte. Dass sie sich endlich auf eine richtige Beziehung einlassen wollte. Rosemary wünschte ihr von Herzen, dass sie so glücklich wurde, wie sie es verdient hatte.

Und während sie in dem Diner Pommes gegessen und Milchshakes getrunken hatten – Rosemary erneut als Annabelle verkleidet –, hatte sie Lucinda gesagt, dass sie ihr helfen wollte. Die Orangenbonbons waren zwar ein guter kleiner Nebenverdienst, doch sie würden die Farm nicht retten, selbst wenn Lucinda jeden Tag zwanzig Bestellungen verschickte. Und auch ein Kochbuch, das ja, selbst wenn die Verlegerin anbeißen sollte, frühestens in ein oder zwei Jahren veröffentlicht werden konnte, würde sie nicht aus der Misere rausholen können. Inzwischen hatte Lucinda ihr nämlich eine Auflistung der monatlichen Ausgaben gezeigt, und sie war erschrocken gewesen, was so eine Orangenfarm an Haltungskosten mit sich brachte. Und deshalb hatte sie Lucinda ein privates Darlehen angeboten und kein Nein akzeptiert. Und wie durch ein Wunder hatte Lucinda es ohne Widerworte angenommen. Vielleicht, weil sie Jennifer versprochen hatte, dass diese im nächsten Frühjahr auf der Farm heiraten durfte. Vielleicht, weil sie in den vergangenen Tagen erkannt hatte, dass man sich manchmal einfach helfen lassen musste. Vielleicht aber auch nur, weil sie sich ein anderes Leben als das auf der Orangenfarm einfach nicht vorstellen konnte. Sie war doch ihr Zuhause, und irgendwie auch das von Rosemary, Jennifer und Michelle. Es war der Ort, an dem sie alle sich geborgen fühlten und geliebt, und das würde sich niemals ändern.

»Was hast du heute Abend vor?«, fragte Lucinda, während sie ins Auto stiegen, und sie musste grinsen.

Schon klar, ihre Freundin wollte sie loswerden, da heute ihr lang ersehntes Date mit Jonah anstand. Und dabei wollte sie auch ganz bestimmt nicht stören, da sie nämlich annahm, heute könnte *der* Abend sein, zumindest schien das ziemlich offensichtlich, wenn sie an die Blicke der beiden zurückdachte, mit denen sie sich gestern schon fast ausgezogen hatten.

Sie musste lachen. »Keine Sorge, ich habe nicht vor, euch im Weg zu sein. Ich habe meiner Grandma versprochen, heute noch einmal vorbeizuschauen. Wir wollen *Manche mögen's heiß* gucken.«

»Hört sich gut an. Tippi freut sich bestimmt, dass du dich dazu entschlossen hast, noch länger zu bleiben.«

»Ja, das tut sie. Und ich freue mich auch.« Denn so war sie beschäftigt und musste nicht die ganze Zeit an Donnerstag denken. Sie trug auch heute keine Silikoneinlagen und hatte beschlossen, sie bis zur OP komplett wegzulassen. Es würde sich sicher komisch anfühlen, wenn sie wieder ganz normale Brüste hatte, doch sie freute sich auch unglaublich darauf.

Sie lächelte vor sich hin und kuschelte sich an Lucinda.

»Bleibt es dabei, dass du mich am Wochenende besuchen kommst?«, fragte sie ihre Freundin.

»Aber natürlich, das habe ich doch versprochen. Nichts kann mich davon abhalten.«

»Okay, dann ist gut.«

Sie fuhren zurück zur Farm, wo sie den Sheriff vorfanden. Er sagte ihnen, dass der Richter entschieden habe, dass Lucinda entlastet sei und nicht angeklagt werden würde. Sie sah förmlich, wie ihre Freundin aufatmete, doch sie selbst hatte nicht einen Moment daran gezweifelt, dass Lucinda nichts zu befürchten brauchte.

Sie war noch immer sehr beeindruckt und stolz auf Lucinda, dass sie die Schuld auf sich genommen hatte. Diese Geste hatte ihnen allen irgendwie die Schuld genommen, die sie jahrelang begleitet hatte. Damit, dass sie Alejandro deckten, hatten sie wiedergutgemacht, ihn damals verdächtigt zu haben und in seine Hütte eingebrochen zu sein. Alejandro war einer von den Guten, das wussten sie inzwischen, und spätestens nachdem er auch noch Michelle gerettet hatte, würde er immer einen Platz in ihren Herzen einnehmen.

»Ich habe noch mehr Neuigkeiten«, sagte Sheriff Hunter nun.

Sie sahen ihn beide gespannt an.

»Russel Marshall wird in elf Punkten angeklagt. Unter anderem wegen Körperverletzung, Bedrohung, Hausfriedensbruch und Diebstahl. Ich denke also, dass eure Freundin sich erst mal keine Sorgen mehr um ihre Sicherheit machen muss.«

»Wird er denn hier in Kalifornien vor Gericht gestellt?«, fragte Lucinda. »Oder kann er zurück nach Austin?«

»Da zwar die jahrelange Körperverletzung in Austin stattgefunden hat, er aber die erst kürzlich ausgeführten schwerwiegenden Taten hier begangen hat, bleibt er in Bakersfield in U-Haft, und es wird ihm auch hier in Kalifornien der Prozess gemacht.«

»Gut zu wissen«, sagte Lucinda, und Rosemary dachte dasselbe. Je weiter er von Michelle und den Kindern weg war, desto besser. »Vielen Dank, Chuck, dass du gleich vorbeigekommen bist, um uns das mitzuteilen.«

»Kein Problem. Immer zu euren Diensten.« Er nahm seinen Sheriffhut ab und verbeugte sich, was Rosemary verwunderte. So galant kannte sie den Mann sonst gar nicht. Aber vielleicht hatte er Lucinda mit den Jahren ins Herz geschlossen, oder vielleicht war er doch ein bisschen beeindruckt davon, einen Hollywoodstar vor sich zu haben. Aber so charmant er auch plötzlich war, war sie doch froh, dass sie in naher Zukunft nichts mehr mit ihm zu tun haben musste.

Sobald Sheriff Hunter weg war, fuhr auch Rosemary los. Auf dem Weg kaufte sie noch eine kleine Red-Velvet-Torte, die Tippi gerne aß, und klingelte wenig später an ihrer Tür.

»Hallo, meine Schöne. Bist du bereit für einen Marilyn-Monroe-Abend?«, fragte sie mit einem Strahlen im Gesicht.

Sie hatte sich sogar schick gemacht, trug ein hübsches Kleid und Locken im weißen Haar.

Rosemary umarmte ihre wunderbare Grandma und sagte: »Aber immer.«

Sie reichte ihr die Torte und trat ein in das Reich, in dem sie sich immer wohlgefühlt hatte. Das den Teil ihrer Vergangenheit ausgemacht hatte, der ihr damals nicht schrecklich langweilig vorgekommen war. Und wer wusste es schon? Vielleicht wäre sie ohne Tippi und ihre vielen Filme niemals die Schauspielerin geworden, die sie heute war. Eine Marilyn Monroe war sie zwar nicht, und auch keine Audrey Hepburn, aber sie liebte, was sie tat, ja, sie war glücklich, und das war alles, was zählte.

Lucinda kochte Jonahs Lieblingsessen. Er hatte mal nebenbei bemerkt, wie gerne er Tagliatelle mit Basilikumpesto mochte, und das bereitete sie gerade zu, als sie einen Wagen die Einfahrt rauffahren hörte. Kurz zuckte sie zusammen, da ihr noch immer der Schrecken in den Knochen steckte und sie unbewusst befürchtete, Russel könne gleich wieder in ihrem Garten stehen. Obwohl das Unsinn war, denn er war ja jetzt weggesperrt und würde so schnell nicht wieder auf freiem Fuß sein. Das hoffte sie zumindest. Wobei es ihr schon ein bisschen leidtat für seine Kinder, besonders für den kleinen Charles, von dem sie wusste, dass er trotz allem eine enge Bindung zu seinem Daddy hatte. Das war wohl ganz normal. Russel warf Bälle mit ihm und begleitete ihn zu seinen Baseballspielen, außerdem verstand Charles mit seinen neun Jahren vielleicht noch nicht so genau, was zwischen seiner Mutter und seinem Vater vorging. Oder doch? Nun, Lucinda würde sicher bald mehr erfahren, wenn Michelle sich wieder meldete. Sie hatte ihr fest versprochen, dass sie sehr bald von sich hören lassen würde, wenn sie erst einmal ihr altes Leben hinter sich gelassen hatte. Lucinda hoffte so, dass sie das auch wirklich konnte. Ein Neuanfang war nie leicht, und wenn man so schlimme Dinge wie Michelle durchgemacht hatte, musste es einem wirklich Angst einflößen. Vielleicht unterschätzte sie ihre beste Freundin aber auch, und sie war viel stärker, als sie dachte. Ja, das wollte sie wirklich glauben.

Sie trat jetzt auf die Veranda und begrüßte Jonah mit einem Lächeln und mit einem Kuss.

»Hallo, was machst du denn hier?«, fragte sie.

Kurz sah Jonah verwirrt aus und stammelte: »Ich dachte, wir wären verabredet?« Dann aber verzog sich sein Mund zu einem Lächeln. »Du veräppelst mich, oder?«

Sie lächelte ebenfalls. »Ich wollte es wenigstens versuchen. Dass du aber drauf reinfallen würdest, damit hatte ich nicht gerechnet.«

»Na, warte, das zahle ich dir noch heim«, sagte er, trat näher an sie heran und küsste sie erneut.

»Ah ja? Wie denn?«, fragte sie zwischen zwei Küssen.

»Da werde ich mir noch was überlegen.«

»Du solltest besser nett zu mir sein, ich koche dir nämlich gerade dein Lieblingsessen.«

Jonah küsste sie weiter und ließ ihr kaum Luft. »Du kennst mein Lieblingsessen überhaupt nicht«, brachte er zwischendrin heraus.

»Oh doch. Tagliatelle mit Basilikumpesto.«

Jetzt ließ Jonah von ihr ab und sah sie überrascht an. »Woher weißt du denn das?«

»Ich höre halt genau hin, wenn man mir was erzählt.«

Jonah legte die Stirn in Falten und schien zu überlegen, wann er ihr das nur erzählt hatte.

»Neulich, als du mir von dem Dinner berichtet hast, das du zusammen mit deinen Brüdern und Schwägerinnen hattest, hast du erwähnt, dass du es im Restaurant gegessen und köstlich gefunden hast.«

»Wow, du hörst aber wirklich gut hin«, sagte er beeindruckt.

»Ja. Und jetzt sollte ich mal schnell in die Küche gehen, damit die Nudeln nicht zu weich werden. Da du sie ja al dente magst.« Sie grinste ihn an.

Jonah konnte nur staunen und folgte ihr. »Ich komme mir vor, als hättest du mich bereits komplett durchschaut, als wüsstest du alles über mich. Und als wüsste ich selbst noch überhaupt nichts über dich. Ich meine, wir hatten immerhin erst drei Dates, oder?«

»Fünf, wenn man das Bluegrass-Fest und den Nachmittag gestern mitzählt«, erinnerte sie ihn.

»Hmmm ...«, machte er. »Wenn du es so betrachten möchtest, dann wäre das heute also schon unser sechstes Date, oder?«

Sie grinste. Ja, genau so wollte sie es betrachten, und genau deshalb hatte sie es auch so ausgedrückt.

»Ja, so ist es«, erwiderte sie.

»Was denkst du?«, fragte er und trat hinter sie, während sie die Nudeln in ein Sieb schüttete und kaltes Wasser darüberlaufen ließ. »Darf man beim sechsten Date schon etwas weiter gehen?«

Zur Antwort drehte sie sich um und küsste ihn mit so viel Leidenschaft, dass er sie im nächsten Moment auf den Tresen hob und ihr das Shirt über den Kopf zog. Sie schlang die Beine um seine Hüfte und wusste genau, was sie wollte. Mit nassen Händen zog sie ihn an sich und zeigte ihm, dass sie bereit war für mehr, dass das sechste Date das perfekte

Date war, um sich näherzukommen. So nah, dass man nichts anderes mehr sah als den Menschen vor sich. So nah, dass sogar das leckere Lieblingsessen vergessen war. So nah, wie sie seit dreieinhalb Jahren niemandem mehr gekommen war.

Es war so lange her. Ein Verlangen machte sich in ihr breit, das sie nicht mehr aufhalten wollte, selbst wenn es ihr möglich gewesen wäre.

»Mein Schlafzimmer ist die Treppe hoch«, raunte sie und ließ sich von Jonah dorthin tragen. Ließ sich von ihm aufs Bett legen. Sie schloss die Augen, weil sich jede seiner Berührungen einfach so unglaublich gut anfühlte, dass sie sie voll und ganz auskosten wollte. Wie in einem wunderschönen Traum wollte sie dahinfliegen und nie mehr aufwachen. Wollte dieses Glücksgefühl bis in alle Zeiten beibehalten.

»Ich glaube, ich habe mich in dich verliebt, Lucinda«, hörte sie Jonah sagen und öffnete die Augen.

Er blickte sie auf eine Weise an, die nur wahre Gefühle hervorbringen konnten. Sie verspürte ein Kribbeln am ganzen Körper und sah diesem zauberhaften Mann tief in die Augen.

»Mir geht es ganz genauso«, hauchte sie ihm entgegen und ließ zu, dass er ihre Lippen mit seinen versiegelte. Und dann durfte sie in eine Welt abtauchen, die sie schon gar nicht mehr gekannt hatte, in eine Welt, die so süß war wie die reifsten Orangen, die man sich nur vorstellen konnte.

Kapitel 40

Am nächsten Morgen erwachte Lucinda mit einem Lächeln. Ihr Lächeln wurde noch breiter, als sie Jonah neben sich liegen sah, der noch immer schlief.

Die vergangene Nacht hatte sie erschöpft. Nachdem sie sich das erste Mal geliebt hatten, waren sie wieder hinunter in die Küche gegangen, wo Lucinda die Tagliatelle aufgewärmt und zusammen mit selbst gemachtem Pesto serviert hatte. Zum Dessert hatte es süßes Orangen-Carpaccio gegeben mit Sirup und kandierten Walnüssen. Und danach hatten sie sich erneut von ihren Gefühlen mitreißen lassen und denen direkt auf dem Küchentisch freien Lauf gelassen. Später waren sie wieder nach oben gegangen, wo sie noch stundenlang zärtlich zueinander gewesen waren und dabei über alles geredet hatten, was sie bewegte.

»Erzähl mir etwas aus deinem Leben«, hatte Jonah sie gebeten, und sie hatte ihm die Geschichte der Farm erzählt und wie sie entstanden war. Sie hatte ihm von ihrem Vater erzählt, der vor über vierzig Jahren seinen Roadtrip gemacht hatte und dabei auf das Plakat mit den Orangen gestoßen war. Wie er sich mit seinem Erbe vier Hektar Land gekauft hatte, aus denen mit den Jahren zwanzig geworden waren. Wie er ihrer Mutter den Hof gemacht und sie mit seinen Träumen und Vorhaben beeindruckt und schließlich erobert hatte. Wie zuerst Maria und dann sie geboren wurden und die Familie perfekt gemacht hatten. Wie sie Jahre später, nach dem Tod ihres Vaters und dem Weggang ihrer Mutter die Farm übernommen hatte, und wie sie für sie lebte, an jedem einzelnen Tag.

»Von deiner Schwester hast du noch nie erzählt«, hatte Jonah gesagt. »Lebt sie auch noch in Kalifornien?«

Sie hatte den Kopf geschüttelt. »Nein, nicht mehr«, hatte sie gesagt und das Thema gewechselt. Eines Tages würde sie ihm die Geschichte erzählen, aber nicht in dieser Nacht, die viel zu perfekt war, um traurige Erinnerungen hereinzulassen.

Sie stand jetzt vom Bett auf, trat ans Fenster und begrüßte den neuen Tag. Sie trug Jonahs T-Shirt, das ihr viel zu groß war, aber genau das mochte sie.

Als sie bemerkte, dass Jonah seine Augen geöffnet hatte, lächelte sie ihn an. »Guten Morgen. Hast du gut geschlafen?«, fragte sie und nahm etwas aus den Augenwinkeln wahr. Sie wandte sich wieder dem Fenster zu und musste die Augen einmal fest zusammenkneifen und wieder öffnen, um sicherzugehen, dass sie auch nicht halluzinierte.

Doch! Sie hatte wirklich richtig geguckt!

Sie stieß einen Freudenschrei aus, klatschte in die Hände, schlüpfte so schnell sie konnte in ihre Jeans vom Vortag und rannte die Treppe runter.

»Rosemary? Bist du da?«, rief sie durchs Haus, doch es kam keine Antwort. Wahrscheinlich hatte diese bei Grandma Tippi geschlafen, um sie und Jonah nicht zu stören.

Sie stieß die Tür zur Veranda auf und sprang die drei Stufen hinunter. Und dann lief sie ihrer besten Freundin in die Arme.

»Michelle!«, sagte sie unter Tränen, weil sie sich so freute, sie zu sehen. Und dazu sah sie so friedlich und so glücklich aus. »Was machst du denn hier?«

Michelle drückte sie noch einmal ganz fest und entließ sie aus der Umarmung. Sie strahlte sie an. »Ich wollte unbedingt weit weg von Austin und noch einmal ganz neu anfangen«, sagte sie, und ihre Augen füllten sich ebenfalls mit Tränen. »Ich wollte einfach nur nach Hause kommen.«

Wieder schloss Lucinda sie in die Arme. »Das bist du hier, zu Hause. Ich habe dir gesagt, bei mir bist du immer willkommen, und ich werde dir helfen, wo ich nur kann.«

»Können wir vielleicht eine kleine Weile bei dir unterkommen?«, fragte Michelle und blickte zu ihrem Auto hin, in dem Lucinda jetzt zwei Kinder ausmachte, die aussahen, als würden sie schlafen.

»Aber natürlich, solange ihr wollt. Sag mal, bist du etwa die Nacht durchgefahren?«, fragte sie.

»Wir sind gleich Sonntag noch los, haben die erste Nacht in einem Motel geschlafen und sind dann gestern Morgen weitergefahren. Wir haben ein paar Stopps eingelegt, haben in leckeren Restaurants gegessen und uns ein paar Sehenswürdigkeiten angesehen. Wir hatten richtig viel Spaß.«

»Das klingt toll«, sagte sie. Sie wusste, dass Michelle vorher noch nie allein mit ihren Kindern unterwegs gewesen war, und sie war erleichtert, dass die beiden ohne viel Drama mitgekommen zu sein schienen.

Michelle lächelte. »Gestern Abend sind sie dann beide völlig erschöpft eingeschlafen, und ich bin einfach weitergefahren. Ich wollte nicht noch eine Nacht im Hotel verbringen, ich wollte einfach nur herkommen.« Sie griff nach ihrer Hand und drückte sie. »Irgendwo habe ich angehalten und zwei Stunden oder so geschlafen, aber sobald der Morgen graute, bin ich weitergefahren. Ich hatte völlig vergessen, wie friedlich es frühmorgens im ländlichen Kalifornien sein kann.«

»Ja, das erlebe ich hier jeden Tag. Und von nun an wirst du das auch.«

Sie sah, wie eines der Kinder sich rührte. Es war Cara, die sogleich aus dem Auto stieg. Verschlafen sah sie sich um, weckte dann ihren kleinen Bruder, und zusammen kamen sie auf sie zu.

»Guten Morgen, ihr Süßen«, sagte Michelle. »Lucinda, darf ich dir meine wunderbaren Kinder vorstellen? Cara, Charles, das ist meine beste Freundin Lucinda, bei der wir eine Zeit lang wohnen werden.«

»Ich freu mich so, euch endlich richtig kennenzulernen«, sagte sie. »Ich habe euch zuletzt gesehen, als ihr ganz klein wart, aber eure Mom hat mir so viel von euch erzählt.« Sofort bekam sie wieder ein schlechtes Gewissen, weil sie Michelle nie mehr besuchen gefahren war. Weil sie sie ganz allein gelassen hatte. Weil es so viele Jahre gebraucht hatte, um endlich die zwei wichtigsten Menschen in ihrem Leben wiederzusehen. Doch Schuldgefühle waren hier fehl am Platz. Dies war immerhin ein Neuanfang – für sie alle.

»Hi«, sagte Cara nur verschlafen. Doch Charles gab ihr eine kleine Umarmung und sagte: »Echt cool ist es hier. Dürfen wir ein paar Orangen pflücken gehen?«

»Na klar«, antwortete Lucinda. »So viele, wie ihr essen könnt.«

Charles lief in Richtung der Bäume, und seine Schwester folgte ihm. Michelle hakte sich bei ihr ein, und auch sie schlenderten nun zu den Orangenhainen.

»Ich freu mich so, wieder hier zu sein«, sagte Michelle.

»Und ich freu mich, dass du da bist. Dass ihr da seid.

Warum hast du denn nichts gesagt? Wenn ich gewusst hätte, dass ihr kommt …«

»Weil ich dich überraschen wollte«, erwiderte Michelle mit einem Grinsen.

»Na, das ist dir gelungen.«

»Ich habe übrigens ganz viele Ideen, denn ich will dir auf keinen Fall auf der Tasche liegen.«

»Das tust du doch nicht.«

»Trotzdem … ich möchte mich gern einbringen. Und da fiel mir wieder das Verkaufshäuschen ein, das seit Jahren so verlassen am Wegesrand steht. Ich würde es gern auf Vordermann bringen und dort frisch gepressten Orangensaft an vorbeifahrende Touristen verkaufen, so, wie deine Mutter es früher gemacht hat.«

»Das ist eine super Idee! Wenn du das wirklich willst?«

»Ja. Ich glaube, das würde mir sogar richtig Spaß machen. Die Kinder sind nicht mehr klein, man muss sie nicht den ganzen Tag beschäftigen, und nach den Ferien werde ich sie hier auf der Schule anmelden.«

Wow! Michelle schien es wirklich ernst zu meinen. Sie hatte alles durchdacht. Lucinda konnte es noch gar nicht glauben.

»Ich könnte auch Hilfe mit den Bonbons gebrauchen«, fiel ihr ein.

»Alles, was du willst.«

Sie lächelte Michelle noch einmal an und schmiegte sich an sie. Dann drehte ihre Freundin sich plötzlich um und sagte: »Huch! Da steht ein halbnackter Jonah auf deiner Veranda.«

Sie sah ebenfalls zu ihm und musste grinsen, als sie ihn ganz verlegen dastehen sah. Sie sagte Michelle, dass sie gleich zurück sein würde, und lief zu Jonah.

»Du hast mein T-Shirt an«, sagte er. »Ich wusste nicht, ob ich so herauskommen konnte, da ich vom Fenster aus die Kids gesehen habe.«

»Jaaa! Michelle ist zurück! Zusammen mit ihren Kindern. Und sie wollen eine ganze Weile bei mir auf der Farm bleiben. Ist das nicht wundervoll?«

»Das ist wirklich ganz fantastisch. Ich freue mich für dich. Bekomme ich jetzt trotzdem mein T-Shirt wieder?«, fragte er schief grinsend.

Sie musste lachen und lief schnell nach oben, um sich ein eigenes aus dem Schrank zu holen. Wieder unten warf sie ihm seins zu, und zusammen begaben sie sich nach draußen zu einer unglaublich zufrieden wirkenden Michelle, die ihren Kindern dabei zusah, wie sie Orangen pflückten.

»Hallo, Michelle«, sagte Jonah.

»Hallo, Jonah«, erwiderte sie, nahm ihren Blick jedoch nicht von dem wohl zauberhaftesten Anblick, der sich ihnen seit Jahren bot.

Auch Lucinda wurde ganz nostalgisch, und sofort kamen ihr Erinnerungen an längst vergangene Sommer in den Sinn. Als sie selbst Kinder waren und ihre ganze Zukunft noch vor ihnen lag.

Sie hörte, wie Jonah sagte, dass er jetzt Waffeln machen gehe und sie rufen werde, wenn das Frühstück fertig sei. Und sie war ihm dankbar, weil er erkannt hatte, dass dies ein Moment war, den sie allein mit ihrer ältesten Freundin genießen wollte. Den sie für immer in ihr Herz einschließen wollte.

Endlich waren wieder Kinder auf der Farm, so wie es sein sollte. Denn wo Orangen waren, gehörten auch Kinder hin, die sie pflückten und die sie aßen, während ihnen der Saft das Kinn hinunterlief.

Charles winkte ihnen zu, und sie winkten zurück, und plötzlich hatte Lucinda nicht mehr den geringsten Zweifel, dass alles wieder gut werden würde. Dass sie die Orangenfarm retten konnte.

»Kommt es dir nicht auch so vor wie in alten Zeiten?«, fragte Michelle sie bewegt.

»Ja«, erwiderte sie. »Ganz wie in alten Zeiten.«

Sie nahm Michelle bei der Hand, und zusammen liefen sie zu den Bäumen, um sich selbst ein paar der Früchte zu pflücken. Michelle reichte ihr eine Orange, und sie pulte ihr den Anfang, wie sie es immer gemacht hatte. Breit lächelnd gab sie ihr die Frucht zurück, die als Zeichen des Neustarts stehen sollte.

Heute war der erste Tag einer neuen, gemeinsamen Zukunft, und die würden sie voll auskosten, denn nicht weniger hatten sie verdient. Lucinda biss in ein saftiges Stück Orange und schloss die Augen. Ja, Orangenträume konnten wahr werden, wenn man nur daran glaubte.

Epilog

Juli 2020

»Was glaubst du, wer zuerst eintrifft?«, fragte Jonah Lucinda, während sie voller Vorfreude auf der Veranda standen, die sie vor ein paar Monaten zusammen gestrichen hatten.

Jetzt, da es sicher war, dass Lucinda die Farm behalten würde, hatte sie angefangen, sie wieder ein wenig auf Vordermann zu bringen. Nicht nur die Veranda erstrahlte in neuem Glanze, sondern auch der Verkaufsstand, den Michelle mithilfe ihrer Kinder geputzt, repariert und neu angestrichen hatte. Die drei hatten so viel Spaß, seit sie hier auf der Farm waren. Michelle war wie ausgewechselt, und auch ihren Kindern gefiel das Leben inmitten der Orangen. Sie hatten ihren Vater ein paarmal im Gefängnis besucht, und man sah, dass dies Spuren hinterlassen hatte, aber Michelle verstand es, den beiden die Liebe und Zuversicht zu geben, die sie benötigten, und auch die Erklärungen. Ohne Russel schlecht zu machen, beantwortete sie all ihre Fragen, und auch wenn Evelyn hin und wieder noch hasserfüllte Nachrichten schickte, hatten Michelle, Cara und Charles hier in Kalifornien ihren Frieden gefunden.

»Hmmm … Ich glaube, Jennifer ist die Erste«, sagte sie, und kaum hatte sie es ausgesprochen, da fuhr auch schon ein Mietwagen vor, aus dem erst Jennifer und dann Daniel ausstieg. Die beiden kamen Hand in Hand auf sie zu und wirkten glücklich wie nie. Die Ehe stand ihnen ausgezeichnet, und damit waren nicht nur die hübschen Ringe gemeint.

Vor knapp drei Monaten hatten sie sich auf der Orangenfarm das Ja-Wort gegeben, und alle waren eingeladen gewesen. Sie hatten drei Tage lang gefeiert. Während Lucinda den perfekten Junggesellinnenabschied für Jennifer geplant hatte, hatte Jonah Daniel unter seine Fittiche genommen. Am folgenden Tag hatten sie sich dann unter einem wunderschön verzierten, hölzernen Bogen, den Alejandro ihnen geschnitzt hatte, die ewige Treue geschworen. Und am dritten Tag hatten sie eine Art After-Party gefeiert mit einem Outdoor-Kino im Garten, leckeren Cocktails und Schwimmen im See. Diese drei Tage im Mai waren die wohl schönsten in Jennifers Leben gewesen, hatte sie ihr gestanden, und Lucinda konnte es sehr gut nachvollziehen. Wenn sie einmal heiraten sollte, wollte sie genau so eine Hochzeit. Eine Orangenhochzeit. Und die Aussicht darauf war sogar gut, denn Jonah und sie waren unglaublich glücklich und verstanden sich so prima, dass sie manchmal sogar glaubte, das Ganze müsse einen Haken haben. Doch es schien keinen zu geben, das Glück war endlich wieder auf ihrer Seite. Die Beziehung lief fantastisch und die Farm ebenso. Sie hatte im letzten Jahr so viele Bonbons verkauft, dass sie sie überhaupt nicht mehr zählen konnte. Dazu hatte sie auch angefangen, andere Produkte wie etwa ihre kandierten Zitrusfrüchte, Marmelade und Sirup in ihrem Online-Shop anzubieten. Michelle war ihr beim Herstellen eine große Hilfe gewesen, und ihre Küche ähnelte zurzeit mehr einer Produktionsstätte als einem heimeligen Ort, an dem man sich zum Essen traf. Aber das machte niemandem etwas aus, die meiste Zeit aßen sie sowieso im Garten, ganz in der Nähe ihrer geliebten Orangen, die in diesem Jahr sogar ihre grünen Flecken abgelegt hatten, als würden sie ihr danken, dass sie sie am Leben erhalten hatte. Ja, und Jennifer hatte doch tatsächlich ihre befreundete Verlegerin davon überzeugen können, ihre Rezepte zu veröffentlichen. Sie arbeiteten mit Hochdruck am ersten Kochbuch, das passend zur Weihnachtszeit in den Handel kommen sollte. Lucinda war bereits mächtig aufgeregt und konnte es kaum erwarten. Vor allem hatte sie vor, mit dem Gewinn Rosemary endlich einen Teil des Darlehens zurückzuzahlen. Obwohl ihre Freundin geduldig war und ihr gesagt hatte, dass sie sich alle Zeit der Welt dafür nehmen konnte, wollte Lucinda ihr doch zeigen, dass es bergauf ging. Denn das tat es, und dafür war sie unendlich dankbar.

Nach einer ausgiebigen Begrüßungsumarmung standen Lucinda und Jonah gerade mit Jennifer und Daniel beisammen und erzählten sich alle Neuigkeiten, als Michelle mit ihren Kindern herbeikam und sich erneut stürmisch umarmt wurde. Auch Craig traf wenige Minuten später mit der kleinen Lucy ein, an der Cara einen Narren gefressen hatte. Sie lief sofort mit ihr zu den Orangenbäumen, um ihr ein paar zu pflücken. Craig legte seinen Arm um Michelles Taille und zog sie näher an sich. Lucinda fand, die beiden waren ein wirklich schönes Paar, und sie freute sich unglaublich für ihre beste Freundin, dass sie, nach allem, was ihr widerfahren war, der Liebe noch eine Chance gegeben hatte.

Als erneut ein Wagen vorfuhr und Rosemary mit ihrer Familie ausstieg, staunten alle nicht schlecht. Denn Rosemary trug eine kleine Kugel vor sich her. Lucinda hatte bisher nicht gewusst, dass sie schwanger war, und konnte es kaum fassen, dass Rosemarys großer Traum von einem zweiten Kind nun doch noch wahr werden sollte.

Rosemary hatte die OP gut überstanden und sich nach einigen Erholungswochen wieder in die Arbeit gestürzt. Sie hatte sogar den Film mit Ryan Reynolds gedreht und Jennifer ein sehr persönliches Autogramm besorgt und eine ganz liebe Videobotschaft, die sie ihr zur Hochzeit geschenkt hatte.

Lucinda staunte noch immer und nahm Rosemary sachte in die Arme, als sie auf sie zukam.

»Wie wundervoll«, sagte sie zu ihr.

»Ja«, erwiderte ihre Freundin. »Wir sind wirklich sehr glücklich.«

Lucinda sah sich um und musste breit lächeln. »Ich glaube, das sind wir alle.«

Sie war richtig froh, dass sie beschlossen hatten, in diesem Sommer eine neue Tradition einzuführen. Von nun an wollten die vier Freundinnen zwar noch immer ihre Orangentage auf der Orangenfarm verbringen, doch sie wollten die Menschen dabeihaben, die sie am meisten liebten. Und so hatten sie sich darauf geeinigt, ihre Familien mitzubringen.

Lucinda beobachtete Cara dabei, wie sie jetzt mit Lucy und Jeannie Fangen spielte, und musste lachen, als Cara sich ins Gras fallen ließ und die beiden Kleinen sich auf sie warfen. Jonah gab ihr einen Kuss, und dann schlug sie vor, Cocktails für alle zu machen. *Orange on the Beach* natürlich. Alle waren sofort dabei, und Jonah bot an, ihr eine Kiste Orangen aus der Scheune zu holen. Als sie in Richtung Haus vorging, erspähte sie Alejandro auf einem Orangenbaum. Er pflückte Orangen und musste bemerkt haben, dass sie zu ihm blickte, denn er hielt inne, drehte sich auf der Leiter um und winkte ihr lächelnd zu. Sie winkte ihm zurück und beschloss, einen Cocktail mehr zu machen, ihm den gleich zu bringen und ihn zu fragen, ob er sich zum Dinner nicht zu ihnen gesellen wollte.

Bevor sie das Haus betrat, blieb sie einen Moment auf der Veranda stehen, beobachtete ihre Freunde, die sie besuchen gekommen waren und die alle so ausgelassen und fröhlich wirkten. Sie sah zu dem Mann, der ihr in den vergangenen zwölf Monaten gezeigt hatte, wie viel schöner es war, jemanden an seiner Seite zu haben. Und dann ließ sie ihren Blick über die Orangenfelder streifen, die ihr Leben waren und immer sein würden. Die Sonne stand hoch am Himmel und beschien ihre Orangen heute besonders großzügig, und sie atmete tief ein, um das alles wirken zu lassen. Um dieses einzigartige Glücksgefühl ganz tief in sich aufzunehmen und dort für immer zu bewahren.

Lucindas sommerliche Orangenrezepte

Fruchtige Orangenmarmelade

Zutaten für 6 Gläser (200 g Fassungsvermögen)

8 große Bio-Orangen
1 Zitrone
1 Päckchen Vanillezucker
1 TL gemahlener Ingwer
1 TL gemahlener Zimt
4 Gewürznelken
500 g Gelierzucker

Eine der Orangen unter warmem Wasser gut waschen, dann mit einem scharfen Messer die Schale hauchdünn abschälen und in dünne Schnitze schneiden. Sechs der Orangen und die Zitrone auspressen und den Saft in einen großen Topf geben. Die restlichen zwei Orangen schälen, alles Weiße entfernen und die Orangen in kleine Stücke schneiden. Die Orangenstückchen, die Orangenschale, den Vanillezucker, den Ingwer, den Zimt und die Gewürznelken mit in den Topf geben und alles verrühren. Den Gelierzucker unterheben und alles unter ständigem Rühren kurz aufkochen. Dann bei mittlerer Hitze sechs Minuten köcheln lassen. Die Gewürznelken herausfischen und entsorgen. Die Marmelade in Gläser füllen und diese fünf Minuten auf den Kopf stellen.

Die Orangenmarmelade schmeckt wunderbar auf frisch gebackenen Brötchen oder aber auch auf Pfannkuchen.

Knusprige Schoko-Orangen-Kekse

Zutaten für ca. 50 Stück

300 g Mehl
150 g Zucker
1 Päckchen Vanillezucker
1 Päckchen Backpulver
1 Prise Salz
200 g Margarine
50 ml Milch
100 g Schokoladentropfen
100 g Orangeat
1 gehäufter TL Orangenschale

Das Mehl, den Zucker, den Vanillezucker, das Backpulver und das Salz in einer Schüssel vermengen. Die weiche Margarine und die Milch hinzugeben und alles gut mit einem Handmixer verrühren. Die Schokoladentropfen, das Orangeat und die Orangenschale darunterheben. Den Teig zu kirschgroßen Bällchen formen, auf mit Backpapier belegte Bleche legen und ein wenig plattdrücken. Bei 175 Grad Umluft 12–15 Minuten je nach gewünschter Knusprigkeit backen.

Spritzige Orangen-Bowle

Zutaten für 4 Personen

6 Saftorangen
2 Grapefruits
2 Limetten
50 ml Holunderblütensirup
1 l Orangenlimonade
100 g brauner Rohrzucker
2 Blutorangen

Die Orangen, die Grapefruits und die Limetten auspressen, Saft (wahlweise mit Fruchtfleisch) in eine große Schüssel geben. Den Holunderblütensirup, die Limonade und den Rohrzucker hinzugeben und alles verrühren. Zuletzt die Blutorangen in Scheiben schneiden und in die Bowle geben. Mit einigen Holunderblüten garnieren.

Danke

Bezüglich der wunderbaren Freundschaft meiner Protagonistinnen Lucinda, Michelle, Rosemary und Jennifer möchte ich gern meinen eigenen Freundinnen danken, die mein Leben so unglaublich bereichern.

Ein großes Dankeschön meinen liebsten Kolleginnen Britta, Alexandra und Roberta für all die hilfreichen Tipps, die offenen Ohren und die Herzen aus Gold.

Danke meinen ältesten Freundinnen Drita und Maike für wundervolle Kindheits- und Jugenderinnerungen, die mich mein Leben lang begleiten werden.

Danke Silke, Mirjam und Nina für jährliche Treffen, auf die ich mich immer wieder freuen darf.

Danken möchte ich natürlich auch meinem Agententeam Anoukh Foerg und Maria Dürig für ihr endloses Vertrauen in mich. Meinen Lektorinnen Julia Fronhöfer und Daniela Bühl für den perfekten Feinschliff dieses Buches, und dem gesamten Blanvalet-Team für die wunderbare Zusammenarbeit.

Danke Lana Del Rey für ihre unglaublich schönen Kalifornien-Songs, die mich beim Schreiben dieses Buches begleitet und inspiriert haben.

Danke meiner Familie, die mir alles bedeutet, und danke meinen Lesern, die mich zu dem machen, was ich bin. ♥

Leseprobe

MANUELA INUSA

Mandelglück

Sophie hat das ländliche Kalifornien für ein Leben in der Großstadt hinter sich gelassen. Doch dann erbt sie unerwartet die Mandelfarm ihrer Großmutter Hattie, wo sie als Kind viele wunderbare Sommer verbrachte. Sie beschließt, ihren Job zu kündigen und die Farm zu übernehmen – doch nicht nur der Duft von frisch gerösteten Mandeln weckt Erinnerungen an vergangene Tage, auch ihre ehemals beste

Freundin Lydia und ihre Jugendliebe Jack tragen dazu bei, dass Sophie sich bald wieder wie zu Hause fühlt. Und dann gibt es noch die weisen Worte ihrer verstorbenen Großmutter, die Sophie immer dann helfen, wenn sie nicht weiterweiß – und sie vielleicht sogar zum großen Glück führen.

Prolog

Sommer 2004

»Ich kann kaum glauben, dass es bald so weit ist«, sagte Sophie. »Endlich.«

»Was meinst du?«, fragte Lydia und sah zum Horizont. Die Sonne ging gerade unter, und die vielen Bäume auf der Mandelfarm waren nichts als Silhouetten, Gebilde mit wuchernden Armen, die vor dem roten Hintergrund wie schwarz wirkten.

»Die Frage kannst du nicht ernst meinen.« Ihre beste Freundin sah sie von der Seite an. Sie saßen zusammen auf einem der Baumstämme, die hier und da platziert waren und den Pflückern der Farm einen Platz zum Ausruhen bieten sollten, wenn sie in der Sommerhitze eine kleine Pause einlegten. »Na, ich spreche natürlich davon, dass wir bald die Highschool hinter uns haben und uns die ganze Welt offensteht. Nur noch ein Jahr, dann haben wir's geschafft.«

»Oh«, machte Lydia, die hier in Davis zu Hause war. Im Gegensatz zu Sophie, die stets nur ihre Sommer hier verbrachte, und zwar bei ihrer Grandma Hattie, der Besitzerin dieser Mandelfarm. Als Sophie noch kleiner war, brachten ihre Eltern, die sich beide keinen Urlaub nehmen konnten, das kleine Mädchen stets in der ersten Ferienwoche her und ließen es den ganzen Sommer über bei Hattie. Nicht nur diese freute sich, Zeit mit ihrer Enkelin verbringen zu dürfen, auch Lydia war jeden Juni voller Vorfreude, ihre liebste Freundin wiederzusehen, mit der sie die folgenden drei Monate spielen durfte.

Mit den Jahren ließen sie das Versteckspielen, das Kostümieren und die kindischen Streiche hinter sich und rauchten zusammen erste Zigaretten, erzählten sich von Jungen, die sie mochten, und unterhielten sich über die Dinge, die ihnen im Leben wichtig waren. Und auch wenn Sophie die Sommer irgendwann eigentlich allein zu Hause in Sacramento hätte verbringen können, kam sie doch weiterhin nach Davis, zu Hattie, zu Lydia und zu den Mandeln, die ein Teil ihres Lebens geworden waren.

Sophie hielt ihr nun die Papiertüte mit den Mandelplätzchen hin, die Hattie ihnen mitgegeben hatte, und sie griff hinein. Herzhaft biss sie ab und schloss die Augen. Keine Kekse der Welt konnten mit Hatties Mandelplätzchen mithalten.

»Bist du denn nicht froh, hier wegzukommen?«, fragte Sophie sie.

»Nein. Und ehrlich gesagt bin ich erstaunt, wie wenig du mich zu kennen scheinst.« Sie sah ihrer besten Freundin ins Gesicht. »Weißt du denn nicht, dass ich diesen Ort liebe? Ich würde niemals aus Davis weggehen wollen.«

»Ehrlich nicht? Aber Davis ist ein Kaff! Willst du nicht irgendwohin, wo es … größer ist?«

Lydia schüttelte den Kopf. Dann lachte sie. »Davis ist ein Kaff? Wir haben über sechzigtausend Einwohner! Und Sacramento hat eine halbe Million! Wo willst du denn hin, wo es noch größer ist? Nach L. A. etwa?«

Jetzt schüttelte ihre Freundin den Kopf. »Nein, ich

glaube, ich will weg aus Kalifornien. Mal was Neues sehen. Vielleicht mache ich mich auf an die Ostküste. New York muss ein Traum sein. Ich werde mich auf jeden Fall an allen Colleges bewerben, an der Brown, der Columbia, in Harvard und Yale. Wo willst du eigentlich aufs College gehen?«

Lydia schwieg.

»Sag bloß, du willst hier aufs College? Können sich deine Eltern kein Elite-College leisten? Vielleicht könntest du ein Stipendium beantragen, du bist doch so gut in Lacrosse«, schlug Sophie vor.

»Ich werde mich gar nicht fürs College bewerben«, erwiderte sie, bevor Sophie immer weiterreden konnte.

Jetzt starrte ihre Freundin sie an. »Warum denn das? Bist du verrückt?«

Sie atmete tief durch und nahm all ihren Mut zusammen. »Ich bin schwanger«, offenbarte sie und war irgendwie erleichtert, dass es jetzt raus war. Außer ihren Eltern und natürlich Brandon wusste es noch niemand.

»Oh nein, Lydia. Wie konnte denn das passieren?«, fragte Sophie ganz schockiert. »Du Arme, vielleicht gibt es eine Lösung. Vielleicht könntest du es …«

»Aufgeben? Niemals! Ehrlich gesagt freue ich mich sogar darauf, eine eigene kleine Familie zu gründen. Ich freue mich darauf, eine Mommy zu sein.« Sie lächelte vor sich hin.

»Du bist siebzehn!«, entgegnete Sophie verständnislos.

»Das musst du mir nicht sagen, das weiß ich selbst«, blaffte sie ihre Freundin wütender an als beabsichtigt. »Wenn du dich nicht mit mir freuen kannst, dann kann ich auch gehen.« Sie stand auf.

»Nein, bleib!«, bat Sophie sie und griff nach ihrer Hand. »Setz dich doch bitte wieder, und wir reden über etwas anderes, ja?«

Lydia ließ sich von Sophies Blick besänftigen, der Bedauern ausdrückte. Sie nahm wieder auf dem Baumstamm Platz und sah der Sonne dabei zu, wie sie nun gänzlich verschwand. Keine von ihnen sagte ein Wort. Beide waren in Gedanken ganz woanders als hier auf der Farm. Und während die Dunkelheit sie umhüllte, zog Sophie sie schließlich an sich und sagte: »Wenn du dich freust, dann freue ich mich mit dir.«

Lydia lächelte und war froh, dass ihre Freundin in der Schwärze der Nacht ihre Tränen nicht sah. Denn obwohl sie sich freute, hatte sie auch Angst vor dem, was kommen würde. Schwanger mit siebzehn – so hatte sie sich ihr Leben nicht vorgestellt. Sie hoffte nur, dass das Schicksal es gut mit ihr meinen würde und sie die richtige Entscheidung getroffen hatte.

Sie legte den Kopf an Sophies Schulter. »Wenn du dann aufs College irgendwo an der Ostküste gehst, wirst du die Sommer trotzdem noch auf der Mandelfarm verbringen?«, fragte sie.

»Natürlich. Nichts und niemand könnte mich davon abhalten. Ich werde für den Rest meines Lebens jeden Sommer herkommen, das verspreche ich.«

Zufrieden lächelte Lydia und erschrak, als ein Kojote in der Ferne heulte.

»Hab keine Angst«, sagte Sophie zu ihr, jedoch war sie sich nicht sicher, ob ihre Freundin den Kojoten oder das Leben meinte.

Kapitel 1

»Das Pralineneis mit der Vanillesahne hört sich traumhaft an«, sagte Sophie, während sie die Tageskarte überflog.

Lola lächelte zufrieden. »Und es wird auch so schmecken, das garantiere ich dir.«

»Da habe ich gar keine Zweifel. Denn ich glaube, ich habe noch niemals eine deiner Kreationen probiert, die nicht absolut köstlich geschmeckt hätte«, lobte sie Lola, da sie wusste, dass diese manchmal einfach ein wenig Lob brauchte. Und es war nicht gelogen! Außer den Austern, die Lola ab und an zubereitete, oder dem Wels in Aspik, den sie nun wirklich nicht kosten mochte, waren die Speisen, die Lola sich ausdachte, mit viel Liebe kochte und geschmackvoll anrichtete, jedes Mal aufs Neue eine Freude für Gaumen und Augen.

»Danke für das Kompliment«, erwiderte die Chefköchin, die keinesfalls so aussah, als würde sie den ganzen Tag in der Küche stehen, hier und dort etwas probieren und sich gerne auch mal selbst eine Portion genehmigen. Lola war mit ihren vierundvierzig Jahren und nach drei Schwangerschaften rank und schlank und in Sophies Augen einfach nur zu beneiden. Sie selbst dagegen hatte schon zwei Pfund mehr drauf, wenn sie einen Cupcake einfach nur ansah. Und sie hatte noch nicht einmal eine Geburt hinter sich!

Geschweige denn den passenden Mann, der für die Gründung einer Familie infrage kommen würde. Nein, Sophie hatte nicht vor, zum jetzigen Zeitpunkt ihres Lebens eine feste Beziehung einzugehen, viel zu sehr war sie damit beschäftigt, sich eine Karriere aufzubauen. Und tatsächlich hatte sie es als Restaurantleiterin geschafft, das Three Seasons in den letzten fünf Jahren als eines der angesagtesten Restaurants von ganz Boston zu etablieren. Während in ihrer Anfangszeit dort noch Burger und Pommes serviert worden waren, bekam man heute Köstlichkeiten wie Rigatoni in Hummersud, Shiitake-Risotto mit Calamaritürmchen oder Jakobsmuscheln in einer Proseccosauce auf Glasnudelnestern. Die Leute standen Schlange, um einen Tisch im Three Seasons zu ergattern, und es gab keinen einzigen Tag, an dem sie nicht restlos ausgebucht waren, denn seitdem der Kritiker Lesley Hofman ihr Restaurant als »das Nobelste, was Boston heute zu bieten hat« bezeichnet hatte, konnten sie sich wirklich nicht mehr retten vor Reservierungen.

»Ich sage nur die Wahrheit«, entgegnete Sophie nun. »Du bist eine Meisterin in der Küche, und ich bin froh, dass du dich bisher noch nicht abwerben lassen hast von all den Schmocks, die das versucht haben.«

»Schmocks?«, fragte Lola lachend.

»Das ist nur wieder so ein Wort, das meine Grandma Hattie gerne benutzt.«

»Ah, ich verstehe.« Es war ja nicht das erste Mal, dass Sophie ihre Großmutter zitierte, die sie in ihrer Jugend so geprägt hatte. »Wie auch immer, ich werde mich nicht abwerben lassen. Da brauchst du gar keine Sorge zu haben. Ich glaube nämlich nicht, dass ich mich irgendwo anders so austoben könnte wie hier.«

»Da könntest du recht haben.« Sophie musste grinsen, als sie an die süßen Chilischoten mit Marzipanfüllung dachte, die Lola erst am vorigen Abend auf die Karte gesetzt hatte. Doch das außergewöhnliche Dessert hatte den Gästen wirklich geschmeckt, und Lola hatte einige Komplimente dafür eingeheimst. »Also, die heutige Tageskarte sieht mal wieder super aus. Und mir ist jetzt nach einem schön kühlen Frappuccino bei der Hitze. Ich glaube, ich husch mal kurz rüber zu Starbucks. Soll ich dir was mitbringen?«

»Gerne. Ich nehme einen von diesen Erdbeer-Frappuccinos mit extra Sahnehaube, bitte.«

»Alles klar. Dann bis gleich.« Sie sah kurz auf die Uhr, es war Viertel vor elf. »Und sollte Tony in der Zwischenzeit mit den Miesmuscheln hier sein, nimm du sie bitte entgegen, ja?«

»Aber natürlich.«

Ja, sie wusste, dass der Laden auch mal eine halbe Stunde ohne sie auskam. Aber sie hatte dennoch stets ein schlechtes Gewissen, wenn sie ihn in fremde Hände gab. In den letzten fünf Jahren hatte sie deshalb kein einziges Mal Urlaub gemacht, hatte sieben Tage die Woche gearbeitet und kannte das Wort Freizeit überhaupt nicht mehr. Tja, und nach Hause war sie auch schon ewig nicht geflogen. Zuletzt war sie Weihnachten 2013 bei ihren Eltern in Sacramento gewesen, und dass sie Grandma Hattie auf ihrer Mandelfarm in Davis besucht hatte, war noch länger her. Und zwar achteinhalb Jahre, da hatte Hattie ihren achtzigsten Geburtstag gefeiert. Es gab Tage, da vermisste Sophie ihre Familie ganz fürchterlich, und es gab Nächte, da träumte sie von Kalifornien, von der Ruhe und der Einsamkeit der Farm und von dem Duft frisch gerösteter Mandeln.

Doch wenn sie am nächsten Morgen aufwachte, hatte sie nur noch ihre Lieferungen, die aktuellen Hummerpreise und die Tageskarte im Sinn, außerdem die prominenten Gäste, die sich für den heutigen Tag im Three Seasons angemeldet hatten, und dann war Kalifornien schon wieder vergessen und ganz weit weg.

Sie trat vor die Tür und wurde direkt umgehauen von der Hitze, die Boston seit zwei Wochen überfiel. Es war zwar öfter mal warm im Spätsommer, doch dieses Jahr schien es ihr besonders unerträglich. Ja, in Kalifornien hatte sie auch heiße Sommermonate erlebt, aber die Hitze in der Großstadt war doch eine andere als die auf dem Land, wo man den ganzen Tag faulenzen und selbst gemachte Limonade trinken konnte und wo der nächste See zum Hineinspringen gleich um die Ecke war.

Was soll's?, dachte sie sich, da sie es eh nicht ändern konnte, und marschierte die Straße entlang.

Das Three Seasons lag in Beacon Hill, und es gab auch einige Starbucks-Filialen in der Nähe, dennoch entschied Sophie sich, einen kleinen Spaziergang zu machen, denn sie wusste, dass sie bis weit nach Mitternacht nicht mehr aus dem Restaurant rauskommen würde. Heute Abend würde der Bürgermeister ihr Gast sein, und das würde sie auf keinen Fall versäumen.

Und so ging sie ein paar Straßen entlang, vorbei am Massachusetts State House mit der goldenen Kuppel und durch den Boston Common, dem ältesten Park der Stadt. Hier lief sie auf ihren High Heels wie immer auf der roten Linie entlang, die sich ungefähr vier Kilometer durch Bostons Old Town zog und den vielen Touristen den Weg entlang der historischen Sehenswürdigkeiten wies. Sie wusste selbst nicht warum, aber es war eine Angewohnheit geworden, dass sie diesem Freedom Trail, wie die rote Linie sich nannte, folgte und nicht davon abwich, egal, was auch kommen mochte. Und so blieb sie jetzt auch stehen und ließ eine asiatische Reisegruppe vorbei, bevor sie ihren Weg fortsetzte.

Sie schlenderte am Granary Burying Ground vorbei, wo berühmte Persönlichkeiten und Helden der Stadt wie Paul Revere, John Hancock oder Samuel Adams ihre Gräber hatten. Dann überquerte sie die Straße und passierte die Old City Hall, vor der der gute Benjamin Franklin in Form einer Statue positioniert war, und bei dem sie irgendwie immer den Drang verspürte, ihm zuwinken zu wollen. Heute tat sie es tatsächlich und grinste in sich hinein. Und als sie wenige Schritte später den Starbucks betrat, war sie erleichtert und dankbar, dass die kühle Luft der Klimaanlage ihr entgegenblies. Sie trug ein kakifarbenes Kostüm, dessen Rock zwar relativ kurz war, in dem sie aber trotz allem fürchterlich schwitzte, und für einen Moment wünschte sie sich, sie würde lediglich in einem Coffeeshop beschäftigt sein und es wäre egal, was sie zur Arbeit trug, Hauptsache, es war mehr als ein Bikini. Dann überlegte sie, ob es eventuell sogar irgendeinen Job gab, den man im Bikini ausüben konnte.

Bademeisterin vielleicht?

Eisverkäuferin am Strand?

Rettungsschwimmerin wie Pamela Anderson in *Baywatch*?

Bikini-Model?

»Ma'am? Was möchten Sie bestellen?«

Sie sah auf. Hatte der junge Mann mit ihr gesprochen? War sie etwa schon an der Reihe? Und warum zum Teufel hatte er sie Ma'am genannt? Sie hasste es, so genannt zu werden, da kam sie sich immer doppelt so alt vor, wie sie war.

»Ich bin erst zweiunddreißig, Sie können sich das Ma'am für ältere Damen aufheben«, hätte sie am liebsten erwidert, doch alles, was sie sagte, war: »Einen geeisten Soja-Latte und einen Strawberries & Cream mit extra Sahnehaube, bitte. Beides in der größten Größe.«

»Wie ist Ihr Name, bitte?«

Sie war froh, dass der junge Kerl mit seiner hippen blondierten Frisur diesmal das Ma'am wegließ, und antwortete, nur um extra jung zu wirken: »Miley.«

Sie bezahlte, und der Typ schrieb *Miley* auf die beiden Becher und sagte: »Danke, Ma'am. Warten Sie bitte an der Getränkeausgabe auf Ihre Bestellung.«

Grrr!!!

Sie musste zugeben, Blondie hatte ihr ein wenig die Stimmung vermiest, und während sie zur Ausgabe voranschritt, überlegte sie, ob sie sich auch so eine fesche Frisur zulegen sollte. Seit Jahren drehte sie sich nämlich das lange blonde Haar jeden Morgen zu einem Dutt oder einer Schlaufe und fixierte die losen Enden mit ein paar Haarnadeln. Ein wenig altbacken könnte das auf so junge Leute wirklich wirken, dazu das strenge Kostüm …

»Miley? Miley?«, hörte sie und rüttelte sich wach. Ach, das war ja sie! Sie lächelte die junge Frau mit dem Bullenpiercing an der Nase an und sagte: »Hier! Das bin ich!«

Die Frau sah sie nur stirnrunzelnd an, als würde sie sie genau durchschauen, und reichte ihr die Plastikbecher rüber.

Sophie nahm ihre Getränke an sich, steckte zwei Strohhalme hinein und sog begierig an ihrem. Das tat gut. Als sie einen freien Stuhl entdeckte, überlegte sie, ob sie die Zeit haben würde, sich kurz hinzusetzen, oder ob Lolas Frappuccino geschmolzen sein würde, bis er sie erreichte. Da es hier drinnen aber schön kühl war und da bei der Hitze draußen wahrscheinlich sowieso nicht viel mehr als eine geschmolzene Masse übrig sein würde, beschloss sie, sich kurz auszuruhen. Als sie dann auch noch eine liegengelassene Zeitung entdeckte, besserte sich ihre Laune sofort, denn sie fand ein Sudoku, das noch nicht ausgefüllt war.

Sophie liebte Sudokus. Auch hatte sie ein Faible für alle Arten von Rätseln; Kreuzworträtsel waren ihr die liebsten. Quizshows konnte sie auch einiges abgewinnen, und Schnellraterunden bereiteten ihr stets ein aufregendes Gefühl, als würde sie selbst vor der Kamera stehen und so viele Fragen wie möglich in einer Minute beantworten müssen. Ihre beste Freundin Hyazinth hatte ihr schon oft vorgeschlagen, sich doch selbst mal bei einer dieser Fernsehquizsendungen zu bewerben – aber wie sollte sie die Zeit dazu finden?

Als sie an Hyazinth dachte, die morgen Geburtstag hatte, wurde ihr warm ums Herz. Seit damals in Davis hatte sie keine so gute Freundin mehr gehabt, und sie fühlte sich jeden Tag gesegnet, dass Hyazinth und sie sich vor sieben Jahren beim Yoga kennengelernt hatten. Das Yoga hatte sie längst aufgegeben, doch ihre Freundschaft hatte Bestand. Hyazinth war sowieso der einzige Mensch hier in Boston, den Sophie als Familie betrachten würde und dem sie voll und ganz vertraute. Dem sie ihr Herz ausschüttete in schwachen Momenten und dem sie von Jack erzählt hatte.

Jack …

Nein, um Himmels willen, an Jack wollte sie jetzt wirklich nicht denken.

Sie war mit dem Sudoku fertig, trank den letzten Schluck ihres geeisten Latte und warf den Becher in den Mülleimer. Sie verließ den Coffee Shop und eilte die Straße entlang, und plötzlich knallte es.

Sie knallte! Und zwar knallte sie mit einem Mann zusammen, der im nächsten Moment den gesamten Inhalt von Lolas Getränkebecher auf den Schuhen hatte. Und der war rosa!

»Oh mein Gott, es tut mir so leid«, sagte sie, hob den heruntergefallenen Becher auf und wagte es, dem Mann ins Gesicht zu sehen. Sie war überrascht, nicht nur weil er sehr gutaussehend war, heiß war wohl die bessere Beschreibung, sondern auch weil er sie breit anlächelte.

»Das passiert uns doch allen mal«, sagte er jetzt mit warmer und ein wenig heiserer Stimme, und ein Kribbeln machte sich in ihr breit. Denn bei näherem Betrachten stellte sie fest, dass er beinahe so aussah wie der sexy Kerl aus der Tiefkühlwaffelwerbung.

Sie musste ebenfalls lächeln. »Ach ja? Ihnen ist das auch schon passiert? Wem haben Sie eine dickliche rosa Flüssigkeit über die Schuhe geschüttet?«

Er lachte. »Bisher noch keinem. Bei mir war die Flüssigkeit immer lila.«

Sie konnte nicht anders, als auch zu lachen. »Sie sind witzig«, stellte sie fest und entledigte sich endlich des leeren Bechers. »Und mir tut es ehrlich schrecklich leid. Sagen Sie mir, wie ich es wiedergutmachen kann.«

Jetzt sah er sie so intensiv an, dass das Kribbeln zu einem Beben ausartete, das sie tatsächlich ihre Standhaftigkeit verlieren lassen könnte.

»Gehen Sie mit mir essen«, sagte Mr. Tiefkühlwaffel.

»Sie kennen mich doch überhaupt nicht«, meinte sie.

»Na, deshalb möchte ich ja mit Ihnen essen gehen. Um Sie besser kennenzulernen. Und um zu sehen, ob das Ihre gewohnte Begrüßung ist, Menschen einen Erdbeershake über die Füße zu schütten.«

Wieder musste sie lachen. »Ich muss leider arbeiten«, sagte sie.

»Immer?«

Sie nickte lächelnd. »Irgendwie ja.«

»Oh, Sie sind also ein Workaholic, hm?«

»Wie er im Buche steht«, sagte sie mit strahlenden Augen.

Er lachte aus dem Bauch heraus. »Und Sie sind da auch noch stolz drauf?«

»Und ob. Die Arbeit ist mein Leben, und ich liebe, was ich tue.«

»Darüber müssen Sie mir mehr erzählen. Bei unserem Date.« Er lächelte sie jetzt so charmant an, dass sie wirklich langsam weich wurde. »Wie heißen Sie?«, fragte er.

»Sophie.«

»Gut, Sophie. Mein Name ist Harrison, und ich würde mich wirklich freuen, wenn Sie mich heute Abend in ein Restaurant Ihrer Wahl begleiten würden.«

Sie sah diesen sympathischen Mann an, der ihr einen Abend anbot, den sie irgendwie auch gerne annehmen würde, da ihr letztes Date schon viel zu lange her war. Aber heute Abend kam doch der Bürgermeister und …

»Na, kommen Sie, Sie müssen doch bei aller Arbeit auch mal was essen, oder?«

Ihre Mundwinkel verzogen sich zu einem Schmunzeln. Er würde ja doch nicht lockerlassen, oder? Aber ein bisschen wollte sie ihn noch zappeln lassen, nur um sicherzugehen, dass er es auch wirklich wert war, die Arbeit für ihn beiseitezustellen.

»Ich bin Restaurantleiterin, ich kann jederzeit essen«, sagte sie augenzwinkernd.

»Oje. Sie haben wirklich gute Argumente. Gibt es denn nichts, womit ich Sie überzeugen könnte?«

»Hmmm …« Sie überlegte und spielte dabei mit ihrem Perlen-Armband, wie immer, wenn sie nervös wurde. Und dieser Typ mit seinen tiefblauen Augen machte sie tatsächlich nervös, aber nur, weil sie sich vorzustellen begann, wo der Abend enden könnte, sollte sie seine Einladung annehmen. »Ich wollte schon immer mal im Substitute essen«, ließ sie ihn wissen. Das war das neue Szenelokal in der Fayette Street, einer ihrer größten Konkurrenten, den sie unbedingt ein wenig ausspionieren wollte. So könnte sie sogar zwei Fliegen mit einer Klappe schlagen.

»Ihnen ist schon klar, dass die Warteliste da ewig lang ist, oder? Wahrscheinlich zieht sie sich bis nach New York hin.«

»Lassen Sie sich was einfallen«, meinte sie, holte einen Stift heraus und griff nach seinem Arm, der in einem hochgekrempelten weißen Hemdsärmel steckte. Sie schrieb ihre Handynummer direkt auf seine braungebrannte Haut und sagte dem erstaunten Harrison: »Wenn Sie eine Reservierung haben, melden Sie sich gerne bei mir.«

Mit diesen Worten machte sie kehrt und ging noch einmal zurück zu Starbucks, um Lola einen neuen Frappuccino zu holen. Und obwohl sie sich nicht noch einmal umblickte, war sie sich sicher, dass der heiße Harrison noch immer dastand und ihr verdutzt nachblickte. Sie grinste in sich hinein und stellte sich erneut in die Schlange, und sollte der Typ an der Kasse sie wieder Ma'am nennen, würde es ihr überhaupt nichts ausmachen. Denn sie hatte es noch immer drauf und fühlte sich so jung und begehrt wie lange nicht mehr.

Eine Viertelstunde später war sie zurück im Three Seasons und reichte Lola, die gerade Karotten zu Spaghetti verarbeitete, ihr Getränk.

»Rate, was mir gerade passiert ist«, sagte sie.

»Hmmm … deinem Grinsen nach zu urteilen, bist du gerade mindestens auf Brad Pitt gestoßen.«

»Knapp daneben. Er heißt Harrison, und ich habe ihm deinen Frappuccino über die Schuhe gekippt«, erzählte sie grinsend.

Lola machte große Augen und starrte auf den Becher in ihrer Hand.

»Nicht den! Ich habe dir natürlich einen neuen besorgt.«

»Oje, der Arme. Jetzt hat er ganz rosa Schuhe.«

»Ja, und ich auch«, erwiderte Sophie, die erst im Nachhinein entdeckt hatte, dass sie auch einige Spritzer abbekommen hatte. Zum Glück hatte sie aber immer Ersatzsachen dabei, und während sie jetzt nach hinten eilte, sich der schmutzigen High Heels entledigte, sich die Füße mit einem feuchten Tuch abwischte und in neue Pumps schlüpfte, rief sie Lola zu: »Er hat mich um ein Date gebeten.«

»Was? Du ruinierst ihm seine Schuhe, und er bittet dich im Gegenzug um ein Date? Das möchte ich auch mal erleben.«

»Du bist doch glücklich mit Marvin verheiratet, schon vergessen?« Sie zwinkerte ihrer Freundin zu.

»Natürlich nicht. Das klingt aber irgendwie romantisch, so als könnte es aus einem Film kommen, aus einer dieser romantischen Komödien.«

»Ja, oder?«

»Du hast hoffentlich zugesagt?«

»Das habe ich tatsächlich, zumindest so halbwegs.«

»Halbwegs?«, fragte Lola mit gekräuselter Nase und sog an ihrem Strohhalm.

»Ich habe ihm gesagt, wenn er uns für heute Abend einen Tisch im Substitute besorgen kann, gehe ich mit ihm aus.«

»Das ist so gut wie unmöglich, und das weißt du.«

»Ja, das weiß ich. Und doch bin ich gespannt, wie sehr er sich ins Zeug legen wird. Er wirkte nämlich auf mich wie jemand, der nicht so schnell aufgibt.«

»Na, da bin ich aber auch gespannt.« Lola in ihrer dunkelblauen Kochjacke und mit den neuerdings fransig kurzen dunklen Haaren sah sie nun mit ernsterem Blick an. »Du solltest dir wirklich mal einen freien Abend gönnen. Ich hoffe also für dich, dass er es schafft.«

»Wenn ich ehrlich bin, hoffe ich das auch.« Sie grinste breit.

»Oho! Du hast gleich noch was ganz anderes im Kopf, du kleines verruchtes Luder.« Lola lachte.

»Na, es ist immerhin schon einige Monate her seit meinem letzten Date.«

»Da hast du auch wieder recht. Hm, ich glaube ja, dass das Schicksal dir heute auf die Sprünge helfen wollte. Der Erdbeer-Frappuccino ist dir bestimmt nicht ohne Grund aus der Hand gefallen«, sagte Lola und machte sich wieder daran, Karotten in die Spiralmaschine zu stecken.

»Schicksal? Na, wenn du meinst.«

Sie zuckte mit den Schultern und begab sich ins Büro, um ein paar Bestellungen für die nächsten Tage aufzugeben. Und dabei dachte sie über das Schicksal nach. Ja, vielleicht gab es so etwas wie Schicksal. Vielleicht hatte es sie genau an diesen Ort geführt, an dem sie heute glücklich war. Doch in Sachen Liebe hatte das Schicksal es nur einmal gut mit ihr gemeint, und das war viele Jahre her.

Sie konnte plötzlich nicht anders, als ihr Portemonnaie aus der Handtasche zu nehmen und nach einem bestimmten Foto zu suchen, das sich noch immer darin befand. Sie hatte es nie über sich bringen können, es herauszunehmen.

Das Foto zeigte sie zusammen mit ihrer Jugendliebe Jack. Jack, der ihr vor vierzehn Jahren gezeigt hatte, was es bedeutete, so viel für jemanden zu empfinden, dass es wehtat.

Sie starrte eine ganze Weile auf das zerknitterte Bild und steckte es dann zurück zu den anderen. Zu dem Foto, auf dem sie zusammen mit Lydia abgebildet war, in ihrem fünfzehnten Sommer, im Bikini am See, fröhlich und ausgelassen. Und zu dem, das sie gemeinsam mit ihrer Grandma Hattie auf der Mandelfarm zeigte. Inmitten von Bäumen, die in wunderschönem Weiß und Rosa blühten. Die Mandelblüte, in die Hatties Geburtstag fiel, den Sophie in früheren Jahren kein einziges Mal versäumt hatte.

Hattie. In diesem Moment fehlte sie ihr so sehr, dass sie Tränen aufsteigen spürte. Doch dann klingelte das Telefon, und sie war ganz froh, sich auf andere Dinge konzentrieren zu können. Während sie ranging, nahm sie sich jedoch ganz fest vor, Hattie in den nächsten Tagen endlich einmal anzurufen. So, wie sie es sich immer vornahm. Und sie hoffte, dass sie es dieses Mal nicht wieder vergessen würde.

Wenn Sie wissen möchten,
wie es weitergeht, lesen Sie

Manuela Inusa
Mandelglück
978-3-7341-0789-4/
978-3-641-24381-4 (E-Book)
Blanvalet Verlag

Die wahre Liebe ist ein Wunder, das dich nur einmal im Leben trifft …

416 Seiten. ISBN 978-3-7341-0351-3

Marianne wohnt mit ihrem Kater Johnny Depp in Hamburg. Nachdem ihr Freund Martin sie betrogen hat, tröstet sie sich mit romantischen Komödien – und mit Keksen, die sie in Hülle und Fülle bäckt. Einen Teil davon verkauft sie im Café Wallenstein, wo sie als Kellnerin arbeitet. Als sie eines Tages mit ihrer Freundin Tasha auf den Hamburger Dom geht, überredet Tasha sie, eine Wahrsagerin zu besuchen. Diese sieht sofort, dass Marianne mit einem gewissen Martin nicht glücklich werden konnte – schließlich dürfen nicht mehr als zwei Buchstaben der Vornamen zweier Liebender übereinstimmen. Und sie sieht Schottland: Dort wartet die Liebe auf sie.

Lesen Sie mehr unter: **www.blanvalet.de**